天才小毒妃

천재소독비 20

ⓒ지에모 2019

초판1쇄 인쇄	2019년 12월 3일
초판2쇄 발행	2020년 12월 8일

지은이	지에모 芥沫
옮긴이	전정은 · 홍지연

펴낸이	박대일
편집	이문영 · 박지해 · 임유리 · 신지연 · 이지영
마케팅	임유미 · 손태석
디자인	박현주
일러스트레이션	우나영

펴낸곳	파란미디어
출판등록	2004년 9월 14일 제313-2004-00214호

주소	03992 서울시 마포구 동교로23길 14 국제빌딩 6층
전화	02.3141.5589 영업부 070.4616.2012 편집부
팩스	02.3141.5590
전자우편	paranbook@gmail.com
카페	http://cafe.naver.com/paranmedia
페이스북	http://www.facebook.com/paranbook

ISBN	978-89-6371-713-5(04820)
	978-89-6371-656-5(전28권)

천재소독비

20

天才小毒妃

지에모 芥沫 지음 · 전정은 · 홍지연 옮김

파란

차례

옥 여의의 비밀

의녀는 바삐 응급 처치를 했지만, 백옥교는 평소의 노련함과 재빠름을 완전히 잃어버린 상태였다. 그녀는 어쩔 줄 모르고 멍하니 한쪽에 서 있었다. 방울방울 흘러내리던 눈물은 어느덧 얼굴을 엉망으로 적셔 놓았다.

얼마나 지났을까. 의녀는 또 한 번 소소옥을 죽음의 문턱에서 끌어냈다.

사실 이번에 소소옥은 몹시 위험했다. 다행히 예전처럼 반항하지 않고 잘 따라 줬기 망정이지, 그렇지 않았다면 절대로 구하지 못했을 것이다.

소소옥이 목숨을 부지한 것을 확인하자 그제야 백옥교를 돌아본 의녀는 그녀가 눈물을 철철 흘리며 우는 것을 보고 소스라치게 놀랐다.

"백 낭자, 왜……, 왜 그러세요?"

의녀는 두려움에 떨며 물었다.

백옥교는 미친 사람처럼 의녀의 옷깃을 움켜쥐고 물었다.

"저 앤 괜찮은 거지? 잘 들어, 저 애에게 무슨 일이라도 생기면 너도 살아날 생각은 마!"

의녀는 두렵기도 하고 억울하기도 했다.

"백 낭자, 저……, 저는……."

"저 앤 어때? 어서 말해!"

백옥교가 화난 목소리로 으르렁거렸다.

"괘, 괜찮아요. 목숨은 살렸어요. 하지만 병이 아직……, 아직 깊고 몸도…… 너무 약해요. 천천히 치료하고 천천히……, 천천히 요양해야 해요."

의녀의 목소리가 떨려 나왔다. 의녀는 백옥교와 접촉한 지 오래되었지만 그녀의 이런 모습을 본 적이 없었다. 지금 백옥교는 꼭 실심풍에 걸린 사람 같았다.

"그럼 왜 멍청하게 있는 거야! 어서 치료해!"

백옥교는 의녀를 홱 밀어낸 뒤 황망하게 좌우를 둘러보았지만, 끝내 눈앞에 있는 소소옥을 똑바로 바라보지 못했다.

한참 후 그녀가 입을 열었다.

"이, 이…… 아이는 아주 중요해. 반드시, 반드시 치료하고 낫게 해야 해. 필요한 약재가 있으면 다 말해."

이렇게 말한 백옥교는 문 쪽으로 달려갔으나 문가에 이르러 순찰하는 병사 한 무리를 보자 우뚝 멈춰 서서 그들을 피해 몸을 홱 돌렸다.

그제야 조금 냉정해진 그녀는 얼굴에 묻은 눈물을 바삐 닦아 내고 소리 없이 조심조심 옥방으로 들어갔다.

그녀는 의녀가 다시 놀라지 않도록 그늘진 곳에 서서 의녀가 소소옥에게 침을 놓는 모습을 조용히 바라보았다.

다가가서 소소옥의 등에 있는 문신을 자세히 보고 싶었지만 차마 용기가 나지 않았다.

그녀 자신은 사부가 여아성에서 데려온 사람으로, 부모가 누군지는 모르지만 여동생이 한 명 있었다. 사부는 그 외에 아무것도 말해 주지 않았다. 하지만 그녀는 진작 사부 몰래 조사를 진행했다. 그렇게 백독문을 두루 살피고 대앙 현성을 모조리 뒤진 끝에 지난날 자신을 길러 준 유모를 찾아낼 수 있었다.

애석하게도 그 유모 역시 아는 게 많지 않았다.

유모는 그녀의 등에 옥 여의如意(긴 자루 끝에 납작한 머리가 달린 장식품. 고대 민간에서 효자손 용도로 사용했으나 차차 길한 의미가 있는 장식품으로 바뀜) 문신이 있는데, 완전한 모양이 아니라 반만 그려져 있다고 했다. 그녀에게 동생이 있다면 옥 여의의 나머지 반은 그 동생 등에 그려져 있을 것이라는 게 유모의 추측이었다.

지난날 백언청이 유모에게 그녀의 이름을 지어 주라고 했을 때, 유모는 이 옥 여의 문신에서 '옥' 자를 따고 유모의 성인 '교' 자를 붙여 '백옥교'라는 이름을 지었다.

그런데 방금 그녀는 소소옥의 등에서 옥 여의 문신을 보았다. 반밖에 없지만 그녀 등에 있는 문신과 합치면 완전한 옥 여의가 되는 문신이었다.

어린 시절에 새긴 문신은 자라면서 신체 변화에 따라 변형되었기 때문에 그녀 등에 있는 옥 여의 문신도 이미 일그러져 있었다. 그래도 형태를 알아볼 수는 있었다. 소소옥 등에 있는 문신도 변형되었고 그 변화 정도 역시 그녀와 크게 차이가 없었다. 그 말인즉, 소소옥의 등에 있는 문신도 어렸을 때 새겼다는 뜻이었다.

"소소옥……, 소소옥……."

백옥교가 중얼거렸다. 소소옥이라는 이름에도 '옥' 자가 있었다. 그 이름도 누군가 등에 있는 문신을 보고 지어 준 것일까?

백독문과 이곳 군영에서 친해진 어른들은 모두 그녀를 '옥아'라고 불렀고, 한운석 쪽 사람들은 소소옥을 '소옥아'라고 불렀다.

그녀는 큰 옥, 소소옥은 작은 옥?

이렇게 생각하자 백옥교의 눈에서는 또다시 막을 새도 없이 눈물이 쏟아졌다!

그 오랜 세월 사부 몰래 이 세상에 단 하나뿐인 가족인 친동생을 찾아 헤맸는데, 그 동생이 오래전부터 곁에 있었다니! 그런데 제 손으로 그렇게 오랫동안 친동생을 괴롭혔다니! 친동생은 병들고 다쳐 몇 번이나 생사의 고비를 넘겼다.

어쩌다 이렇게 됐을까?

어려서부터 영리했던 그녀는 사부가 자신을 진심으로 아끼지 않는다는 것도, 사형이 자신을 진심으로 대하지 않는다는 것도 진작 눈치챘다. 홀로 외롭게 이 세상을 살아오면서, 피붙이가 있다는 것이 어떤 느낌인지 느껴 본 적은 단 한 번도 없었다.

이제 그 피붙이가 나타났는데, 어째서 이렇게 마음이 아프고 이렇게 괴롭고 이렇게 두려운 걸까?

드디어 더는 외롭지 않아도 되었고, 서로 껴안을 수 있는 사람도 생겼다. 그러니 당연히 기뻐해야 하지 않을까?

그런데 왜 이렇게 눈물이 쏟아질까? 왜 이렇게 엉엉 울고 싶을까?

백옥교는 소리 없이 울고, 소리 없이 눈물을 닦으며 꼿꼿이 버텼다.

의녀는 침을 다 놓고 약방문을 쓴 다음, 병사가 달인 탕약을 가져오자 소소옥이 의식을 회복하기를 기다렸다가 탕약을 먹였다.

모든 처리가 끝나자 비로소 의녀가 백옥교에게 걸어왔다.

백옥교가 고개를 숙인 채 우울한 모습을 한 것을 보자 의녀는 감히 이것저것 묻지 못하고 진지하게 당부했다.

"백 낭자, 세 시진 후에 다시 와서 맥을 짚고 약을 먹이겠어요. 그사이 깨어나면 사람을 시켜 미음을 조금 먹이세요."

백옥교는 고개를 숙인 채 일언반구도 없이 그만 나가 보라는 손짓을 했다.

의녀가 떠난 후 널따란 옥방은 텅 비고 조용해졌다. 조용히 침상 위에 누운 소소옥의 가녀린 몸은 도무지 진짜 사람 같지 않은 느낌을 주었다.

백옥교는 벽에 기댄 채 미끄러지듯이 서서히 바닥에 꿇어앉았다. 두 손에 얼굴을 묻은 그녀는 이내 몸을 바르르 떨며 흐느끼는 소리를 냈다. 조금씩 조금씩 커지는 소리가 어두컴컴하고 음산한 옥방에 울리자 더없이 처량하게 들렸다.

소소옥은 천천히 눈을 떴다. 사실 약을 마신 그녀는 정신을 잃지 않고 있었다. 그저 너무 피곤해서 움직이기 싫을 뿐이었다. 자신이 혼절하지 않았다는 걸 알면 백옥교가 와서 영승이 무슨 말을 했느냐고 물을까 봐 겁이 났다.

소소옥은 누운 채 꼼짝도 하지 않고 주변을 둘러보았다. 그러다 보니 시야가 제한적이어서 그늘진 곳에 있는 백옥교를 볼수 없었다. 그녀는 이 처량한 울음소리가 백옥교의 목소리라는걸 알아차리지 못했다. 더군다나 백옥교가 이런 식으로 울 거라곤 생각조차 하지 못했다.

호기심이 일었다. 대체 누가 여기서 우는 걸까? 무슨 일이벌어진 걸까?

결국, 시중드는 누군가가 백옥교에게 야단맞고 억울한 마음에 저렇게 우나 보다 생각했다. 소소옥은 다시 천천히 눈을 감고, 친언니의 울음소리를 들으며 점점 잠에 빠져들었다.

백옥교는 마음을 추스른 다음 소소옥을 보지 않고 단호하게밖으로 나갔다.

그녀가 아는 군역사라면 소소옥이 미접몽의 행방을 밝히지않는 한 절대로 놓아줄 리 없었다. 게다가 소소옥이 일단 미접몽의 행방을 말하면 죽여 버릴 게 틀림없었다.

군역사는 지금 영승과 협력하는 일로 바쁘니, 백옥교로서는군역사가 한가해져 소소옥을 떠올리기 전에 어떻게든 그녀를구해 내야 했다.

군역사는 그녀가 오랫동안 짝사랑한 남자였다. 그를 위해서라면 기꺼이 모든 것을 바칠 수 있었다. 하지만, 소소옥 문제에서는 절대로 마음 약해질 수 없었다. 양보할 수도 없었다.

이 일은 마음속에 묻어 두고 혼자만 알고 있는 게 좋았다. 이사실이 밝혀지면 그녀 자신도 달아나기 어려워질지 모르는데,

누군가를 구하는 건 말할 필요도 없었다.

옥방에서 나온 백옥교는 병사에게 소리를 죽여 분부했다.

"눈치 빠른 하녀 둘을 구해 보살피게 해. 저 아이는 중요한 인질이니 무슨 문제라도 생기면 네 목이 달아날 줄 알아!"

병사는 백옥교가 어딘지 이상하다고 느꼈지만, 감히 따져 묻지 못하고 공손하게 명령을 수행하러 갔다. 백옥교는 그날 밤 심복을 보내 소소옥의 출신을 계속 조사했다.

혁련취향 말로는 소소옥은 초천은이 진왕부에 잠입시킨 첩자였으나 들통난 후 기억을 잃었다고 했다. 백옥교는 초천은이 어떻게 소소옥을 찾아냈는지, 소소옥이 어디서 자랐는지, 모두 다 알고 싶었다.

군역사는 확실히 소소옥 쪽에 신경 쓸 시간이 없었다. 전에는 몇 마디 묻기도 했지만 최근 들어서는 완전히 제쳐 놓고 있었다. 그는 군마 삼만을 남하시킬 준비를 하는 한편, 가능한 한 빨리 두 번째 말 떼를 천하성으로 보내라고 동오국을 독촉하느라 바빴다.

비록 적족에 군마 삼만을 지원하기로 약속하긴 했지만 쉽게 내줄 그가 아니었다. 지금 그는 흑족의 짐승 조련사 몇 사람과 밀담을 나누고 있었다. 이 짐승 조련사들이 바로 삼만 군마의 말 조련사였다. 그들은 남하하는 군마를 호송할 뿐 아니라 그곳에 남아 적족 기병을 도울 예정이었다.

군역사의 군마가 남하 준비를 하고 있을 때 한 일행이 천하성 교외에 도착해 곧 그의 군영을 찾아오려 하고 있었다. 바로 정 숙부 일행이었다.

인적 드문 깊은 밤, 정 숙부 일행은 천하성 교외의 무너진 사당에서 휴식을 취했다. 백독문에서 그처럼 큰일이 벌어졌으니 당연히 정 숙부와 금 집사도 소식을 들었다. 하지만 목령아와 영정은 한운석과 용비야가 손잡고 백독문을 공격한 것만 알 뿐 그 결과는 알지 못했다.

사실은 오늘 군역사의 군영에 가서 영승을 만날 수도 있었지만, 정 숙부는 아무래도 신중했다. 그는 만남을 며칠 늦추고 천하성 쪽 소식을 정확하게 알아본 다음 다시 움직이기로 했다.

마차를 사당 밖에 세운 뒤 금 집사는 안에 불을 피워 공기를 덥혔다. 문밖에는 북풍이 쌩쌩 불고 있었다. 북려국은 이미 추운 겨울에 접어들고 있었다.

영정이 입은 품 넓은 여우 가죽옷은 보온에도 좋고 약간 튀어나온 배를 가릴 수도 있었다. 임신 두세 달 만에 배가 눈에 띄게 부르는 사람도 있고, 대여섯 달이 지나야 임신한 것이 드러나는 사람도 있었다. 다행히 영정은 후자였고, 품 넓은 옷까지 입은 덕에 사람들의 눈을 속일 수 있었다. 지금 그녀는 낡은 방석 위에 꿇어앉아 깨진 불상을 향해 기도하는 중이었다.

정 숙부는 한쪽에 쌓인 지푸라기 더미 위에 앉아 불을 바라보며 다소 초점을 잃은 눈을 하고 있었다. 속으로 무슨 궁리를 하는지는 모를 일이었다.

조금 전에 나가서 짐승을 잡고 근처 개울가에서 깨끗이 손질해 온 금 집사는 지금 그 짐승을 불에 굽고 있었다. 목령아는 옆에서 그 모습을 지켜보았다. 보면 볼수록 침이 넘어갔다. 금 집사가 몇 번이나 자신을 바라본 것조차 눈치채지 못했다.

다 굽고 나자 금 집사는 제일 먼저 구운 메추리 한 마리를 목령아에게 내밀었다. 목령아가 생각도 해 보지 않고 받으려고 했더니 뜻밖에도 금 집사가 손을 홱 틀어 정 숙부 쪽으로 방향을 바꾸며 말했다.

"넌 이런 걸 먹으면 안 된다."

목령아도 마침내 자신이 '임부'라는 것을 떠올렸다. 그녀는 금 집사를 사납게 흘겨본 다음 일어나서 문밖으로 나갔다.

"잘 지켜봐!"

정 숙부가 재빨리 외쳤다.

쫓아 나간 금 집사는 목령아가 멀리 가지 않고 문 앞 섬돌 위에 앉아 있는 것을 보았다. 그는 잠시 망설이다가 다가가서 그녀 옆에 앉았다.

7번 노예

금 집사는 목령아 옆에 앉았지만 그녀는 아랑곳하지 않았다. 지금 그녀는, 오는 동안 비밀 암호를 많이 남겼는데 어째서 칠 오라버니는 아직도 찾아오지 않을까 하고 고민 중이었다. 혹시 칠 오라버니에게도 무슨 일이 생겼나?

칠 오라버니가 만상궁으로 돌아왔다면 분명 그녀와 영정이 납치된 사실을 알았을 것이고, 지난번에 그녀가 말했던 암호를 떠올렸을 것이다.

칠 오라버니는 그날 흑루로 달려간 뒤로 감감무소식이었다. 대체 어떻게 된 거람!

여기까지 생각이 미치자 목령아는 눈을 찡그렸다. 이 모습을 본 금 집사는 시선을 돌렸다. 마치 그녀의 이런 표정을 보고 싶지 않은 것처럼.

하지만 한동안 침묵하던 금 집사가 결국 입을 열었다.

"무슨 고민을 하는 거냐?"

목령아는 그를 흘낏 보더니 또 똑같은 질문을 던졌다.

"당신, 금 집사지? 맞잖아!"

목령아가 확신하고 재차 묻는데도 금 집사는 아직껏 대놓고 대답하지 않았다. 언제부터인지 금 집사는 주동적으로 목령아를 찾아와 말을 건넸고, 목령아는 그가 무슨 말을 하건 꼭 이 질문을 했다.

금 집사는 평소처럼 고개를 돌리고 다른 쪽을 바라보았다.

영정이 걱정되어 사당 안을 돌아본 목령아는 노인이 영정을 귀찮게 하지 않는 것을 확인하고 다시 고개를 돌렸다.

그녀가 물었다.

"아금, 여긴 동오족에서 멀지 않지? 내 기억이 맞는다면 이곳은 북려국 천하성일 거야."

그녀와 영정은 금 집사가 자신들을 어디로 데려가려는지 아직도 몰랐다. 하지만 북려국 경내에 들어온 후로 다소 절망했다.

금 집사는 말이 없었다.

목령아가 또 물었다.

"좋은 일 하는 셈 치고 영승의 소식이 있는지 좀 알려 줄 수 없어? 무슨 일을 꾸미려는 게 아니라 영정이 오라버니를 걱정하고 있어서 그래."

금 집사는 여전히 말이 없있다.

목령아는 얼굴을 굳히며 일어나서 자리를 옮기려고 했다. 아무것도 알아내지 못하는데 이자와 같이 앉아 있을 이유가 없었다.

뜻밖에도 금 집사가 갑자기 입을 열었다.

"동오국을 아느냐?"

목령아는 움찔 놀라 곧바로 다시 앉았다.

"정말 우릴 동오국에 데려갈 거야?"

"지금쯤 동오국에는 벌써 눈이 내리고 있겠지."

금 집사가 감개무량하게 말했다.

"우리 언니와 칠 오라버니를 협박하려던 거 아니었어? 우리 상의 좀 해. 내게 은자를 더 많이 받아 낼 방법이 있으니 동오국에 데려가지 말아 줘. 난 그곳 날씨를 견뎌 낼 수 없단 말이야."

목령아의 입에서 울먹임이 새어 나왔다.

새가 똥을 누지도 못하고 닭이 알도 낳지 못하는 그런 척박한 땅에 가면 그녀와 영정은 달아날 방법이 없었다.

금 집사는 긴장한 목령아를 아랑곳하지 않고 담담하게 말했다.

"동오국의 겨울은 은백색으로 뒤덮인 순결한 세상이다. 내년 봄이 오면 빙설이 녹고 초원에 풀이 자라고 꾀꼬리가 날아다녀 아주아주 아름다울 거다."

금 집사를 흘낏 쳐다본 목령아는 그의 얼굴에 고향을 향한 동경이 잔뜩 어려 있는 것을 발견했다. 그녀가 참지 못하고 물었다.

"가 봤어?"

"아니. 그쪽에서 온 사람들에게 들었지."

금 집사가 담담하게 말했다. 어려서 암시장에 팔려 온 그는 이미 동오국에 관한 기억이 흐려져 있었다.

동오국은 말과 보석이 나는 곳이었다. 죽음을 겁내지 않는 상인들은 동오국을 찾아 저렴한 가격에 말과 보석을 사들인 다음 삼도 암시장에 가져와 경매에 부치곤 했다. 시간이 흐르면서 동오족 가운데 영리한 사람들 역시 그들을 본떠 말과 보석을 가지고 삼도 암시장에 와서 경매에 부쳤다.

하지만 이런 일은 아주 드물어서 몇 년간 그 횟수가 손에 꼽을 정도였다. 동오족 대족장이 사사로이 말과 보석을 매매하는 일을 아주 엄격하게 통제했기 때문이었다. 군역사가 그처럼 많은 군마를 얻을 수 있었던 것은 개인 신분으로 찾아가지 않고 북려국 황족이라는 이름으로 협상했기 때문이었다. 그런데도 적잖은 노력을 들여야 했다.

"무척 가 보고 싶겠구나……."

목령아는 조심스럽게 떠보았다.

금 집사는 고개를 끄덕였다.

목령아는 가슴이 철렁 내려앉는 것을 숨기며 계속 물었다.

"이제 곧…… 그곳에 도착하겠네?"

고개를 끄덕이려던 금 집사는 곧 이상한 것을 알아차렸다. 무엇 때문인지 몰라도 갑자기 그가 껄껄 웃음을 터트렸다.

떠보기가 실패한 것을 깨달은 목령아는 힘 빠진 듯 고개를 푹 숙였다.

금 집사는 그런 그녀를 한참 보더니 파격적으로 사실을 털어놓았다.

"우린 동오국에 가는 게 아니다. 다른 사람을 만나러 가는 거지."

목령아가 고개를 번쩍 들고 그를 쳐다보았다.

"누구?"

"며칠 있으면 알게 된다."

금 집사도 더는 알려 주지 않았다.

목령아는 의아하기 짝이 없었다. 며칠 있으면 알게 된다는 것은, 그들이 만날 사람이 천하성 부근에 있다는 말이었다.

북려국 쪽 정황을 잘 알지 못하는 그녀는 고민해 봐도 그럴싸한 답을 얻을 수 없어서 금 집사와 저 노인이 잠들기를 기다렸다가 영정에게 물어보기로 했다. 똑똑한 영정이라면 분명히 의심스러운 후보를 짚어 낼 수 있을 터였다.

"아금, 나중에 동오국으로 돌아갈 거야?"

목령아는 계속 그를 떠보았다.

목령아는 이 대화를 떠보는 기회로 여겼지만, 금 집사가 대체 무슨 목적을 품고 있는지는 알 방도가 없었다.

"그렇다!"

그는 긍정적인 대답을 내놓았다.

"동오국에 집이 있어?"

목령아가 또 물었다.

금 집사는 고개를 저었다.

"모른다."

그는 자신이 노예라는 것만 알지 다른 것은 전혀 몰랐다.

사실 금 집사가 영승과 손잡고 자신과 칠 오라버니를 속인 일만 빼면, 목령아도 그를 무척 동정했고 애초에 그의 금패를 돌려줄 생각도 했었다.

"정말 성이 금씨야? 왜 아금이라고 불리는 거야?"

목령아가 또 물었다.

"나는…….."

금 집사는 한동안 침묵했지만 결국 대답해 주었다.

"나는 노예라서 번호만 있지 성은 없다."

"번호?"

목령아는 호기심이 생겼다. 노예에 관해서라면 그녀는 아는 게 거의 없었다.

"노예 시장의 노예에겐 이름이 없다. 우리 하나에 노예 열 명을 가두고 각각 1번에서 10번으로 부르다가 주인에게 팔리면 이름을 하사받지."

금 집사가 설명했다.

"당신 번호는 뭐야?"

목령아는 별 뜻 없이 물었다.

"7번."

금 집사는 태연하게 대답했다.

칠 오라버니 때문에 목령아는 이 숫자를 유난히 좋게 생각했다. 그녀가 가만히 중얼거렸다.

"소칠…….."

금 집사는 고칠소라는 이름만 들었지 그를 잘 알지 못해서, 목령아의 입에서 나온 '소칠'이 고칠소라는 것을 모르고 그저 자신을 부른다고만 생각했다.

그는 다소 어색해져 다른 쪽으로 시선을 돌렸다. 목령아는 갑자기 칠 오라버니가 보고 싶어서 몹시 슬퍼졌다. 그래서 더는 묻지 않았지만, 금 집사가 먼저 입을 열었다.

"만상궁이 나를 사던 날 영승과 마주쳤다. 그는 내게 뭘 원하느냐고 물었고, 나는 금이라고 대답했지. 그래서 그는 내게 '금'이라는 이름을 지어 줬다."

금…….

그는 금이 아주아주 많이 필요했다. 그래야 몸값을 치르고 자유를 찾을 수 있었다. 이번 생은 그 한 가지만을 위해 살았다.

목령아는 고개를 돌려 금 집사를 바라보았다. 자신조차 이상하게 느껴질 만큼 까닭 없이 가슴이 답답했다.

이 사람 일이 나하고 무슨 상관이람! 하나도 가엾지 않았다.

그를 가엾게 여겨 봤자 지금은 자신의 처지가 더욱 가여웠다.

"아금, 마지막으로 묻겠어. 나와 손잡지 않겠어? 목숨을 걸고 보증하는데, 당신이 나와 영정을 만상궁으로 보내 주기만 하면 언니한테 말해서 매신계를 돌려주고 빚도 갚아 줄게!"

목령아가 진지하게 말했다.

금 집사는 의미심장하게 그녀를 한 번 바라보더니 싸늘하게 웃으며 일어나서 가 버렸다. 마치 방금 서로 아무 말도 하지 않은 것처럼.

백독문 싸움 이후로 한운석은 곧 적족의 규탄을 받을 상황에 부닥쳤다. 그녀는 이제 만상궁을 장악할 수 없었다.

금 집사는 이미 영승을 만나면 인질을 내놓기로 했다. 매신계와 빚 갚을 돈만 받으면 즉시 동오국으로 돌아갈 생각이었다.

그는 운공대륙의 분쟁과 전란에는 요만큼도 흥미가 없었고, 그저 멀찌감치 피해 있고 싶을 뿐이었다.

그런 금 집사의 뒷모습을 바라보는 목령아는 어리둥절했다. 갑자기 왜 저렇게 낯을 싹 바꾸지? 참 이상한 사람이라니까.

밤이 되자 목령아는 틈을 보아 영정에게 금 집사가 해 준 이야기를 조용조용 속삭였다.

"생각 좀 해 봐. 우리가 대체 누구를 만나러 가는 걸까? 이곳은 천하성인데, 군역사와 결탁하려는 건 아니겠지?"

목령아가 소리 죽여 물었다.

영정의 첫 번째 대답은 바로 '영승'이었다.

그 이름을 듣자 목령아는 그만 소리를 지를 뻔했지만 다행히 영정이 제때 입을 틀어막았다.

"군역사는 돈이 없어. 오라버니는 백옥교에게 납치되었으니 군역사의 군영에 있는 게 분명해! 오라버니에겐 돈이 있어. 그렇지 않으면 저 노인도 그렇고 아금도 이곳까지 오지 않았을 거야!"

영정이 진지하게 말했다.

"너희 오라버니가 군역사와 손잡았어? 우리 언니를 배신하려는 거야?"

목령아의 최대 관심사는 이것이었다.

"그럴 리 없어!"

영정은 진지하게 말했다.

"목령아, 잘 기억해 둬. 적족 전체가 서진 황족을 배신한다 해도 우리 오라버니는 그렇지 않아! 틀림없이 협박을 받았을 거야."

영정은 그렇게 말하며 입구 쪽 짚 더미에서 잠든 복면 노인을 바라보며 소리를 죽였다.

"난 저자가 군역사와 결탁했다고 의심하고 있어. 명심해. 며칠 있다가 오라버니를 만나면 아무 말하지 말고 상황을 봐서 움직여, 알았지?"

목령아는 쭈뼛쭈뼛 물었다.

"정 언니, 왜 그렇게 너희 오라버니를 믿는 거야?"

"서진은 오라버니의 신앙이자 책임이니까. 무슨 말인지 알겠어?"

영정이 말했다.

목령아는 알아들을 수 없어서 고개를 저으며 다시 물었다.

"정 언니, 그럼 넌 당리를 믿어?"

당리. 아무도 그녀 앞에서 이 이름을 꺼내지 않은 지 벌써 한참이 되었다. 하지만 그녀는 매일같이 그를 생각했다.

예전에는 늘 떠나려고, 저 멀리 달아나려고 생각했는데, 정작 헤어져 보니 자신은 생각했던 것만큼 그렇게 털털하지 않았다.

배 속에 든 아이는 나날이 자라나 곧 다섯 달째였다. 하지만 아이 아빠는 그 존재도 모르고 있었다.

영정은 말없이 눈을 감았다.

목령아는 한참 동안 망설였으나 결국 그녀에게 바짝 다가가 소리 죽여 말했다.

"정 언니, 한 가지 더 이야기해도 돼?"

"응."

영정은 피곤한 것 같았다.

"난, 그러니까 난, 만에 하나 우리가…… 진짜 만에 하나, 돌아가지 못하거나 타국에서 객사한다면 말이야. 네가 이 일을 모른 채 떠나면 평생이 허무해질까 봐 말하는 거야."

목령아는 아주 진지하게 말을 꺼냈다.

영정이 즉시 그녀를 돌아보았다.

"무슨 일인데?"

"사실은 말이지, 사실 당리는 널 좋아해."

목령아는 영정이 믿지 않을까 봐 당리가 감옥에서 했던 말과 당리가 영정을 데리고 떠나게 하려던 한운석의 계획을 재빨리 털어놓았다.

영정은 벌떡 일어나 앉아 믿을 수 없는 얼굴로 목령아를 바라보았다.

멀지 않은 곳에 있던 금 집사가 이쪽 움직임을 느끼고 쳐다보자, 영정은 그제야 조금 냉정함을 되찾고 다시 누웠다.

목령아가 소리 죽여 달랬다.

"아이, 참, 초조해하지 마. 아이가 놀라면 어쩌려고 그래!"

오는 동안 목령아는 온갖 방법을 동원해 영정의 배 속에 든 아이를 보살폈다. 아이에게 무슨 일이라도 생긴다면 그녀는 억울해서 울어 버릴 것 같았다.

불사불멸의 고통

"정 언니, 우리 언니도 네가 놀라는 바람에 아이에게 무슨 일이 생길까 봐 걱정했어. 게다가 당리도 네게 직접 말하고 싶어 했고. 그러니까…… 언니한테 뭐라고 하지 마. 언니도 우리가 납치될 줄은 몰랐으니까!"

이런 상황에서도 잊지 않고 한운석의 변명을 해 주는 걸 보면 목령아는 참 좋은 동생이었다.

영정은 한 손으로 목령아의 손을 꽉 쥐고 다른 손으로는 입을 막았다. 한참, 아주 한참 그렇게 가만히 있던 그녀가 마침내 꽉 잠긴 목소리로 말했다.

"령아, 알아? 나……, 나 그 사람이 너무너무 보고 싶어."

본래도 울보인 목령아는 영정의 목멘 소리를 듣자 참지 못하고 울음을 터트렸다.

"나도 칠 오라버니가 보고 싶어. 으앙……."

그 소리에 놀라 깨어난 정 숙부가 씩씩거리며 다가왔지만 금 집사가 가로막았다.

"저렇게 떠들다가 누가 듣고 오면 어쩔 테냐?"

정 숙부가 화난 소리로 물었다.

"이미 군역사의 세력권에 들어왔는데 뭘 겁내?"

금 집사도 되물었다.

반박할 말이 없어진 정 숙부는 별수 없이 씩씩거리며 밖으로 나갔다. 금 집사는 다시 본래 자리에 앉아 가슴 앞으로 팔짱을 끼고 허리를 꼿꼿이 세워 벽에 기댄 채 눈을 감고 잠시 쉬었다.

방금 그는 목령아가 '칠 오라버니'라고 부르는 소리를 어렴풋이 들었다. 누군가가 보고 싶다는 이유로 저렇게까지 울 수 있다니.

그는 고개를 숙였다. 흘러내린 짧은 앞머리가 눈을 가려 꾹 다문 입만 보였는데 상태가 썩 좋아 보이지 않았다.

영정은 당리가 그리웠고 목령아는 칠 오라버니가 그리웠다.

당리와 고칠소는 길을 나눠 그들을 찾아 헤맸지만 여태껏 아무런 실마리도 찾아내지 못했다.

당리는 백독문에서 천하성으로 가는 경로를 모두 계산했다. 총 열다섯 갈래였다. 그는 그 경로 하나하나에 사람을 보내 샅샅이 살피게 하고, 자신도 밤낮 쉬지 않고 사방팔방 암호를 찾아다녔다.

하지만 암호란 쉽게 확인할 수 있는 게 아니었다. 나무 위나 가옥 구석 곳곳에 새겨진 암호를 발견할 때마다 그는 모조리 베껴 고칠소에게 보냈다. 지금까지 보낸 것만 해도 열몇 개인데, 고칠소는 모두 아니라고 했다.

고칠소의 말에 따르면, 까맣게 잊어버린 것이 분명했다.

당리가 그 암호의 모양을 안다면 목표가 생겨 훨씬 빨리 찾아냈겠지만, 애석하게도 그는 알 수가 없었다.

결국 어느 날, 당리는 고칠소에게 의지하는 것은 믿을 만한 방법이 아니라는 사실을 알아차렸다. 그는 전면 수색을 시작하는 한편, 영정을 돌려주기만 하면 당문의 극비 암기 제조법 서른 개를 내놓겠다며 온 천하에 선포했다.

이 소식이 퍼지자 세상이 시끄러워졌다!

가장 난리가 난 곳은 당연히 당문이었다. 하지만 당문의 주인은 용비야고 문주는 당리였다. 당자진 등은 용비야를 찾을 수도 없고 당리와도 연락이 닿지 않았다. 당리의 말이 무효라고 선포할 수도 없는 그들로서는 가만히 상황 변화를 지켜보는 것이 고작이었다.

금 집사와 정 숙부도 무척 의외였다. 솔직히 말해, 영승에게서 매신계를 받을 생각이 없었다면 금 집사마저 마음이 흔들릴 정도였다. 당문은 근 백 년간 각처에서 서로 끌어들이고자 하던 세력이었다. 극비 암기 서른 개의 가치는 절대 작지 않았다!

사실 정 숙부도 흔들리긴 마찬가지였다. 영승과 합류하면, 영승과 군역사의 협력에서 영정이 아주 큰 패로 작용하리라 생각했다.

고칠소는 동부의 산과 숲을 모두 뒤진 다음 북려국 경내에 들어와 있었다. 이 소식을 들은 그는 제일 먼저 당리를 믿어서는 안 된다는 생각부터 했다. 영정만 거론하고 목령아 이야기는 한마디도 하지 않았으니까.

그래서 고칠소는 약귀 대인의 이름으로, 목령아를 돌려주기만 하면 약귀곡을 통째로 들어 바치겠다고 온 천하에 선포했다.

며칠 지나지 않아 운공대륙에 이 소식이 퍼지자, 영정과 목령아는 눈 깜짝할 사이 운공대륙 모두가 찾아다니고 모두가 떠들어 대는 대상이 되었다. 그와 동시에 운공대륙 여자들의 부러움과 시새움의 대상이 되기도 했지만, 애석하게도 바보 같은 이 두 여자는 이 일에 관해서는 아무것도 몰랐다.

그날, 북려국을 떠나 삼도 암시장으로 돌아가려던 고칠소는 갑자기 검은 서신을 한 통 받았다. 서신에 적힌 글자는 빨간색이었다.

빨간 글로 쓴 서신, 즉 단서丹書는 불길했다…….

서신을 읽고 나자 나라를 줘도 아깝지 않은 고칠소의 아름다운 얼굴이 삽시간에 새까매졌다.

단서에는 다양한 의미가 내포되어 있었는데, 그중 하나가 바로 제왕의 명령이었다. 이 서신은 당장 독종 금지로 오지 않으면 뒷일을 알아서 하라는 용비야의 경고장이었다.

고칠소는 눈썹을 치키고 손에 든 서신을 내려다보며 가소롭기 짝이 없다는 듯한 표정을 지었다.

"네가 부른다고 이 어르신이 달려갈까 보냐? 흥! 차라리 서신을 씹어 먹고 말지!"

말을 마친 그는 서신을 구겨 산골짜기에 집어 던졌다. 그리고 산뜻하게 돌아서서 걸어갔지만, 몇 발짝 가지 못하고 멈춰 섰다. 세상 모든 것을 우습게 보던 그의 얼굴 위로 진지하고 엄숙한 표정이 떠올랐다.

사실 서신에는 당장 만나러 오라는 내용뿐 별다른 말이 없었다. 하지만 고칠소는 용비야의 뜻을 누구보다 더 확실하게 읽어 낼 수 있었다.

용비야가 당장 오라고 하는 까닭은 두 가지였다. 하나는 똑같이 불사불멸의 괴물인 그더러 백언청을 상대하게 하려는 것이고, 다른 하나는 불사불멸에다 늙지도 않는 그의 상황을 똑똑히 물어보기 위해서였다.

용비야는 그의 비밀을 누설하지 않겠다던 약속을 내내 지켜 왔다. 하지만 이번에도 비밀을 지킬 수 있을까?

사실 지금까지도 그는 자신이 어쩌다 독고인이 되었는지 몰랐다. 그는 남의 손에서 괴물로 자라나, 무슨 병을 앓아도 죽지 않고 어떤 상처를 입어도 죽지 않았다. 그리고 나중에는 자신의 얼굴이며 몸이 아무런 변화 없이 스무 살 때의 상태를 유지하고 있다는 것을 깨달았다.

전설에 나오는 독고인은 불로불사불멸不老不死不滅이라고 하기에 그는 자신을 독고인으로 생각했다.

행림 대회가 끝나고 고운천이 갇힌 뒤 그는 일부러 고운천을 만나러 가서 슬쩍 이 일을 물어보았다. 반응으로 보아 고운천은 그가 불로불사불멸인 것을 전혀 모르고 있었다. 그는 자신이 고운천이 우연히 만들어 낸 독고인이라고 확신했다.

요 몇 년간 그 역시 몇 차례나 독종 금지에 숨어들어 그 비법을 깨뜨리는 방법을 찾았지만, 애석하게도 아무것도 찾아낼 수 없었다.

독누이에게 독녀가 자신을 구할 수 있다고 말한 적도 있지만, 사실은 농담에 불과했다. 당시 그가 독종의 독녀를 찾아다닌 까닭은 독종을 이용해 의성을 뒤집어엎고 의학원을 무너뜨리기 위해서였을 뿐이었다.

고칠소는 가볍게 한숨을 쉬더니 휘파람으로 말을 불러 타고 의성 방향으로 달려갔다.

그러는 동안 한운석 일행은 이미 비밀리에 의성에 도착해 있었다. 용비야는 정말 노련한 여우였다. 의성에 도착했는데도 그는 자신들로 위장한 비밀 시위들이 계속 움직이게 해서 행방을 속였다. 덕분에 방방곡곡에서 그들을 봤다는 소식이 들려왔다.

고북월은 행적을 숨기기 위해서 의성의 부원장과 장로 몇 사람만 만났고, 의성에서 그간 있었던 일을 들은 뒤 몇 가지 중요한 일을 분부했다. 의성은 원장 고북월이 계속 폐관 중이라고 선포했다.

내내 달려오느라 지친 그들은 그날 밤 의성에서 휴식을 취하고 내일 아침 독종 금지에 가기로 했다.

식사를 마치자 고북월은 심결명에게 맡겨야 할 일을 잊었다며 먼저 자리를 떴다. 남은 용비야와 한운석은 단둘이 정원에 나가 앉았다.

한운석은 양손으로 턱을 괴고 용비야를 응시했다. 용비야가 그런 그녀를 흘끗 보더니 차를 한 잔 따라 내밀었다.

한운석은 움직이지 않고 그를 보며 웃기만 했다.

"최근에 딴 동편冬片이다. 맛보아라."

용비야가 말했다.

동편이란 겨울 차의 별칭이었다. 봄 차는 기름처럼 비쌌고 특히 명전차明前茶(청명절 전에 딴 잎으로 만든 녹차)가 그랬다. 하지만 겨울 차도 싸지는 않았다.

일반적인 겨울 차는 '추아동채秋芽冬茶', 즉 가을에 난 싹을 겨울에 딴 것이었다. 하지만 고급 겨울 차는 겨울에 난 싹을 겨울에 따서 만들었다.

한운석은 그래도 움직이지 않은 채 용비야의 주의를 돌리며 물었다.

"동편도 봄 차처럼 맛있어요?"

한운석도 본래 차를 무척 좋아했지만, 차에 대한 지식은 많지 않았다. 하지만 용비야와 함께하면서부터 종종 그와 함께 차를 마시면서 저도 모르는 새 지식이 많이 늘었다.

"봄에는 비가 많이 내리기에 찻잎이 옹골지고 윤이 난다. 그래서 차를 끓이면 향긋하고 순한 맛이 나며, 향기도 오래가지."

용비야는 차를 음미하면서 한가롭고 태연하게 설명했다.

"동편은 날이 추워 찻잎이 느리게 자라니 잎 몸이 두툼하고 떫은맛이 덜한 대신 그윽한 맛이 더해지지. 특히 고산 지대에서 딴 찻잎은 그윽한 맛이 두드러진다."

그의 신분을 모르는 사람이 이렇게 여유롭고 소탈한 모습을 봤다면, 세상일을 꿰뚫어 보고 세상 사람 마음을 내다보지만 세상과는 동떨어져 느긋하게 사는 은거한 고인쯤으로 여겼을 것이다.

하지만 그의 신분을 아는 사람은, 그가 세상일을 꿰뚫어 보고 세상 사람 마음을 내다보지만, 세상과 동떨어져 있지 않을 뿐 아니라 천하를 손아귀에 쥐고 있는 사람이라는 것을 잘 알고 있었다.

남들이 어떻게 생각하든 한운석은 지금 그의 모습이 제일 좋았다. 그녀는 금을 한 곡 타서 흥을 돋우고, 머리 아픈 독고인 문제는 깨끗이 잊어버리고픈 생각에 사로잡혔다.

"용비야, 군어君語는 어쨌어요?"

한운석이 물었다. 오래전 태후의 생신 연회 때, 그녀는 초청가가 금 솜씨를 겨루자고 도발했을 때는 거절했지만 진왕부에 돌아와서는 〈양축〉을 연주해 용비야에게 들려주었다. 그때 썼던 것이 바로 용비야의 금, 군어였다.

군어, 군어. 평온한 세월에 임과 함께 속삭이리니.

"강남 매해에 있다. 금을 타고 싶으냐?"

용비야가 물었다.

"아뇨, 그냥 물어봤어요."

한운석은 감개무량한 투로 말했다.

"언제쯤 강남 매해로 돌아갈 수 있을까요? 앞으로 두 달 더 있으면 매화가 가득 피겠죠?"

"두 달······."

용비야는 묵묵히 날을 셈했다. 두 달 안에는 돌아갈 수 없을 것 같았다.

그에게는 장원과 원림이 적지 않게 있었지만, 그녀는 다른 곳에는 전혀 흥미가 없고 유독 강남 매해만 좋아했다. 그인들 다를까?

"내년을 기약하자. 내년 겨울부터는 매년 그곳에서 연말을 보내도록 하지."

용비야가 약속했다.

한운석은 진지하게 고개를 끄덕였다. 1년 정도면 운공대륙의 정세도 다소 안정될 터였다.

"1년……."

한운석도 묵묵히 날을 셈해 보았다. 무슨 날짜를 셈하는지는 그녀 혼자만 알고 있었다.

몇 마디 나누는 사이 차가 식어 버렸다. 차란 본래 뜨거울 때 마셔야 제 맛인데 겨울에는 특히 그랬다.

용비야는 한운석에게 잔을 바꿔 주었다. 한운석은 이내 다른 화제를 꺼냈다.

"용비야, 불사불멸인 백언청은 얼마나 고독하고 심심할까요?"

"그럴까?"

용비야가 담담하게 되물었다.

"적어도 고통스럽긴 할 거예요. 좋아하는 사람이 있거나, 가족과 친구가 있다면 분명히 고통스럽겠죠."

한운석은 진지한 얼굴로 말했다.

그런 이들은 가장 가깝고 가장 사랑하는 사람이 늙어 곁을 떠나는 것을 지켜보면서도 아무것도 하지 못한 채 항상 같은 자리에 머물러야 했다. 가장 가깝고 가장 사랑하는 사람들을 제 손으로 한 명 한 명 보내는 동안 얼마나 묵직한 고통을 이겨 내야 할까?

불사불멸의 몸을 가진 사람이란 결국 버림받은 사람일 뿐이었다.

한운석은 곧 자기 생각을 부인했다.

"백언청은 그렇지 않을 거예요."

백언청의 마음속에는 이미 아무것도 들어 있지 않을 것이었다. 그에게는 오직 자기 자신뿐이었다.

용비야는 한참 침묵을 지키다가 마침내 담담하게 한마디 했다.

"하지만 다른 사람이라면…… 그렇겠지."

그는 길고 보기 좋은 손가락으로 탁자를 가볍게 두드렸다. 고칠소 그자는 아마 이리로 오는 중이겠지.

남몰래 준비하는 일

그날 밤 동안 한운석은 이런 식으로 두 번 세 번 용비야의 주의를 돌리며 차를 마시는 것을 피했다.

결국, 용비야가 눈을 찡그리며 한마디 물었다.

"동편이 싫으냐?"

"너무 많이 먹어서 배불러요. 못 마시겠어요."

한운석이 댄 이유는 충분했다.

용비야가 그래도 재차 물으려고 했지만, 한운석은 그의 손을 잡고 걸어가면서 웃는 얼굴로 말했다.

"용비야, 언젠가 차와 내가 동시에 절벽에서 떨어지면 어느 쪽을 잡을 거예요?"

용비야는 기가 찬 듯이 웃었다.

"절벽에서 떨어질 것까지 없다. 네가 싫다면 내일부터 차를 끊어 보마."

한운석은 큰 소리로 웃음을 터트렸다.

"농담이에요."

두 사람이 막 방으로 들어섰을 때 서동림이 찾아왔다.

"전하, 명향 낭자가 의성에 도착했습니다."

"음, 내일 독종 금지에 있는 갱에서 합류하겠다."

용비야는 담담하게 분부했다.

한운석은 의외라는 표정을 지었다.

"왜 백리명향까지 불렀어요?"

검이 심장을 찔렀는데도 죽지 않았으니, 백언청의 몸은 철벽보다 더 망가뜨리기 어려운 것일지도 몰랐다. 아무리 백리명향이 백언청을 유인한다 해도 열화연화로는 백언청을 죽일 수 없었다!

뜻밖에도 용비야는 진지하게 물었다.

"백언청이 불사의 몸이라는 것이 드러난 지금, 그자가 반드시 백리명향을 죽여야 할 필요가 있겠느냐?"

한운석은 그제야 용비야의 뜻을 알아차렸다.

예전에는 백언청의 무공이 용비야보다 크게 떨어지지 않았다. 그래서 그는 백리명향이 용비야와 쌍수하는 사람이라 생각하고 어떻게든 그녀를 죽이려 했다. 용비야의 무공이 정진해 실력 차이가 계속 벌어지는 것을 원치 않았기 때문이었다.

하지만 이제 백언청이 불사의 몸이라는 것을 그들도 알게 되었으니, 백언청 입장에서는 구태여 용비야의 무공이 높아지는 것을 막으려 할 까닭이 없었다. 어쨌든 용비야와 마주치더라도 예전처럼 불사의 몸이라는 비밀을 숨길 필요가 없었으니까. 그는 이제 진짜 실력을 드러내 용비야와 겨룰 수 있었다.

용비야의 무공이 아무리 대단해도, 심지어 서정력 3단계를 수련하더라도, 백언청을 죽이지 못하는 건 매한가지 아닐까?

그렇다면 백언청은 더는 백리명향을 건드릴 필요가 없다고 볼 수 있었다!

"설마 서정력이……."

한운석은 다소 믿기지 않았다.

"서정력은 세상에서 가장 강력한 힘이다. 무너뜨리지 못하는 것이 없고, 없애지 못하는 것이 없지. 어쩌면……."

사실 용비야도 그냥 떠올려 본 생각일 뿐 완전히 자신이 있는 건 아니었다.

백언청이 그들을 찾아와 백리명향을 봤을 때, 백독문에서 그랬던 것처럼 앞뒤 가리지 않고 계속해서 백리명향을 죽이려 한다면 의심스러울 만했다.

"한번 해 보죠."

한운석은 고개를 끄덕이면서, 속으로 내일 독종 금지에서 조금이나마 얻는 게 있기를 기원했다.

방문을 닫자 용비야와 한운석도 오래 이야기를 나누지 않았다. 그들에겐 중요한 일이 있었다.

최근 두 달 동안 한운석은 용비야의 도움으로 이미 범천력을 십 할까지 수련했다. 덕분에 암기 침술도 갈수록 좋아졌고 경공도 꽤 많이 배웠다.

백독문에서 싸움이 벌어졌을 때, 그녀는 무공을 할 줄 아는 사실이 들통날까 봐 내내 용비야의 도움을 받아 움직였고 직접 백언청을 공격하지도 않았다.

이제 그녀가 범천력을 부릴 수 있게 되었으니 용비야가 정식으로 그녀와 쌍수를 시작할 때가 되었다.

한운석이 범천력으로 내공을 수련한 까닭은 용비야가 수련하는 것 역시 범천력이기 때문이었다.

범천력은 그들이 하는 쌍수의 기초이자 매개체였다. 음양의 기운이 서로 돕고 어우러지려면 매개체를 통해 전달해야만 서로에게 영향을 주고 서로를 도울 수 있었다.

용비야의 몸속에 있는 서정력은 음양이 어우러진 쌍수의 힘을 빌려야 다음 단계에 오르고 한계를 돌파할 수 있었다.

이 쌍수에서 용비야는 주체고 한운석은 보조였다.

용비야는 범천력 강화와 음양의 보조를 통해 서정력을 촉진할 수 있고, 한운석은 이를 통해 내공을 충실히 하다가 쌍수가 성공한 다음부터 범천력을 마음대로 제어할 수 있었다. 그때가 되면 그녀는 천산의 그 어떤 검법도 수월하게 익힐 수 있었다.

"준비되었느냐? 일단 시작하면 앞으로 석 달 동안 반드시 매일 한 시진씩 수련해야 하며, 도중에 멈출 수 없다."

용비야가 진지하게 일깨워 주었다.

한운석은 생각나는 대로 물었다.

"뭘 준비해야 하는 거죠? 어쨌든 난 평생 당신에게 붙어 다닐 거고 아무 데도 안 가요."

용비야는 웃고 싶었지만 억지로 참았다. 그는 고개를 돌리고 헛기침을 몇 번 한 뒤 말했다.

"그럼 시작하자."

용비야는 제법 너비가 있는 평상을 고른 다음 방 한가운데 있는 조그만 차 탁자를 치웠다.

두 사람은 평상 위에 마주 앉아 서로의 눈을 들여다보았다.

쌍수는 보조를 맞춰 함께 수련하는 것으로, 수신修身이자 수심修心이었다.

수신이란 두 사람이 무공에 있어 합일合—을 이루는 것이며, 수심은 말하지 않아도 서로 마음과 감각을 통하게 하는 것이었다.

두 사람은 족히 반 시진이나 가만히 앉아 있었고, 자신도 모르는 사이 눈을 감았다. 눈으로 볼 필요도 없이 마음으로 상대의 존재를 느낄 수 있었다.

별안간, 두 사람이 약속이나 한 듯 동시에 눈을 떴다. 그리고 뜻이 통한 듯 서로를 바라보며 빙긋 웃었다. 그들은 본래 부부였고 정도 깊었다. 그런 그들에게 수심은 그리 어려운 것이 아니었다.

용비야가 허공에 대고 손을 움키자 벽에 걸어 둔 현한보검이 날아와 잡혔다. 그는 검을 한운석에게 내주고 자신은 검집을 잡았다.

"검이 하나뿐이니 한동안은 섭섭해도 참아 다오. 서동림에게 좋은 검을 구해 오라고 하마."

용비야가 말했다.

"좋아요. 기다릴게요."

한운석은 무척 기뻐했다.

그가 주는 선물이라면 언제나 기대 만발이었다.

사실 한운석은 전혀 섭섭하지 않았다.

용비야는 검종 노인에게서 이 현한보검을 받은 후로 그 누구도 건드리지 못하게 했다. 손댄 사람은 한운석이 처음이었다!

지난번에 단목요는 온갖 수단을 동원해 이 보검을 손에 넣으려 했지만, 애석하게도 손끝 하나 대지 못했다.

용비야는 검집을 들고 한운석은 검을 든 채 방 안에서 대결을 시작했다.

한운석이 검술이라곤 전혀 알지 못했기에 용비야는 그녀더러 막기만 하라고 말했다.

시킨 대로 막고 또 막던 한운석은 어느덧 검에 힘이 실리는 것을 느꼈다.

한운석은 아무것도 몰랐지만 용비야를 완전히 믿었기에 그의 박자에 맞춰 움직였다. 처음에는 질서 없고 엉망이던 동작이 저도 모르는 사이 질서가 잡혀 갔다.

한운석은 자질이 매우 뛰어나 금방 규칙을 찾아냈고, 막기만 하던 것을 그만두고 용비야를 향해 검을 내질렀다. 용비야는 검집을 겨누어 한 치 어긋남도 없이 한운석의 검을 검집에 집어넣었다.

"검을 처음 배울 때의 나를 금방 따라잡겠군."

용비야는 무척 기뻐했다. 한운석의 이해 능력은 그의 예측을 뛰어넘는 수준이었다.

"당신이 잘 가르치니까요!"

한운석도 웃으며 말했다.

용비야는 검집을 당겨 뽑아 한쪽에 내려놓고 손만으로 한운석과 대련하기 시작했다. 그가 몇 차례 손을 휘두르자 겉보기에는 고요해도 검기가 주위를 에워싸는 것을 분명하게 느낄 수 있었다. 강력하면서도 웅혼한 기세였다.

"내공을 기氣로 만들면 기에서 검망이 생긴다."

용비야가 나지막이 말했다.

"운석, 눈을 감고 아무 생각도 하지 마라. 나만 따르면 된다."

용비야는 한 손으로 그녀의 허리를 안고 검을 쥔 그녀의 손을 잡아 이끌었다.

용비야는 어떤 느낌인지 몰라도, 한운석은 연공을 하는 것이 아니라 춤을 추는 기분이었다.

그의 숨결에 뒤덮이자 눈을 뜨지 않고 영원히 그 속에 푹 잠겨 있고 싶어졌다.

처음 쌍수를 시작할 때는 필요 시간이 좀 더 길었다. 첫 번째 쌍수는 한밤중이 되어서야 끝났다.

평상에 앉은 한운석은 따뜻하고 낯설면서도 익숙한 기운이 단전에 가라앉아 있는 것을 분명하게 느꼈다.

그녀는 아랫배를 쓰다듬으며 웃었다.

"따뜻한 게 기분이 편안해요."

용비야가 곧바로 손을 뻗자 한운석도 정신이 돌아와 그가 만져 보게 해 주었다. 하지만 웬걸. 한번 그녀에게 닿은 용비야의 손은 다시는 떨어지지 않았다.

본래 반쯤 누웠던 그가 어느새 몸을 일으켜 한운석에게 바짝 다가와 있었다.

한운석이 정신을 차렸을 때는 이미 늦은 후였다. 용비야가 살짝 밀자 그녀는 푹신한 이불 위로 쓰러졌다. 그는 그녀를 덮쳐누르고서 가만히 내려다보며 나쁜 웃음을 입가에 떠올렸다.

그녀의 다리가 나은 후로 그가 제대로 그녀를 사랑해 준 적은 거의 없는 것 같았다.

한운석이 가로막듯이 양손을 그의 가슴팍에 대자 용비야는 불만스러웠다. 그가 뭐라고 하려는데, 뜻밖에도 한운석이 그의 허리띠를 풀고 옷을 벗겼다!

용비야는 몹시 의외였다. 한운석은 얼굴을 빨갛게 물들였지만 동작은 갈수록 대담해졌다.

이 일은, 일단 한운석이 주동적으로 나서기만 하면 항상 성공했고 쉽게 끝나지도 않았다.

예상대로 이튿날, 아침 일찍 출발하기로 했지만 한운석은 정오까지 잠에 빠지고 말았다. 눈을 뜬 그녀는 깜짝 놀라 신발 신는 것도 잊고 평상에서 내려왔다.

용비야는 옆에 앉아 밀서를 읽고 있었다. 그녀의 고운 맨발을 본 그가 불쾌한 목소리로 물었다.

"춥지 않느냐? 신발을 신어라."

"벌써 정오잖아요. 왜 안 깨웠어요!"

한운석이 투덜거렸다.

용비야의 시선은 이미 밀서 위로 돌아가 있었다. 그가 담담하게 말했다.

"그 모양으로 지쳤으니 푹 자는 게 좋다."

막 다시 평상으로 올라갔던 한운석은 어젯밤에 너무 지쳐서 그의 밑에서 애원하던 자신의 모습을 떠올리고 이불에 얼굴을 묻고 말았다.

몰래 그 상황을 돌이켜 보던 그녀는 의아한 눈길로 용비야를 힐끔거렸다. 정말 알 수가 없었다. 저 인간은 지칠 때가 없는 걸까?

비록 낯부끄럽긴 했지만 그래도 후회하지 않았다. 지금 그녀는 목표를 향해 남몰래 노력하는 중이었다.

한운석이 단장하고 식사를 마치자 고북월이 찾아왔다.

그들은 서둘러 비밀리에 독종 금지에 있는 갱으로 갔다. 백리명향이 벌써 오랫동안 기다리고 있었다.

"전하, 공주께 인사 올립니다."

백리명향은 두 사람에게 예를 올린 다음 고북월과 서로 고개를 숙여 인사했다.

군영으로 돌아가 평생 평온하게 늙어 갈 줄만 알았지, 다시 돌아와 전하와 공주를 보게 될 줄은 꿈에도 생각지 못한 일이었다.

그녀는 사실 마음이 몹시 어지러웠지만, 겉으로 드러내지 않았다. 설사 드러냈다 한들 누가 알아차리기나 했을까?

"공주, 소옥이 소식이 있는지요?"

그녀가 가장 염려하는 것은 바로 그 일이었다.

적족은 내내 영승의 행방을 찾고 있었고 한운석도 다르지 않았다. 영승의 행방이 곧 소소옥의 행방이었다.

군역사 쪽이 가장 의심스럽지만, 용비야의 사람들이 내내 수소문하고 있는데도 아무 소식도 얻지 못했다. 아무래도 군영같이 중요한 곳은 다른 곳보다 잠입하기가 어려웠다.

군역사의 성격상 영승을 손에 넣었다면 이렇게 조용히 있을 리 없었다! 백독문 싸움에도 사부를 구하려고 모습을 드러냈을 게 분명했다.

애석하게도 한운석은 군역사와 백언청의 관계가 진작 틀어졌다는 것을 몰랐다. 그렇지 않았다면 군역사를 용의 선상에서 제외하지 않았을 터였다.

"제단으로 가요."

한운석이 진지하게 말했다.

지난번 그들이 독초 창고 지하 미로에서 제단을 발견한 것은 순전히 우연이었다. 그때는 땅이 갈라지면서 심연 속에 빠지는 바람에 제단을 발견했다.

이제는 지하 미로를 거칠 필요 없이 곧바로 제단이 있는 심연으로 가면 되었다.

제단에 도착하면 무슨 일이 일어날까?

제단의 새로운 발견

독종 금지 서쪽에는 대열곡裂谷이 있었다. 그 대열곡 가운데 울창하고 어두운 삼림이 펼쳐져 있는데, 그 삼림에 있는 나무와 풀은 하나같이 독을 만들 수 있는 재료들이었다.

삼림에 들어간 한운석 일행은 차디찬 한기를 느꼈다.

깊은 계곡은 어둡고 춥기 마련인 데다 때가 겨울이다 보니, 주위에는 초목이 울창한데 이곳 공기만 겨울처럼 차가운 괴상한 현상이 나타난 것이었다.

한운석은 바람막이를 걸치고 있었지만 용비야는 자신의 바람막이까지 벗어 그녀에게 덧씌워 어깨를 감싸 주었다.

뒤를 따르던 고북월과 백리명향도 그 장면을 보았다.

백리명향은 보지 못한 것처럼 평온한 표정이었지만, 고북월은 따뜻하기 그지없는 웃음을 입가에 떠올렸다.

숲속 깊이 들어가면 갈수록 빛이 약해졌다.

결국, 새까만 어둠 속에 파묻히기 직전에 저 멀리 있는 둥그런 제단을 볼 수 있었다.

돌로 만든 제단은 단순하고 소박했다. 돌멩이를 쌓아 둥글게 만든 담장 가운데에 높다란 몰자비가 서 있는데, 멀리서 보니 제단 전체가 장중하고 신비로워 보였다.

한운석은 처음 저 몰자비를 봤을 때의 느낌을 기억하고 있었다. 마치 영혼이 빨려 드는 듯 통제를 벗어나는 것 같은 느낌이었다.

용비야 역시 이곳에서 한운석이 혼절했던 모습을 잊지 않고 있었다. 할 수 있다면 두 번 다시 오고 싶지 않은 곳이었다.

한운석 역시 겁이 나서 너무 오래 쳐다볼 수가 없었다. 그녀가 고북월을 돌아보았더니 고북월도 몰자비를 뚫어지게 응시하고 있었다.

"고북월, 그때 날 구해 준 사람이 당신이었죠?"

한운석이 웃으며 말했다.

당시 그들은 비밀 통로에서 초천은과 격전을 치렀는데, 비밀 통로가 불로 무너진 다음 땅바닥이 갈라졌다. 그런 일이 일어날 줄은 그 누구도 예상하지 못했고, 용비야조차 제때 그녀를 붙잡지 못했다.

삽시간에 갈라진 틈 속으로 떨어진 한운석은 머리가 몹시 어질어질했으나, 나중에 깨어나 보니 무사히 바닥에 누워 있었다.

그때 그녀는 그 일을 무척 이상하게 생각했고, 하얀 그림자 하나가 뒤따르고 있다는 것도 어렴풋이 느꼈다.

고북월은 웃음을 지었다.

"저였습니다. 공주를 놀라게 했군요."

"네가 그녀를 한 번 살렸구나."

용비야도 고북월과 함께 있으면 다소 말이 많아졌다.

"한 번만이 아니에요."

한운석은 진지하게 말했다.

고북월은 신분을 숨기고 있는 동안 여러 차례 그녀를 구했다.

세 사람이 웃으며 이야기하는 사이 백리명향은 홀로 조용히 침묵을 지키며 부러운 눈길로 고북월을 바라보았다.

고 의원은 공주를 좋아한다고, 그녀는 확신했다.

하지만 공주는 아직 몰랐다. 아마 평생 모를 것이다.

누군가를 저렇게까지 사랑할 수 있다는 것도 행복이었다. 하지만 그녀는 그럴 수가 없었다.

그들이 가까이 다가갈수록 제단 가운데 있는 몰자비가 점점 또렷해졌다.

몰자비는 여전히 고풍스럽고 신비로웠다. 윗부분은 이미 풍화되어 거무스름하게 깎여 나갔고, 아랫부분에는 이끼가 잔뜩 껴 있었다. 윗부분에는 묵직한 죽음의 기운이 어리고, 아랫부분에는 왕성한 생기가 자리한 그 모습에는 흡사 어둠과 빛, 죽음과 삶이 뒤섞인 것 같았다.

"꿈에서 이 비석에 글이 적혀 있는 걸 봤는데, 내용을 다 보지 못했어요."

한운석이 진지하게 말했다.

그들은 제단 바깥에 걸음을 멈췄다. 이곳에서도 몰자비에 글자 하나 없다는 것을 똑똑히 볼 수 있었다.

용비야와 고북월 둘 다 진지하게 비석을 살펴보았다. 심지어 고북월은 나지막한 돌담을 넘어 안으로 들어가기까지 했다.

용비야와 한운석도 진작 가까이 가고 싶었지만 다소 꺼려져 움직이지 못했다.

분명히 고북월보다 머리 하나쯤 더 큰 비석인데도, 고북월이 앞에 서자 어쩐지 조그마해지는 것 같았다. 용비야와 한운석이 느끼기에도 그랬다.

고북월은 비석을 한 바퀴 돌며 세심하게 들여다보고 비석을 덮은 이끼까지 만져 보았지만, 아무것도 발견하지 못했다.

"기다려라. 내가 보고 오마."

용비야가 꺼리는 까닭은 모두 한운석 때문이었다. 그녀가 얽힌 일만 아니라면 이 세상에서 그가 감히 들어가지 못할 곳은 없었다.

한운석은 순순히 고개를 끄덕였다. 안으로 들어간 용비야는 비석을 만져 보지 않고 비석 주변의 풀밭을 조사했다. 고북월이 살펴봤지만 그래도 마음이 놓이지 않아서였다.

풀밭을 힘껏 밟고 바닥을 두드려 본 다음 야트막한 돌담까지 꼼꼼하게 조사했는데도 예상했던 기관은 발견할 수 없었다.

일반적으로 제단이란 일족의 지고무상한 장소로, 그 일족의 모든 전승은 제단에 숨겨져 있기 마련이었다.

하지만 기관이나 비밀 통로도 없고, 비석에 글자조차 없다면 어떻게 해야 할까?

고북월이 돌아보며 진지하게 말했다.

"공주, 혹시…… 독 저장 공간 안에 비밀이 있지 않을는지요?"

한운석은 말이 없었다. 그녀가 다가가서 몰자비를 다시 한번 살펴본다면 혹시 지난번 같은 상황이 일어나 몰자비에 적힌 글을 다시 볼 수 있을지도 몰랐다.

그녀는 용비야를 바라보며 허락을 구하려고 했다.

그런데 바로 그때, 갑자기 고북월이 놀란 목소리로 외쳤다.

"이상하군요!"

"무슨 일이냐?"

용비야가 몸을 일으켜 다가갔다.

"이 비석이 이상합니다!"

고북월이 주먹으로 힘껏 비석을 치자 뜻밖에도 윙윙하는 울림이 희미하게 들려왔다.

"돌이 아니군!"

용비야가 확신에 차서 말하며 주먹을 쥐어 한 번 내리쳤다.

용비야의 주먹은 고북월보다 훨씬 강해서, 비석은 그 자리에서 와스스 깨어져 산산조각이 났다.

돌 부스러기가 떨어진 뒤 그들 눈에 들어온 것은 현금玄金 재질의 몰자비였다. 이 몰자비는 아무 손상도 입지 않은 완전한 형태였다!

용비야와 고북월은 약속이나 한 듯 자세히 살피기 시작했지만 글은 발견할 수 없었다.

하지만 이것만으로도 엄청난 발견이라 할 수 있었다.

고북월과 한운석이 거의 동시에 외쳤다.

"피!"

독종 직계 후손의 피는 현금문을 열 수 있었다. 당시 고북월은 현금문을 이용해 한운석이 독종 직계 후손이라는 것을 확인했다.

이 비석은 왜 현금으로 되어 있을까? 왜 돌로 위장해야 했을까? 분명히 뭔가 있었다!

한운석은 쏜살같이 다가갔다. 그녀가 뭔가 하기도 전에 용비야가 그 손을 꽉 붙잡았다.

한운석이 시공을 초월한 것을 모르는 고북월은 용비야가 또 땅이 갈라지는 등의 갑작스러운 사고로 한운석이 위험해질까 봐 걱정하는 줄로 여겼다.

이렇게 생각한 그는 백리명향을 돌아보고 말했다.

"명향 낭자, 만약 나중에 무슨 일이 생기면 낭자는 우선 의성으로 돌아가십시오."

고북월은 이처럼 온화하고 세심한 사람이었다. 백리명향이 황급히 고개를 끄덕였다.

"예. 감사합니다, 고 의원."

몸을 숨긴 서동림이 나타나 고북월 옆에 서서 보호했다.

한운석은 손가락을 깨물어 몰자비 위에 조심조심 피를 떨어뜨렸다.

지난번 현금문에서는 어떤 일이 있었는지 보지 못했지만, 이번에는 모두 똑똑히 보았다. 한운석의 피는 몰자비에 떨어지는 순간 곧바로 흡수되어 사라졌다.

피를 떨어뜨렸으니 이제 기다리는 것만 남았다.

하지만 기다림은 조금 길었다.

용비야는 평생 처음으로 몹시 긴장했고, 한운석도 마음이 불안한 나머지 참지 못하고 용비야에게 좀 더 바짝 몸을 붙였다.

고북월은 눈을 찡그린 채 전에 없이 엄숙한 표정을 지었다.

하지만 기다리고 또 기다려도, 제단 안에서든 밖에서든 아무 일도 일어나지 않았다.

설마, 방법이 틀렸나?

이 몰자비가 현금인 것은 우연의 일치일 뿐, 특별한 의미는 없는 걸까?

"비석 안에 또⋯⋯."

용비야가 현금 몰자비를 부숴 보려는 순간, 갑자기 주위에서 '쩌억 쩍' 하는 소리가 들려왔다.

놀랍게도 제단을 둘러싼 야트막한 돌담이 쩍쩍 갈라지더니, 방금 돌로 된 몰자비가 그랬듯 산산조각이 나 바닥으로 무너져 내렸다.

곧이어 한운석 일행은 너무나도 아름다운 장면을 목격했다. 이제 보니 제단 전체를 에워싼 담장은 모두 유리로 되어 있었고 투명하기까지 했다. 어렴풋하지만 그 담장 안에 이름 모를 진귀한 화초가 자라나 있는 것이 보였다.

한운석은 즉시 해독시스템을 가동했지만, 해독시스템은 저 화초에서 독을 탐지하지 못했다.

독종 금지에는 온통 독초가 자라고 있으니 저렇게 꼭꼭 숨겨 둔 것이라면 말할 필요도 없었다. 저 화초에는 분명히 독이 있었다! 보아하니 무척 희귀한 독성을 띤 모양이었다. 그렇지 않고서야 해독시스템이 전혀 이상을 탐지하지 못했을 리 없었다.

담장을 한 바퀴 둘러본 한운석은 독초 하나하나마다 열매꼭

지가 하나씩 달린 것을 발견했다. 열매는 누군가 따 간 것이 분명했다. 꼭지가 아직 싱싱한 걸 보면 따 간 지 얼마 되지 않은 걸까?

이 독초들은 어째서 이곳에 자라고 있을까? 누가 길렀을까? 얼마 동안 길렀을까?

열매를 모두 따서 무슨 독약을 만들려고 한 것일까?

한운석은 온통 궁금한 것투성이였지만 알 수가 없었다. 용비야와 고북월도 마찬가지였다.

"백언청이 따 갔을 겁니다."

고북월이 진지하게 말했다. 한운석을 제외하면, 이 몰자비를 열 수 있는 사람은 백언청뿐이었다.

"그자가 또 뭘 하려는 걸까요?"

독고인을 깨뜨리는 법은 찾지 못하고, 도리어 백언청의 비밀만 발견하자 한운석은 걱정을 숨기지 못했다.

"좀 더 찾아보자."

용비야가 담담하게 말했다.

그 말이 끝남과 동시에 그가 오른쪽을 홱 돌아보며 차갑게 외쳤다.

"누구냐!"

서동림이 제일 먼저 반응해서 곧바로 오른쪽으로 달려갔다. 용비야는 비밀 시위에게 고북월을 보호하게 한 다음 한운석을 데리고 쫓아가 이내 서동림을 추월했다. 사람 그림자 하나가 숲속 깊은 곳으로 달아나는 것이 어렴풋이 보였다.

이곳까지 올 수 있는 사람은 절대 많지 않았다!

용비야는 쉽게 놓아줄 마음이 없었다. 비록 그자는 멀리 달아났고 그는 한운석을 안고 있긴 했지만, 쫓아갈 수는 있었다.

하지만 그들이 어둠 속으로 쫓아 들어가려 하자 한운석이 만류했다.

"여긴 너무 어두워서 아무것도 안 보이니 위험해요. 그만 돌아가요."

싸움 경험이 많은 용비야 역시 계속 쫓아가는 것이 현명하지 못하다는 것을 알고 있었다. 게다가 누군가 주위에 잠복하고 있었는데도 비밀 시위나 서동림이 발견하지 못한 것을 보면, 그자의 무공이 비범하다는 뜻이기도 했다.

유감이긴 했지만 용비야는 한운석의 충고를 받아들여 돌아갔다.

제단 쪽은 모든 것이 무사했다. 그들이 오는 것을 본 고북월이 급히 물었다.

"누구였습니까?"

용비야는 담담하게 말했다.

"잡지 못했다. 경공이 뛰어나고 무공도 괜찮은 자다. 아무래도 남자 같군."

"백언청입니까?"

고북월이 추측을 내놓았지만 곧 그 생각을 부인했다. 백언청이었다면 숨을 필요도, 달아날 필요도 없었다.

"하는 양을 보면 이곳을 잘 아는 자가 틀림없다."

용비야가 담담하게 말을 이었다.

한운석과 고북월은 깜짝 놀랐다. 이곳은 제단이었다. 이런 제단을 잘 아는 사람이라면 독종 직계 후손일 가능성이 아주 컸다!

"일단 돌아가자. 돌아가서 다시 의논하지."

용비야가 담담하게 말했다.

그들을 지켜보는 의문의 사람이 나타났고, 상대는 그늘에 숨어 있는 반면 그들은 밝은 곳에 드러나 있는 상황이니 이곳에 오래 머물 수는 없었다.

한운석은 기가 막힌 듯이 웃었다. 신임 독종 종주인 자신이 근거지에서도 이렇게 조심해야 할 줄이야.

그녀가 말했다.

"독 시위 몇 명을 시켜 지키게 하겠어요. 몰래 들어온 자들이 접근하지 못하게."

그녀는 틀림없이 저 유리 담장 안에 있는 화초에 커다란 비밀이 숨겨져 있다고 직감했다!

평생 먹을 테니

의성으로 돌아오는 동안 한운석은 골똘히 그 기괴한 화초에 관해 생각했다. 짚이는 데는 있지만, 애석하게도 추측에 불과해서 확실히 추리해 낼 수가 없었다.

용비야와 고북월은 독초를 잘 몰랐다. 돌아오는 길에 그들이 생각한 것은 그 신비한 남자의 신분이었다.

만약 그 신비한 남자가 독종 사람이라면 오랫동안 독종 금지에 머물렀음은 의심할 바 없었다. 혹시 그는 백언청과 천심 부인의 지난 일을 알고 있을지도 몰랐다.

그들은 본래의 숙소로 돌아가지 않았다. 고북월은 의성 뒷산에 독종 금지에서 아주 가까운 원락을 하나 마련해 두었다. 눈에 띄지 않고 조용한 곳이었다.

한운석과 용비야가 원락에 들어가 보니, 사합원 같은 형태로 방도 적지 않고 다실과 식당, 주방까지 갖춰져 있었다.

"아무래도 한동안 여기 머물러야겠군요. 충분히 지낼 만해요."

한운석이 말했다.

때는 이미 저녁나절이었고, 온종일 바삐 움직인 사람들은 다소 피곤했다.

"모두 쉬도록. 제단 일은 밤에 상세히 논의하겠다."

용비야는 고칠소가 지금쯤 도착해야 했다고 생각했다. 결코 고칠소가 오지 않으리라곤 생각하지 않았다!

고칠소는 분명 독종이나 독고인에 관해 그들보다 더 많이 알 터였다. 제단 쪽 상황이 불명확하니 어쩌면 고칠소가 온 다음 다시 계획을 세워 다시 찾아가 봐야 할지도 몰랐다.

사람들은 쉬려고 방으로 돌아갔다. 백리명향과 서동림만 마지막까지 남았다.

"명향 낭자, 낭자의 방은 서쪽입니다. 일찍 쉬시지요."

서동림이 말했다.

용비야와 한운석은 안방을 쓰고, 고북월은 동쪽 곁채에, 백리명향은 서쪽 곁채에 방을 배정받았다. 서쪽 곁채는 동쪽 곁채보다 지위가 낮은 사람이 쓰는 곳이지만, 서동림이나 비밀 시위가 묵는 행랑채보다는 귀한 곳이었다.

"서 시위, 오늘 저녁 식사는 아직 정해지지 않았겠지요? 내가 재료 몇 가지 써 줄 테니 아랫사람을 시켜 준비해 주겠어요? 내가 전하와 공주를 위해 밥을 지을게요."

백리명향이 제안했다.

사실 서동림은 주인을 보호하는 일만 담당하고 있어서, 공주 곁에는 일상생활을 도맡아 할 시녀가 정말 필요했다. 백리명향은 세심하고 주도면밀한데 참 애석한 일이었다.

서동림은 속으로 한숨을 푹 쉬면서도 겉으로는 웃으며 말했다.

"말씀해 주셔서 다행입니다. 정말 깜빡할 뻔했군요!"

그렇게 해서 하늘이 어두워질 때쯤 백리명향은 구수한 밥을 차려 냈다. 주인을 위한 밥상만이 아니라 서동림과 비밀 시위들이 먹을 음식도 있었다.

서동림은 주변 순찰을 하느라 비밀 시위들을 먼저 보냈고, 백리명향도 주방에서 비밀 시위들과 함께 식사했다.

한운석 일행은 뜰에 나와 밥을 먹었다. 고북월이 한 입 입에 넣기 무섭게 칭찬했다.

"백리 낭자 솜씨는 여전하군요."

사실 한운석도 습관이 되어 백리명향이 해 준 음식을 좋아했다. 그녀가 웃으며 말했다.

"명향은 요리 솜씨가 아주 좋아요. 조 할멈도 상대가 못 되고 난 더욱더 그렇죠."

그 말이 끝나자마자 용비야가 그녀를 궁지에 빠뜨렸다.

"네가 언제 요리를 했느냐?"

신맛밖에 없던 간식거리 말고는, 이 여자는 지금껏 그를 위해 손수 밥을 지은 적도, 국을 끓인 적도 없었다.

용비야는 한운석이 뭐든 하고 싶은 대로 하게 놔두었지만, 어떤 부분에서는 역시 바라는 게 있었다.

고북월은 슬며시 웃으면서 고개를 숙이고 밥을 먹었다.

고북월이 웃는 것을 똑똑히 본 한운석은 민망해져서 아무 말 없이 고개를 숙이고 밥만 입에 밀어 넣었다.

"언젠가 몇 가지 맛보여 다오."

이 말은 상의가 아니라 명령이었다. 그것도 지독히 패기 넘치는.

"좋아요. 너무 배불리 먹지 말아요. 조금 이따가 밤참을 만들어 줄게요."

한운석은 흔쾌히 대답했다. 자신이 만든 것을 용비야가 먹을 수 있을지 없을지 보고 싶었다.

그들은 식사하면서 독종 제단 문제를 의논했고, 한 이틀 정도 독종 금지 주변에 독 시위를 보내 수색하면서 지켜본 다음 다시 계획을 세우기로 했다.

"백언청은 소식이 전혀 없습니까?"

고북월이 물었다.

그들이 백독문에서 나온 지 벌써 한참이 지났다. 천하에 독고인의 비밀을 퍼트려 운공대륙을 발칵 뒤집어 놓았는데도 어째서 백언청은 아무런 반응이 없을까?

그자는 어디로 갔을까? 숨어 버린 걸까, 아니면 무슨 계획을 꾸미고 있는 걸까?

용비야가 담담하게 말했다.

"그자에게서 소식이 없는 것은 한동안 우리에게도 희소식이다."

한운석도 그 말을 수긍하며 고개를 끄덕였다.

밤이 되어 쌍수를 하기 전, 한운석은 정말 요리를 하러 주방에 갔다. 식재료가 많지 않아서 국수만 한 솥 끓였다.

서동림을 시켜 고북월에게도 한 그릇 보냈는데, 고북월이 먹었는지 아닌지는 모를 일이었다. 하지만 용비야 앞에 국수를 대령했을 때, 그릇을 흘끗 본 용비야는 곧장 손을 내저으며 서동림을 시켜 버리게 했다.

"이봐요! 그래도 맛은 한번 봐요!"

한운석은 초조해졌다.

아니, 한 입 입에 넣었다가 삼키기가 고역이라는 것을 깨닫더라도 내가 직접 만들어 준 음식이 고마워서 구역질을 꾹 참고 그릇을 싹 비워야 하는 거 아냐?

"너는 먹어 봤느냐?"

용비야가 반문했다.

"그럭저럭 먹을 만했어요."

정말 먹어 보긴 했지만, 솥에 끓이기 전에 맛만 조금 본 것뿐이었다. 끓일 때만 해도 분명히 국수 면이었는데, 솥에 올리고 났더니 수제비처럼 한 덩어리가 되고 국물이라곤 하나도 남지 않았다.

"그럼 네가 먹어라."

용비야가 말했다.

한운석은 대꾸할 말이 없어 투덜거렸다.

"어쨌든 내가 처음 끓인 건데."

뜻밖에도 용비야가 그 말에 대답했다.

"앞으로 기회가 많으니 잘 끓여 보아라. 내가 평생 먹을 테니."

이 마당에 한운석이 무슨 말을 할 수 있을까? 그저 서동림에게 국수를 들려 내보내는 수밖에.

서동림은 밖으로 나오기 무섭게 큰 소리로 웃음을 터트렸다.

참으로 오랜만이었다!

전하가 공주에게 저렇게 철저하게 거절을 표한 것은 정말이지 오랜만이었다! 그렇게 무원칙적으로 공주를 총애하다가 결국 공처가가 되지 않을까 걱정스러웠는데!

한편, 동쪽 곁채 방에서는 고북월이 덩어리진 국수 한 그릇을 앞에 두고 웃어야 할지 울어야 할지 몰라 하고 있었다.

하지만 그는 그래도 말없이 한 그릇을 다 먹어 치웠다. 표정만으로는 맛이 있는지 없는지 도무지 알아낼 수가 없었다.

비밀 시위가 그릇을 치우러 왔을 때 그가 말했다.

"공주께 감사 인사를 전해 주게."

깨끗이 먹어 치운 그릇을 본 비밀 시위는 서동림이 버린 엉겨 붙은 국수를 떠올리고 속으로 혀를 내둘렀다. 그는 고북월이 아랫사람 자리에 꼭 맞는 사람이구나 싶었다.

고북월이 그 국수를 다 먹은 이유는 아랫사람으로서 복종하기 위해서가 아니라 공주가 친히 만든 음식을 다시 먹을 기회를 얻기란 몹시 어렵다는 것을 알기 때문이었다. 물론 비밀 시위는 그런 이유를 알 리 없었다.

그때쯤 용비야와 한운석은 이미 쌍수를 시작했다. 어젯밤에 모든 것이 순조롭게 진행된 덕에 수련에 더 익숙해진 한운석은 빠르게 쌍수 상태에 진입했다.

연공이 끝난 후 그녀는 정기가 충만하던 어젯밤과는 달리 나른하게 침상에 엎드렸다. 당장 눈꺼풀이 감길 것 같았다.

어젯밤에 주동적으로 움직였던 그녀가 저렇게 축 처져 있는 것을 보자 용비야는 그녀가 일부러 지친 척하는 것이 아닌지 의심스러웠다.

하지만 차마 괴롭힐 생각은 들지 않았다. 그는 그녀 옆에 누워 부드러운 머리카락을 가만히 쓰다듬었다.

"자거라."

얼마 지나지 않아 한운석은 정말 잠들었다. 용비야는 그녀의 뺨을 살며시 매만지며 소리 없이 웃었다. 기가 막히면서도 사랑스러워 죽겠다는 웃음이었다.

그는 그녀를 품에 안고 이불을 당겨 잘 덮어 주었다. 언제부터 습관이 된 건지, 그녀를 안아야만 잠들 수 있었다.

용비야도 이내 깊이 잠에 빠져들었다. 그는 몰랐지만, 사실 한운석은 진짜 잠든 것이 아니라 영혼이 독종의 제단에 들어간 상태였다.

꿈 같지만 꿈은 아니었다!

독 저장 공간에 의식이 들어갈 때와 비슷한 느낌인데, 아주 똑같지는 않지만 구체적으로 어떻게 다른지는 말로 설명할 수가 없었다.

한운석은 자신이 꿈속에 있다는 것을 알았고 정신도 또렷했지만, 깨어날 수가 없었다.

지금 그녀는 독종 금지의 고풍스러운 제단 바깥에 서서 멀리 몰자비를 바라보고 있었다.

지난번 제단에서 돌아왔을 때도 꿈에 몰자비가 나왔고 비석에 새겨진 글도 보았다.

설마 이번에도…….

한운석은 아주 기쁜 나머지 자신이 꿈을 꾸는 건지 영혼 여행을 하는 건지 생각할 틈이 없었다. 그녀는 즉시 몰자비로 달려갔다.

가까이 가 보니 몰자비는 낮에 본 모습대로 돌 껍데기가 벗겨져 현금 재질을 드러내고 있었다. 하지만 비석 위에는 글이 없었다.

한운석이 실망하던 찰나, 갑자기 몰자비가 뿌옇게 금빛 광채를 뿜어내더니 위에서부터 아래로 하나씩 하나씩 글자가 나타나기 시작했다.

한운석은 기뻐하며 서둘러 글을 읽었다. 윗부분은 지난번에 본 내용이었다. 글자가 나타나는 속도는 점점 빨라져, 처음에는 한 자 한 자 나타나더니, 나중에는 한 줄 한 줄 나타나다가, 아예 한 단락 한 단락 나타나기 시작했다.

한운석은 앞부분을 건너뛰고 한 번에 열 줄씩 읽으며 아랫부분의 내용을 미친 듯이 훑었다. 마음이 급해서 저도 모르게 숨까지 죽였다. 결국 그녀는 현금 비석 앞에 엎드리다시피 했다.

그런데 뜻밖에도 한운석이 다 읽은 후에도 현금 비석에 나타난 글자는 사라지지 않았다.

어찌나 긴장했는지 한운석의 이마에 땀이 송송 맺혔다. 힘이 쭉 빠지는 것 같았지만 그녀는 다시 일어나 사라질 기미가 없는 글자들을 바라보았다. 비석을 걷어차고 싶은 충동이 치밀었다.

비석의 글은 모두 독 저장 공간의 비밀에 관한 내용이었다. 일부는 독 저장 공간의 수련법이고 일부는 독 저장 공간의 규칙이었다.

어차피 글자는 그대로 남아 있으니, 한운석은 제단의 비밀은 제쳐 두고 마음 편히 독 저장 공간 수련법과 규칙부터 꼼꼼히 읽었다.

지금까지 독 저장 공간을 제대로 수련하지 못한 까닭은 규칙을 잘 몰랐기 때문이었다. 그런데 이제 이 글을 꼼꼼하게 살펴보니 마침내 알 수 있었다.

추측대로 독 저장 공간의 승급에는 어떤 계기가 필요했다. 그 계기는 정해져 있지 않고 사람마다 달랐다. 바꿔 말해, 지금 독 저장 공간 2단계인 그녀가 충분히 수련해서 기초를 잘 닦아 놓기만 하면 어떤 계기를 만났을 때 곧바로 3단계로 승급할 수 있다는 뜻이었다. 하지만 계속 계기를 만나지 못하면 아무리 노력해도 헛수고였다.

독 저장 공간 3단계까지 수련하면 최고 등급에 오른 셈인데, 일단 최고 등급이 되면 독 저장 공간의 지고무상한 힘을 갖게 된다고 했다.

다만 그 힘이 무엇인지는 비문에도 기재되어 있지 않았다.

한운석은 무척 궁금했지만 고민할 여유가 없었다. 그녀는 계속해서 아래로 읽어 내려갔다. 아래에는 독짐승 수련법이 나와 있기 때문이었다.

일단 주인을 정하면, 독짐승이 주인인 그녀뿐만 아니라 그녀의 독 저장 공간과도 계약을 맺게끔 되어 있었다. 그러니까 그녀가 관여하지 않더라도, 꼬맹이는 마음대로 그녀의 독 저장 공간에 드나들 수 있고 독 저장 공간 바깥세상에서 일어나는 일도 감지할 수 있다는 말이었다.

주인의 독 저장 공간이 2단계로 승급하면 독짐승은 사람 말을 알아들을 수 있었다. 2단계 초기에는 주인의 수련이 독짐승의 수련에 영향을 미치고, 후기에는 독짐승의 수련과 주인의 수련이 서로 영향을 미쳐 상호 촉진하게 된다고 했다. 즉, 주인과 독짐승이 함께 독 저장 공간의 힘을 수련하는 셈이었다.

독짐승이 도와주면 3단계를 돌파하는 속도도 더욱 빨라졌다. 3단계에 이르면 독짐승은 의식의 소통을 통해 언제든지 주인과 교류할 수 있었다.

이런 내용은 한운석도 어느 정도 알고 있었지만, 비문에는 그녀가 이해하지 못한 다른 내용도 기재되어 있었다.

꿈인데 꿈이 아닌

비문에 적힌 독짐승에 관한 몇 가지는 한운석도 몰랐던 내용이었다. 그것을 보는 순간 꼬맹이에게 무척 미안해졌다.

녀석은 지금쯤 어떻게 되었을까? 날 그리워하고 있을까? 녀석의 공자를 그리워하고 있을까?

비문에 적힌 내용에 따르면, 꼬맹이는 백언청의 독 저장 공간에 갇혀 나오지 못하는 것 같았다.

독 저장 공간 소유자의 수준이 그녀보다 높고 꼬맹이보다 높아야만 꼬맹이를 독 저장 공간에 넣고 출입을 제한할 수 있었다.

바꿔 말하면, 백언청과 한운석 둘 다 2단계지만 백언청의 수준이 그녀보다 높기에 꼬맹이를 가둘 수 있었다는 것이었다. 그녀가 열심히 수련해 백언청을 뛰어넘어야만 꼬맹이가 자유를 찾을 수 있었다!

여기까지 생각하자 한운석은 정신이 번쩍 들었다. 만약 독 저장 공간 3단계에 올라 꼬맹이와 정신적으로 소통하게 되면 꼬맹이가 처한 상황을 알 수 있을지도 모른다고 생각해 본 적이 있었다.

하지만 지금 찾아낸 것은 꼬맹이를 구하는 직접적인 방법이었다!

지금처럼 독 저장 공간을 수련하고 싶어 몸이 단 적이 한 번도 없었다. 비록 3단계를 돌파하는 계기가 무엇인지는 모르지만, 적어도 수련도는 높여 놔야만 했다.

이번 꿈은 지난번과는 완전히 달랐다. 지난번에는 모든 것이 흐릿하고 바삐 흘러가서 서둘러 잠깐 다녀온 기분이었다. 하지만 이번에는 현금 비석에 새겨진 글이 계속 남아 있고 의식도 또렷한 데다, 머무른 시간도 확실히 지난번보다 길었다.

한운석은 비문을 완전하게 파악한 다음 주위를 둘러싼 유리 담장 안의 독초를 살피기 시작했다.

하지만 이내 등 뒤에서 이상한 울림이 느껴졌다. 뒤를 돌아본 한운석은 눈앞에 펼쳐진 광경에 기겁했다.

몰자비 위에 늑대 머리 문양 하나가 나타나 있었다.

늑대 머리를 본 한운석은 즉시 꼬맹이가 변신했던 새하얀 설랑雪狼을 떠올렸다.

늑대 머리 문양의 출현과 함께 몰자비가 마구 흔들리는가 싶더니, 뒤따라 제단 전체가 뒤흔들렸다.

한운석은 본능적으로 멀리 피하려고 했으나, 늑대 머리 문양의 이마 부분에서 요사한 느낌을 주는 새빨간 핏방울이 스며 나오는 게 보였다!

순간, 몰자비에 금이 가더니 점점 커져 문이 되었다. 어두컴컴한 문 안쪽은 이공간처럼 어디로 통하는지 알 수가 없었다.

독종 제단에 이런 비밀이 숨어 있을 줄이야. 독종 직계 후손만이 이 문을 볼 수 있는 걸까? 이 문을 열 수 있는 걸까?

방금 그 늑대 머리에 나타난 핏방울은 무슨 피일까?

한운석이 의아해하는 사이 갑자기 손가락이 따끔했다. 고개를 숙여 본 그녀는 깜짝 놀라 온몸에 식은땀이 흘렀다.

무엇에 물렸는지 집게손가락에서 피가 배어나고 있었다. 피의 양은 점점 많아져, 나중에는 배어나는 수준이 아니라 아예 철철 흘러내리기 시작했다!

새빨간 피가 끊임없이 흘러 바닥에 떨어졌다. 멍하니 쳐다보는 한운석의 얼굴에는 놀람과 두려움이 가득했다. 무의식적으로 상처를 눌렀지만 아무 도움이 되지 않았다.

피는 그래도 끊임없이 흘러나왔다. 발치를 내려다보니 두 발은 피 웅덩이를 밟고 서 있었고, 제단의 풀밭까지 벌겋게 피에 물들어 있었다.

그녀는 고개를 들어 비석 위에 생겨난 문을 바라보았다. 문 안쪽의 시커먼 어둠은 사람을 빨아들이는 마력이 있는 것 같았다.

"안 돼!"

한운석은 소스라치게 놀라 돌아서서 달아났다. 이게 꿈인지 현실인지 분간조차 되지 않았다.

그녀는 숲 쪽으로 마구 달아났다. 정처도 없었고 자신이 어디로 가고자 하는지도 몰랐다. 그런데 갑자기 누군가 그녀의 손을 잡아당겼다.

누구지?

예전에도 꿈에 나타난 적 있는 장면인데, 그 사람의 얼굴을 똑똑히 볼 수가 없었다.

그저 이 커다란 손의 온기가 너무나도 익숙하다는 느낌뿐이었다. 그녀는 대체 누가 손을 잡고 있는지 보려고 고개를 들었다. 하지만 고개를 드는 순간, 주위를 에워싸고 있던 세계가 산산조각 났다.

"용비야!"

한운석은 놀라서 깨어나 침상에서 벌떡 일어나 앉았다. 자신이 왜 용비야를 불렀는지 알 수 없었다. 어쩌면 본능적으로 보호가 필요할 때면 제일 먼저 떠오르는 사람이 그이기 때문일 수도 있었다.

용비야도 곧바로 잠에서 깨어나 일어나 앉았다. 그는 무슨 일이냐고 묻지도 않고 단숨에 한운석을 품에 꼭 안아 보호했다.

"난 여기 있다. 겁내지 마라!"

한운석도 용비야를 꼭 안았다. 무엇을 두려워하는지 그녀 자신도 알 수 없었지만, 전에 없이 강력한 두려움이었다.

어째서, 어째서 그 사람의 얼굴을 볼 수 없을까?

그녀는 급히 용비야의 품에서 빠져나와 그의 커다란 손을 붙잡고 눈을 감은 채 그 느낌을 음미했다.

그의 손이 주는 느낌은 꿈속에서 잡은 손과 비슷하면서도 똑같지는 않아서 더욱 당황스러웠다.

용비야는 여전히 그녀를 끌어안으며 부드럽게 말했다.

"운석, 진정해라. 괜찮다. 그냥 꿈이다, 아무것도 아니야. 내가 있지 않느냐!"

이 여자가 이러는 건 분명히 악몽을 꿨기 때문이었다.

그녀와 같은 침상을 쓴 지 오래지만 이런 상황을 보는 건 극히 드물었다. 악몽 때문에 이렇게까지 놀랄 줄이야.

한운석은 고개를 들고 용비야를 바라보았다. 익숙한 옆얼굴과 익숙한 부드러움을 보자 비로소 그녀의 마음도 차차 가라앉았다.

그녀가 차분해진 것을 본 용비야가 입을 열었다.

"무슨 악몽을 꾸었느냐?"

"독종의 제단⋯⋯."

한운석이 중얼거리며 대답했다.

용비야의 몸이 눈에 띄게 떨렸지만 그는 곧 침착함을 되찾고 여전히 부드럽게 위로했다.

"낮에 생각한 것이 밤에 꿈으로 나타난 것뿐이다. 쓸데없는 생각은 하지 마라."

한운석은 고개를 저었다.

"아니에요. 꿈 같지는 않았어요."

그녀는 그의 눈동자를 들여다보았다.

"용비야, 꿈에서 또 몰자비를 봤어요. 몰자비에 새겨진 글을 모두 읽었는데 그 위에 문양이 나타났어요. 꼬맹이와 닮은 문양이었어요."

계속 말을 잇는 한운석은 용비야의 안색이 훨씬 창백해진 것을 알아차리지 못했다.

"늑대 이마에 피가 배어나더니 몰자비에 문이 생겨났어요. 안은 컴컴해서 어디로 통하는지 알 수가 없었어요."

한운석이 말했다.

"들어갔느냐?"

용비야가 다급히 물었다.

몰자비에 나타난 문은 필시 현실이 아닌 공간으로 통할 텐데, 어디로 통하는 문일까? 3천 년 후로? 어째서 한운석이 이렇게 두려워하는 걸까? 용비야도 심장이 떨렸다.

"아뇨!"

한운석은 허둥거리며 양손 열 손가락을 살폈다. 낮에 깨물었던 흔적은 벌써 흐려져 있었고 새 상처는 없었다.

그녀가 용비야에게 피를 흘린 이야기를 해 주자 용비야도 안심이 되지 않아 그녀의 손가락을 하나하나 꼼꼼하게 살폈다.

"내 피가 몰자비를 열 수 있나 봐요."

한운석이 말했다.

용비야는 말없이 그녀를 껴안기만 했다.

용비야가 말이 없자 한운석도 비로소 자신이 그를 놀라게 했다는 것을 알았다. 그녀는 몸을 돌려 그를 꼭 끌어안고 그의 가슴에 머리를 묻었다.

"어쩌면 그냥 꿈일지도 몰라요."

용비야는 한참 동안 침묵을 지켰으나 결국 꿋꿋하게 말했다.

"내일 가서 시험해 보자. 만약 그 비석 문이 열리면 내가 너와 함께 들어가겠다!"

피할 수 없는 일이라면 그녀와 함께 마주할 생각이었다.

그 문은 대체 어디로 통하며 어째서 독종 제단에 있을까? 단지 한운석이 독종의 직계 후손이기 때문일까, 아니면 한운석이 시공을 초월해 왔기 때문일까?

무작정 피하고 두려워하기보다는 차라리 그녀의 손을 꽉 잡고 마주하는 편이 나았다.

하지만 한운석은 몸을 움츠리며 계속 고개를 저었다.

"겁내지 마라. 내가 있지 않느냐!"

용비야는 그녀의 손을 꽉 잡고 손가락을 얽었다.

그날 밤, 그들은 다시 잠들지 않고 조용히 서로를 끌어안고 손가락을 얽은 채 여명이 오기를 기다렸다.

이튿날 아침, 용비야와 한운석은 일찌감치 자리에서 일어났다.

방문을 나선 고북월은 정원의 돌탁자 옆에 앉아 차를 끓이는 두 사람을 볼 수 있었다. 유난히도 추운 겨울날 아침, 차 탁자 위로 모락모락 피어오르는 하얀 김과 사방에 퍼지는 차 향기가 상쾌한 느낌을 선사했다.

어젯밤 무슨 일이 있었는지 모르는 고북월은 그들에게 다가가 예를 올렸다.

"전하, 공주."

용비야는 그에게 앉으라고 한 뒤 손수 차를 따라 주었다. 고북월은 앉자마자 한운석의 안색이 썩 좋지 않은 것을 발견했다.

잠만 못 잔 게 아니라 근심도 많은 얼굴이었다.

"공주, 왜 그러십니까?"

그가 다급히 물었다.

한운석은 말이 없었으나 용비야가 대신 어젯밤 일을 간략하게 이야기해 주었다. 한운석이 시공을 초월해 온 것을 모르는 고북월은 진지하게 말했다.

"공주, 그건 꿈이 아니라 독종의 전승일 겁니다. 의식을 통해 독 저장 공간의 기술을 전수하는 것이지요."

한운석도 꿈이 아니라는 것은 알고 있었다. 그렇지 않았다면 그녀가 본 비문 내용이 사실일 리도 없었다.

다만, 지난번에도 꿨던 누군가의 '손을 잡는' 꿈이 어째서 독종의 전승에 나타났는지 분명치 않았다.

"몰자비 문은 독종의 비밀 지역으로 통하는 게 아닐까요?"

고북월이 물었다. 그에게는 이 정보가 희소식인 셈이었다.

독종의 비밀 지역에는 어쩌면 독고인의 비밀이 숨겨져 있을지도 모르고, 또 어쩌면 미접몽 약방문이 보관되어 있을지도 몰랐다.

한운석과 용비야도 당연히 그렇게 생각했다.

"준비해라. 이따가 가서 시험해 보도록 하지."

용비야는 어젯밤에 이미 결심을 내렸다.

한운석은 그제야 고개를 들고 그를 쳐다보았다. 용비야는 탁자 밑으로 손을 뻗어 그녀의 손을 꼭 잡았다. 아무 말도 하지 않았지만 충분히 힘이 되었다.

"그래요! 가서 시험해 봐요! 정말 그 문이 열리면 같이 들어가는 거예요!"

한운석은 진지하게 말했다.

이 말을 들은 고북월도 어렴풋이 이상한 것을 느꼈다. 그는 복잡한 눈빛을 지으면서 무슨 일이냐고 물어보려 했지만, 잠시 망설인 끝에 아무것도 못 본 척 침묵을 지켰다.

용비야, 그리고 한운석과의 거리를 그는 늘 적절하게 조율해 왔다. 전하와 공주가 말하지 않는 이상 그가 나서서 물을 필요가 없는 일도 있었다.

분수를 지킨다는 것은 바로 이런 것이었다.

아침 식사를 마친 후 한운석 일행은 필요한 준비를 했다. 그런데 막 문을 나서려는 순간 문가에 선 누군가와 딱 마주쳤다.

"고칠소!"

한운석이 놀란 목소리로 외쳤다. 얼마나 오랫동안 이 사람을 못 만났는지 까맣게 잊고 있었다.

새빨간 옷을 입은 고칠소는 화려하고 요사스럽고 여전히 매력적이었다.

문 한쪽에 아무렇게나 서 있었지만 산과 들에 가득 핀 꽃조차 빛을 잃게 만드는 모습이었다.

그는 웃고 있었다. 양심도 없이, 방탕하기 그지없게, 더없이 기분 좋게 웃고 있었다.

그가 좁고 긴 눈을 직선이 될 정도로 좁힌 채 말했다.

"독누이, 오랜만……."

그의 뒷말이 이어지기도 전에 용비야는 그가 무슨 말을 하려는지 아는 듯이 차갑게 끼어들었다.

"뭐 하러 왔느냐?"

분명히 자기가 당장 오라고 협박해 놓고 이제 와서 뭐 하러 왔느냐고?

고칠소는 용비야의 말을 못 들은 척하고 계속 한운석에게 말했다.

"얼마나 보고 싶었는데. 너도 이 칠 오라버니가 보고 싶었지?"

하지만 한운석의 얼굴은 어두웠다. 그녀가 화난 목소리로 말했다.

"고칠소, 언제쯤이나 령아가 하는 말을 새겨들을 거야?"

당리는 일찌감치 그녀와 용비야에게 암호에 관한 일을 일러바쳤다. 그는 고칠소가 말한 '암호'는 순전히 시간 낭비였고 그 때문에 영정과 목령아를 구해 낼 최적의 시기를 놓쳤다고 투덜거렸다.

용비야와 고칠소의 말다툼

　용비야는 당리의 고자질에 그 어떤 반응도 보이지 않았다. 하지만 한운석은 달랐다. 그녀는 고칠소에게 따지지 않고 목령아가 참 가엾다고만 생각했다.

　목령아를 좋아하지 않는다면 차라리 령아가 완전히 포기하게 만들어 줄 것이지. 호되게 한 번 아픈 것이 평생 고통받는 것보다 낫지 않을까?

　목령아는 아직 젊고 시집을 가지도 않았다. 훗날 틀림없이 그녀를 아껴 줄 사람을 만나게 될 것이다. 그런데 왜 하필이면 고칠소 저 요물 손에 걸려서 그 한결같은 정을 낭비하게 됐을까.

　사실 고칠소는 목령아가 자신에게 품은 감정을 진지하게 고민해 본 적이 없었다. 아무 생각 없이 지내는 나날에 이골이 났고 그런 것까지 고민하는 취미도 없었다.

　그는 코를 만지작거리며 한마디도 반박하지 않은 채 가만히 야단을 들었다.

　용비야의 입에서 나온 질책이었다면 반박할 이유가 천 가지도 더 있었다. 하지만 한운석이 따지고 들면 그냥 감정 쓰레기통이 돼 주고 말 생각이었다.

　목령아가 실종됐으니 이 여자는 틀림없이 화나고 슬플 터였다.

그는 화제를 돌렸다.

"백언청이 정말 독고인이야?"

당장 오라고 협박한 용비야가 시치미 뚝 떼고 연기를 하는데 고칠소인들 뭘 어쩔 수 있을까? 꼬투리를 잡혔으니 순순히 협조하는 수밖에.

"납치범 쪽은 아무 소식 없어?"

한운석으로선 우선 그것부터 확실히 해 두어야 했다.

당리와 고칠소가 각각 당문 암기 제조법과 약귀곡을 현상금으로 내걸었으니 납치범도 마음이 움직여야 마땅했다!

"없어. 두 사람이 이미 다른 사람 손에 넘어갔거나, 금 집사와 정 숙부가 돈 말고 다른 이유로 두 사람을 납치했거나 둘 중 하나야."

고칠소도 마침내 제대로 된 이야기를 꺼냈다.

"다른 이유 쪽이겠지요. 적어도 한동안은 목숨이 위험하지 않을 테니 지금은 소식을 기다리는 수밖에 없습니다."

고북월이 진지하게 말했다.

한운석은 정 숙부의 낯짝과 금 집사의 음울한 눈빛을 떠올리며 속으로 이를 악물었다. 어디 내 손에 걸리기만 해 봐라. 반드시 죽느니만 못하게 만들어 줄 테니!

영정 같은 임부와 목령아 같은 무고한 사람을 납치한 것은 정말이지 용서받을 수 없는 죄였다!

"너희들, 독고인의 비밀을 찾기 위해 독종 금지에 온 건 아니겠지?"

고칠소가 또 물었다.

"뭔가 아는 것이 있느냐?"

용비야가 차갑게 물었다.

"미접몽은 제법 알지만 독고인은…….."

고칠소는 일부러 몸을 부르르 떨었다.

"나도 겁난다고!"

용비야가 그에게 느끼는 경멸은 이미 극에 달해 있었다. 용
비야는 무표정한 얼굴로 차갑게 그를 바라보며 말했다.

"그럼 그만 꺼지시지."

고칠소는 한운석 옆으로 쪼르르 다가가 웃으면서 말했다.

"독누이, 독고인을 건드려 놓고 겁도 없이 돌아다니려고? 그
러다가 백언청 그놈이 찾아오기라도 하면…….."

고칠소는 더없이 가소로운 눈빛으로 용비야를 흘끗 바라본
뒤 다시 말을 이었다.

"그놈이 찾아오기라도 하면 누가 널 구해 주겠어?"

한운석은 그와 농담할 기분이 아니어서 심각하게 말했다.

"당장 독종의 제단에 가서 몰자비의 문을 열 수 있는지 확인
해야 해. 당신도 갈 거야?"

"몰자비의 문?"

고칠소는 고개를 갸웃했다. 그런 것이 있는 줄은 그도 정말
모르고 있었다.

"갈 거야, 말 거야?"

한운석이 재촉했다. 고칠소가 있으면 좀 더 안전했다. 첫째

는 고칠소가 독종 금지를 잘 알기 때문이고, 둘째는 고칠소의 독술이 그녀 휘하의 독 시위나 용병보다 뛰어나기 때문이었다.

"네가 가면 당연히 이 칠 오라버니도 가야지. 만에 하나 무슨 일이 생기면 칠 오라버니가 온몸으로 막아 줄게!"

고칠소가 웃으며 말했다.

장난치는 것 같지만, 실상 그의 입에서 나온 한마디 한마디는 무척 진지했다. 어쩌면 용비야만 그 속뜻을 알아들었는지도 몰랐다.

고칠소는 복수하러 올 백언청을 방비하기 위해 앞으로 독누이를 졸졸 쫓아다니기로 했다. 똑같은 불사의 몸이니 비록 백언청을 죽이지는 못하더라도 최소한 억눌러 둘 수는 있었다.

용비야의 눈빛이 어찌나 어둡게 가라앉았는지, 한운석마저 감히 쳐다보지 못할 정도였다. 그녀는 쓸데없는 말은 그만두고 다급하게 말했다.

"시간이 없으니 가요. 모두 조심해요."

말을 마친 그녀는 주동적으로 용비야의 손을 잡고 앞장섰다.

고북월과 백리명향이 뒤따랐고, 고칠소는 한동안 서 있다가 쫓아갔다.

고북월이나 백리명향과는 달리, 고칠소는 드러내 놓고 한운석을 좋아했기 때문에 용비야 앞에서도 뭐든 말할 수 있었다. 서로 손잡은 두 사람을 보자 그는 코웃음을 쳤지만 방해하지는 않았다.

그는 제일 뒤에서 한운석 일행과 약간 거리를 두고 걷다가 내키는 대로 풀잎 하나를 꺾어 입에 물었다. 좁고 기다란 눈은 어딘지 심오해서 무슨 생각을 하는지 짐작할 수 없었다.

그런데 얼마 가지 않아 고북월이 걸음을 멈추고 그를 기다려 주었다.

고칠소도 별말 없이 고북월과 나란히 걸었다. 고북월이 몰자비의 문에 관한 이야기를 해 줄 것을 알고 있어서였다.

예상대로 고북월은 어제 독종의 제단에서 있었던 일과 신비한 남자를 만난 이야기를 해 주었을 뿐 아니라 오늘 아침에 용비야가 해 준 꿈 이야기까지 들려주었다.

고북월은 고칠소를 완전히 믿었다. 그리고 용비야 역시, 정말로 고칠소를 쫓아내려던 것은 아니었으리라 생각했다. 용비야는 고칠소가 현재 상황을 파악하고 동행하기를 바란 게 분명했다.

이야기를 다 듣고 난 고칠소는 복잡한 눈빛을 띠며 말했다.

"난 독종 금지에서 신비한 사람을 본 적이 없어. 하지만……
제단 쪽에는 자주 가지 않았지."

그는 잠시 생각해 보고 다시 말했다.

"제단에 나타났다면 십중팔구 독종 사람이야. 외부인은 그곳을 찾기도 어렵거든! 들어갈 용기도 없을 테고!"

"백언청이 아니길 바라야겠군. 그자는 지금까지 소식이 없네."
고북월이 탄식하며 말했다.

고칠소는 말이 없었지만 속으로는 짚이는 데가 있었다. 보아하니 그 숲에 들어간 뒤에는 특히 조심해야 할 것 같았다.

백언청 그 괴상한 놈이 대체 무슨 생각을 하는지 누가 알까?

그들은 그렇게 계속 걸어갔다. 얼마 가지 않아 용비야가 한운석에게 말했다.

"고칠소에게 금익궁에 관해 물어봐야겠다."

하긴, 한운석도 궁금했다. 그녀는 걸음을 멈추고 고칠소를 돌아보며 소리쳤다.

"고칠소, 잠깐 와 봐. 물어볼 게 있어!"

고칠소는 신나서 폴짝폴짝 뛰어갔다. 그가 용비야를 향해 으스대려는 찰나, 용비야가 먼저 입을 열었다.

"금익궁이 언제부터 네 손에 들어갔지?"

그제야 그들이 그 일 때문에 자신을 불렀음을 깨달은 고칠소는 금익궁을 얻게 된 경위를 이야기해 주었다.

한운석은 진지하게 들었지만, 용비야는 전혀 흥미가 없는 듯 아예 귀를 기울이지도 않았다.

"금익궁이 아니었으면 난 만상궁을 제압하지 못했을 거야."

한운석이 말한 대로였다.

고칠소는 웃음을 지었다.

"마음에 들면 너 줄게!"

한운석은 뭐라고 해야 할지 몰라 그를 흘겨보았지만, 용비야가 단 한마디로 고칠소를 민망하게 만들었다.

"강건 전장에 진 빚은 언제 청산할 테냐?"

요 1년간 이리저리 바빴던 고칠소는 금익궁의 약재 거래에 별로 신경 쓰지 않았고, 약재 거래에서 예전처럼 큰 이익을 얻지 못했다. 삼도 암시장의 도박 사업이 무너지면서 금익궁도 큰 손해를 입었다. 비록 적자를 낼 정도는 아니지만 자금 흐름에 어느 정도 영향을 받았고, 경매장 거래에도 파급이 미쳤다.

경매를 하려면 미리 상품을 준비해 두어야 하는데 그러려면 아무래도 자본이 많이 필요했다. 고칠소가 삼도 암시장으로 돌아가기 전, 금익궁은 강건 전장에 돈을 빌려 자금을 유통했고 아직 갚지 않았다.

고칠소는 용비야의 말에 대답하지 않았다. 누가 봐도 못 들은 척하는 게 분명했다. 대신, 눈치 빠르게 입을 다물고 다시는 실없는 말을 하지 않았다. 용비야는 이미 그의 천적이 되어 있었다.

한운석은 속으로 쿡쿡 웃었다. 고칠소는 언젠가 저 촐싹대는 입 때문에 큰코다칠지도 몰랐다. 말만 잘했더라면 금익궁의 공헌도를 보아서라도 용비야와 그녀 모두 고칠소에게 감사했을 것이다.

고칠소는 고개를 숙이고 우울한 눈빛을 띤 채 말없이 걸었다.

용비야가 옆에 있는 서동림에게 눈짓하자 서동림이 즉시 한운석에게 다가갔다.

"공주, 가르침을 청할 일이 있습니다."

"무슨 일이지?"

한운석이 물었다.

"듣자니 사지를 덜덜 떨게 만드는 독약이 있다던데, 정말 그런 게 있습니까?"

서동림은 더없이 겸손한 태도로 물었다.

전문 분야 이야기가 나오기만 하면 한운석은 반드시 전문가 상태에 돌입했다. 그녀는 진지한 목소리로 서동림에게 설명하기 시작했다.

"그런 독이 있지. 종류도 적지 않고. 종류는 대체로 네 가지인데, 첫째는……."

한운석이 서동림에게 열심히 설명해 주는 동안, 용비야는 기척도 없이 고칠소 옆으로 다가가 소리 죽여 물었다.

"감히 본 태자와의 약속을 어겼겠다?"

고칠소는 제 논리가 부족한 것을 알면서도 물러서지 않고 소리 죽여 대답했다.

"독누이를 위해선데 약속 따위가 뭐?"

당시 그가 벙어리 노파 이야기를 한 것은 독누이가 용비야 같은 놈에게 속을까 봐 걱정스러워서였다.

"그녀 핑계는 대지 마라!"

용비야가 차갑게 말했다.

고칠소는 대들지 않고 진지한 얼굴로 담담하게 말했다.

"좋아, 빚진 셈 치고 계속해서 미접몽을 연구해 볼게."

"백언청을 막아라!"

이것이 용비야의 요구였다.

고칠소는 그를 흘낏 바라보았다.

"잔소리하지 않아도 독누이는 내가 알아서 보호할 거야!"

하지만 용비야의 이어진 말에 고칠소는 피를 토할 뻔했다.

"그녀뿐만이 아니다. 본 태자와 고북월까지 보호해라. 지금부터 너는 서동림과 똑같이 우리의 안전을 책임진다."

컥! 그러니까 나더러…… 시위 노릇을 하라고?

고칠소는 뒤늦게 용비야에게 당한 것을 깨닫고 그 자리에 우뚝 멈췄다. 이건 약속을 안 지켰다고 따지는 게 아니었다. 분명한 협박이었다!

"거절해도 된다."

용비야는 어깨를 으쓱하며 말했지만, 엎드려 절 받기나 다름없었다.

고칠소는 그를 물어뜯고 싶어 죽을 지경이었다!

한운석은 서동림에게 독을 설명하느라 바빠서 뒤에서 무슨 일이 벌어지는지 알지 못했다. 뒤쪽에서 두 사람의 뒷모습을 보는 고북월과 백리명향은 그들이 무슨 이야기를 나누는지는 몰랐지만, 한운석을 등진 채 속닥거리며 말다툼하는 것은 알 수 있었다.

고북월과 백리명향은 같은 생각을 하며 몰래 웃음을 지었다.

전하는 한두 마디로 고칠소의 속을 뒤집어 놓을 수 있었고, 고칠소는 출현 즉시 침묵을 금처럼 여기는 전하를 수다쟁이로 만들 수 있었다.

고칠소가 홱 돌아서서 가 버리지 않자 용비야는 그가 제안을 받아들인 것으로 여겼다.

용비야가 다시 나지막이 물었다.

"그자는 어떻게……."

고칠소는 그가 말을 끝내기도 전에 무슨 뜻인지 알아들었다.

그 이야기가 나오자마자 고칠소는 뭐라고 설명해야 할지 몰라 안절부절못했다. 한참 후에야 그가 진지한 목소리로 용비야에게 말했다.

"용비야, 난 내가 독고인인지 아닌지 정말 몰라. 어쩌면……, 어쩌면 날 때부터 기형이었을 수도 있어."

용비야는 살짝 움찔했지만 겉으로 드러내지 않고 여전히 차갑게 물었다.

"대체 어떻게 된 일이냐?"

고칠소는 별수 없이 사실대로 말해 주었고, 이는 용비야에게 무척 뜻밖의 이야기였다. 그가 더 물으려고 할 때, 한운석이 서동림과의 이야기를 끝내고 고개를 돌렸다.

정말 문이 있다

한운석이 돌아보자 용비야와 고칠소는 곧바로 입을 다물었다. 용비야는 무표정한 얼굴로 앞을 바라보았고, 고칠소는 팔짱 끼고 입에 풀잎을 문 채 길가 쪽으로 고개를 돌렸다. 그야말로 세상 사람은 안중에도 없다는 듯한 표정이었다.

고칠소의 저 모습으로 보아, 누구든 옆에 갔다간 그에게 큰 빚이라도 진 사람처럼 될 것 같았다. 물론 용비야는 이미 고칠소의 채권자였기 때문에 예외였다.

한운석은 용비야와 고칠소를 번갈아 보다가 결국 눈을 흘겼다. 두 사람을 상대하기도 귀찮아진 그녀는 뒤쪽으로 가서 고북월, 백리명향과 함께 걸었다.

"공주, 전하와 칠소는……."

고북월이 의아한 목소리로 말을 꺼냈다.

"합이 안 맞나 봐요, 아마도."

한운석은 생긋 웃으며 말했다.

고북월도 웃었지만 곧 다시 진지한 목소리로 말했다.

"공주, 그래도 칠소가 일을 맡아 주면 믿음직합니다."

확실히, 목령아를 대할 때를 빼고 큰 줄기로 볼 때 고칠소는 무척 믿음직한 사람이었다. 그가 만상궁에 시비를 걸지 않았다면, 고북월을 구하지 않았다면, 어쩌면 그들은 아직 삼도 암시장에 머물러야 했을지도 몰랐다.

그렇게 걷고 또 걷던 한운석은 갑자기 어젯밤에 만든 국수가 생각나 장난삼아 물었다.

"어젯밤에 먹은 국수는 맛이 어땠어요?"

비밀 시위가 알려 주지 않았다면, 한운석도 고북월이 그 국수 덩어리를 깨끗하게 먹어 치운 것을 믿지 않았을 터였다.

고북월은 정곡을 찔린 표정이었다.

"소금을 조금 치면 훨씬 맛있을 겁니다."

한운석은 의아한 눈으로 그를 바라보다가 한참만에야 불쑥 내뱉었다.

"고북월, 많이 발전했군요!"

"예?"

고북월은 이해가 가지 않았다.

"아부도 할 줄 알고!"

한운석이 진지하게 말했다. 고북월의 대답은 그야말로 훌륭했다. 한운석의 체면을 깎지 않으면서 너무 가식적이지도 않은 대답이었으니까.

그 국수의 참상을 보지 못한 사람이 저 대답을 들었다면 한운석의 요리 솜씨가 쓸 만하다고 여길 것이 분명했다.

한운석조차 그의 말을 듣자 자신의 요리 솜씨가 아주 형편없는 솜씨는 아니라고 느껴 마음이 편해졌다.

옆에 있던 백리명향은 도저히 참을 수가 없어 푸하하 웃음을 터트렸다. 공주가 고 의원을 놀리는 건 이번이 처음이었다.

한운석이 백리명향을 바라보자 백리명향은 자신이 당돌했음을 깨닫고 즉시 고개를 숙였다.

한참 그녀를 바라보던 한운석이 마침내 입을 열었다.

"명향."

"예."

백리명향은 그제야 고개를 들었다.

한운석이 다가가 웃으며 말했다.

"돌아가거든 당신에게 요리를 좀 배워야겠어요. 다음에 음식 몇 가지를 해서 고 의원에게 맛보여 주려고요."

한운석이 웃자 백리명향도 마침내 긴장을 풀고 기분 좋게 고개를 끄덕였다.

"그러시지요!"

고북월은 소리 없이 웃으면서 무척 기뻐했다.

한운석이 뒤로 자리를 옮기자 용비야와 고칠소도 더는 '말다툼'할 기회가 없었다. 용비야는 곧바로 걸음을 멈추고 한운석이 다가오기를 기다렸다.

한운석이 다가오자 그는 그녀의 손을 잡아 단단히 깍지 꼈다.

고칠소는 일부러 한운석 옆으로 돌아가 그들과 나란히 걸었다. 용비야가 제아무리 무시무시한 눈빛을 보내도 고칠소의 표정은 본래의 눈부신 미소로 돌아갔다.

낯 두꺼움을 겨룬다면 용비야는 아직 그의 상대가 아니었다.

용비야가 커다란 손으로 한운석을 반대쪽 옆으로 잡아당기자 고칠소는 쫓아가지 않고 건들건들 용비야 곁으로 다가왔다.

뒤쪽에서는 고북월과 백리명향뿐 아니라 서동림 일행마저 몰래 웃고 있었다.

이렇게 해서 그들 일행은 보이지 않는 다툼 속에 더없이 즐겁게 독종의 제단으로 향했다.

하지만 제단에 이르는 순간, 모두 진지해졌다.

한운석의 꿈속에서는 제단에 무시무시한 변화가 일어났지만, 지금 그들 앞에 있는 제단은 아무 변화 없이 어제의 모습을 유지하고 있었다.

제단에 다가가기 무섭게, 고칠소는 유리 담장 안에 있는 진귀한 독초에 이끌렸다. 그가 보아 온 것 중에 가장 아름다운 식물이었다.

이 독초들은 줄기와 잎이 투명하고 주위로 희미하게 오색찬란한 빛이 감돌고 있어서, 진짜 식물 같지 않은 느낌이 들 만큼 너무 아름다웠다.

고칠소는 이런 독초를 본 적도 없고, 독이 있는지 없는지 판단할 수도 없었다. 하지만 오랫동안 약초를 기른 경험으로 미루어 볼 때, 이 독초가 살아온 시간이 아주 길다는 것은 알 수 있었다.

"독누이, 이 독초는 적어도 1, 2백 년쯤 살았어."

고칠소가 심각한 목소리로 말했다.

"1, 2백 년? 그럼 열매는 이제 막 따 간 거야?"

한운석이 물었다. 그녀는 독성을 감별하는 데는 일가견이 있지만, 독초의 나이에 관해서는 전문적인 지식이 별로 없었다. 해독시스템이 분석해 주지 않으면 육안으로는 판별하지 못했다.

"열매를 따 간 지는 아마 10년이 넘었을 거야!"

고칠소는 독초를 관찰하면서 대답했다.

"어떻게 아느냐?"

용비야가 참다못해 한마디 끼어들었다.

고칠소는 그를 흘낏 보며 후후 웃기만 했다.

용비야는 쉽사리 흥분하는 편이 아니어서 그런 반응에 차갑게 코웃음을 쳤다.

"잘못 봤겠지."

반면 고칠소는 용비야의 말 한마디에 아주 쉽게 흥분하는 사람이었다. 그가 대뜸 대꾸했다.

"아니거든? 줄기의 굵기나 잎사귀의 크기, 색이나 광택, 일부 잎사귀 가장자리에 있는 톱니를 보면 알아. 식생이 다르면 감별 방식도 달라서 대충 추정할 순 있지만 정확히 맞출 순 없어. 그리고……."

고칠소가 계속 설명하려고 했으나 용비야는 손을 들어 막았다.

"그만. 알았다."

고칠소는 멍해졌다가 뒤늦게야 자신이 용비야에게 당했다는 것을 깨달았다.

절세 미모의 얼굴이 어두컴컴해지자 주위에 있던 사람들은 하마터면 웃음을 터트릴 뻔했지만 다행히 잘 참아 냈다.

한운석조차 저 독초가 뭔지 알아내지 못하는 마당에 고칠소가 뭔가 알아내리라곤 기대하지도 않았던 용비야는 진지하게 물었다.

"늑대 머리 표식은 어디 있느냐?"

한운석은 몰자비 앞으로 다가가, 눈을 감고 기억에 의지해 꿈에서 본 늑대 머리 표식이 있던 곳을 되짚었다.

꿈이란 대부분 잘 기억나지 않기 마련이었다.

하지만 한운석은 어젯밤 꿈속에서 본 광경이 워낙 생생해서, 눈을 감고 잠시 생각하자 모든 것이 선명하게 떠올랐다.

그녀는 이내 몰자비 위에서 늑대 머리 표식이 있던 곳을 찾아냈다.

"여기예요. 피 묻은 이마가 이 위치였어요."

그녀의 엄지손가락이 몰자비를 짚었다.

용비야와 다른 이들은 아무것도 쓰여 있지 않은 현금 비석을 바라보며 믿을 수 없는 표정을 지었다. 한운석이 꾼 꿈이 아니었다면, 아무것도 없는 이 텅 빈 현금 비석에 숨겨진 수수께끼를 그 누가 찾아낼 수 있었을까?

한운석은 용비야를 한 번 바라본 후 다시 다른 사람들을 돌아보며 물었다.

"시작…… 할까요?"

사람들은 즉시 용비야를 쳐다보았다. 고칠소까지 포함해서.

용비야는 한운석의 다른 손을 잡으면서 과감하게 고개를 끄덕였다.

한운석도 결심을 굳히고 손가락을 깨물어 핏방울을 짜냈다. 그녀가 몰자비를 누르려는 순간, 갑자기 용비야가 그녀의 손을 와락 잡더니 망설임 없이 함께 비석을 꾹 눌렀다.

그런 다음 두 사람은 곧바로 손을 뗐다.

어제와는 달리 이번에 한운석의 피는 몰자비 위에 잠시 머무른 다음 돌 틈으로 스며들었다.

핏자국이 몰자비에서 사라지자마자 몰자비가 격렬하게 흔들리기 시작했고 이어서 제단 전체가 뒤흔들렸다. 진동은 마치 대지진이라도 난 것처럼 점점 심해졌다!

용비야는 한운석을 보호하며 뒤로 물러났고, 다른 사람들도 뒤따랐다. 하지만 그들의 눈은 중요한 것을 놓칠까 두려운 듯 몰자비에서 떨어질 줄 몰랐다.

과연!

오래지 않아 한운석이 꿈속에서 본 광경이 나타났다.

갑작스레 몰자비 가운데가 갈라졌다. 처음에는 좁고 긴 틈이었지만, 그 틈은 마치 보이지 않는 힘이 잡아당기기라도 하듯 빠르게 커지면서 차차 문의 모습을 갖춰 갔다.

문이라기보다는 미지의 세계로 통하는 동굴 입구라고 해야 했다. 동굴 안은 빛도 없이 어두컴컴해서, 이 동굴을 지나면 어디에 도착할지 그 누구도 알 수 없었다.

"이야, 이게 바로 독종의 어마어마한 비밀이구나!"

고칠소가 말하며 가까이 다가갔다. 모두가 경계하는 와중에 위기의식이라곤 전혀 없는 사람은 그 혼자뿐이었다.

재빨리 시키면 동굴 앞으로 걸어간 그가 용비야와 한운석을 돌아보았다.

"정말 들어갈 거야?"

"음."

용비야는 고개를 끄덕였다.

"그런데 왜 그러고 섰어? 내가 안내할게!"

고칠소는 그렇게 말하며 소매에서 조그마한 야명주를 하나 꺼냈다. 어둠 속에서 야명주가 점점 빛을 내더니 곧 환하게 주위를 밝혔다.

"역시 우리가 앞장서는 게 좋겠어. 조심해, 고칠소."

한운석이 진지하게 말했다.

"내가 안내한다니까. 괜찮아!"

고칠소는 그렇게 말하면서 동굴 안으로 들어가려고 했다. 하지만 애석하게도 내밀었던 그의 발은 동굴 입구를 넘지도 못한 채 마치 뭔가에 부딪힌 것처럼 '퍽' 소리를 냈다.

"지금…… 현금 비석에 막힌 거야?"

한운석이 의아한 목소리로 물었다.

"그런 것 같아. 뭐 이런 황당한 게 다 있지?"

고칠소는 못 믿겠다는 얼굴로 다시 한번 힘껏 발을 내밀었다. 이번에는 비석에 부딪혀서 제풀에 뒤로 나뒹굴 뻔했지만 몇 발짝 뒷걸음친 끝에 겨우 균형을 잡았다.

"정말 비석이 막고 있나 봐. 환각은 아니겠지?"

고칠소가 놀란 목소리로 물었다.

"공주, 공주께서 시험해 보시지요."

고북월이 입을 열었다.

그 말이 사람들을 일깨웠다.

이 문을 연 사람은 한운석이니, 어쩌면 한운석만 들어갈 수 있는지도 몰랐다.

용비야가 복잡한 눈빛을 띠며 먼저 다가가 몸소 시험해 보았지만, 결과는 고칠소 때와 똑같았다.

한운석이 나아가 시험해 보려 하자 용비야가 그녀의 손을 잡았다.

모두가 지켜보는 가운데 한운석은 조심조심 한 발을 내밀었다. 놀랍게도……, 놀랍게도 그녀의 발은 정말 동굴 안으로 들어갔다.

게다가!

한운석이 발을 들여놓는 것과 동시에 새까맣던 동굴이 갑자기 강렬한 빛을 쏟아 내더니, 곧이어 보이지 않는 강력한 흡인력을 쏟아 내기 시작했다.

마치 한운석을 빨아들이려는 것 같았다!

용비야가 미리 대비하고 있지 않았다면 한운석은 벌써 안으로 빨려 들어갔을 터였다. 하지만 용비야의 힘은 동굴의 흡인력을 당해 낼 수가 없었다.

그는 공연히 버티지 않고 다른 손까지 뻗어 한운석을 꼭 끌어안았다.

용비야가 힘을 빼자 그와 한운석은 순식간에 안으로 빨려 들어갔다.

"붙잡아!"

고칠소가 더럭 소리를 지르며 몸을 날려 용비야의 발을 붙잡았다. 고북월도 재빨리 고칠소의 손을 잡고 그들을 따라 동굴 속으로 들어갔다.

백리명향과 서동림 일행은 멍하니 바라보았지만, 고북월이 그들을 향해 외쳤다.

"서동림, 명향 낭자, 이리 오십시오!"

이 말을 기다리고 있던 서동림이 백리명향을 데리고 달려가 고북월이 완전히 동굴 속으로 삼켜지기 직전에 그 옷자락을 움켜쥐었다.

모두가 안으로 빨려 들어간 뒤 시커먼 동굴은 점점 줄어들다가 얼마 지나지 않아 완전히 모습을 감추었다. 현금 비석은 방금 아무 일도 일어나지 않은 것처럼 본래의 모습으로 돌아갔다.

주위를 에워싼 비밀 시위와 독 시위들은 믿을 수 없는 얼굴로 서로를 바라보았다. 그들이 할 수 있는 것은 한운석 일행이 돌아오기를 기다리는 것뿐이었다.

한운석 일행은…… 어디로 갔을까?

한운석, 날 구해 다오

어둠 속에서의 추락은 깊이를 알 수 없는 심연 속으로 떨어지는 것처럼 언제까지나 계속되었다.

주변은 지독히도 어두웠다. 한운석은 눈을 크게 떴지만 여전히 아무것도 볼 수 없었다. 눈이 멀어 버린 기분이었다.

단 하나, 용비야에게 안겨 있다는 사실만이 마음속 불안을 엷게 해 주었다.

어디에 도착하든, 죽든 살든, 적어도 그가 곁에 있었고, 적어도 그가 그녀의 손을 잡고 있었다.

한운석은 고칠소 일행이 용비야의 발을 잡고 따라 들어온 것을 몰랐고, 지금 용비야의 발을 잡고 있는 사람이 없다는 것은 더욱 몰랐다. 고칠소 일행은 진작 어디론가 사라진 후였다.

귓가에는 쌩쌩 바람 소리가 들리고 머리카락과 옷자락이 휠휠 날렸다. 한운석은 용비야와 이야기를 하려고 했지만 입을 열기만 하면 목소리가 거센 바람에 파묻히는 바람에 그만두었다.

그녀는 용비야의 품에 바짝 기댄 채 이왕 왔으니 편히 생각하자는 마음으로, 아무 생각하지 않고 그를 꼭 껴안았다.

그런데 딱히 무엇이 이상한지 짚어 낼 수는 없지만 어딘가 이상한 느낌이 들었다. 이 이상한 느낌이란 여자만이 가지고 있는 감각이었다. 마치 육감처럼 말로는 정확하게 설명할 수 없는 그런 감각이었다.

얼마나 지났을까, 한운석과 용비야는 마침내 발아래 쪽에서 빛을 볼 수 있었다.

그들은 어느 석실 안에 떨어졌다. 사방이 막히고 하나뿐인 돌문은 꽉 닫혀 있는 석실이었다.

한운석은 남몰래 안도의 숨을 쉬었다. 정말 3천 년 후의 세상을 보게 될까 봐 두려웠는데 이제 안심이 되었다. 그녀는 용비야를 돌아보며 생긋 웃었다.

"여긴 꽤 괜찮은데요?"

용비야도 옅은 미소로 답했다.

"음."

한운석은 그를 흘끗 보더니 몸을 돌리고 진지하게 물었다.

"용비야, 왜 그래요? 어디 불편해요?"

용비야는 그제야 정신을 차린 듯 사랑이 담뿍 담긴 웃음을 지었다.

"아니다!"

텅텅 빈 석실에는 그들 두 사람뿐이었다. 한운석은 안을 둘러본 뒤 고개를 갸웃하며 물었다.

"고칠소와 다른 사람들은…… 안 들어왔겠죠?"

"그랬을 것이다."

이렇게 말한 용비야는 주위를 살피는 한편 한운석을 데리고 돌문 쪽으로 걸어갔다.

돌문을 밀어 봤지만 문은 꼼짝도 하지 않았다.

"근처에 문을 여는 기관이 있을까요?"

한운석은 돌문 주위를 이리저리 만졌고, 용비야도 따라서 찾기 시작했다.

용비야가 뭘 건드렸는지 갑자기 돌문이 서서히 회전했다.

"나가 볼까?"

용비야가 말했다.

한운석이 고개를 끄덕이자 용비야가 먼저 문밖으로 나갔다. 혼자 문안에 남은 그녀는 움찔 당황했지만 재빨리 따라 나갔다.

놀랍게도 돌문 밖에는 높다란 궁전이 서 있었다.

궁전 안에는 늑대 머리에 사람 몸을 가진 신상神像이 모셔져 있었다. 늑대 머리는 몰자비에 나타났던 표식과 똑같은 모양이었다. 신상은 10층짜리 누각만큼 높아서 웅장하고 위풍이 넘쳤다. 이 넓디넓은 궁전 안에는 신상 외에 다른 것은 전혀 없었다.

벽에 온갖 문양이나 글씨를 새긴 일반 궁전과는 달리 사방의 벽이 반들반들했다.

"이건 대체 무슨 괴물이죠?"

소리를 내자 사방팔방에서 메아리가 울리는 바람에 한운석 자신조차 소름이 끼쳤다. 그녀는 꼬맹이가 저런 모습으로 변하면 절대 받아들이지 못할 것이라고 속으로 가만히 생각했다.

"이곳에는 문이 없다."

용비야가 입을 열었다.

신상에서 주의를 돌린 한운석도 그 사실을 깨달았다.

"기관이 있는지 찾아볼까요?"

한운석이 말했다.

그녀는 말로 설명할 수 없는 느낌을 받았다. 모든 것이 무척 이상하고 진짜가 아닌 것처럼 느껴졌다.

한참 찾았지만 기관 같은 것은 없었다. 용비야가 고개를 들어 신상을 올려다보며 진지하게 말했다.

"저 신상이 아닐까?"

한운석이 신상을 바라보며 주저하는데, 갑자기 용비야가 몸을 날려 신상의 어깨 위에 내려앉더니 신상의 몸을 살피기 시작했다.

한운석은 그런 그를 올려다보며 복잡한 눈빛을 떠올렸다. 지금 그녀의 경공이라면 충분히 날아오를 수 있지만, 그녀는 계속 주저하며 지켜보기만 했다.

용비야가 그녀를 바라보았다.

"올라오겠느냐?"

한운석이 대답하려는데, 뜻밖에도 신상이 느닷없이 와르르 무너져 내렸다. 용비야는 즉시 허공으로 날아올랐고 한운석은 다급히 뒤로 물러섰다. 그런데 조각조각난 신상이 별안간 활활 타오르는 불덩이가 되어 맹렬하게 하늘 높이 솟구치더니, 화룡火龍으로 변해 용비야에게 날아들었다!

용비야는 이런 상황을 예상하지 못한 듯 제때 피하지 못하고 그 화룡에 명중당하고 말았다.

화룡에 맞은 용비야의 몸은 곧바로 활활 타올랐다. 얼마 지나지 않아 용비야는 그대로 추락해 털썩 땅에 떨어졌다.

활활 타오르는 불길이 그를 겹겹이 포위하고 그의 몸을 불태웠다. 그는 한쪽 무릎을 꿇고 한운석을 향해 손을 뻗었다.

"구……, 구해 줘! 운석……, 날 구해 줘……."

한운석은 멍하니 그 모습을 바라볼 뿐 움직이지 않았다.

어떻게 용비야를 구해야 할까?

사방이 꽉 막힌 궁전에는 아무것도 없어서, 구하고 싶어도 구할 방법이 없었다! 게다가 방법이 있다 한들 꼭 구해 낸다는 보장도 없었다!

그녀는 그렇게 용비야가 불타는 것을 지켜보며 꿈쩍도 하지 않았다.

"운석, 이리 와……. 운석……. 한운석……, 날 구해 다오……."

용비야의 목소리가 울렸다.

"운석, 이리 와……. 나는 이제 틀렸다. 이리 와서…… 널 보게 해 다오. 마지막으로……."

한운석은 차마 용비야의 눈을 바라볼 용기가 나지 않아 다가가기는커녕 도리어 뒷걸음질 쳤다.

용비야는 분노해서 따졌다.

"한운석, 이것이 본 태자를 향한 너의 마음이냐! 절대 떨어지지 말자 하지 않았느냐!"

용비야는 그렇게 말하면서 고개를 들고 껄껄 웃어 댔다.

"한운석, 나는……, 하하하, 나는 너와 내가 함께 태어나지는 못했을망정 함께 죽을 것으로 생각했다. 그런데…… 하하하, 이제 보니 내가 너무 어리석었구나!"

뜨거운 불길에 휩싸인 그 모습은 몹시도 처량하고 처참해 보였다.

하지만 한운석은 흔들리지 않았다. 숫제 피도 눈물도 없는 사람 같았다. 용비야의 질책과 비난을 받으면서도 그녀는 한마디도 하지 않고 오직 뒤로, 또 뒤로 물러날 뿐이었다.

갑자기 용비야가 분노에 차서 부르짖었다.

"한운석, 맹세하지! 이 용비야는 평생 다시는 너를 사랑하지 않을 것이다!"

결국, 한운석도 참지 못하고 큰 소리로 부르짖었다.

"넌 용비야가 아니야! 아니야! 넌 그 사람 이름으로 맹세할 자격이 없어!"

그녀는 이 신비로운 궁전에 떨어지기 전부터 계속 이상한 느낌을 받았고, 떨어진 후로는 의심이 더욱 짙어졌다.

바로 용비야가 그녀의 손을 놓았기 때문이었다.

이런 곳에서 용비야가 어떻게 그녀의 손을 놓을 수 있을까?

더군다나 밀실 돌문이 열리자 용비야는 그녀를 남겨 둔 채 먼저 밖으로 나가 버렸고, 그녀는 스스로 그를 쫓아가야 했다. 비록 나중에 용비야가 다시 손을 잡긴 했지만 느낌이 완전히 달랐다.

처음으로 독초 창고에 갔을 때 그녀의 손을 잡고 열 손가락을 깍지 낀 이후로, 그는 손을 잡을 때마다 항상 자연스럽게 손가락을 단단히 깍지 끼곤 했다.

하지만 눈앞에 있는 저 용비야는 그러지 않았다!

심지어 밀실에 막 내려섰을 때 그녀에게 괜찮으냐는 말 한마디 하지 않았다.

사실 이 세상에 여자의 육감 같은 건 존재하지 않았다. 이른바 육감이란, 여자의 세밀한 기억과 그 기억이 만들어 낸 습관이 잠재의식 속에 낙인찍힌 것이었다.

일단 세밀한 부분이 이것저것 틀어지고 잠재의식 속의 습관과 어긋나는 상황이 발생하면, 여자는 무엇이 이상한지 설명하지 못할 이상한 느낌을 받기 시작했다.

그러다가 그 느낌이 점점 강렬해지면 그 세밀한 부분 속에서 무엇이 이상한지 찾기 시작하는 것이었다.

한운석은 눈앞에 있는 저 남자가 용비야를 쏙 빼닮았지만, 절대로 용비야가 아니라고 확신했다.

용비야가 그녀더러 이리 와서 같이 죽자고 한다고?

불가능한 일이었다.

"아니야! 넌 그 사람이 아니야!"

한운석은 소리소리 질러 댔다. 그녀는 활활 타오르는 불길, 그리고 가짜 용비야를 쳐다보지도 않았다. 너무 오래 보다 보면 참지 못하고 달려가게 될까 봐 두려웠다.

어쨌든 저 껍데기만큼은 그와 똑같았으니까.

그녀는 주변을 에워싼 벽을 둘러보며 소리쳤다.

"용비야, 어디 있어요? 용비야! 어떻게 내 손을 놓을 수가 있어요? 어디 있는 거예요?"

이 말이 떨어지는 순간 신기한 일이 일어났다. 한운석 뒤에서 활활 타오르던 불길과 가짜 용비야가 순식간에 사라져 버린 것이었다.

열기가 느껴지지 않자 홱 고개를 돌린 한운석은 신상이 서 있던 벽 쪽에 돌문이 하나 나타난 것을 발견했다.

궁전도 사라지고, 주변은 그냥 평범한 석실처럼 보였다.

"환상이었나?"

한운석이 중얼거렸다.

환상이 아니고서야 이렇게 갑자기 사라질 수 있을까?

아마 환상 세계에 들어와서 환상을 본 모양이었다. 그럼 용비야는 어떻게 됐을까? 용비야는 지금 어디에 있을까?

용비야도 이런 환상을 겪었을까? 용비야도 이 모든 게 가짜라는 것을 알아냈을까?

한운석은 그것까지 생각할 여유가 없어 머리를 흔들며 정신을 바짝 차렸다.

정말 환상 세계 속이라면 정신을 바짝 차리는 것이 무엇보다 중요했다. 허虛와 실實, 진실과 거짓이 뒤섞인 이 세계에서는 무슨 일이 일어날지도 모르고 어떤 사람을 만날지도 몰랐다.

그러니 긴장을 늦추지 않고 용비야를 찾는 것이 옳았다.

그녀는 이내 돌문 옆 기관을 건드렸다. 하지만 돌문이 서서히 움직이며 열리자 그 자리에 얼어붙고 말았다.

용비야가 문밖에 서 있었다!

한운석은 당황해서 곧바로 움직이지도 못했고 아무 소리도 내지 못했다. 이 용비야가 진짜인지 가짜인지 확신할 수가 없었다. 방금 그 환상 속의 용비야는 분명히 그녀를 사지에 떨어 뜨리려고 했다.

목숨을 앗아가는 환상, 감정을 자극해 사람을 죽이는 환상이 었다!

문밖의 용비야 역시 뜻밖이었는지 움직이지도 않고 말도 하지 않았다.

두 사람은 그렇게 한 사람은 문안에, 한 사람은 문밖에 선 채한참 동안 서로를 마주 보았다.

한참 망설이던 한운석이 떠보려는 순간, 뜻밖에도 용비야가 불쑥 다가섰다. 한운석은 무의식적으로 뒤로 물러났지만 용비야는 그녀 바로 앞까지 와서 걸음을 멈췄다.

두 사람의 거리는 몹시도 가까워서 거의 몸이 닿을 정도였다.

한운석은 여전히 물러나려고 했지만 느닷없이 용비야가 손을 뻗어 그녀의 앞머리를 쓰다듬었다.

한운석은 깜짝 놀라 믿을 수 없는 얼굴로 그를 쳐다보았다. 심장이 미친 듯이 달음박질치기 시작했다. 설마……, 설마 이사람이 진짜 용비야일까?

그녀는 황급히 그의 손을 붙잡아 손가락을 얽었다.

그녀가 깍지를 끼자 용비야도 힘껏 손을 움켜쥐더니 두말없이 그녀를 품에 끌어안았다.

너무나도 익숙한 이 패기!

너무나도 익숙한 이 품!

한운석은 참지 못하고 그를 와락 껴안았다.

"용비야, 당신이군요! 정말 당신이야!"

용비야는 한참 동안 그녀를 끌어안고 있다가 참았던 숨을 길게 내쉬며 비로소 입을 열었다.

"한운석, 깜짝 놀랐다!"

방금 그도 환상을 보았다. 환상 속에서 한운석은 늑대 머리를 가진 신상이 변신한 불길에 삼켜졌고, 활활 타오르는 불 속에서 이리 와서 자신을 구해 달라고 울며 애원했다.

그렇지만 그는 그러지 않았다. 그녀의 손을 잡는 순간 이상한 것을 깨달은 탓이었다. 지금 이 여자야말로 진짜 한운석이었다!

환상을 깨뜨린 후 그는 미친 사람처럼 그녀를 찾아다녔고 수많은 석실을 돌파한 끝에 마침내 이곳에 도착할 수 있었다.

야단맞은 고칠소

용비야와 한운석은 서로를 꼭 껴안았다. 방금 환상 속에서 상대가 불에 타는 모습을 보았으니 두렵지 않다고 하면 확실히 거짓말이었다.

한운석은 자신이 겪은 일을 용비야에게 이야기했고, 용비야도 방금 겪은 일을 한운석에게 들려주었다. 놀랍게도 두 사람이 본 환상은 똑같았다!

정말이지 너무 잔인한 환상이었다. 이 세상에서 사랑하는 사람이 산 채로 불에 타들어 가는 것을 뻔히 지켜보는 것보다 더 잔인한 일이 있을까!

"그 환상이 우리를 시험한 걸까요?"

한운석이 의심스럽게 물었다.

"무슨 시험이겠느냐?"

용비야도 내내 고민 중이었다.

그 환상은 확실히 시험 같았다. 조금 전에 그가 정말 불 속으로 뛰어들어 가짜 한운석을 구하려 했다면 죽었을지, 아니면 다른 벌을 받았을지 알 수가 없었다.

"모르겠어요……."

한운석은 그 잔인한 장면을 자꾸 떠올리고 싶지 않았다. 그녀가 진지하게 물었다.

"고칠소 일행은요? 따라 들어왔나요?"

가짜 용비야는 고칠소 일행이 오지 않았다고 했지만, 사실 여부를 알 수가 없으니 역시 확인해 보는 편이 나았다.

"다른 사람은 모르겠다. 고칠소는 들어왔을 것이다. 내 다리를 잡았으니까. 나중에는 어디로 갔는지 보이지 않더군."

용비야가 말했다. 이곳으로 떨어지는 동안 바람이 너무 거세어 머리카락이며 옷자락이 어지럽게 휘날렸기 때문에 그 역시 고칠소가 언제 다리를 놓았는지 확실히 기억나지 않았다.

"이상하네요……."

한운석은 무척 의심스러웠다.

"용비야, 당신은 언제 날 놓았죠?"

용비야는 즉시 고개를 저었다.

"절대 놓지 않았다!"

고칠소 쪽이야 방심할 수도 있지만, 한운석은 반드시 지켜야 했기에 그는 내내 그녀의 손을 꼭 붙잡고 있었다.

"이상해요. 나도 당신을 놓은 적이 없는데!"

한운석은 생각할수록 알 수가 없었다.

하지만 지금은 그 문제에 매달려 있을 틈이 없었다. 서로가 무사한 것을 다행으로 여기고 이곳이 대체 어디인지, 고칠소가 어디에 있는지부터 알아내야 했다. 그리고 어떻게든 이 괴상한 곳에서 벗어나야 했다!

"어서 고칠소를 찾아봐요!"

한운석이 진지하게 말했다.

그녀 등 뒤에는 밀실 하나뿐이어서 찾아볼 것도 없었다. 그래서 용비야는 그녀를 데리고 왔던 길을 되돌아갔다. 석실 몇 곳을 통과하니 마지막으로 궁전 하나가 나타났는데, 사방 벽에 각각 돌문이 있었다. 용비야가 온 곳은 동쪽 문이었다.

"서쪽 문으로 가 보죠."

한운석이 말했다.

가장 빠른 방법은 나눠서 찾는 것이지만, 한운석은 용비야의 손을 놓을 용기가 나지 않았다. 아마 용비야도 절대로 그녀를 놓으려 하지 않을 터였다.

두 사람이 서쪽 돌문을 열려는 순간, 남쪽과 북쪽 돌문이 동시에 벌컥 열리고 남쪽 문에서 고북월이, 북쪽 문에서 서동림과 백리명향이 들어왔다.

이건······.

한운석과 용비야는 약속한 것처럼 경계를 돋웠다. 저 세 사람도 들어왔었던가? 눈앞의 세 사람은 진짜일까 가짜일까?

고북월 등 세 사람은 한운석과 용비야를 보자 매우 기뻐했다.

"공주, 전하. 괜찮으시지요?"

고북월이 쏜살같이 다가왔다.

백리명향과 서동림도 황급히 다가왔다. 백리명향은 말이 없었지만 기쁜 눈빛을 감추지 못했고, 서동림은 잔뜩 흥분해 있었다.

"전하, 공주. 간신히 두 분을 찾았군요!"

용비야와 한운석 둘 다 말이 없자 고북월 등 세 사람도 이내 이상한 것을 알아차리고 다소 어리둥절하여 서로를 바라보았다.

"공주, 전하. 두 분…… 괜찮으십니까?"

고북월이 떠보듯이 물었다.

한운석과 용비야는 어떻게 해야 이들이 진짜인지 가짜인지 판별할 수 있을까 고민 중이었다.

이번에는 조금 어려울 것 같았다!

그런데 바로 그때, 처절한 외침이 울려 퍼졌다.

"독누이……!"

"고칠소!"

단번에 그 목소리를 알아들은 한운석은 깜짝 놀랐다.

"맞습니다. 고칠소군요!"

고북월은 초조해했다.

"서쪽에서 들려오는 것 같은데……."

"가자!"

용비야는 고북월 등 세 사람의 진위를 밝히는 일은 잠시 미룬 채 한운석을 붙잡고 화살처럼 달려갔다.

서쪽 돌문을 열고 안으로 들어간 그들이 발견한 것은 놀랍게도 높이 솟은 궁전이었다. 궁전 안은 아무것도 없이 텅 비어 있었다.

오직 고칠소 혼자 바닥에 앉아 방성통곡하고 있었는데, 마치 뭔가를 끌어안은 듯 양팔로 뭐라 할 수 없이 괴상한 동작을 하고 있었다. 이 장면을 본 사람들은 하나같이 모골이 송연해지는 느낌을 받았다.

용비야와 한운석은 서로를 바라보았다. 그들도 환상인지 현실인지 확인할 방법이 없었다.

"고칠소가…… 누굴 안고 있는 것 같습니다."

서동림이 중얼거리듯 말했다.

확실히, 고칠소의 두 팔은 사람을 안고 있는 것 같은 움직임이었다. 귀신에 홀린 걸까?

사람들이 감히 아무 소리도 내지 못하고 가만히 다가가려는데, 뜻밖에도 고칠소가 갑자기 더 큰 소리로 울부짖었다.

"독누이, 독누이, 정신 차려, 응? 제발!"

고칠소는 눈물을 뚝뚝 흘리고 있었다.

"독누이, 네가 뭘 시키든 난 한 번도 널 탓한 적 없고 원망한적도 없어……. 하지만…… 깨어나지 않으면 이 칠 오라버니는평생 널 용서하지 않을 거야! 평생!"

고칠소는 심장이 찢어질 듯 울부짖었다. 목이 멘 나머지 목소리가 제대로 나오지도 않았다.

하지만 이 말을 들은 사람들은 하나같이 당황했다. 한운석은어리둥절했다. 저 사람이 대체 왜 저런담? 저기서 저렇게 울면서 마치 내가 뭔가 아주 미안한 일을 저지른 것처럼 말하고, 마치 내가…… 죽어 버린 것처럼 굴다니.

사람들은 천천히 용비야를 돌아보았다. 용비야의 얼음 같은얼굴은 이미 운공대륙을 통째로 얼려 버리기에 충분할 정도로차디차게 식어 있었다.

고칠소가 '독누이, 죽지 마!' 하고 외치는 순간 용비야의 마지막 남은 한 줄기 이성마저 철저히 무너지고 말았다. 그는 분노에 찬 목소리로 고함을 질렀다.

"고칠소!"

그 분노의 외침은 궁전 전체를 쩌렁쩌렁 울렸고, 메아리는 한참이나 끊이지 않았다.

심장이 찢어질 것처럼 울던 고칠소는 흠칫 놀라 울음을 뚝 그쳤다.

그는 자신의 두 손을 내려다보더니 화들짝 놀란 것처럼 벌떡 일어나 몇 걸음이나 뒷걸음질 쳤다. 멍하니 바닥을 바라보는 그의 얼굴 위로 놀람과 두려움이 뒤엉켰다.

"고칠소, 무슨 짓이냐?"

용비야가 또다시 고함쳤다.

고칠소는 그제야 고개를 돌려 그쪽을 바라보았다. 멀쩡하게 용비야 옆에 서 있는 한운석을 본 그는 쏜살같이 달려들더니 누가 막을 새도 없이 한운석을 홱 잡아당겨 품에 꼭 끌어안았다.

이건 거의…… 신의 속도였다! 용비야조차 제때 그를 막지 못했다.

"독누이, 너……, 너……."

그녀를 단단히 끌어안은 고칠소는 감격에 겨워 말조차 제대로 뱉어 내지 못했다.

"놔! 놓으라니까!"

한운석은 힘껏 발버둥쳤다. 용비야가 화를 낼까 봐 겁이 나서가 아니라…… 고칠소가 계속 이렇게 끌어안고 있으면 정말 숨이 막혀 죽을 것 같아서였다!

곧 용비야가 고칠소의 두 손을 잡아 아무 설명도 없이 거칠게 뿌리쳤다. 뼈를 부러뜨리지 않은 것만 해도 고칠소에겐 행운이었다.

고칠소는 그제야 완전히 정신을 차린 듯 용비야를 바라보더니 다소 멍청한 표정을 지었다. 그가 왜 그랬는지 관심도 없는 용비야는 거칠게 그를 떠밀었다.

고칠소는 힘차게 벽에 부딪혔다가 튕겨 나와 바닥을 향해 앞으로 푹 고꾸라졌다.

한운석은 심호흡을 했다. 그녀도 고칠소가 왜 그렇게 울부짖었는지 알지 못했다. 하지만 방금은 진짜 숨이 막혀 죽을 뻔했다.

고칠소가 고개를 들자 양쪽 콧구멍에서 피가 주르륵 흘렀다. 코피와 눈물이 얼굴에 범벅되어, 나라를 주어도 아깝지 않은 얼굴을 엉망으로 만들어 놓았다.

하지만 그는 한운석이 멀쩡한 것을 보자 히죽 웃었다. 놀랍게도 피와 눈물 속에 피어난 그 웃음은 몹시도 순수하고, 깨끗하고, 눈부셨다. 그는 용비야와 다툰 것도 잊고 중얼거렸다.

"독누이, 널 보니까 참 좋다."

용비야가 뭐라고 하려는데 다행히 고북월이 선수를 쳤다.

"칠소, 자네…… 방금 어떻게 된 건가?"

고칠소는 본래 있던 쪽을 돌아보더니 황급히 일어나 커다란 손으로 얼굴을 문질러 정신을 다잡았다.

그는 방금 일어난 일을 이야기하기 시작했다.

그는 용비야를 붙잡고 안으로 들어왔는데 어떻게 된 셈인지 갑자기 혼자 남아 이곳에 떨어졌다. 이곳에는 늑대 머리에 사람 몸을 한 커다란 신상이 있었고, 독누이가 신상 앞에 무릎 꿇고 절을 올리는 중이었다. 그는 독누이와 몇 마디 한담을 나눴는데, 별안간 신상이 불덩이로 변해 독누이를 집어삼켰다. 그는 모든 것을 팽개치고 그녀를 구하러 불 속으로 뛰어들었다. 그런데 그가 불 속에 뛰어들기 무섭게 불은 싹 사라졌다. 하지만 독누이도……, 독누이도 숨이 끊어졌다.

그는 독누이를 안은 채 오래, 아주 오랫동안 통곡했다. 조금 전 용비야가 쩌렁쩌렁한 목소리로 그의 이름을 부르자 품 안에 있던 독누이가 어디론가 사라져 버렸다. 그는 그제야 모든 것이 가짜임을 깨달았다!

이 이야기를 하는 동안 고칠소는 내내 한운석을 바라보았다. 눈앞에 있는 사람이 갑자기 사라져 버릴까 봐, 눈앞에 펼쳐진 모든 것이 지나치게 상심한 나머지 자기 위안 삼아 꾸는 꿈일까 봐 두려웠다.

이야기를 들은 한운석과 용비야는 약속이나 한 듯 서로를 바라보았다. 뒤늦게 소름이 끼쳤다.

이제 보니 상대방을 구하려고 불 속에 뛰어든 결과는 바로 이런 것이었다.

만약, 만약 그들이 이곳을 찾아오지 않았더라면, 고칠소는 내내 한운석이 죽은 것으로 알지 않았을까?

한운석은 만약 용비야가 죽은 줄 알았다면 자신이 어떤 꼴이 되었을지 상상조차 할 수 없었다. 어쩌면 조금 전의 고칠소보다 백배는 더 상심할지도 몰랐다. 어쩌면……, 어쩌면 살아 있지 않으려고 할지도 몰랐다.

용비야도 조금 전만큼 화가 나진 않는 모양이었다. 고칠소를 바라보는 그의 눈빛이 유난히도 더 깊어졌다.

사람들 모두 고칠소가 해 준 이야기를 소화할 시간이 필요했다. 직접 환상을 겪은 한운석과 용비야도 고칠소가 대성통곡하며 드러내 보인 진실한 정을 마주하자 저도 모르게 그 일을 다시 돌아보게 되었다. 그 환상은 대체 무엇을 시험하는 걸까?

어째서 제 몸 돌보지 않고 불 속으로 뛰어들어 사람을 구하려던 고칠소는 환상이 만들어 낸 거짓 속에 푹 빠져 깨어나지 못하게 되었을까? 반면 모질게도 상대를 구하지 않은 그들 두 사람은 어째서 환상을 깨뜨릴 수 있었을까?

고북월이 침묵을 깨뜨렸다.

"칠소, 방금 그건 환상일세."

그 말을 듣자 한운석과 용비야는 안도의 숨을 내쉬었다. 아무래도 저 고북월은 진짜였다. 지금 그들이 보고 있는 것은 결코 환상이 아니었다.

"왜 고칠소만 그런 환상을 봤을까요?"

서동림이 참지 못하고 물었다.

"너는 보지 못했느냐? 다른 사람들은?"

한운석이 황급히 물었다.

서동림과 백리명향은 고개를 저었다. 그러자 한운석은 더욱

더 확신이 생겼다. 아무래도 눈앞에 있는 서동림과 백리명향도 진짜인 것 같았다.

고칠소는 의아한 듯이 물었다.

"뭐야, 독누이, 너희도 환상을 봤어? 너희가 본 환상은 뭔데?"

여기까지 왔는데 숨길 것도 없었다. 용비야는 곧 자신과 한운석이 겪은 환상을 이야기해 주었다.

그런데 말을 하고 나자 모두 침묵에 빠졌고, 갑자기 분위기가 어색해졌다.

어떻게 된 걸까?

세 사람만이라니

분위기가 어색해진 것은 다름 아니라 한운석 부부와 고칠소가 겪은 환상이 똑같았기 때문이었다.

그 환상은 '사랑'을 시험하는 것 같았다. 사랑하는 사람을 선택하거나, 구차하게 혼자 살아남거나.

뜻밖에도 용비야와 한운석은 사랑하는 사람이 뜨거운 불길에 타들어 가는 것을 빤히 지켜볼 만큼 냉정하고 흔들림이 없었다.

반면 종일 농담만 하며 진지한 구석이라고는 찾아볼 수도 없던 고칠소는 몸을 아끼지 않고 불 속에 뛰어들어 사람을 구하려고 했다.

용비야와 한운석의 사랑은 시험을 이겨 낸 것일까, 아닐까? 그들은 상대방을 더 사랑하는 것일까, 아니면 자기 자신을 더 사랑하는 것일까?

갑자기 고칠소가 한운석에게 말했다.

"독누이, 또 그런 일이 벌어져도 이 칠 오라버니는 똑같이 널 구할 거야!"

용비야를 비웃기 위해 한 말이라는 것은 누구나 알 수 있었다. 한운석이 대답하려는 찰나 용비야가 차갑게 콧방귀를 뀌었다.

"어리석군! 진위조차 판단하지 못하면서 무슨 자격으로 사람을 구한단 말이냐?"

"말만 번지르르 하긴!"

고칠소도 화를 냈다.

"형편없이 어리석군!"

용비야가 차갑게 말했다. 조금 전에 그렇게 통곡해 대는 고칠소를 봤을 때, 정말이지 정신이 번쩍 들도록 그의 따귀를 때려 주고 싶었다.

두 사람이 말다툼할 것 같아지자 고북월이 재빨리 나섰다.

비록 고칠소가 자신을 구해 주긴 했지만, 그래도 고북월은 공정했다.

"칠소, 시험을 통과하지 못했으니 자네가 틀렸네."

"사람을 구했는데 왜 틀려!"

고칠소는 화가 나서 따졌다.

"고북월, 넌 눈앞에서 독누이가 불에 활활 타들어 가는데도 냉정할 수 있어? 진짜인지 가짜인지 생각할 여유가 있냐고? 죽어 가는 사람을 보고도 돌아서서 갈 수 있어?"

"칠소, 자넨 환상에서 벗어나지 못했네. 하지만 두 분은 벗어났지. 안 그런가?"

고북월이 반문했다.

사실이었다. 만약 용비야가 소리쳐 깨우지 않았다면, 언제쯤 환상에서 벗어났을지 고칠소 자신도 알 수 없었다. 어쩌면 평생 벗어나지 못할 수도 있었다.

대답할 말이 없어진 고칠소는 입가에 범벅된 피와 눈물을 아무렇게나 닦아 내며 툴툴거렸다.

"빌어먹을 시험! 뭐 그런 게 다 있어?"

"가짜 '독누이'와 오래 이야기를 나눴다면서 가짜인지도 몰랐느냐?"

용비야는 무심코 말했지만 이 말은 의미심장했다. 고칠소는 분명 진위를 판별할 기회가 있었지만, 애석하게도 알아내지 못했다.

위기의 순간 몸을 아끼지 않고 구하는 것도 사랑이지만, 그 환상이 시험한 것은 서로를 얼마나 잘 이해하느냐였다. 서로에게 얼마나 익숙한지, 서로를 얼마나 아는지, 짧은 시간 내에 서로의 진위를 알아낼 수 있는지를 알아보는 시험이었다.

사랑은 맹목적인 것이지만, 이 환상이 시험한 것은 이성이었다. 확실히 재미있는 일이었다.

잘 알지도 못하는데 어떻게 사랑한다고 할 수 있을까?

한운석은 말이 없었다. 그녀도 똑같은 생각을 하고 있었다.

머리 회전이 빠른 고칠소는 용비야에게 이렇게 비웃음을 당하자 곧 알아차렸다. 그는 한운석을 흘낏 보다가 그녀도 자신을 바라보자 곧바로 시선을 피했다.

그는 속으로 가만히 투덜거렸다.

'서로 알아 갈 기회라도 있었나, 뭐?'

정말로 용비야와 말다툼할 생각이 없었는지, 아니면 독누이를 난처하게 만들고 싶지 않았는지 모르지만, 그는 이 투덜거림을 마음속 깊이 숨겼다.

분위기가 좋아지자 서동림이 급히 화제를 돌렸다.

"이상하군요. 어째서 세 분만 환상을 보고 저희는 보지 못했을까요?"

한운석 등 세 사람이 환상 속에서 본 것은 모두 사랑하는 사람이었다. 설마하니 다른 세 사람에겐 사랑하는 사람이 없는 걸까?

"정말 이상해!"

한운석이 주위를 살피며 말했다.

"대체 여긴 뭐 하는 곳일까?"

모두 약속한 것처럼 환상 이야기를 그만두자 용비야가 차갑게 말했다.

"지금까지 독종에 관한 것은 발견하지 못했다. 더 찾아보지."

앞서 동쪽, 남쪽, 북쪽의 돌문으로 들어가 봤지만 모두 막다른 곳이었다. 남은 곳은 고칠소가 있는 이 서쪽뿐이었다.

그들은 이 궁전 안에서 돌문 하나를 발견했다. 하지만 돌문을 열자 또다시 생각지도 못한 일이 벌어졌다.

문밖은 바다였다!

순간, 주위의 모든 것이 싹 바뀌었다. 돌벽이나 석실, 궁전 같은 것은 온데간데없고, 벽은 온통 거울로 변해 그들의 모습을 또렷하게 비췄다.

꼭 거울 미로 속에 서 있는 것 같아서 어느 것이 자신이고 어느 것이 거울 속 모습인지, 어느 것이 진짜 길이고 어느 것이 거울 속의 길인지 구분할 수가 없었다.

용비야는 무척 의외였지만 두려워하거나 당황하지 않았다. 그는 한운석의 손을 꼭 잡는 동시에 옆에 있는 고북월에게 손을 뻗었다.

고북월도 전혀 놀라지 않고 자연스럽게 그의 손을 잡았다. 그 역시 고칠소에게 손을 뻗었다. 고칠소도 고북월의 손을 잡는 것쯤은 개의치 않았다. 그는 눈썹을 치키고 용비야를 흘끗 쳐다보았지만 별말 없이 고북월의 차가운 손을 잡았다.

이를 본 서동림도 먼저 고칠소의 손을 잡았는데, 고칠소도 괜찮은 듯 아무 말 하지 않았다.

그들은 이런 거울 미로를 실제로 본 적이 없었지만 들어 본 적은 있었다.

거울 미로는 다른 미로보다 길 잃기가 쉬웠다. 게다가 조금 전에 나타난 환상이 또 나타날 수도 있었다. 그렇게 되면 거울 미로 속에서 자신을 잃어버릴 수도 있었다.

그러니 뿔뿔이 흩어지지 않으려면, 길을 잃지 않으려면, 함께 움직이는 것이 가장 좋은 방법이었다. 설령 길을 잃더라도 다 함께 잃을 것이고, 만에 하나 그런 상황이 벌어지면 적어도 누군가 알려 줄 수도 있었다.

한운석은 행복한 사람이었다. 용비야가 그녀의 손을 잡았고, 고북월과 고칠소도 서로 손을 잡고 있었다. 오로지 백리명향 혼자 외로이 한쪽에 서 있었다.

고북월이 한 말만 아니었다면 서동림도 감히 그녀를 데리고 들어오지 못했을 터였다. 고북월이 백리명향을 데려오게 한 것은 그들이 사라진 뒤 갑자기 백언청이 나타나면 그녀가 위험할까 봐 걱정했기 때문이었다.

이내 백리명향이 혼자 떨어져 있는 것을 알아차린 서동림이 자신의 소매를 잡아당겨 늘렸다. 그가 백리명향더러 소맷자락을 잡으라고 말하려는 순간, 한운석이 백리명향에게 손을 내밀었다.

"명향, 잡아요."

이를 본 백리명향은 눈시울이 뜨겁게 달아올랐다.

"감사합니다, 공주!"

그녀는 약간 겁을 내며 아주 조심조심 손을 뻗었다. 하지만 한운석이 그 손을 잡아당겨 단단히 움켜쥐었다.

"잘 잡아요, 놓치지 않게."

"전하, 혹시 우리가 계속 환상 속에 있었던 것은 아닌지요?"

고북월이 의심스럽게 물었다.

그들은 서둘러 출구를 찾으려 하지 않았다. 적어도 어떤 상황인지 확실히 해 둘 필요가 있었다.

"그럴 것이다."

용비야도 수긍했다. 환상 속이 아니라면 이처럼 괴상하고 변화무쌍한 곳이 존재할 수 있을까?

설마 중독되어 환각을 일으킨 것일까?

이런 생각이 한운석의 뇌리를 스쳤다. 하지만 확인할 방도도 없고 이것저것 추측할 방도는 더욱더 없었다.

독으로 인한 환각이라면 그녀가 보는 이 사람들은 진짜가 아니고, 그녀 자신 역시 진짜가 아니었다. 모든 것은 그녀의 환각에 불과했다. 마치 꿈을 꾸는 것처럼.

정말 환각이라면, 대체 언제부터 시작된 것일까? 제단에 접근했을 때부터일까, 아니면 몰자비의 문을 연 후부터일까?

그들의 진짜 몸은 어디에 있을까? 어떻게 해야 깨어날 수 있을까?

"환상 속의 환상? 다중 환상일까요?"

고북월이 의심스럽게 물었다.

그들이 지금 환상 안에 있다면 조금 전에 본 신상이 불타는 환상은 환상 속의 환상일 수밖에 없었다.

"그럼 한 겹씩 차례로 깨뜨려야 하는 겁니까?"

서동림이 놀란 목소리로 물었다.

환상 하나를 깨뜨리는 것도 어려운 마당에 몇 겹이나 깨뜨려야 한다니. 그들을 기다리고 있는 환상이 몇 개나 될는지 그 누가 알 수 있을까? 갈수록 깨뜨리기가 어려워지는 건 아닐까?

환상을 깨뜨리고 나면 현실 세계로 돌아갈까, 아니면 어떤 신비한 곳으로 가게 될까? 아직 독종에 관한 것을 발견하지 못했는데 헛걸음을 한 건 아닐까? 이곳에 갇혀 다시는 나가지 못하게 되는 건 아닐까?

모두 정신이 아득해지고 도무지 어떻게 된 노릇인지 이해가 가지 않았다. 솔직히 가장 치명적인 문제는 따로 있었다.

적이 누군지도 모르는데 무슨 수로 이길 것인가?

그들은 지금 거울 미로 깊숙이 들어와 있었고, 앞으로 나아가는 길뿐이었다. 누구보다 침착한 사람은 용비야였다. 그가 담담하게 말했다.

"일단 앞으로 가 보자."

모두 손에 손을 잡고 있었고 한운석의 손을 잡은 백리명향이 가장 앞에 있었다. 그래서 그녀가 앞장섰다.

그녀는 무슨 실수라도 할까 봐 겁이 나 조심조심 걸었다. 그러나 신중함도 신중함이지만, 그녀의 눈동자는 시종일관 의구심을 머금고 있었다.

그들은 그렇게 손을 잡은 채 한동안 걸어갔다. 하지만 이내 멈출 수밖에 없었다. 눈앞에 서로 다른 방향으로 뻗은 세 갈래 길이 나타났기 때문이었다.

미로에서 꼭 만나게 되는, 선택의 순간이었다.

"투표를 하시죠!"

고북월이 말했다.

"각자 한 표씩 행사하고 이유를 말합니다. 그리고 가장 표를 많이 받은 길로 가는 겁니다."

"별다른 이유가 어디 있겠어요. 그냥 직감이죠."

한운석이 어쩔 수 없다는 듯한 목소리로 말했다.

전후좌우는 물론 머리 위나 발밑까지 온통 거울이었다. 세 갈래 길은 주위를 에워싼 거울 위로 수없이 갈라져 눈만 깜박해도 잘못 보기 일쑤였다.

길이 다 똑같이 생겼는데 어떻게 선택해야 할까?

이런 낯선 환경에서의 선택에는 육감조차 먹히지 않았다. 앞에 있는 세 갈래 길이 진짜고, 거울 속에 반사된 것이 가짜 길이라는 것을 분간할 수만 있어도 아직 머리가 맑은 셈이었다.

"다 같이 하나씩 들어가 보시지요. 갔던 길은 표식을 남기는 겁니다."

고북월이 말했다.

"어떻게 표식을 남깁니까?"

서동림이 물었다. 이곳에는 아무것도 없었다. 있는 것이라곤 편평하고 매끄러운 거울뿐이었다.

이 말이 용비야를 일깨웠다. 그는 사람들을 돌아보며 말했다.

"갈 필요 없다. 이 거울을 깨뜨리자!"

물론 주변 거울을 깨뜨리는 것은 불가능했다. 거울이 전부 깨지면 다치는 건 그들이었기 때문이다.

용비야는 발밑에 있는 거울을 밟았다. 그 뜻은 분명했다.

길게 설명할 필요도 없이 눈짓만 해도 모두 뭘 해야 할지 알아차렸다.

그들은 서로 손을 잡고 '시작'이라는 용비야의 외침에 따라 일제히 발밑의 거울을 향해 힘껏 발을 굴렀다. 그와 동시에 박자를 맞춰 위로 뛰어오른 뒤 양발을 통로 양쪽 거울에 걸쳐 허공에 몸을 띄웠다.

거울 위로 빠르게 금이 퍼져 나가더니, 바닥 전체가 마치 얼음 깨지듯 사방팔방으로 쩍쩍 갈라졌다.

곧이어 그들은 깨진 거울 아래로 물을 볼 수 있었다!

세상에, 아래쪽도 물이었다! 그것도 아주아주 깊은.

조금 전 돌문 뒤에서 본 광활한 바다를 떠올리자 모두 심장이 철렁했다. 설마하니 이 거울 미로는 바다 위에 있는 것일까?

바로 그때, 발밑의 물이 차오르기 시작했다!

거울 미로 바닥이 모조리 깨지면서 물이 끊임없이 밀려들었다. 하지만 거울 미로의 높이는 정해져 있어서 이대로 가다간 천장까지 물이 차올라 그들도 물에 빠져 죽고 말 터였다.

이제 남은 선택은 한 가지뿐이었다. 물이 천장까지 차오르기 전에 서둘러 미로 출구를 찾는 것.

"빨리 출구를 찾아요!"

한운석이 심각하게 외쳤다.

그렇지만…….

반드시 사명을 완수하겠습니다

　모두가 미로 출구를 찾느라 바쁜 마당에 오랫동안 말이 없던 백리명향이 쭈뼛거리며 입을 열었다.

　"전하, 공주. 저는……, 저는 물이 두렵지 않습니다."

　이 말이 떨어지는 순간 사람들이 일제히 그녀를 바라보았다. 비록 몹시 작은 목소리로 쭈뼛거리며 말했지만, 그녀의 한마디는 모두를 깜짝 놀라게 했다.

　그렇지!

　백리명향은 물속에서도 살 수 있어! 그녀는 인어족이었다. 그녀가 있으면 아무리 드넓은 바다도 그들에겐 아무 문제가 되지 않았다!

　고칠소가 이해가 안 된다는 얼굴로 물었다.

　"백리명향, 그렇게 어마어마한 능력이 있으면 빨리 좀 말하지! 뭘 그렇게 쭈뼛거려?"

　고칠소는 백리명향을 전혀 알지 못했다. 만약 백리명향이 그들 목숨을 살릴 수 있는 이 한마디를 하지 않았더라면, 아마 제대로 쳐다보지도 않았을 것이다.

　확실히, 백리명향은 모두를 구할 수 있었다! 그런데 왜 저렇게 쭈뼛거릴까? 당당하게, 그것도 아주 자랑스럽게 말해도 될 일인데.

한운석과 용비야는 서로를 바라보았다. 한운석은 쓴웃음을 감출 수 없었다. 백리명향이 바로 옆에 있는데 어쩌자고 그녀를 잊고 있었을까?

그들과 함께 지낸 나날이 가장 긴 고북월은 백리명향에 대해서라면 고칠소보다 잘 알고 있었다. 게다가 한때 서동림이 했던 말을 듣고 어느 정도 짐작하기도 했다.

"명향 낭자가 있어서 정말 다행입니다! 명향 낭자, 우리 목숨은 낭자에게 달렸습니다."

고북월은 진지하게 말했다. 중책을 맡기는 동시에 자신감을 심어 주는 말이었다.

인어족 직계 후손인 그녀는 당연히 물속에서 사람을 보호할 수 있는 능력이 있었고, 그 능력은 다른 인어병보다 훨씬 뛰어났다.

고칠소와 고북월의 말에 백리명향은 좀 더 자신감이 생겼다.

그녀는 용비야와 한운석을 바라보며 진지하게 말했다.

"전하, 공주. 반드시 사명을 완수하겠습니다! 믿어 주세요!"

한운석은 고개를 끄덕이는 데 그치지 않고 어깨를 두드려 주기까지 했다.

"그래요!"

물에 들어간 인어족의 능력을 본 적이 있는 한운석은 백리명향을 믿었다.

용비야는 아무 표정 짓지 않았지만, 그래도 고개를 끄덕여 보였다. 백리명향을 잊고 있었다니, 확실히 실수였다.

"공주, 일단 저를 놔주시지요. 아직 시간이 있으니 먼저 물에 들어가 상황을 살펴보고 오겠습니다."

백리명향이 말했다.

한운석이 즉시 손을 놓자 백리명향은 물속에 뛰어들어 거울미로 아래쪽으로 헤엄쳐 들어갔다.

인어족답게 물살을 헤치며 움직이는 그녀의 가녀린 몸은 무척이나 우아하고 아름다웠다. 마치 한가롭게 수영하는 진짜 인어 같았다.

"저 여자, 진짜 물고기야?"

고칠소가 의아한 목소리로 물었다.

한운석은 참지 못하고 폭소를 터트렸다. 인어와 물고기는 달라도 아주 달랐다.

백리명향은 물에 적응하느라 잠시 헤엄친 것뿐, 더는 한가롭게 움직이지 않고 빠른 속도로 물속 깊이 들어가 금세 사람들 시야에서 모습을 감추었다.

그녀가 보이지 않자 고칠소는 즉시 고북월의 손을 놓고 물에 뛰어들어 깊이 잠수했다. 그러다가 이내 다시 수면으로 올라왔다.

"물이 너무 깊어서 바닥이 보이지 않아. 백리명향도 안 보여!"

고칠소는 마음속의 의심을 숨기려고도 하지 않았다.

"주위만 둘러보면 될 텐데 뭐 하러 그렇게 멀리 간 거야?"

고칠소는 아무래도 백리명향이 쭈뼛거리며 겁을 내던 모습이 마음에 걸렸다. 자신들을 구할 수 있다면서 뭣 때문에 그렇게 이상하게 굴었을까?

그래서 도무지 마음이 놓이지 않았다. 어쨌거나 지금 그들의 처지는 무척 위험했고, 돌이킬 시간도, 물러날 길도 없었다.

"그럴 만한 이유가 있을 걸세."

고북월이 대답했다.

"명향 낭자는 믿을 만한 사람이야. 안심하게."

그도 고칠소가 의심스러워하는 것은 알아차렸지만, 백리명향의 마음만큼은 절대로 의심하지 못할 이유가 있었다.

첫째는, 오랫동안 함께 일하면서 백리명향의 성격과 인품을 잘 알게 되었기 때문이며, 둘째는, 무슨 일이 있어도 인어족이 용비야를 배신할 리 없기 때문이었다. 특히 백리명향은 지금까지 한운석을 배신한 적도 없는데 하물며 용비야를 배신할까?

고북월이 그처럼 확신하고, 용비야와 한운석 역시 태연한 얼굴로 아무 말이 없는 것을 보자, 고칠소도 귀찮아서 더 따지지 않았다.

저 셋이 믿는 사람이라면 문제없겠지!

그때쯤 물은 이미 거울 벽의 반까지 차올라 사람들과 물 사이의 공간도 별로 남지 않았다. 다시 얼마쯤 지나자 물은 그들의 발을 적시기 시작했다.

한운석 일행은 아예 물로 뛰어들어 고칠소처럼 물에 떠서 머리만 수면 위로 내밀었다.

용비야는 한운석을 잡아당겨 자신을 붙잡고 떠 있게 해 주었다.

하지만 한운석은 단호하게 거절했다.

"괜찮아요, 나도 버틸 수 있어요."

물 위에 뜨려면 두 발로 계속 물장구를 쳐야 해서 무척 힘이 들었다. 그녀는 용비야에게 부담을 더해 주고 싶지 않았다.

사람들은 그렇게 한참을 기다렸고, 그러는 동안 물과 거울 미로 천장 사이에는 머리 하나 놔둘 공간밖에 남지 않게 되었다. 이렇게 가다간 곧 물이 머리를 삼킬 지경이었다.

하지만 백리명향은 돌아오지 않았다!

"용비야, 네 부하 믿을 만한 거야?"

평소에도 별로 참을성이 없는 고칠소가 결국 대놓고 용비야에게 물었다.

백리명향의 말을 듣지 않았더라면, 혹시 출구를 찾아냈을지도 몰랐다. 하지만 이제는 거울 미로 전체가 물에 잠기기 직전이고 백리명향은 여전히 돌아올 기미가 없었다!

대관절 그녀는 뭘 하러 간 걸까?

인어족이라면 당연히 수위가 얼마나 차올랐는지 느낄 수 있을 테고, 그들의 처지가 점점 위험해지고 있다는 것도 알 터였다!

그녀는 진작 돌아왔어야 했다!

비록 아직은 완전히 물에 잠기기 전이지만, 출구를 찾기에는 때가 늦었다. 그들이 할 수 있는 것은 여기서 죽기를 기다리는 것뿐이었다!

물은 계속 차올랐고, 그 속도 역시 조금도 느려지지 않았다. 정말 이대로 물에 잠길 것 같았다!

용비야는 집루를 꺼냈다. 눈물처럼 생긴 집루는 인어병을 부르는 영패였다.

그런데 웬걸, 집루조차 효과가 없었다!

비록 그들이 환상 속에 있다지만, 그건 백리명향도 똑같았다. 그녀가 용비야의 부름을 듣지 못할 리 없었다!

"무슨 일이 생긴 건가?"

용비야가 놀란 목소리로 말했다.

지금 백리명향은 그들의 마지막 희망이었다. 그녀에게 문제가 생기면 모두 끝장이었다.

고칠소는 과감하게 다시 물속으로 들어갔고 서동림이 바짝 뒤따랐다. 고북월도 가고 싶었지만 물속에 너무 오래 있으면 원기가 상하는 데다 숨까지 참아야 하니 지켜보면서 기다릴 수밖에 없었다.

용비야와 한운석도 따라가지 않았다. 그들은 고북월을 바라보며 다소 복잡한 표정을 지었다.

백리명향은 인어족이니 물에 들어가면 말 그대로 '물 만난 물고기'였다. 지나치게 지치거나 다치지 않으면 기본적으로는 문제가 생길 일이 없었다.

대진제국 시절 사강에 홍수가 났을 때 적잖은 인어병이 죽은 까닭은 너무 지친데다 산사태에 밀려온 바위에 깔렸기 때문이었다.

지금 이곳에는 파도조차 없는데 다칠 일이 무엇일까?

곧 고칠소와 서동림이 수면으로 떠올랐다. 그때쯤 그들의 머리는 거울 미로로 천장에 닿았고 물은 턱 부근에 넘실대고 있었다.

초조해하지 않기란 불가능했다.

용비야든 한운석이든, 혹은 고북월이든 모두 안색이 좋지 못했다.

"아래쪽이 몹시 깊어서 끝까지 갈 수가 없어. 좌우로 길을 나눠 멀리까지 가 봤지만 끝이 보이지 않았어. 거울 미로로 규모가 어마어마해! 귀식공을 쓰더라도 못 벗어!"

고칠소가 큰 소리로 말했다.

그와 서동림이 살펴본 상황에 따르면, 그들은 넓은 바다 위를 덮은 거울 미로에 갇혀 있었다.

이렇게 말하는 사이 물이 벌써 입까지 차올라, 별수 없이 턱을 쳐들어야만 했다. 그래야 말도 하고 물도 먹지 않을 수 있었다.

백리명향은 모두가 살아날 시간을 허비하고 있었다!

고칠소의 분석에 용비야와 한운석은 아무 말이 없었고 고북월은 복잡한 눈빛이 되었다.

물은 그들을 기다려 주지 않았다.

기다릴 인내심 따위 없는 고칠소가 마침내 분통을 터트렸다.

"용비야, 백리명향이 우릴 속인 거지? 물이 이렇게 잔잔한데 그 여자한테 무슨 사고가 생겼겠어? 네 휘하 인어병이 약해 빠져서 그렇다곤 하지 마!"

고칠소는 말을 끝내기 무섭게 급히 물을 토해 냈다. 어느새 물이 그들의 입을 덮고 얼굴의 반을 잠식했다.

물러날 곳이 없었다!

"머리 위 거울을 깨라!"

용비야가 차갑게 말했다. 상의가 아니라 명령이었다.

그는 백리명향이 나타나기를 계속 기다렸다. 백리명향을 믿어서가 아니라 인어족을 믿기 때문이었다.

하지만 이 순간에 이르자 포기할 수밖에 없었다.

머리에 닿은 거울을 깨는 건 몹시 위험한 일이었다. 그렇지 않았다면 벌써 깨뜨렸을 것이다.

만약……, 만약 머리 위쪽도 물이라면?

조금 전 보았던 돌문 밖에는 넓디넓은 바다가 펼쳐져 있었다. 그렇다면 이 거울 미로는 바다 위에 떠 있을 가능성이 아주 컸다.

만약 그렇다면, 그들은 발버둥칠 시간조차 없이 곧장 물에 잠길 수도 있었다.

하지만 이제는 다른 방법이 없었다.

도박을 해 보는 수밖에!

사실, 한운석과 고북월도 일찍부터 그 방법을 생각하고 있었다. 백리명향이 유일한 희망은 아니었다. 머리 위의 이 거울이 바로 그들의 마지막 희망이었다.

"깨뜨려요!"

한운석이 과감하게 말했다.

고칠소가 긴말하지 않고 주먹으로 머리 위의 거울을 때렸다. 사람들이 재빨리 피했다.

한운석 일행이 나머지를 깨뜨리기도 전에, 고칠소가 깨뜨린 곳에서 물이 미친 듯이 쏟아져 들어왔다. 그와 동시에 거울이 쩍쩍 갈라지기 시작했다. 당장이라도 천장이 무너져 내릴 기세였다.

끝장이다!

용비야는 한운석의 손을 꽉 잡았다. 두 사람은 숨을 참은 뒤 물이 머리를 덮치는 순간 나란히 물속으로 들어갔다. 서동림도 고북월을 보호하며 잠수했다. 고칠소는 움직이지 않았다. 그는 어두운 표정으로 숨을 꾹 참고서 차오르는 물이 온몸을 삼키도록 내버려 두었다.

물이 차오르면서 거울 미로 천장도 와르르 내려앉았다. 천장이 내려앉는 순간 거울 벽도 모조리 무너지고 소리도 없이 조각조각 갈라져 이리저리 흩어졌다.

셀 수 없이 많은 거울 조각이 물 위에 둥둥 뜬 모습은 마치 하늘 가득 날리는 눈송이처럼 아름다웠다.

그렇지만 한운석 일행에게 이 모든 것은 몹시도 잔인한 일이었다.

그들은 망망대해 위에 둥둥 떴다. 천장도 보이지 않고 육지도 보이지 않았다. 보이는 건 아무것도 없었다. 사방팔방 물, 오직 물뿐이었다.

이곳은 마치 육지라곤 없는 물의 세상 같았다.

그렇지만 그들은 물고기도 아니고 인어도 아니었다. 그들은 물속에서 오래 살아 있을 수 없었다. 그들에게 남은 것은 죽음이었다!

시간이 그들을 죽이고 말리라…….

용비야가 와 보라는 듯이 앞쪽을 가리켰다.

그런데 사람들이 한데 모이자, 수면 가득 퍼져 있던 거울 조각이 갑자기 어떤 힘의 조종을 받는 것처럼 그들을 공격해 왔다.

물 밑의 위험

하늘 가득히 날아오른 거울 조각이 사방팔방에서 한운석 일행을 향해 날아들었을 때, 별안간 휘황찬란한 광채가 크게 퍼졌다. 그 눈부신 빛에 사람들은 저도 모르게 눈을 감았다.

다시 눈을 떴을 때, 놀랍게도 그들은 더는 물에 잠겨 있지 않았다. 대신 거대하고 둥근 빛무리 속에 둘러싸여 있었다.

빛 바깥은 온통 물이지만, 안쪽에는 물방울조차 없었고 몸도 바싹 말라 있었다. 숨을 참을 필요도 없었고 호흡도 아주 편안했다.

한운석과 용비야, 서동림은 이 환경이 낯설지 않았다. 이 빛은 사람과 물을 분리해 주는 인어족의 유광구流光球였다. 지난번 인어병이 미도공호에서 한운석과 용비야를 구해 갈 때 쓴것도 이 유광구였다.

유광구를 만드는 것은 인어족이면 누구나 가진 능력이지만, 유광구의 크기와 지속 시간은 개인마다 달랐다. 인어족 직계 자녀인 백리명향은 그 능력이 일반 인어병보다 뛰어났다.

그리고 유광구의 힘은 주인의 몸 상태에 따라 변했다.

용비야는 유광구가 쏟아 내는 빛이나 안정도를 보고 백리명향이 다쳤음을 짐작할 수 있었다.

고북월과 고칠소는 이 환경이 아주 낯설었다. 처음에는 또 환상인가 싶었지만, 바깥에서 헤엄치는 백리명향을 보자 어떻게 된 것인지 깨달았다.

천만다행이었다!

마지막 순간에 마침내 그녀가 나타난 것이었다.

고칠소는 유광구 벽을 만져 보았다. 기류 같은 것이 손에 닿았지만 진짜 벽 같은 느낌은 아니었다.

그는 믿을 수 없는 얼굴로 이리저리 살펴보며 중얼거렸다.

"이렇게 대단한 걸 왜 일찍 안 꺼냈대?"

그러게!

백리명향의 능력이라면 물속에서 그들을 구하는 건 식은 죽 먹기였다. 그런데 대체 뭘 하다가 이제야 왔을까?

용비야와 한운석은 백리명향을 바라보며 아무 말도 하지 않았다. 백리명향은 유광구 주위를 한 바퀴 돌더니 두 사람을 향해 손을 흔든 다음 곧바로 고개를 돌려 한쪽으로 빠르게 헤엄쳐 갔다. 그녀가 멀어짐에 따라 유광구도 부름을 받은 듯 그녀를 따라 날아갔다.

처음에는 물속도 잔잔했지만, 얼마 지나지 않아 용비야가 제일 먼저 이상을 느꼈다.

"뭔가 있다!"

용비야가 그렇게 말한 뒤, 차 반 잔 마실 시간이 지나기도 전에 물 밑바닥에서 수많은 거품이 부글부글 끓어올랐다. 거품은 점점 많아지고 빽빽해졌다.

무슨 일일까?

"어떻게 된 거예요?"

한운석이 물었다.

용비야는 고개를 저었다. 그도 물속에 들어오는 일은 드물었고, 물속에서 이런 일을 겪은 적도 없었다.

"백리명향에게 물어봐. 왜 아무 말도 안 하는 거야?"

고칠소가 나섰다.

"백리명향은 바깥에 있으니 우리는 그 목소리를 들을 수 없다. 바깥에서 일어나는 그 어떤 소리도 들을 수 없지."

그제야 용비야가 설명했다.

그의 추측이 틀리지 않았다면 바깥에서는 무척 커다란 움직임이 일어나고 있는 것이 분명했다. 단지 그들은 거품만 볼 수 있고 그 움직임을 느끼지 못하는 것뿐이었다.

백리명향은 그들을 데리고 달아나는 중인 것 같았다. 그녀는 대체 얼마나 심각한 상처를 입은 걸까? 다치지 않았다면 그녀가 물속에서 겨우 이 정도 속도밖에 내지 못할 리 없었다!

사람들이 이야기를 나누는 사이, 별안간 물속 깊은 곳에서 거대한 물결이 솟구치며 유광구를 위로 높이높이 쳐올렸다.

용비야가 재빨리 한운석을 끌어안고 힘주어 마보 자세를 취한 덕분에 두 사람은 무사했다. 하지만 고칠소 등 나머지 세 사람은 운이 좋지 못했다. 그들은 중심을 잡지 못한 채 유광구 안에서 이리 날고 저리 부딪혔다.

용비야가 한 손으로 허리에 감은 채찍을 뽑아내더니 고북월을 향해 힘껏 휘둘렀다.

"잡아라!"

고북월이 채찍을 잡자 용비야는 그를 홱 끌어당겨 자신을 붙잡고 똑바로 서게 해 주었다.

그런 다음 두 번째로 채찍을 휘둘러 고칠소와 서동림 사이에 떨어뜨렸다. 그런데 채찍이 떨어지는 순간, 뒤이어 일어난 물결이 또 한 번 힘차게 유광구를 때렸다. 유광구가 통째로 뒤흔들리면서 고칠소와 서동림은 다른 쪽으로 데굴데굴 굴러갔다.

용비야는 세 번째로 채찍을 휘둘렀다. 이번에는 대놓고 서동림에게 날렸고, 서동림이 붙잡자 끌어당겼다.

"고북월을 지켜라!"

용비야가 차갑게 말했다.

서동림은 주춤했다. 그는 고북월을 보호하는 임무를 맡았으니 지금은 제대로 실책을 범한 셈이었다! 저 연약한 몸으로 여기저기 부딪히면 고북월은 죽지는 않아도 반죽음이 될 터였다.

발밑에서는 거대한 물결이 한 번, 또 한 번 솟구쳤고, 그 힘도 점점 더 거세어졌다. 처음부터 똑바로 설 만한 곳을 찾지 못했다면 정말이지 버티기 힘들었을 것이었다.

고칠소는 몸을 웅크렸지만, 진기를 쓰기도 전에 유광구가 다시 물결에 부딪히는 통에 탄환처럼 튕겨 오르고 말았다.

용비야는 그를 구할 생각조차 없어 보였고, 그 역시 용비야가 구해 줄 것으로 기대하지도 않았다.

한운석의 신경은 바깥에 쏠려 있었다. 백리명향은 커다란 물결 속에서 떠올랐다가 잠기며, 보였다가 사라지곤 했다.

"명향이 대체 뭘 하는 거죠?"

그녀가 참지 못하고 물었다.

그 말이 떨어지기 무섭게 거대한 물뱀 한 마리가 느닷없이 유광구 밑에서 튀어나오는 바람에 한운석은 펄쩍 뛸 듯이 놀랐다. 용비야가 안고 있지 않았다면 정말 펄쩍 뛰어올랐을지도 몰랐다.

세상에!

무지하게 큰 물뱀이었다. 크기는 오래전에 싸웠던 만년 묵은 독이무기 두 배는 됨직 했고, 몸통은 사람 셋이 팔을 뻗어야 감쌀 수 있을 정도로 굵었다. 물뱀의 몸은 까만색이고 비늘은 없었다. 튀어나오는 움직임이 크지 않았다면 한운석 일행은 그 존재조차 알아차리지 못했을 수도 있었다.

놈의 몸은 주위를 에워싼 물속의 어둠과 하나가 되어 있었다.

무엇보다 무서운 것은, 아직도 뱀의 머리와 꼬리가 보이지 않는다는 것이었다. 그들이 본 것이라곤 위로 솟구쳐 오르는 시커먼 몸뚱이뿐이었다.

거대 물뱀이 솟아오르자 물속은 곧 잠잠해졌다.

고칠소도 마침내 똑바로 설 수 있게 되었다. 그는 기다렸다는 듯이 용비야에게 싸늘한 시선을 던졌지만, 애석하게도 용비야는 아는 척도 하지 않았다.

모두 물뱀의 머리와 꼬리를 찾느라 백리명향은 잠시 잊고 있었다. 한운석이 다급히 물었다.

"명향은요? 왜 안 보이죠?"

그 말이 떨어지기 무섭게 유광구가 격렬하게 흔들렸다. 한운석 일행 뒤로 거대한 뱀 머리가 솟아올라 새빨갛고 큼직한 입을 쩍 벌렸다!

고칠소는 평생 처음으로 까무러치게 놀랐다. 저 시뻘건 입은 상당히 커서 한입에 사람 너덧 명을 집어삼킬 수 있을 것 같았다.

한운석 일행은 아직 무슨 일인지 알아차리지 못했다. 고칠소가 그들 뒤를 가리키며 소리쳤다.

"독누이, 뒤……, 뒤에……!"

즉시 고개를 돌린 사람들은 등 뒤에 나타난 시뻘건 혀와 거대한 송곳니를 발견했다. 아주 가까운 거리였다. 유광구가 보호해 주지 않았다면 그들 네 사람은 진작 물뱀에게 먹혔어도 이상하지 않았다.

보호해 줄 유광구가 있다 해도 그들은 마음이 놓이지 않아 뿔뿔이 흩어졌다.

거대 물뱀은 입을 유광구 크기만큼 벌려 그들을 통째로 집어삼키려는 것 같았다. 이 모습을 본 한운석은 모골이 송연했지만 그래도 백리명향을 잊지 않았다.

"명향이 잡아먹힌 건 아니겠죠?"

그녀가 초조하게 물었다.

"유광구가 무사하니 그녀도 아직 살아 있다. 아마 방금 그 꼬리에 붙잡힌 모양이다."

용비야가 말했다.

그는 좌우를 둘러보며 물뱀의 진짜 길이를 가늠하고, 유광구에서 나가 놈을 죽이는 데 시간이 얼마나 걸릴지 생각해 보았다.

"잡아먹혔는데 배 속에 살아 있는 것일 수도 있어요. 하지만 곧 질식해 죽을 거예요!"

한운석은 진지하게 말했다.

고칠소 일행도 백리명향을 찾아 주변을 살피기 시작했지만, 그녀의 모습은 어디에도 보이지 않았다.

"용비야, 나가서 구해야 해요!"

한운석이 진지하게 말했다.

모두를 위해서건 개인적인 사심이건, 반드시 백리명향을 구해야 했다!

그들은 백리명향을 모른 체할 수 없었다. 하물며 만에 하나 백리명향에게 문제가 생겨 유광구가 부서지면 그들 역시 죽는 길뿐이었다. 유광구 안에서는 밖으로 마음대로 나갈 수 있지만, 일단 나가면 백리명향의 도움 없이는 다시 들어올 수 없었다.

"일단 어디에 있는지 찾아봐라!"

용비야가 나지막이 말했다.

그는 계속 물뱀을 응시하면서 어떤 검법을, 얼마나 빨리 써야만 유광구 안에 있는 사람들에게 영향을 주지 않으며 저 거대한 뱀을 처리할 수 있을까 고민했다.

저 물뱀은 정말이지 너무 컸다. 조금 전 잇달아 솟구친 물결은 필시 저 물뱀이 헤엄쳐 올라오면서 생겨난 것이 분명했다.

일단 그가 밖으로 나가 싸움을 벌이고도 물뱀을 속전속결로 처리하지 못하면, 얼마나 큰 물결이 일지 모를 노릇이었다.

갑자기 한운석이 큰 소리로 외쳤다.

"저기 있어요! 저기!"

백리명향이 유광구 아래쪽 어두컴컴한 물속에서 떠오르고 있었다.

거리가 무척 가까워서 한운석도 그녀의 얼굴과 몸을 똑똑히 볼 수 있었다. 그녀의 옷은 이미 너덜너덜해져 있었고 몸은 상처투성이였다. 고운 얼굴에도 날카로운 곳에 긁힌 듯 여러 군데 상처가 나 있었다.

한운석은 차마 아무 말도 할 수가 없었다. 그녀 옆에 있는 남자들도 조용했다.

백리명향은 손에 검을 들고 소리 없이 유광구를 돌아 거대 물뱀의 머리로 접근했다.

물뱀은 아직 얌전한 편이었고, 유광구를 통째로 삼키려고 계속 입을 벌리고 있었다. 어느새 백리명향이 아주 가까이 접근했지만 놈은 눈치채지 못했다.

사람들은 백리명향을 따라 시선을 움직이며 잔뜩 긴장했다.

갑자기 백리명향이 멈췄다. 그녀의 동작을 본 사람들은 그녀가 곧 공격할 것임을 알았다. 빠르고 정확하게 검을 찌르기만 하면, 그녀가 있는 위치로 보아 단번에 물뱀의 목을 벨 수 있었다.

뱀은 머리가 잘리면 끝장이었다.

백리명향이 공격하려는 순간, 뜻밖에도 용비야와 한운석이 약속한 것처럼 외쳤다.

"내가 나가겠다!"

"용비야, 명향이 저런 모험을 하게 둘 순 없어요!"

이곳에는 사람들이 많았다. 더욱이 고북월을 빼면 무공 또한 백리명향보다 높은 이들이었다. 그런데 어떻게 그녀 혼자 저토록 위험한 일을 하게 놔둘 수 있을까?

만에 하나 그녀가 단번에 물뱀을 죽이지 못한다면, 물뱀은 끝까지 그녀를 죽이려 들 터였다.

백리명향이 무사하다는 것을 안 이상, 그들은 뒤를 걱정할 필요가 없었다. 용비야 혼자 힘으로도 충분히 저 물뱀을 죽일 수 있었다. 용비야는 유광구를 나가려 했으나 한운석이 그의 손을 놓아주지 않았다.

"나도 같이 갈래요!"

"좋다."

용비야도 거절하지 않았다.

그가 나가자 고칠소도 곧장 뒤를 따랐고, 서동림 혼자 유광구에 남아 고북월을 지켰다.

막 입을 다물었다가 다시 열던 거대 물뱀은 유광구 안에서 사람들이 튀어나오는 것을 발견했다. 동시에 백리명향의 존재도 알아차렸다.

전하와 공주, 그리고 고칠소가 도우러 나오는 것을 본 백리명향은 곧바로 눈물을 쏟았다.

설랑과 독종

백리명향은 우는 일이 정말 드물었다. 미인혈의 고통을 이기지 못할 때와 소소옥에게 괴롭힘 당할 때 운 것이 전부였다. 울어 본 지가 언제인지도 까마득할 정도였다.

하지만 지금 이 순간에는 뜨거운 눈물이 흘러넘쳤다.

물속에서 터진 울음이기에 눈물을 가릴 수 있었다.

조금 전 그녀는 물속에 들어가기 무섭게 거대 물뱀 꼬리에 붙잡혀 계속 물속 깊숙이 끌려 들어갔다. 그리고 온 힘을 다한 끝에 겨우 물뱀에게서 빠져나와 달아날 수 있었다.

유광구를 만들어 몸을 보호할 수도 있었지만 차마 그러지 못했다. 유광구를 만들어 제 몸을 지키는 순간, 다시는 전하와 공주 일행을 보호할 수 없을까 두려워서였다.

그녀가 가진 힘에는 한계가 있었다.

그녀는 필사적으로 위로 헤엄쳤다. 위로 올라온 뒤 거울 미로가 모조리 사라진 것을 보았을 때는 너무 놀라 식은땀이 흘렀다. 그녀는 다급히 유광구를 만들어 근처에 있던 전하와 공주 일행을 보호했다.

하지만 유광구를 만들고 났더니 힘이 거의 남지 않았다. 그래서 철수하는 동안 최대 속도를 낼 수가 없었다.

전하와 공주 일행을 구해야 한다는 신념이 지탱해 주지 않았다면 진작 포기했을지도 몰랐다.

검으로 물뱀을 공격하려고 했을 때, 사실 그녀는 몹시 긴장했다. 심장 전체가 덜덜 떨렸지만 억지로 눌러 참았다.

저 유광구 안을 얼마나 돌아보고 싶었던지.

전하와 공주에게 얼마나 도움을 청하고 싶었던지.

전하와 다른 사람들이 이 물뱀을 죽일 수만 있다면, 그녀도 그들을 다시 유광구 안으로 돌려보낼 힘은 있었다! 게다가 출구를 찾기 전까지 유광구가 깨지지 않도록 어떻게든 버틸 수도 있었다.

하지만 그녀는 끝내 용기가 나지 않아, 뒤를 돌아보지도 못했고 도움을 청하지도 못했다.

언제부터인지 몰라도 그들 앞에서 그녀는 늘 조심스러워졌다. 군영으로 돌아가도 좋다는 말을 들었을 때는 구원을 받은 기분이었다. 그런데 지금은 계속 빚진 기분을 느끼면서, 품지 말았어야 할 사랑을 품은 벌로 밤낮 시달리고 있었다.

용비야는 한운석을 데리고 빠른 속도로 백리명향 옆으로 헤엄쳐서 갔고, 고칠소도 바짝 따라와 다른 쪽 옆으로 갔다.

그들 모두 숨을 참느라 그녀에게 말을 걸 수는 없었다. 용비야는 내내 거대 물뱀만 응시할 뿐 그녀에겐 별로 눈길을 주지 않았지만, 한운석의 시선은 그녀를 향해 있었다.

공주가 자신의 상처를 살피자 백리명향의 마음은 온갖 복잡한 기분으로 뒤덮였다. 터질 것처럼 솟구치는 감정을 속에 꼭꼭 묻고서, 그녀는 멍하니 공주를 바라보았다. 손을 뻗어 공주를 힘껏 끌어안고 싶었다.

오래전 미인혈 때문에 고통받던 시절, 공주가 그녀를 끌어안고 힘을 주었던 것처럼.

얼마나 공주에게 고백하고 싶었는지 몰랐다. 자신은 어려서부터 전하를 좋아해 왔다고, 공주가 전하를 만나기 전부터 전하를 좋아해 왔다고.

어린 시절, 미인혈 때문에 죽을 만큼 고통스러웠을 때 그녀는 죽으려고 연못에 뛰어들었다. 인어족이라 나면서부터 수영을 할 줄 알았지만, 그녀는 인어족의 능력을 전혀 쓰지 않은 채 오로지 죽으려고만 했다.

전하가 그런 그녀를 구해 주고, 살아야 할 이유를 주었다.

소리도 없고 아는 사람도 없는 이 사랑은 전하가 공주를 만나기 5, 6년 전부터 생겨나 깊이 뿌리를 내렸다.

자신의 마음을 통제할 수는 없었지만, 공주와 싸우고 공주의 것을 빼앗으려고 생각한 적은 한 번도 없었다. 그녀는 공주가 베풀어 준 은혜와 정을 지금껏 내내 마음에 새기고 있었다.

가능하다면 마음을 바꾸고 싶었지만 그럴 수가 없었다.

전하와 공주 모두 그녀의 목숨을 살려 준 은인이지만, 따스함을 많이 안겨 준 사람은 공주였다. 그런데 어떻게 공주를 배신할 수 있을까? 그녀는 은혜에 감사할 줄 모르거나 안분지족할 줄 모르는 사람이 아니었다.

그녀에게 집착이 있다면, 그건 전하에 대한 집착이 아니라 전하, 그리고 공주와의 주종 관계에서 비롯되는 정情에 대한 집착이었다.

예전으로 돌아갈 수 있기를, 그녀의 마음속 비밀이 사람들 앞에 드러나기 전으로 돌아갈 수 있기를 얼마나 바랐는지 몰랐다.

백리명향이 고개를 숙이는 바람에 한운석은 그녀의 얼굴을 볼 수 없었다. 하지만 당장은 그런 것까지 신경 쓸 겨를이 없었다. 거대 물뱀이 서서히 그들을 향해 머리를 돌리고 있기 때문이었다.

용비야가 한운석을 등 뒤에 숨겨 보호했다. 한운석은 생각도 해 보지 않고 백리명향을 잡아당겼고, 고칠소는 용비야와 나란히 거대 물뱀을 마주했다.

그렇지만 용비야가 검을 드는 순간, 모든 것이 조각조각 부서지기 시작했다. 마치 온 세상이 무너지는 것 같았다. 거대 물뱀은 어디론가 사라지고 물 역시 사라져 갔다.

사람들이 어지러움을 느끼는 동안 주위의 모든 것이 싹 변했다. 석실이었다!

그들은 분명 정신이 말짱하고 눈도 똑바로 뜨고 있었지만, 공교롭게도 주변이 어쩌다 갑자기 이렇게 바뀌었는지는 확실하게 보지 못했다.

이제 보니 거울 미로도 환상이었다.

용비야는 제일 먼저 한운석을 돌아보았다.

"괜찮으냐?"

한운석은 양쪽 관자놀이를 누르며 대답했다.

"그런대로요. 당신은요?"

"괜찮다."

용비야가 대답했다.

고칠소는 목 근육을 풀면서 주위를 둘러보았다. 유광구는 일찌감치 사라졌고, 고북월과 서동림도 멀지 않은 곳에서 역시 주변을 둘러보고 있었다.

한운석은 백리명향을 바라보며 손수건 한 장을 건넸다. 물속에서 흘린 그녀의 눈물은 흔적을 남기지 않았지만, 새빨개진 눈시울은 똑똑히 보였다.

백리명향은 손수건을 꽉 움켜쥔 채 감히 고개를 들지 못했다. 한운석도 그녀만 챙길 여유가 없었다. 용비야와 다른 이들이 그랬듯, 그녀 역시 이 석실이 앞서 본 석실과 다른 것을 알아차린 탓이었다.

이 석실 사방 벽에는 벽화가 잔뜩 새겨져 있는데, 그중 하나에는 독종의 제단 모습이 그대로 담겨 있었다. 유리 담장에 자라는 진귀한 화초들까지 똑같았다.

한운석은 황급히 그 화초가 새겨진 벽화에 다가섰다. 자세히 살펴보니 화초의 모습은 살아 있는 것처럼 생생한 데다 포기마다 독특한 형태의 열매가 하나씩 달려 있었다!

용비야와 다른 이들도 다가와서 그 점을 발견했다.

"이건 환상이 아니겠지?"

고칠소가 물었다.

한운석은 복잡한 눈빛을 띤 채 말했다.

"서둘러요. 이따가 사라져 버릴지도 모르니 각자 하나씩 맡아서 벽에 새겨진 그림을 똑똑히 봐 놓아야 해요."

이 많은 벽화에는 여러 가지 이야기가 담겨 있는 것이 분명했다. 어쩌면 그들이 찾는 것이 있을지도 몰랐다.

사람들도 한운석의 말이 옳다 여기고 즉시 방향을 나눠 움직였다. 용비야와 한운석은 서쪽 벽에 붙어 제단 그림을 연구했다. 고칠소는 남쪽 벽, 고북월과 서동림은 북쪽 벽으로 갔다. 백리명향도 가만있지 않고 재빨리 마음을 가다듬은 다음 동쪽 벽으로 갔다.

모두 한참 동안 들여다보면서 각자 맡은 벽화 내용을 똑똑히 살폈다.

서쪽 벽화는 독종이 제사를 지내는 장면과 독종 금지인 이곳의 기원을 담고 있었다.

의성은 동진과 서진 황족이 운공대륙을 통일했을 때부터 존재했는데, 두 제국이 전멸한 뒤에야 세력이 강해졌다.

의성, 그리고 의성에서 발원한 독종은 역사가 길다고 할 수 있었다. 그러나 독종 금지는 의성이나 독종보다 훨씬 길고 아득한 역사를 갖고 있었다.

상고 시대, 이곳 독종 금지는 독늑대를 숭배하는 종족이 모여 살던 곳이었다. 그들은 자신들을 설랑족雪狼族이라 불렀다. 그들이 숭배하는 독을 가진 설랑은 불로불사불멸로, 어떤 신비한 힘만이 그들을 소멸시킬 수 있었다.

본디 독종 금지의 갱 주위에는 독늑대 떼가 모여 살았는데, 어느 날 신비한 힘을 지닌 사람 손에 모두 죽고 갱 깊숙한 곳에 있던 새끼 한 마리만 재앙을 피해 겨우 목숨을 건졌다.

그 힘을 꺼린 설랑족 사람들은 그때부터 이름을 숨기고 독종 금지의 숲에 숨어 살며 거의 모습을 드러내지 않게 되었다.

그들은 서쪽 삼림 안에 몰자비를 세워 설랑을 기념하고, 제 단을 세워 매년 제사를 올렸다.

설랑족 사람은 독 저장 공간을 지녔고 그 공간을 수련해 지고무상한 독술을 익힐 수 있었다.

유리 담장 안에 있는 독초는 설랑족 사람이 새끼 설랑의 가르침을 받아 독종 금지와 갱에서 캐낸 것으로, 총 열 포기였다. 이 독초는 3백 년에 한 번 꽃을 피우고 열매를 맺는 데다 그 열매 또한 3백 년이 지나야 사용할 수 있을 만큼 자랐다.

훗날 설랑족 사람들은 점점 그 수가 줄어들었다. 독종 금지 앞의 성시는 의성이 점유했고, 의성이 세워진 뒤 갈라져 나온 독종이 뒷산 전체를 차지했다.

설랑족 여자가 당시 독종의 종주와 비밀리에 혼인하면서 설랑족은 독종과 하나가 되었고 함께 독종 금지를 관리해 나갔다. 독종은 설랑족 사람의 도움을 받아 독종 금지에 독초를 심기 시작했다. 시간이 점점 흐르면서 독종은 발전하기 시작했다.

여기까지 본 한운석은 참지 못하고 놀란 목소리로 외쳤다.

"당시 독종은 설랑족 일을 의성에 숨겼군요!"

하지만 용비야가 놀란 건 다른 부분이었다.

"꼬맹이? 설마 그 새끼 설랑인가?"

그럴 가능성이 아주 컸다! 꼬맹이는 불사불멸이니 녀석이 몇 살이나 되었는지는 하늘이나 알 일이었다.

한운석과 용비야가 계속 살펴봤더니, 예상대로 벽화와 글에는 새끼 설랑이 다 자란 뒤 독종의 독짐승이 되었다고 기록되어 있었다. 설랑은 설랑족 사람과 마음이 통해서 설랑족 사람의 독 저장 공간에 들어가 수련할 수 있었다.

처음에는 숭배의 대상이던 것이 나중에는 애완동물로 전락했다니. 꼬맹이가 그 일을 기억해 내면 어떤 기분일까?

용비야가 한운석에게 말했다.

"보아하니 네 몸에도 설랑족의 피가 흐르는 것 같군."

"어쩐지 꼬맹이가 날 알아보고 달라붙더라니."

한운석은 웃음을 지었다.

두 사람은 계속 벽화를 살폈다. 그 뒤의 벽화와 글에는 독종이 독고인을 기른 이야기가 나왔다.

독종 사람은 불사불멸의 설랑을 보자 계속해서 그 원인을 찾으려 했다. 그러다가 갱 안에서 말라 죽은 커다란 독초 한 무더기를 찾아냈는데, 그 독초에는 열매가 없었다.

그곳에 있는 독초는 총 마흔아홉 가지로, 제단 유리 담장에 심은 독초 열 포기는 바로 그 마흔아홉 가지 중 일부였다.

한운석은 깜짝 놀랐다.

"그러니까, 독종 사람은 설랑이 그 독열매를 먹고 불사불멸의 몸이 되지 않았을까 생각했군요?"

용비야도 몹시 의외였다. 설랑의 체질이 타고난 것인 줄 알았는데 뭔가를 먹어서 만들어진 것이라니.

그들은 계속 읽어 내려갔다. 독종 사람은 말라 죽은 독초 마흔아홉 가지를 채집해 독소를 추출하는 법을 찾는 한편, 유리 담장에 심은 독초 열 포기도 함께 연구하며 불사불멸의 약을 만들려고 시도했다.

사람들을 미혹시키고자 독고인이라는 이름을 지어 특정한 체질을 길러 내는 것처럼 오인하게 했지만, 사실은 시간을 두고 기를 필요 없이 약을 먹기만 하면 되었다.

서쪽 벽에 기록된 것은 여기까지였다. 한운석과 용비야는 그 다음에 무슨 일이 있었는지 알고 싶어서 지체 없이 남쪽 벽으로 갔다.

이 밀실 사방 벽의 벽화와 글은 거의 독종의 역사서나 다름 없었다!

남쪽 벽에서는 고칠소가 벽화의 내용에 충격 받은 얼굴을 하고 있었다. 그가 용비야와 한운석을 돌아보며 말했다.

"미접몽이 어떻게 나온 건지 알았어!"

미접몽의 수수께끼

밀실 남쪽 벽에는 미접몽의 기원이 기록되어 있었다.

고칠소의 한마디에 한운석과 용비야는 이구동성으로 물었다.

"어떻게?"

아무래도 고칠소가 말해 주는 편이 벽화와 글을 보는 것보다 빨랐다. 벽화와 글을 종합해 보고 이해하려면 조금 애를 써야 했다.

독종의 지난 일을 잘 모르면 이해하기도 힘들었다.

고칠소는 모처럼 진지한 표정을 지으며 말했다.

"독종은 정말 독고인을 기르는 비법을 만들어 냈어."

용비야와 한운석이 방금 본 벽화에는 독종이 연구하고 있다고만 되어 있었는데, 뜻밖에도 정말 성공한 모양이었다.

한운석은 남쪽 벽화를 살펴보면서 고칠소에게 물었다.

"그게 미접몽과 무슨 관계가 있어?"

"독종 사람은 말라 죽은 독초 마흔아홉 가지를 수집해 독소를 추출하는 연구를 하면서, 유리 담장 안에 심은 독초 열 포기도 함께 연구해 독단毒丹이라는 약을 만들어 냈어. 그 약을 먹으면 1년에 걸쳐 차츰차츰 독고인으로 변해 불사불멸이 된대. 늙기는 하지만."

고칠소는 그렇게 말하며 용비야를 바라보았다.

"미접몽은, 쓰고 남은 그 마흔아홉 가지 독초를 잘게 찧은 다음 만년시수萬年屍水와 섞어 3년 묵혀서 만든 거야. 미접몽은 독단의…….."

고칠소가 말하기도 전에 벽화를 꼼꼼히 살피던 용비야가 혼잣말로 중얼거렸다.

"독단의 독을 해독할 수 있군."

그 말이 떨어지기 무섭게 고북월 등 다른 사람들도 그쪽을 돌아보았다. 모두가 충격을 받았다.

그들이 심혈을 쏟아부어 막으려던 것이, 심혈을 쏟아부어 찾으려던 방법이 미접몽일 줄이야! 미접몽과 독고인이 그처럼 얼키설키 꼬인 관계에 있는 줄은 생각조차 하지 못했다.

"갱에 있던 마흔아홉 가지 독초는 대체 어떤 내력을 지니고 있습니까? 아직도 갱에 있을까요?"

고북월이 다급히 물었다.

갱에 아직 그 독초가 남아 있다면, 미접몽도 더 많이 만들 수 있고 독단도 더 많이 만들 수 있다는 의미였다.

한운석은 방금 본 벽화에서 알아낸 설랑족의 기원과 독종이 어떻게 설랑족과 합쳐졌는지 그 내력을 이야기해 주었다. 그 이야기를 들은 사람들은 더욱더 믿을 수 없는 표정이 되었다.

"그럼 백언청을 두려워할 필요가 없겠군요!"

서동림이 흥분해서 외쳤다.

하지만 용비야가 말을 이었다.

"미접몽은 독고인의 독을 해독할 수 있지만, 그러려면 반드시 오행지독과 만독지혈을 배합해야 한다.”

“그러니까 우리에겐 아직도 백언청을 처치할 방법이 없군요!”

한운석은 쓴웃음을 감추지 못했다.

비록 미접몽은 그들 손에 있지만, 지금 그들이 찾아낸 것은 만독지수와 만독지목, 만독지토가 전부였다. 오행지독 가운데 만독지금과 만독지화는 아직 행방을 몰랐다. 그리고 네 가지 만독지혈 중에는 만년혈옥과 미인혈밖에 없었다. 독짐승의 피는 꼬맹이가 아직 회복되지 않은 데다 백언청에게 잡혀 있어서 얻을 방법이 없었다.

그녀의 말에 모두 고칠소를 바라보았다. 용비야가 차갑게 물었다.

“고칠소, 너는 어떻게 미접몽을 깨뜨리는 법을 알았느냐?”

미접몽은 수수께끼였다. 미접몽을 얻는 자가 천하를 얻는다는 전설을 가진 수수께끼.

그 전설은 어디서 나왔을까? 또, 고칠소는 미접몽의 수수께끼를 깨뜨리는 데 오행지독과 만독지혈이 필요하다는 것을 어떻게 알았을까?

“수운궁水雲宮 유적에서 파냈어.”

고칠소는 기억을 되짚었다.

“그때 난 열다섯 살이었나, 수운궁에서 적잖은 보물을 파내 암시장에서 돈으로 바꿨지. 그러다가 우연히 양피지 한 장을 파냈는데, 거기에 미접몽을 깨뜨리려면 오행지독과 만독지혈이 꼭 필요하다고 적혀 있었어.”

"독종의 선조가 남긴 걸까?"

한운석이 의심스럽게 물었다.

비록 이곳이 어딘지는 모르지만, 독종의 비밀이 이곳에만 남겨져 있지는 않을 터였다. 독종의 역사, 그리고 미접몽과 독고인의 비밀은 필시 독종 직계 후손의 관리하에 대대로 전해져 왔을 것이었다.

어쩌면 독종의 직계 후손인 백언청도 이 모든 것을 알고 있어서 서둘러 미접몽을 찾으려는 것인지도 몰랐다.

이곳 벽화에는 독열매로 독단을 만드는 비방이 나와 있지 않았다. 백언청은 그 비방을 얻어 유리 담장 안에 있는 과일을 따서 독단을 만든 건 아닐까?

하지만 용비야의 모비는 전력을 쏟아붓고 심지어 용비야의 아버지까지 희생되는 아픔을 겪으며 가까스로 미접몽을 얻었다.

백언청이 독종의 직계 후손이고 독단의 약방문을 가지고 있다면, 어째서 그때 미접몽을 손에 넣지 못했을까?

백언청에게도 수수께끼가 너무 많았다!

한운석이 궁금해하는 문제는 다른 사람들 역시 알아낼 수 없는 문제였다.

그러나 지금은 그것까지 생각할 틈이 없었다. 한운석은 계속 벽화를 살폈으나 남쪽 벽에 있는 벽화에는 제단과 제사 준비에 관한 내용뿐 별다른 정보가 없었다.

"전하, 공주. 이쪽으로 와 보십시오. 이곳에 몰자비와 독 저장 공간 이야기가 있습니다."

고북월이 말했다.

한운석은 이미 꿈속에서 몰자비에 적힌 독 저장 공간의 규칙과 수련법을 봤지만, 벽에 기록된 것은 몰자비에 적힌 것과는 다를 게 분명했다. 그렇지 않으면 쓸데없이 몰자비에 써 놓을 필요도 없었다.

한운석 일행은 재빨리 북쪽 벽으로 갔다. 북쪽 벽은 벽화가 대부분이고 글로 설명한 부분은 극히 적었다. 영리한 고북월이기에 이렇게 빨리 자초지종을 파악할 수 있었던 것이다.

북쪽 벽화에는 독 저장 공간의 유래가 담겨 있었다.

독 저장 공간은 독종의 소유가 아니라 설랑족 제사장 특유의 기능이었다. 나중에 설랑족이 독종과 혼인해 하나가 된 후 제사장 중 한 줄기는 독종의 직계가 되어 후손에게 독 저장 공간을 전승했다.

그 후손 가운데 천부적인 재능이 있는 사람만이 독 저장 공간을 활성화하고 사용할 수 있었다.

"그렇다면 독누이와 백언청은 독종 직계 후손일 뿐 아니라 설랑족의 후예구나!"

고칠소가 말했다.

"허튼소리."

용비야는 한운석과 백언청이 동족이라는 것이 영 반갑지 않은 모양이었다.

갑자기 고칠소가 깜짝 놀란 소리로 외쳤다.

"아니지! 설랑족 제사장의 후예는 의성 독종 사람과 혼인하지 않아도 똑같이 독 저장 공간을 가질 수 있잖아!"

그 말이 용비야와 한운석을 일깨웠다. 확실히 있을 수 있는 상황이었다. 한운석과 백언청 중 한 명은 독종의 직계 후손이고 한 사람은 설랑족 제사장의 후예로, 어쩌면 아무 혈연관계가 없을 수도 있었다.

용비야도 이번만큼은 모처럼 고칠소의 말을 인정하며 고개를 끄덕였다.

"그랬으면 좋겠군."

추측에 불과하지만 그래도 희망이 있는 편이 나았다!

고북월이 모두의 생각을 돌려놓았다. 지금은 그 문제를 추측하고 있을 때가 아니었다. 그보다 더 중요한 일이 있기 때문이었다.

"공주, 전하. 이쪽을 보십시오."

고북월의 손이 북쪽 벽화의 한쪽을 살짝 짚었다. 그 부분은 다름 아닌 제단에 있던 몰자비였다.

몰자비 주위에 커다란 글자가 적혀 있었는데 형태가 아주 괴상해서 한운석은 알아볼 수가 없었다.

"이게 무슨 글자입니까?"

서동림도 한 번도 본 적이 없었다. 백리명향이 다가와 살폈지만 역시 고개를 저었다.

"고대 범어야."

고칠소는 빈둥거리는 사람처럼 보여도 사실 아는 게 꽤 많았다.

용비야는 한마디도 하지 않고 이미 한 줄 한 줄 읽어 내려가고 있었다.

이 글에는 몰자비의 문에 관한 비밀이 적혀 있었다.

지난날 설랑족에 대제사장이 한 명 있었는데, 독 저장 공간 3단계를 돌파한 뒤 계속 수련하다가 갑자기 주화입마에 빠져 몰자비에 피를 쏟고 그 옆에 쓰러져 죽었다. 그런데 생각지도 못한 일이 벌어졌다. 그의 독 저장 공간이 주인의 죽음과 함께 사라지지 않고 몰자비에 스며든 것이었다.

제사장의 피가 있으면 몰자비에 스민 공간의 문을 열고 안으로 들어갈 수 있었다. 3단계를 초월한 독 저장 공간은 놀랍게도 폐쇄된 석실로, 독과는 전혀 관계가 없었다.

"이곳 말이에요?"

한운석은 믿을 수 없다는 듯한 목소리로 물었다.

모두 그 답을 알고 싶었다. 설마 그들이 있는 이 석실이 지난날 그 대제사장의 독 저장 공간일까?

"아마 이곳이겠지."

용비야가 담담하게 말했다.

"이곳입니다."

고북월도 수긍했다.

설랑족과 독종이 합쳐진 뒤, 설랑족 사람들은 또다시 설랑을 소멸시킬 수 있는 그 힘을 가진 사람이 알아차리지 못하도록 일족의 이름을 포함해 과거를 모두 숨겼다.

그들은 설랑족의 기원과 그 후의 역사가 후인들에게 잊히지 않기를 바라는 마음에 이 공간에 조각해 넣었다.

몰자비의 문을 열고 이 공간으로 들어갈 수 있는 사람은 반드시 제사상의 후예여야 하고, 그 피가 바로 몰자비 문을 여는 열쇠였다. 하지만 문을 연 사람이라고 모두 석실로 들어갈 수 있는 건 아니었다.

제사장의 후예 중에는, 이 공간에 들어갔지만 집념이 만들어 낸 환상에 빠져들어 이레 밤낮 붙잡혀 있다가 튕겨 나는 바람에 아예 이 석실을 보지도 못한 사람이 적지 않았다. 반면 순조롭게 석실에 들어간 사람은 석실에 핏자국을 남기기만 하면 다시 몰자비 문을 열 수 있었다.

"집념⋯⋯."

한운석은 가만히 중얼거렸다.

방금 그들이 본 환상은 모두 집념으로 인해 생겨난 것일까?

처음에는 그녀 자신과 용비야, 고칠소 세 사람의 집념이 환상을 만들어 냈다. 그녀와 용비야는 집념을 깨뜨렸지만 고칠소는 그러지 못했다. 용비야가 소리쳐 깨우지 않았다면, 고칠소는 이레 밤낮을 환상 속에 갇혀야만 떠날 수 있었을 것이다.

그럼 거울 미로와 깊은 바닷속 물뱀은 누구의 집념일까?

한운석은 깊이 생각할 틈이 없었다. 적어도 그들은 그 집념을 깨뜨리고 결국 이곳에 와 있었다.

궁금한 것은 여기에서 그치지 않았다. 그들은 이곳에서 많고 많은 일을 알게 되었지만 그와 동시에 또다시 많고 많은 의문이 생겨났다. 그러나 곰곰이 생각하거나 자세히 따져 볼 시간이 없었다.

지금 가장 중요한 것은 이곳에 기록된 모든 내용을 확실히 살펴보는 것이었다.

일행은 동쪽 벽으로 다가갔다. 백리명향은 진작 이곳에 기록된 내용을 모두 살펴보았다. 동쪽 벽화는 가장 단순했고 글도 없었다.

벽화에 그려진 것은 한 사람이 몰자비 옆에 앉아 수련하는 모습뿐, 그 외에는 아무것도 없었다.

"이것뿐이야? 이게 무슨 뜻이지?"

고칠소가 호기심조로 물었다.

"수련하는 사람은 누굴까요?"

고북월이 요점을 짚었다.

독종의 독술은 수련으로 익히는 게 아니라 실습으로 배우는 것이었다. 그러니 이 사람은 틀림없이 독 저장 공간을 수련하는 중일 터였다.

이 그림은 수련 위치를 강조하려는 것일까, 아니면 수련하는 사람을 강조하려는 것일까? 그것도 아니면 수련 자체를 강조하려는 것일까?

벽화에 독고인에 관한 이야기가 기록되어 있다는 것은, 설랑족과 의성 독종이 합쳐진 후 누군가 이 공간에 들어와 독종에 있었던 큰 사건을 기록했다는 말이었다.

독종이 멸망한 뒤 기록 작업도 중단되었고, 그래서 이 벽화를 완성하지 못한 건 아닐까?

한운석 일행은 사방팔방을 뒤져 보았지만 기관이나 비밀 통로는 발견하지 못했고, 숨겨진 정보도 찾아내지 못했다.

이 석실에서 얻을 수 있는 것은 이 정도였다. 비록 많은 것을 알아냈지만, 많이 알면 알수록 궁금한 것도 많아졌다.

용비야가 담담하게 말했다.

"일단 나가서 다시 상의하지. 바깥은 날이 저물었을 것이다."

한운석도 곧 그 말을 알아들었다. 그들은 꼭 이곳을 떠나야 했다…….

누이와 여자

용비야는 날이 저물었으니 나가자고 했다.

한운석은 알아들었고, 고북월도 그랬다. 백리명향과 서동림 역시 이유를 대강 짐작했다.

공교롭게도 고칠소는 영문을 알 수가 없었다.

그가 어리둥절한 얼굴로 물었다.

"용비야, 날이 저문 걸 어떻게 알았어?"

이 공간에 들어온 후부터 시간 개념이 사라져 환상 속에 얼마나 머물렀는지, 이 석실에 얼마나 머물렀는지 감을 잡을 수가 없었다!

용비야가 이렇게 말하지 않았다면, 고칠소는 이곳에 들어온 지 며칠이 훌쩍 지났다고 생각했을 것이다.

용비야는 고칠소를 흘깃 보았을 뿐 대답이 없었다.

고칠소는 용비야가 늘 자신의 질문에 대답하지 않는 것이 마음에 쏙 들었다. 그가 한운석을 바라보았다.

"독누이, 날이 저물었다고 해서 꼭 서둘러 나가야 해? 날이 저물어야만 나갈 수 있는 것도 아니잖아."

날이 저물면 한운석과 용비야가 쌍수를 해야 했다!

서정력은 주기적으로 수련해야 했고, 용비야는 내공의 변화 주기를 통해 시간을 가늠할 수 있었다.

쌍수 시간이 가까워질수록 몸속에 있는 서정력이 점점 들끓기 시작했기 때문이었다.

한운석은 고칠소를 속일 필요 없다고 생각했지만, 서정력은 용비야의 일인 만큼 자기 마음대로 고칠소에게 알려 줄 수는 없었다.

그녀가 웃으며 말했다.

"나도 몰라."

고칠소도 바보는 아니어서 다른 이들이 숨기는 게 있다는 것을 알아차렸다. 그는 따져 묻지 않는 대신 오늘 밤 한운석 곁에 딱 붙어서 용비야가 대체 뭘 하려고 저렇게 서두르는지 알아보기로 했다.

한운석은 손가락을 깨물어 돌벽에 피를 묻혔다.

피가 돌에 흡수되자 삽시간에 눈앞이 컴컴해지고 발밑이 푹 꺼졌다. 또다시 들어올 때와 같은 상황이 벌어졌다. 그들은 바닥을 알 수 없는 구덩이에 빠진 것처럼 자꾸자꾸 아래로 떨어졌고 귓가에는 거센 바람 소리가 씽씽 들려왔다.

그러나 들어올 때처럼 그 시간이 길지는 않았다. 이번에는 금방 바닥에 도달했다.

똑바로 서고 보니 온 세상이 새까맸다. 날이 저물었기 때문이었다.

날이 저문 뒤의 독종 제단은 제 손가락 다섯 개도 똑똑히 보이지 않을 만큼 어두컴컴했다. 고칠소가 서둘러 야명주를 꺼내자 그제야 서로를 볼 수 있었다.

야명주가 빛을 발하자 주위에 매복해 있던 독 시위들이 즉시 모습을 드러냈다. 모두 무척 반가워했다.

"전하, 공주. 드디어 돌아오셨군요!"

독 시위가 기쁘게 외쳤다. 그들이 돌아오지 못할까 봐 얼마나 두려웠는지 몰랐다.

"침입한 자가 있느냐?"

용비야가 물었다.

"없습니다! 오늘 아침부터 지금까지 아무도 나타나지 않았고, 주변에도 인적이 없었습니다."

독 시위가 사실대로 보고했다.

"계속 지키다가 움직임이 있으면 즉각 보고하라."

용비야가 차갑게 말했다.

몰자비의 문을 아무나 쉽게 열 수 없어 다행이었다. 그 공간에 숨겨진 설랑족에 관한 여러 가지 비밀은, 너무 많은 사람이 알게 되면 아무래도 좋지 않았다.

모두 돌아가려는데 한운석이 갑자기 생각난 듯 서동림에게 말했다.

"내일 모래흙을 가져와서 몰자비와 유리 담장을 모두 묻어라!"

그들은 석실 안에 있는 것을 모두 봤으니 당장 다시 들어갈 필요는 없었다. 몰자비와 유리 담장을 봉쇄하면, 남들에게 비밀이 알려질 염려도 없고 거짓을 지어낼 수도 있었다.

만약 어제 놓쳤던 그 신비한 사람이 백언청이 아니라면, 백언청은 그들이 몰자비의 공간으로 들어가 많은 비밀을 알게 되었다는 사실을 아직 모르고 있을 터였다.

"안심하십시오, 공주. 오늘 밤 사람을 시켜 모래흙을 구해 오게 한 다음 밤새 작업하겠습니다. 내일 정오 전까지는 반드시 예전과 똑같은 모습으로 만들어 놓겠습니다."

서동림이 대답했다.

그제야 한운석도 사람들과 함께 그곳을 떠났다.

함께 이야기 나누며 답을 찾아야 할 문제가 잔뜩 있었지만, 원락에 도착하자마자 고북월과 백리명향은 눈치 빠르게 방으로 돌아갔다.

전하와 공주가 쌍수를 시작하면 빨라도 내일에나 틈이 날 터였다.

하지만 고칠소는 떠나지 않고 뻔뻔스럽게 한운석과 용비야를 따라 방문까지 가서, 용비야가 문을 닫으려 하자 손으로 턱 막고 악의 없이 웃었다.

"이렇게 일찍 자려고? 같이 차라도 마시고 싶은데."

"꺼지시지."

용비야가 차갑게 말했다. 당연히 그도 고칠소가 왜 이러는지 알고 있었다.

고칠소는 팔을 이리저리 돌리면서 나른하게 말했다.

"하하, 요즘 많이 먹어서 살이 쪘는지 꺼지기가 쉽지 않네."

"본 태자가 도와주마."

용비야가 말하면서 발을 들었다. 한 번 걸어차기만 하면 고칠소를 하늘 끝까지 날려 보낼 자신은 얼마든지 있었다.

방 안에 있던 한운석이 웃음을 터트렸다.

그녀가 나와 진지하게 말했다.

"고칠소, 우린 중요한 일이 있어. 차를 마시고 싶으면 내일 아침에 와."

고칠소는 그럴수록 궁금해졌다.

"중요한 일? 설랑족보다 더 중요한 일이야?"

한운석이 설명하려는데, 뜻밖에도 용비야가 한운석의 허리를 감싸 안으며 사악하면서도 유혹적인 냉소를 흘렸다.

"개인적인 일이다."

말을 마친 그는 멍해진 고칠소를 홱 밀어내고 방문을 쾅 닫았다.

제자리에 멍하니 선 고칠소의 머릿속에는 방금 용비야가 지었던 그 야릇하고 유혹적인 웃음이 자꾸만 떠올랐다. 같은 남자로서, 용비야의 그 웃음이 무슨 의미인지 알아차리지 못할 리 없었다.

고칠소는 오래 서 있지 않았다. 그는 한 발 한 발 뒤로 움직이면서 차츰차츰 방문에서 멀어져 정원까지 물러났다.

정원에 이르자 그는 살짝 발을 굴러 등 뒤에 있는 돌탁자에 뛰어올라 책상다리를 하고 앉았다. 그는 마치 다른 사람이 된 것처럼 허리를 꼿꼿이 세우고 다소 엄숙한 표정을 지었다. 평소의 나태하고 요사한 아름다움은 그 자취를 찾아볼 수도 없었다.

그는 지금껏 독누이와 용비야가 초야를 치르지 않은 것으로 알고 있었다. 혼례를 올린 지 수년 동안 그들은 줄곧 같은 방을 쓰지 않았고, 독누이는 어주도에서 수궁사를 보여 주기도 했다. 게다가 독누이는 아직 아기를 갖지도 않았다.

그의 마음속에서 독누이는 언제까지나 순수한 누이였다!

독누이와 용비야가 언제부터 한방을 썼을까? 용비야는 대체 언제 독누이를 순수한 누이에서 여자로 바꿔 놓았을까?

고칠소는 혼이 쏙 빠져나간 사람처럼 멍하니 돌탁자 위에 앉아 저 먼 곳의 방문을 바라보며 꼼짝도 하지 않았다. 마치 고집을 부리는 아이 같았다.

얼마쯤 지나자 도저히 보다 못한 고북월이 다가왔다.

"칠소……."

고북월은 일부러 고칠소 앞에 서서 그의 시선을 가로막았다.

고칠소는 그제야 정신이 돌아왔다. 그는 고북월을 바라보다가 고개를 틀어 닫힌 방문을 보면서 바보처럼 물었다.

"고북월, 우리 아직 환상 속에 있는 거야?"

고북월은 옆에 있는 돌의자에 앉아 고개를 들고 고칠소를 쳐다보았다.

"아닐세. 저들은 쌍수를 하고 있네."

고북월은 고칠소에게 서정력 이야기를 해 주었다. 비록 용비야에게 동의를 구하지는 않았지만, 이렇게 말을 꺼낸 것은 용비야가 허락해 주리라는 절대적인 자신이 있기 때문이었다.

"서정력……."

고칠소로선 처음 듣는 단어였다.

"아주 강해 보이는 이름이네."

"만약 전하께서 서정력을 3단계까지 익힌다면, 최강의 힘을 얻게 되지."

고북월이 말했다.

하지만 고칠소는 냉소를 터트렸다.

"최강? 불사불멸인 사람도 죽일 수 있을 만큼?"

그 말이 고북월의 호기심을 일깨웠다.

"설랑을 죽일 수 있는 신비한 힘은 무엇이겠나?"

하지만 오로지 한운석 생각뿐인 고칠소는 그런 문제를 고민할 기분이 아니었다!

설사 용비야와 한운석이 쌍수를 하고 있대도, 방금 용비야의 그 눈빛은 한운석이 자신의 여자가 되었다고 알려 주려는 뜻이 분명했다.

고칠소는 탁자에서 뛰어내려 밖으로 걸어가며 손을 내저었다.

"나도 중요한 일이 있어. 내일 보자고!"

사실 중요한 일 같은 건 없었다. 의성에서 출신을 공개한 후로 잠 못 드는 날이 거의 없었는데, 오늘 밤은 잠이 오지 않을 것 같았다.

고칠소의 모습이 정원 문 너머로 사라지자 고북월은 그제야 가볍게 탄식하면서 자리를 떴다.

사실 이날 밤은 모두 다 잠들지 못했다.

그 많은 비밀을 알아냈고, 그 많은 의혹이 새로이 생겨났는데 누군들 편히 잠들 수 있을까?

그러나 한 사람만은 침상에 눕자마자 곯아떨어져 다디달게 잠들었다. 다른 누구도 아닌, 백리명향이었다.

군영에서 장병들이 그녀더러 전하께 시집가라는 말을 한 이래로 단 하룻밤도 편히 잠들지 못했던 그녀였다. 이날 밤 그녀는 날이 밝을 때까지 아주 충분히, 아주 푹 잤다.

별다른 이유는 없었다. 그저 전하와 공주가 자신을 버리지 않고 유광구에서 나와 도와주러 왔기 때문이었다.

거울 미로 밑바닥에 있던 거대 물뱀은 바로 그녀의 집념이 만들어 낸 것이었다. 그녀의 집념은 전하와 공주에게 버림받는 두려움과, 처음 만났을 때처럼 순수한 주인과 아랫사람 사이로 돌아가지 못하는 슬픔에 불과했다. 다행히 전하와 공주는 상상한 것처럼 그녀를 싫어하지 않았고, 결국 그들이 그녀의 집념을 깨뜨렸다.

집념이라고 해서 반드시 자신의 힘으로 내려놓아야 하는 것은 아니었다. 오히려 남의 도움을 받아 내려놓게 될 때도 많았다. 용비야가 큰 소리로 외쳐 고칠소의 집념을 깨뜨려 주었던 것처럼.

이튿날 아침, 백리명향은 누구보다 일찍 일어나 정원에 있는 차 탁자를 깨끗이 닦고, 다기를 늘어놓고, 물을 끓였다. 그런 다음 아침밥을 지으러 갔다. 그녀는 오전 내내 쉬지 않았지만 여전히 기운이 넘쳤다.

용비야와 한운석은 어젯밤 쌍수를 마치고 늦은 밤까지 이야기를 나누다 잠들었다.

고칠소가 찾아왔을 때 용비야는 이미 고북월과 차를 다 마신 뒤 이야기를 나누는 중이었고, 한운석은 아직 자고 있었다.

고칠소는 터벅터벅 고북월 옆으로 걸어가 앉아 고개를 숙였다. 정신 상태가 썩 좋지 않아 보였다. 용비야는 그를 정면으로 바라보지 않았지만, 그래도 곁눈으로 흘깃 보고는 손 가는 대로 차를 한 잔 따라 주었다.

고칠소는 고맙다는 말도 없이 차를 마셨다. 잔을 다 비우자 그는 찻잔을 내려놓고 담담하게 말했다.

"만독지금과 만독지화는 계속 찾고 있지만 둘 다 실마리가 없어. 찾기가 쉽지 않아."

그 말이 떨어지기 무섭게 한운석이 문을 열고 나왔다.

"네 가지 만독지혈 중에 남은 하나는 대체 뭐야?"

한운석이 기억하기로, 당시 고칠소는 미접몽을 깨뜨리는 방법을 알려 줄 때 만독지혈을 언급하면서도 마지막 한 가지가 무엇인지 말하지 않았다.

고칠소는 복잡한 눈빛을 지었지만 사실대로 말했다.

"바로 독고인의 피야."

어느 정도 예상했던 용비야도 고칠소의 입에서 그 말을 직접 듣자 다소 놀랐다.

한운석은 이상해하기는커녕 도리어 머리가 확 트이는 것 같았다. 미접몽은 독고인의 독을 해독할 수 있지만, 다섯 종류의 오행지독과 네 종류의 만독지혈이 필요했다. 그렇다면 오행지독과 만독지혈은 바로 그 해약의 보조 약재였다.

즉, 독고인의 피를 보조 약재로 삼아 독고인의 독을 깨뜨려야 한다는 말이었다. 해독 분야에서는 이와 유사한 상황이 종종 있었다.

"미접몽을 얻는 자가 천하를 얻는다며? 그건 뭐라고 설명해야 하지?"

한운석이 물었다.

"그 전설은 대진제국 건국 초기부터 생겨나 지금까지 전해져 온 말입니다. 그 덕분에 2백여 년간 독종의 금지는 통 평온하지 못했지요."

고북월이 말했다.

"미접몽 이야기는 필시 독종 내부 사람이 내비쳤을 거야. 그렇지 않고서야 그걸 누가 알아?"

고칠소가 말했다.

밟아 죽이고 싶은 자

독종이 무너지지 않았다면, 독종의 직계 후손이 아직 있었다면, 오늘 한운석 일행 앞에 닥친 문제는 아무것도 아니었을 것이다.

설랑족은 결코 일족의 비밀을 누설하지 않았을 테지만, 의성 독종 사람이 설랑족과 합쳐져 차츰차츰 권력을 장악한 후부터는 설랑족이 결정할 수 없는 일이 많아졌다.

독단이든 미접몽이든, 의성 독종과 설랑족이 합쳐진 후 연구해 낸 것이었다.

의성의 독의들이 세운 독종의 역사를 알게 된 한운석은 그들이 설랑족만큼 독술이 뛰어나지 않았을 것으로 확신했다. 다시 말해 설랑족이 마음먹고 독단과 미접몽을 연구하려 했다면, 의성 독종 사람이 발을 들이밀 때까지 기다릴 필요도 없었다.

그런데 왜 의성 독종이 끼어든 후에야 독단과 미접몽을 연구했을까?

이유는 더없이 간단했다. 설랑족은 야심이 없었다. 그들은 숨어 살며 독짐승을 보호할 생각뿐이었지만, 독종의 독의들은 야심가였다!

불 안 땐 굴뚝에 연기 날 리 없듯, 지난날 의성이 독고인을 빌미로 독종을 무너뜨린 것도 사실상 완전한 중상모략은 아니었다. 다만 독종은 비법을 만들어 냈으나 쓰지 않았을 뿐이었다.

의성은 설랑족의 존재를 생각조차 하지 못한 것이 분명했다. 한운석 일행 역시 의성에서 독종의 누명을 벗길 때 이런 진상이 숨어 있을 줄은 생각지 못했었다.

"비법을 연구해 냈는데 어째서 당장 쓰지 않았을까요?"

고북월이 중얼거렸다.

"독약을 구하지 못했기 때문일까요, 아니면⋯⋯."

고북월이 말을 끝내기도 전에 고칠소가 말했다.

"유리 담장 안에 있는 독초가 꽃을 피우고 열매가 다 자랄 때까지 기다렸던 거지!"

순간 모두가 깨달은 기분이었다. 한운석은 확신에 차서 말했다.

"그러니까 그 열매는 백언청이 따 먹었구나!"

독고인이 불사불멸이라는 말은 남의 손에 죽임을 당하지 않으며 다치거나 병으로 죽지 않는다는 뜻이지, 정말로 절대 죽지 않는다는 뜻은 아니었다. 독고인 역시 시간을 거스르지는 못하니 늙어 죽을 수는 있었다.

열매가 영그는 시간을 헤아려 볼 때 아마도 백언청은 독종 역사상 첫 번째 독고인일 터였다.

그가 비법을 손에 넣었다 하더라도 또 다른 독고인을 길러 내기란 불가능했다. 저 독초들이 꽃을 피워 열매를 맺고 그 열매가 다시 영글기까지는 아무리 해도 수백 년은 걸리기 때문이었다.

백언청은 기다릴 수 없었고, 그들 역시 기다릴 수 없었다.

용비야는 아무 말 없이 조용히 사람들에게 차를 따라 주었다. 비록 남들을 접대하고는 있지만 그 우아한 동작과 존귀한 태도를 보면 접대는커녕 마치 상이라도 내리는 것 같았다.

고북월이 용비야를 바라보며 물었다.

"전하, 둘 중 하나를 선택해야 한다면 전하께서는 독고인을 선택하시겠습니까, 아니면 미접몽을 선택하시겠습니까?"

"미접몽이다."

용비야는 일말의 망설임도 없이 대답했다.

"옳은 말씀입니다! 미접몽은 독고인을 견제할 수 있지요!"

고북월이 말했다.

그 한마디에 다른 사람들도 똑똑히 깨달았다. 언제 왔는지 백리명향과 서동림도 옆에 와 있다가 이 말을 듣고 퍼뜩 깨달은 듯 고개를 끄덕였다.

불사불멸인 독고인을 손아귀에 넣고 조종할 수 있다면, 운공대륙 천하를 쟁취하는 것은 문제도 아니었다.

독고인이 정상으로 돌아가고자 하면 반드시 미접몽이 필요했고, 독고인이 계속 불사불멸이자 천하무적의 몸으로 남고자하면 미접몽을 두려워할 수밖에 없었다.

독종에서 가장 강력한 것은 결국 미접몽이지, 독단이 아니었다!

"미접몽을 얻는 자가 천하를 얻는다는 말은 독종에서 나온게 분명해요!"

한운석이 단언했다.

미접몽의 비밀을 아는 이는 독종 사람뿐이었다.

독종이 독고인을 연구하는 한편 이런 전설을 퍼트린 것은 대체 무엇 때문이었을까? 이치를 따져 보면, 독종으로선 미접몽의 비밀을 지켜야 마땅했다!

"그렇다면 독종 내부에서도 의견 충돌이 있었다……. 재미있군."

용비야가 담담하게 말했다.

진상을 아는 자는 독종의 후예뿐이었다. 물론 한운석은 제외하고.

한바탕 토론과 추측을 벌인 끝에, 한운석 일행은 독종의 과거를 대략 파악하고 미접몽과 독고인이 어떻게 생겨났는지 확실히 알아냈다.

비록 당장 보조 약재를 찾아내지는 못했으나 적어도 백언청을 막을 방법은 알게 되었으니 독종의 제단에 다녀온 목적은 달성했다.

이제 남은 의문은 모두 백언청에 관한 것이었다.

백언청은 독단에 얽힌 비밀을 몰자비 공간 속에서 알아냈을까, 아니면 고칠소처럼 독종 수운궁 유적에서 발견했을까? 그것도 아니면, 독종 직계 후손의 입에서 입으로 전해져 온 비밀로부터 알게 되었을까?

독종 직계 후손은 대체 몇 사람이나 남아 있을까?

수풀 속에 있던 의문의 신비인은 대체 어떤 사람일까?

사실 이런 일들은 백언청을 상대하는 데 큰 영향을 미치지 않았지만, 한운석의 출신과 관계가 있었다.

그들이 가진 실마리에는 한계가 있어서 추측할 수 있는 것은 여기까지였다.

문득 한운석은 한시바삐 3단계에 진입해 꼬맹이와 정신적인 소통을 하고 싶어졌다. 꼬맹이에게 설랑족과 독종에 관한 모든 것을 물어보고 싶었다.

꼬맹이는 조그맣고 어려 보이지만 사실은 나이가 아주 많았다. 녀석은 독종에서 일어난 모든 일을 겪었으니 백언청보다, 몰자비 공간 속 벽화에 기재된 것보다 훨씬 더 많이 알고 있을 터였다.

그때 고북월 역시 꼬맹이를 생각하고 있었다. 문득 그가 웃으며 말했다.

"그렇다면 꼬맹이는 나이가 아주 많겠군요!"

꼬맹이가 이 말을 들었다면 울적해하지 않았을까? 공자는 꼬맹이가 나이가 많아서 싫은 걸까?

사실 꼬맹이 아가씨가 나이는 많아도 마음은 청춘이었다!

고칠소는 웃음을 터트렸다. 그도 꼬맹이에게 받은 인상이 나쁘지 않았다.

"설랑의 본모습이 다람쥐라니 뜻밖이야. 설마, 독초를 많이 먹어서 늑대로 변한 거였어?"

고북월도 웃으며 고개를 끄덕였다.

"갱 안에 있던 그 독초들이 전부 말라 죽다니, 참 아깝게 됐군."

그러는 동안 한운석은 말이 없었다. 그녀는 정말이지 자신의 출신이 고민스러웠다. 백언청을 죽이고 싶어 이가 갈리면서도 아버지를 죽였다는 오명을 쓰고 싶지 않았다.

목심은 연을 맺었던 독종 종주 후계자가 다른 여자와 관계를 갖는 것을 보고 아기를 가진 몸으로 그를 떠났다고 했다. 독종 종주 후계자는 목심에게 만년혈옥을 정표로 주었는데, 훗날 목심은 그 물건을 연심 부인에게 주며 한종안을 의학원 이사로 만들어 달라 부탁했다.

그 독종 종주 후계자가 정말 백언청이라면, 당시 백언청은 어떤 여자와 관계를 맺었을까?

독종 종주 후계자가 백언청이 아니라면, 백언청은 독종에서 뭘 하던 사람이었을까? 그 후계자와는 또 무슨 관계일까? 백언청은 목심이 한씨 집안에 있다는 것을, 그리고 아기를 가졌다는 것을 어떻게 알았을까? 나아가 한운석의 등에 모반이 있다는 것은 어떻게 알았으며, 그녀가 서진 황족의 후예라는 것은 또 어떻게 알았을까?

알게 된 것도 너무 많고 추측한 것도 너무 많아서 한운석도 약간 지쳤다. 그녀는 가련한 눈으로 용비야를 바라보면서 대신 밝혀 달라며 도움을 청했다.

이렇게 자연스럽게 애교를 부린 것이 이번이 처음이라는 건 한운석 자신도 몰랐다. 여자가 지쳤을 때 부리는 애교는 그 어느 때보다 더 남자의 마음을 사로잡는 힘이 있다는 사실은 더욱더 몰랐다.

그녀가 무심결에 드러내 보인 가련한 눈길에 용비야는 참지 못하고 손을 뻗어 그녀의 앞머리를 쓰다듬으면서 사랑이 담뿍 담긴 목소리로 말했다.

"걱정하지 마라. 어떻게든 백언청의 내력을 알아내 주마."

이 모든 것을 지켜보던 고칠소는 입매를 당기면서도 예전처럼 그들을 방해하지는 않았다.

하지만 얼굴에는 울적한 기분이 고스란히 드러나 있었다. 그역시 어떻게든 방법을 찾아 백언청의 내력을 조사해야겠다고 속으로 다짐했다.

용비야가 손을 거두는 것을 보자 그가 큰 소리로 물었다.

"자, 이제 의논 좀 해 보자고. 이제 어떻게 할까?"

백언청과 맞닥뜨린 데다 적족과 북려국도 경계해야 하니 몸이 열 개라도 부족했다!

고칠소가 그들을 보호할 필요가 없다면 전심전력을 다해 만독지화와 만독지금을 계속 찾아볼 수 있지만, 지금은 한운석에게서 너무 멀리 떨어질 수 없었다.

언제 복수하려고 들이닥칠지 모르는 백언청을 대비해야 했다!

"그간 백언청이 아무 움직임이 없는 것을 보면 필시 다른 속사정이 있을 것이다."

용비야는 담담하게 말했다.

"며칠 더 기다리면서 그자가 어떻게 나오는지 지켜보도록 하지."

움직이지 않고 상황 변화에 대처하는 것이 평소 용비야의 방식이었다. 오히려 그가 좀 더 맞싸우고 싶은 상대는 적족과 북려국이었다.

바로 그때, 서동림은 비밀 시위가 보낸 밀서를 받았다. 북려국에서 온 것임을 한눈에 알아본 그는 재빨리 달려와 용비야에게 보고했다.

"전하, 북려국에서 온 긴급 밀서입니다."

서동림이 공손하게 말했다.

용비야는 약간 놀랐다. 이럴 때 북려국에서 온 긴급한 소식이리면 결코 좋은 소식일 리 없었다.

밀서를 펼쳐 본 그는 역시 놀란 표정이었다.

"영승이 군역사 쪽에 있다. 군역사와 연합해 어젯밤에 군마 삼만 마리를 남하시키기 시작했다는군!"

용비야는 차가운 목소리로 서신의 내용을 일러 주었다.

모두가 깜짝 놀랐다. 적족이…… 정말 반역했다!

운공상인협회 쪽 노인네들이나 영씨 집안 군대의 부장들이 한 일이었다면 한운석도 여전히 희망을 품을 수 있었다.

영승이 바로 마지막 희망이었기 때문이다.

하지만 운공상인협회와 영씨 집안 군대는 아직 명확하게 돌아서거나 반역하지 않았는데, 도리어 영승이 움직였다!

솔직히 말해 지금 같은 상황에서 이런 소식을 듣자 한운석은 너무 갑작스러워 어찌해야 할지 알 수가 없었다. 마음속으로는 시종일관 영승에게 한 줄기 희망을 품고 있었던 그녀였다.

영승이 자신에게 충성을 바치리라는 희망이 아니라 서진에,

적족이 오랫동안 지켜 온 신념에, 그리고 영승 자신의 꿈에 충성을 바치리라는 희망이었다.

그런데 누가 짐작이나 했을까? 적족에서 제일 처음으로 진짜 반역을 저지른 사람은 놀랍게도 영승 자신이었다!

이제 보니 백옥교는 정말로 군역사를 찾아갔고, 영승은 내내 군역사 쪽에 있었다.

금침을 맞은 원한 때문에, 한운석이 용비야와 손잡고 동진과 서진의 은원이 오해였을 뿐이라고 선포했기 때문에 반역을 일으키겠다고 결심한 것일까?

솔직히 말해 영승과 군역사의 연합은 꽤 골치 아픈 문제였다.

용비야는 즉시 결정을 내리고 차갑게 명령했다.

"삼도 암시장으로 간다. 서동림, 강건 전장 낙 점주를 동래궁으로 부르도록!"

영승이 군역사와 손잡은 것은 뭐니 뭐니 해도 군역사의 군마 때문이고, 군역사가 영승과 손잡은 것은 뭐니 뭐니 해도 영승의 돈 때문이었다.

영승이 군마를 얻지 못하게 하고, 군역사도 돈을 얻지 못하게 해야 했다!

용비야는 영승과 군역사를 똑같이 원수로 여겼다. 양쪽 진영 간의 원한도 원한이지만 그보다는 개인적인 원한이 더 컸다.

서동림은 명령을 받고 물러가려고 했다. 한운석은 복잡한 눈빛을 띤 채 영정과 목령아를 떠올렸다.

그처럼 좋은 조건을 제시했는데도 금 집사는 움직이지 않았다. 지금 생각해 보니 금 집사도 영승을 찾아가려는 것 같았다!

"서동림, 어서 가서 당리에게 전해. 영정은 영승 쪽에 있을 것이라고!"

한운석이 놀란 목소리로 말했다.

확실히, 영정과 목령아는 영승 쪽에 가 있었다.

정 숙부와 금 집사가 두 여자를 데리고 영승을 찾아 군역사의 군영에 갔을 때 영승은 하마터면 정 숙부를 밟아 죽일 뻔했다. 하지만 군역사가 보는 앞이라 참을 수밖에 없었다.

그녀들은 어떻게 하나

용비야가 밀서를 받은 이튿날, 군역사는 자신이 영승과 손잡고 군마 삼만 마리를 내주었다는 소식을 공표했다.

군마 삼만은 적은 수가 아니었다. 그처럼 커다란 움직임을 숨길 수는 없으니 소식이 퍼지는 건 시간문제였다. 그 때문에 군역사도 세상 사람들의 의심을 사지 않으려고 직접 소식을 퍼뜨린 것이었다.

더욱이 이 소식은 용비야에게 경고할 수 있을 뿐 아니라 북려국 황제를 두려움에 떨게 만들 수도 있었다. 즉, 군역사 자신이 절대 호락호락하지 않다는 것을 남북 양쪽 세력에게 알릴 수 있는 일이었다.

적족이 군비를 지원해 준다면 군역사로서는 용비야와 북려국 황제를 두려워할 까닭이 없었다.

사실 정 숙부는 관망 중이었으나 영승과 군역사의 협력 소식을 듣자마자 더는 주저하지 않았다. 그는 곧장 금 집사와 함께 목령아, 영정을 데리고 군역사의 군영으로 달려가 당당하게 영승을 만나러 왔다고 알렸다.

목령아와 영정은 군영 밖 마차 안에 남겨졌고, 정 숙부와 금 집사는 영채 안에서 군역사와 영승을 만났다.

물론 정 숙부는 군역사 앞에서 목령아와 영정을 납치해 도우

러 왔다고 명확히 말하지 않았지만 군역사는 벙어리도, 장님도
아니었다!

고칠소와 당리가 각각 당문 암기 제조법과 약귀곡을 현상금
으로 내건 바람에 목령아와 영정이 사라진 일이 세상을 발칵
뒤집어 놓았고, 지금껏 운공대륙에서 가장 뜨거운 화젯거리가
되어 있었기 때문이었다.

군역사는 마차 안에 있는 사람이 누군지 알자마자 어떻게 된
일인지 깨달았다! 그는 영승을 바라보며 큰 소리로 껄껄 웃었다.

영승은 속이 부글부글 끓었지만 누구보다 태연한 척할 수밖
에 없었다. 그는 차갑게 정 숙부를 바라보며 말했다.

"후후, 정 숙부, 자네가 선물까지 가져올 줄은 몰랐네. 큰 상
을 내려야겠군!"

"당연히 해야 할 일이었습니다!"

정 숙부는 주인의 마음속에 숨겨진 분노를 추호도 알아채지
못하고 그저 기뻐했다.

사실은 정 숙부도 주인이 군역사와 함께 있다는 소식을 들었
을 때, 납치된 것인지 정말 협력하기 위해 간 것인지 확신하지
못했다. 그는 주인이 서진 황족을 배신하도록 설득할 목적으로
찾아왔다. 그래서 천하성에 도착한 뒤 며칠이나 머물며 상황
을 관찰했다.

이제 주인도 생각을 바꿔 군역사와 손잡았을 뿐 아니라 군마
삼만 마리를 얻어 내기까지 했다. 정 숙부는 자신이 때를 딱 맞
춰 왔다고 생각했다! 그는 주인에게 커다란 판돈을 안겨 주었

고 주인은 군역사와 손을 잡았으니 더욱 우세해질 수 있었다!

이 정도 공로라면 외부인과 한통속이 되어 만상궁의 돈을 뜯어내고 영정에게 무례를 저지른 잘못을 갚을 수 있지 않을까?

"하하하, 정 숙부. 자네 주인뿐만 아니라 본 왕 역시 큰 상을 내리겠다!"

군역사는 큰 소리로 웃었다. 그는 영승과 협력한 후부터 자신이 생겨 다시 북려국 강왕 행세를 할 수 있게 되었다.

정 숙부는 황급히 공손하게 읍을 했다.

"아닙니다. 어찌 감히 상을 바라겠습니까."

"영승, 영정은 네 누이동생이니 네가 처리하게 해 주마. 목령아는…… 하하하, 본 왕에게 넘겨라. 어떠냐?"

군역사가 크게 웃으며 물었다.

막사 바깥 마차에 있던 영정과 목령아는 그 말을 듣자 속이 부글부글 끓었다.

"저자가 뭔데? 날 뭐라고 생각하는 거야?"

"부끄러운 줄도 모르는 놈! 돌아가면 언니와 형부더러 단단히 혼내 주라고 할 테야!"

영정과 목령아는 여기까지 온 다음에야 비로소 모든 것을 알게 되었다. 흑의 노인이 정 숙부라는 것, 자신들을 데리고 영승에게 가려는 목적이었다는 것, 그리고 영승이 서진 황족을 배신했다는 것까지.

목령아는 씩씩거리며 욕설을 퍼부었지만 영정은 줄곧 말이 없었다. 영승의 목소리를 직접 듣고도 그가 서진을 배신했다는 것을 믿을 수 없었다. 믿고 싶지도 않았다.

영승도 군역사의 요구에 극도로 화가 났다. 비록 군역사에게 붙잡힌 몸이지만, 지금까지 본래 성미를 꺾지 않았던 그는 곧바로 거절하려 했다. 그런데 뜻밖에도 제일 끝자리에 앉아 줄곧 말이 없던 금 집사가 입을 열었다.

"강왕, 미안하지만 목령아는 내 거요. 영 족장은 그 여자를 당신에게 내줄 권한이 없소."

그 말이 떨어지자 장내가 조용해졌다. 문밖에 있던 목령아마저 입을 다물고 안에서 들려오는 말을 한마디라도 놓칠세라 긴장하며 기다렸다.

군역사는 나른하게 눈썹을 치켜세우더니 마침내 금 집사 쪽을 바라보았다.

정 숙부는 고개를 숙이고 코를 만지작거리면서 가소로운 미소를 지었다. 그는 금 집사를 도울 생각이 전혀 없었다. 이곳에 온 이상 금 집사가 이래라저래라 할 수 있는 건 그 어떤 것도 없었다. 금 집사는 노예일 뿐이니까!

영승은 영문을 모르는 체하며 정 숙부에게 물었다.

"어떻게 된 일인가? 자네가 데려온 사람이 아닌가?"

정 숙부가 대답하기도 전에 금 집사가 끼어들었다.

"정 숙부가 데려온 사람은 영정이고, 목령아는 내가 납치했네! 그 여자는 내게 은자 삼억 팔천만 냥과 매신계를 빚졌으니 그 일을 해결해 주는 사람에게 내주겠네. 그 밖에는 일체 논의할 생각이 없네!"

금 집사가 내건 조건은 딱 군역사의 약점이었다.

군역사는 군마 삼만을 영씨 집안 군대 손에 인계한 후에야 영승에게서 군비 명목으로 오억을 받을 수 있었다. 게다가 그 돈이 생긴다 해도 목령아 하나를 얻자고 삼억 팔천이나 척 내놓을 수도 없었다!

물론 우선 군비를 써서 금 집사의 빚을 갚은 다음 목령아를 약귀곡과 바꾸면 큰돈을 벌 수 있었다. 그러나 사람과 약귀곡을 교환하는 것은 위험했다.

고칠소란 놈은 만만한 상대가 아니었고, 군역사 역시 그런 위험을 무릅쓸 만큼 어리석지 않았다.

그가 목령아를 원한 이유는 약귀곡을 얻고자 해서가 아니라 앞으로 목령아를 판돈 삼아 한운석을 견제하고자 해서였다.

금 집사의 조건을 들은 군역사는 한참 말이 없다가 마침내 천천히 영승을 돌아보며 물었다.

"영승, 저자는 네 노예냐?"

영리한 사람이라면 무슨 뜻인지 재깍 알아들을 만한 말이었다. 노예는 반드시 절대복종해야 하며 노예의 것은 곧 주인의 것이었다. 노예에게는 주인과 흥정할 권리가 없었다.

영승은 금 집사를 향해 웃음을 터트렸다.

"하하하, 아금, 군역사가 말해 주지 않았다면 잊어버릴 뻔했군. 자네는 내 노예인데 내게 조건을 걸 셈인가? 똑똑히 말해 두지만, 지금 이 순간부터 목령아는 곧 본 족장의 인질이며 천금을 주어도 바꾸지 않을 것이다! 자네 빚은 일단 자네 하는 것을 지켜보면서 도울지 말지 좀 더 생각해 보기로 하지!"

흘러내린 앞머리에 가려진 금 집사의 두 눈에 복잡한 빛이 반짝였다. 그는 영승의 태도가 이상한 것을 느끼고 더는 말하지 않았다.

군역사도 턱을 만지작거리면서 뭔가 말하려는 듯했지만 결국 입을 다물었다.

영승은 금 집사에게 경고하는 동시에, 군역사에게 목령아를 내놓지 않겠다고 선포한 것이었다.

군마 삼만은 이미 출발했지만 군역사와 영승은 아직 미묘한 관계였다. 영승은 군역사에게 제재당하고 있었지만 사실상 군역사 역시 영승에게 제재당하고 있었다. 게다가 군마 삼만은 이미 출발했고 군역사는 아직 군비를 받지 못했으니 잘 따져 보면 군역사가 좀 더 불리한 입장이었다.

영승이 이렇게 완곡하게 거절한 이상 군역사도 자꾸 요구할 수는 없었다. 어쨌든 영승이 이곳에 있으니, 목령아가 이곳에서 한 걸음도 나가지 못하게만 하면 손아귀에 넣은 셈이나 다름없었다.

목령아를 건드리지 못하게 된 군역사는 영정에게 주의를 돌렸다. 그는 일부러 재미있다는 듯이 농담을 건넸다.

"정 숙부, 당문의 며느리는 네 것이 아니냐?"

정 숙부는 허둥지둥 대답했다.

"그 무슨 말씀이십니까! 농담이 지나치십니다."

군역사는 사실 영정과 당문의 관계며, 영정과 영씨 집안의 관계를 그리 잘 알지 못했다. 물론 당문과 용비야의 관계는 군역사를 포함해서 이 자리에 있는 사람 모두가 전혀 몰랐다.

"하하하, 그럼 그렇지. 아랫사람인 네가 감히 주인을 납치할 리가!"

군역사는 냉소를 지었다.

이건 질문이었다.

정 숙부는 영승을 흘낏 쳐다보았으나 영승이 아무 말이 없자 재빨리 변명했다.

"강왕께서는 모르시겠지만, 정 소저를 모셔 온 것은 금 집사가 목령아를 데려오는 틈을 타 벌인 연극입니다. 그래야 당리가 진짜로 믿고 초조해하지 않겠습니까? 가만히 참고 기다리기만 하면 당리는 반드시 더 좋은 조건을 내놓을 겁니다. 그때쯤 중개인을 구해 소식을 전하면 안전하게 이익을 얻을 수 있지요!"

정 숙부는 그야말로 노련하고 교활했다. 영정이 천하성에 있다는 소식을 흘리지 않고 계속 당리의 구미를 자극해서 초조해 미칠 때까지 몰아붙인 다음, 영씨 집안이나 군역사와 전혀 관계없는 중개인에게 영정의 물건을 주며 당리와 교섭하게 하면, 당리는 중개인이 그 어떤 조건을 걸더라도 받아들일 것이 분명했다.

문밖에 있던 목령아는 더는 참지 못해 분통을 터뜨렸다.

"저런 쳐 죽일 늙은이 같으니!"

영정도 차갑게 내뱉었다.

"쳐 죽이는 정도로는 안 돼!"

정 숙부의 계획은 훌륭했다. 하지만 애석하게도 그는 자신의 계획이 이미 한운석에게 간파되었다는 사실을 모르고 있었다.

목령아와 영정이 실종된 그날부터 한운석은 그와 금 집사를 의심했다. 그리고 영승과 군역사의 협력 소식이 알려지자 한운석은 목령아와 영정이 천하성에 있을 것이라고 확신했다.

그때 한운석 일행은 삼도 암시장으로 돌아가는 길이었다. 당리도 이미 소식을 듣고 그들과 합류하기 위해 삼도 암시장으로 달려가고 있었다.

영승은 정 숙부를 한 번 바라보았지만 여전히 말이 없었다. 군역사는 정 숙부가 한 말을 영승의 뜻으로 여겼다.

"좋다. 그럼 참고 기다려 보지!"

군역사는 기분이 아주 좋아졌다. 영승과 손잡은 것도 큰 기쁨인데, 이제 주요 인물 두 사람을 인질로 잡았으니 승산이 한층 커졌다고 생각했다.

이제 군마 삼만이 영씨 집안 군대에 도착하고 군비를 받기만 하면 그도 움직일 수 있었다!

"여봐라, 막사 두 곳을 비워 귀빈들을 후히 모셔라!"

군역사는 큰 소리로 명령을 내렸다.

정 숙부와 금 집사는 안내를 받아 나갔고, 목령아와 영정도 마차에서 끌려 나와 막사로 보내졌다.

커다란 막사 안에는 군역사와 영승만 남았다.

"영승, 군마 삼만이 네 군대 손에 들어가려면 얼마나 걸리느냐? 적응하기까지는 또 얼마나 걸리겠느냐?"

군역사가 물었다.

영승은 지금껏 천녕국 북쪽 변방에서 병사를 이끌었다. 그가 가진 병사는 대부분 기병인데 언제나 군마가 부족했다. 그러니 군마 삼만을 손에 넣으면 호랑이에게 날개가 달린 셈이고 오랜 시간을 들여 적응할 필요도 없었다.

군역사가 원하는 것은 영승이 시간을 정해 주는 것이었다.

"석 달로 하지!"

영승은 일부러 시기를 늦춰 잡았을 뿐, 실제로는 한 달이면 충분했다. 군마 삼만과 기병이 서로 적응하지 못하면 전쟁을 벌일 수 없었다. 그리고 전쟁이 벌어지지만 않으면 힘닿는 데 까지 한운석을 도울 수 있었다. 만약 군역사를 좀 더 혼내 줄 기회가 생긴다면 당연히 혼내 줄 생각이었다.

그와 동시에 그는 최악의 상황에 대비한 계획도 세워 놓았다. 백옥교를 통해 썼던 은표가 만상궁에 흘러 들어가든 말든, 그는 군마 삼만이 영씨 집안 군대 손에 들어간 뒤 기회를 보아 군역사와 함께 죽을 생각이었다. 군역사에게 군비를 내줄 일은 절대로 없었다!

단 한 푼도 줄 생각이 없었다!

그때가 되어 군역사에게 시달리고 인질이 되어 적족을 협박하는 데 쓰일 바에야, 차라리 죽어서 깨끗하게 끝내 버리는 편이 나았다!

어떤 면에서 소소옥과 그는 꽤 닮아 있었다. 그렇기에 소소옥을 만나던 날 안타까움을 참을 수 없었다. 소소옥이 그렇게 고집스럽고 단호하게 나오는 까닭을 이해할 수 있었다.

그러나 모든 것을 헤아렸던 그도 정 숙부가 영정과 목령아를 데리고 찾아오리라곤 생각조차 하지 못했다.

그와 군역사가 반목해서 원수가 된다면 영정과 목령아는 어떻게 해야 할까?

계획 급변경

영승은 자신과 군역사가 틀어지는 순간 영정과 목령아는 군역사의 인질로 전락하고 만다는 것을 아주 잘 알고 있었다.

영정이야 그와 마찬가지로 적족과 서진을 위해 희생할 수도 있지만, 목령아는?

목령아는 동진과 서진의 은원에 아무 관련 없는 무고한 사람이었다. 게다가 한운석의 사촌 동생이기도 했다. 목령아를 지키지 못하면 한운석이 자신을 얼마나 증오할지, 적족은 또 얼마나 증오할지, 영승으로선 상상조차 할 수 없었다.

여기까지 생각이 미치자 고뇌에 빠졌던 그가 놀랍게도 쓴웃음을 지었다. 그는 무의식적으로 얼굴에 쓴 봉황 깃 가면을 살며시 쓰다듬으며 생각했다. 자신을 향한 한운석의 증오가 아직 부족했던가? 이번에 그 증오를 더해 줘야 할까?

"석 달? 하하, 영승, 농담 따 먹기라도 하자는 것이냐?"

군역사의 질책이 영승의 사색을 깨뜨렸다.

"믿든 말든 마음대로 해라. 지난 1년간 영씨 집안 군대는 심각한 피해를 보았고 기병 태반이 꺾였다. 다시 훈련하려면 적게 잡아도 석 달은 걸린다."

영승은 진지하게 말했다.

"나는 자신 없는 싸움은 하지 않는다. 기다리지 못하겠다면,

미안하지만 우리 군대는 함께 할 수 없을 것 같군."

군역사의 눈빛이 복잡해졌다. 영승이 이렇게까지 말하니 믿지 않을 수 없었다. 확실히 지난 몇 차례의 전투에서 영씨 집안 군대는 막심한 손해를 입었다. 그렇지 않았다면 용비야의 군대를 두려워하지 않았을지도 몰랐다.

"석 달이라, 석 달······."

군역사는 그렇게 중얼거리며 손가락을 톡톡 쳤다. 한참 고민에 빠져 있던 그가 갑자기 벌떡 일어나 진지한 목소리로 말했다.

"영승, 지금 너희 군대 실력이면 얼마 동안 용비야를 막을 수 있느냐?"

"뭘 하려는 생각이냐?"

영승이 물었다.

"하하하, 네가 주는 군비가 도착하면 본 왕은 석 달 안에 반드시 북려국 황제의 머리를 얻을 것이다!"

군역사는 차갑게 웃으며 말했다.

영승은 그 말을 완벽하게 알아들었다. 군역사는 반역을 일으켜 석 달 안에 북려국을 손에 넣을 생각이었고, 그래서 그동안 남쪽에 신경 쓰지 않아도 된다는 확답이 필요했다.

그 말은, 군역사의 진짜 병력과 북려국에서의 세력이 실상 그가 큰소리친 것만큼 강력하지 않다는 뜻이었다.

영씨 집안 군대가 석 달 동안 용비야를 막지 못한다면, 군역사는 전력을 다해 북려국 황제와 싸울 수 없고 절대적인 승산도 없었다!

영승의 눈이 예리하게 번뜩였다. 마침내 군역사를 혼내 줄 최적의 기회를 찾아냈다!

그는 본래 영씨 집안 군대와 동진의 군대가 다시 창칼을 맞대는 것을 원치 않았지만, 지금 보니 본래의 계획을 약간 손보면 영정과 목령아에게 시간을 벌어 줄 수 있을지도 몰랐다.

"사흘만 더 지나면 10월 보름이 아니냐?"

영승은 고민하는 척하면서 한참 시간을 끌다가 비로소 진지한 얼굴로 입을 열었다.

"겨울에 싸우면 영씨 집안 군대가 절대 우세하다! 용비야 휘하의 군대 중 하나는 남방의 군대고 다른 하나는 백리씨의 수군이다. 양쪽 다 겨울 전투에는 익숙하지 않지."

이 말을 듣자 군역사는 무척 기뻐했다.

"어쨌든 너희 영씨 집안 군대도 이번 겨울을 버틸 수 있겠군!"

"틀림없다."

영승은 웃음을 지었다.

"이번 겨울을 버티고 내년 봄이 오면 기병 삼만도 전쟁터에 나갈 수 있지. 하하하!"

군역사는 기뻐하며 영승의 어깨를 두드렸다.

"형제, 추운 겨울이 지나고 내년이 오면 운공대륙은 우리 것이다!"

시도 때도 없이 떠보는 군역사의 이런 말에는 영승도 이미 익숙해져 있었다. 그는 군역사의 손을 피하며 차갑게 말했다.

"그때 한운석을 내게 넘기면 된다. 그 밖에는 이러쿵저러쿵

할 필요 없다.”

영승의 이런 말은 언제나 군역사를 기분 좋게 해 주었다. 영승이 천하를 다툴 뜻이 없다는 것은 군역사에게 있어 가장 축하해야 할 일이었다.

영승이 확답을 주자, 군역사는 영승을 붙잡고 협력에 관한 세부 내용을 상세히 이야기했다. 영승도 군역사에게서 완전한 신임을 얻기 위해 실질적인 제안을 적잖이 내놓았다.

깊은 밤이 되어서야 영승은 비로소 주 막사를 떠나 자신의 막사로 돌아갈 수 있었다. 본래라면 정 숙부와 금 집사를 만나러 가거나 영정을 만나 보는 것이 당연했다. 하지만 그는 그러지 않았다.

병사들의 감시를 받는 터라 행동 하나하나가 더없이 신중하고 조심스러웠다.

군역사는 그를 무척 신임하는 것처럼 보였지만 시종일관 경계를 늦추지 않았다. 한 걸음이라도 잘못 디디면 지금까지 해온 모든 노력이 물거품이 될 수도 있었다.

지금 영승이 바라는 것은 단 하나, 정 숙부와 영정이 잘 합의해서 군역사의 의심을 사지 않게 행동하는 것뿐이었다.

그 시각, 영정은 정 숙부의 막사에 있었다.

영정은 높은 자리에 앉아서 차가운 목소리로 비웃었다.

“정 숙부, 담력 한번 대단하군요! 바쁜 일은 우선 처리하고 사후 보고 할 수 있다지만, 나까지 납치할 생각을 하다니!”

"정 소저, 한운석은 공공연히 용비야와 결탁했습니다. 적족이 무슨 이유로 용비야에게까지 충성을 바쳐야 합니까? 영 족장 스스로 천하를 손에 쥘 수 있는데 평생 여자 발밑에 엎드려있을 필요가 어디 있습니까?"

정 숙부는 당당했다.

"정 소저는 모르시겠지만, 당리는 소저를 찾아오는 사람에게 당문의 암기 제조법을 주겠다고 온 천하에 공표했습니다. 당리는 소저를 마음에 두고 있습니다. 소저께서 참고 견디시기만 하면 반드시 당문을 얻을 수 있습니다. 지금 소저는 영 족장과 군역사의 협력에서 가장 큰 판돈입니다! 그런데 그런 소소한 일을 따져서 뭘 하겠습니까?"

영정은 속으로 깜짝 놀랐다. 당리가 그렇게 충동적인 일을 저지를 줄은 꿈에도 몰랐다. 그녀는 화난 목소리로 정 숙부를 꾸짖었다.

"나와 오라버니 모두 당신에게 감사해야 마땅하다, 이 말인가요?"

"어찌 감히 그런 걸 바라겠습니까."

정 숙부는 재빨리 고개를 숙였다.

영정도 쓸데없는 말은 치우고 따져 물었다.

"한운석과 용비야가 백독문으로 갔나요? 결과는요?"

그녀가 가장 관심 있는 부분은 그 일이었다.

정 숙부는 냉소를 금치 못했다.

"정 소저, 설마 아직도 모르시겠습니까? 한운석과 용비야는 오래전부터 인연의 끈을 놓지 않았습니다. 그들은 힘을 합쳐 백언청을 죽이고, 동진과 서진의 은원이 한바탕 오해에 불과하다는 거짓말을 지어냈지요. 군역사의 군마가 천하성을 떠나기 전부터 적족의 아래위 모두가 반역을 생각하고 있었습니다!"

영정의 심장이 미친 듯이 쿵쿵 뛰었다.

"무슨 근거로 거짓말이라고 하는 거죠?"

"허허, 그들이 떳떳했다면 왜 백언청을 죽여 버렸겠습니까? 정 소저는 모르시겠지만, 당시 백독문 입구에는 각지에서 온 사람들이 모여 있었습니다. 동진과 서진 양 진영의 대표들도 있었지요. 허, 그런데 아무도 백언청을 보지 못했습니다!"

정 숙부가 대답했다.

영정은 입을 다물었다. 정 숙부와 쓸데없이 입씨름하고 싶지 않았던 그녀는 일어나서 성큼성큼 밖으로 나갔다.

영승을 만나야 했다. 낮에 무엇을 보고 또 무엇을 들었든 간에, 영승이 서진 황족을 배신했노라고 직접 말하지 않는 이상 믿을 수 없었다!

영정이 영승의 막사 밖에 도착하기 무섭게 정 숙부도 쫓아왔다. 지키는 병사는 당연히 그들을 들여보내 주었다. 그러나 영정과 정 숙부가 안으로 들어가 보니 막사 안에도 병사 셋이 지키고 있었다.

두 사람 모두 아둔하지 않아서 군역사가 영승을 단단히 감시하는 것을 이내 알아차렸다. 바로 그 순간, 그들은 이미 오랫동안 놓치고 있던 문제 하나를 떠올렸다.

군역사의 군마는 이미 천하성을 떠났고, 영승과 군역사가 세부적인 협력 방안을 논의할 일이 많다 해도 지금쯤이면 이야기가 끝났을 터였다. 영승은 진작 돌아갔어야 했다!

그런데 어째서 아직 군역사에게 감시당하고 있는 것일까? 혹시 군역사에게 무슨 약점이라도 잡혀 떠나지 못하는 것일까?

영승은 손수 기름 등잔 두 개에 불을 붙이면서, 하나 남은 눈으로 영정과 정 숙부에게 말조심하라는 경고를 보냈다.

"앉지!"

영승은 그렇게 말하면서 차 탁자로 걸어갔다.

영정이 따라와 앉고, 정 숙부는 옆에 섰다.

영승이 말을 꺼내지 않자 상황을 잘 모르는 영정과 정 숙부도 감히 함부로 입을 뗄 수가 없었다.

"정 숙부도 앉게! 이번에 자네가 큰 공을 세웠군!"

영승이 말했다.

마침내 정 숙부도 자기가 크나큰 잘못을 저질렀다는 것을 깨달았다. 영승이 군역사에게 잡혀 이 괴상한 곳을 떠날 수 없는 상황이라면, 영정과 목령아를 데리고 이곳까지 찾아온 자신은 영승에게 골칫거리를 하나 더 얹어 준 셈이었다!

영승과 군역사의 협력이 진짜든 가짜든, 영정과 목령아는 영승의 판돈이 될 수 없었다. 오히려 걸림돌이 될 처지였다.

정 숙부의 안색이 창백하게 질렸다.

"아닙니다."

영승도 더는 그에게 자리를 권하지 않고 영정을 향해 말했다.

"정아, 이 오라비는 네가 당리를 굴복시킬 수 있으리라 믿었다. 과연 실망시키지 않았구나."

이렇게 말한 그는 의미심장한 눈빛으로 영정을 바라본 다음 말을 이었다.

"너도 이 오라비가 반드시 한운석을 굴복시킬 수 있다고 믿느냐?"

영정은 하마터면 울음을 터뜨릴 뻔했다. 영승의 이 말이 무슨 뜻인지, 그녀는 똑똑히 알아들었다. 영승은 자신이 한운석을 배신하지 않았다는 것을, 서진 황족을 배신하지 않았다는 것을 믿을 수 있겠느냐고 묻고 있었다!

"믿어요! 오라버니, 무슨 일이 있어도 저는 오라버니를 믿어요……."

그녀는 여기서 일부러 잠시 말을 멈췄다가 다시 이었다.

"오라버니라면 한운석을 굴복시킬 수 있으리라 믿어요. 반드시 해내실 거예요!"

멀지 않은 곳에 있는 병사는 그들의 대화를 전부 들었으나 수상한 점을 발견하지 못했다.

"믿으면 됐다! 기대하고 있거라!"

영승도 영정이 알아들었다는 것을 알았다.

정 숙부 역시 알아듣고 몹시 실망했다. 정말이지 주인의 충성심은 너무 맹목적이었다! 이곳은 편히 이야기를 나눌 곳이 못 되니 어떻게든 기회를 얻어 주인을 설득해 봐야 했다.

영승과 영정은 중요하지 않은 한담을 좀 더 나누었고, 이야기가 끝나자 영정은 곧 일어섰다.

영정은 어떻게 하면 영승과 단둘이 만나서 이곳 상황을 확실하게 들을 수 있을지 고민했고, 영승도 영정과 정 숙부는 물론 목령아까지 불러 동진과 서진의 오해와 군역사의 신분, 그리고 자신과 군역사의 진짜이자 가짜인 협력 관계를 확실히 설명할 방법을 생각했다.

막사로 돌아온 영정이 목령아에게 자신이 알아차린 상황을 이야기해 주자 목령아는 몹시 놀랐다.

"정 언니, 우리 언니가 너희 오라버니의 충심을 알았다면 틀림없이 구해 낼 방법을 마련했을 거야!"

목령아는 진지하게 말했다.

"이곳 소식을 전할 방법이 없어. 아마 한운석은 우리가 여기 있다는 걸 짐작했을 거야. 오라버니가 미워 죽을 지경이겠지!"

영정은 몹시 마음이 아팠다.

"너무 초조해하지 마. 그러다 아기가 놀라!"

목령아가 다급히 충고했다. 이 중요한 순간에 배 속에 든 아기에게 또다시 말썽이 생기면 큰일이었다. 일단 말썽이 벌어지면 임신한 사실을 숨길 방법이 없었다. 그렇게 되면 군역사는 더욱더 그녀를 놓아주지 않을 터였다.

"정 언니, 초조해하지 말고 며칠 더 기다려 봐. 너희 오라버니에게 군역사를 처치할 방법이 있을지도 모르잖아. 기회를 만들어서 확실하게 물어본 다음, 다시 생각해 보는 거야."

목령아가 또 충고했다.

그렇지만 연달아 사흘간, 영정이든 영승이든 서로를 만날 기회를 찾지 못했다. 군역사는 몸소 와서 목령아를 살피고 영정도 만났다. 목령아는 그를 아는 체도 하지 않았으나 영정은 침착하고 태연하게 정 숙부와 손발을 맞춰 연극을 펼쳤다.

나흘째 날 밤이 깊었을 때야 영승에게 기회를 줄 사람이 나타났다. 그 사람은 다른 누구도 아닌 백옥교였다!

그날 밤, 백옥교가 와서 영승의 막사에 있던 병사를 모두 물리고 자신의 사람들을 막사 바깥에 배치해 지키게 했다.

"영승, 부탁이 있어!"

백옥교는 이 한마디와 함께 곧바로 무릎을 꿇었다.

갑작스러운 상황이었으나 영승은 여전히 오만한 태도로 백옥교를 차갑게 내려다보았다.

"이렇게 거창한 인사는 감당하기 어렵군. 무슨 일인지 일단 말해 봐라."

시의적절하게 찾아온 기회

대관절 얼마나 큰일이기에 콧대 높고 자부심 강한 백옥교가 영승에게 무릎까지 꿇었을까?

영승은 백옥교의 대답을 기다렸으나 백옥교는 이렇게 말했다.

"영승, 약속만 해 주면 원하는 술은 뭐든 사 올게!"

제안한 조건이 부족하다고 느꼈는지, 백옥교는 재빨리 덧붙였다.

"다른 일도 가능해! 당신이 날 도와주기만 한다면!"

군역사를 해치는 일도 할 수 있을까?

영승은 이렇게 쉽게 백옥교를 믿을 사람이 아니었다. 그는 짜증스러운 목소리로 말했다.

"무슨 일인지 말하지 않으려면 그만 나가라. 난 쉬어야겠다."

초조해진 백옥교가 목소리를 잔뜩 낮췄다.

"사람을 한 명 구해 줘!"

영승은 참지 못하고 웃음을 터트렸다.

"백옥교, 나를 너무 과대평가하는 게 아니냐?"

그는 이 군영에서 온갖 제약을 받고 있었고 말 한마디 하는 것조차 조심해야 했다. 그런 그가 백옥교가 구하지 못하는 사람을 무슨 수로 구할 수 있을까?

백옥교가 잠이 오지 않아서 그를 놀리러 찾아오기라도 한 것일까?

영승은 썩 나가라는 뜻으로 문밖을 가리켰다.

백옥교는 벌떡 일어나 더욱더 목소리를 낮췄다.

"소소옥을 구해 달라는 거야. 그 아이를 데리고 북려국을 떠나 주기만 하면 뭐든 들어줄게! 영승, 난 농담하는 게 아니야!"

영승의 눈빛이 복잡해졌다. 구해 달라는 사람이 소소옥일 줄은 정말이지 생각지도 못한 일이었다. 대상이 소소옥이라면 백옥교로서는 구해 낼 방도가 없었다. 지금 군역사의 눈에 소소옥은 곧 미접몽이었다.

얼마 전까지는 별말 없던 군역사가 요 며칠 이틀이 멀다 하고 직접 소소옥을 보러 갔고 직접 한차례 심문하기도 했다.

"하하하, 그 아이와 너는 아무 연고도 없지 않느냐? 왜 구하려고 하지?"

영승은 눈썹을 치키고 백옥교를 바라보며 물었다.

"네 사형을 배신할 생각이냐, 백옥교?"

요 며칠간 백옥교는 열심히 머리를 쥐어짰지만 완벽한 방법이 떠오르지 않았다. 자신의 힘으로는 소소옥의 안전을 절대적으로 보장할 수 없기에 이렇게 영승에게 부탁하러 온 것이었다.

그녀로선 친동생을 위해 사형을 배신할 수밖에 없었다.

비록 어려서부터 사형을 좋아해 왔지만, 언제나 혼자만의 짝사랑에 불과했다. 그녀처럼 이성적인 사람은 결단코 '짝사랑' 때문에 친동생을 희생시킬 리 없었다. 하물며 동생은 이미 언니인 그녀 손에 충분히 괴롭힘을 당했다. 어떻게든 보상해 주지 않으면 죽어도 그 죄를 씻을 수 없었다!

백옥교가 말이 없자 영승이 한 자 한 자 진지한 목소리로 물었다.

"내가 무슨 근거로 널 믿어야 하지?"

백옥교는 고개를 숙이고 이를 악물었다. 조금 망설이는 모습이었다.

한참을 기다려도 대답이 나오지 않자 영승도 결국 백옥교가 어딘지 이상하다고 느꼈다. 하지만 어디가 이상한지 설명할 길이 없었다. 워낙 늦은 시각이라 영승 역시 백옥교와 오래 얽히고 싶은 생각이 없었다.

이 여자가 정말 부탁하러 왔다면 또다시 찾아올 것이 분명했다. 영승은 그녀를 쫓아내지 않고 직접 돌아서서 나가려 했다. 결국, 백옥교가 진실을 털어놓았다.

"영승, 내 동생을 구해 줘! 소소옥은 내 동생이야. 나도 지난번에야 그 아이 등에 있는 반쪽짜리 옥 여의 문신을 발견했어. 내 등에 있는 문신과 짝을 이루는 문신이야. 그 아이는 잃어버린 내 동생이 틀림없어!"

영승은 믿을 수 없는 눈길로 그녀를 돌아보았다. 뜻밖에도 백옥교가 몸을 돌리더니 옷을 벗어 등을 훤히 드러냈다.

영승은 다급히 시선을 피하며 화난 목소리로 외쳤다.

"옷을 입어라!"

"영승, 못 믿겠으면 직접 봐! 나와 소소옥 등에는 똑같은 문신이 있어! 준비는 다 해 놨으니 당장 데려가서 소소옥의 문신을 보여 줄 수 있어!"

백옥교가 진지하게 말했다.

영승은 보고 싶지 않았지만, 고개를 돌리는 사이 백옥교의 등에 찍힌 커다란 문신을 살짝 보고야 말았다.

문신 모양은 똑똑히 보지 못했지만 문신이 있다는 것은 알 수 있었다.

백옥교의 말이 사실일 가능성이 컸다.

"나더러 어떻게 도우라는 거냐?"

영승이 물었다.

백옥교는 재빨리 옷을 올린 다음 그에게 다가갔다.

"어떻게든 해서 이틀 정도 사형을 다른 곳으로 유인해 줘. 사형이 천하성을 떠나기만 하면 그 아이를 빼낼 방법이 있어!"

백옥교는 오늘 밤이라도 소소옥을 빼낼 수 있었지만, 천하성에서 빠져나간다 해도 군역사의 세력권에서 벗어날 수 없다는 것을 똑똑히 알고 있었다. 군역사가 소소옥의 신분을 알게 되는 순간, 그들 자매는 끝장이었다.

워낙 중요한 문제여서 그녀도 함부로 위험을 무릅쓸 수가 없었다.

이틀 정도 군역사를 따돌리는 것쯤이야 영승에게는 손바닥 뒤집기처럼 쉬운 일이었다. 손으로 쓴 쪽지 몇 장을 보여 주고 이웃 현성에 있는 운공상인협회의 전장錢莊에서 은자로 바꿔 오라고 하면 군역사는 당장 출발할 것이 분명했다.

물론 영승은 이 천재일우의 기회를 쉽게 던져 버릴 사람이 아니었다. 그에게는 아직 할 일이 많았고 백옥교는 쓸모가 있었다.

그는 신중하게 말했다.

"영정에게 가서 네 문신을 확인하게 해라. 내가 믿는 건 영정뿐이다."

"좋아. 당장 갈게."

백옥교는 몹시 기뻐했다.

인적이 없는 깊은 밤에는 훨씬 쉽게 할 수 있는 일이 많았다. 백옥교는 곧바로 영정을 찾아갔다. 영정도 영승처럼 신중했다.

그녀는 백옥교를 따라 영승의 막사에 가서 백옥교가 속임수를 쓰지 않았음을 확인한 다음 비로소 소소옥의 옥방으로 향했다. 백옥교는 핑계를 대고 의녀를 불러 소소옥에게 침을 놓게 한 다음 자신과 영정은 한쪽 그늘에 숨어 지켜보았다.

소소옥은 비몽사몽 잠들어 있었다. 요 며칠간 자주 의녀가 와서 침을 놓고 약을 먹여 주었고, 제공되는 하루 세 끼 식사도 훨씬 좋아졌다. 소소옥은 이 모든 것을 영승의 도움으로 여겼지, 백옥교가 한 일임은 전혀 몰랐다.

영정은 아주 꼼꼼하게 뜯어보고 백옥교의 등에 있는 문신까지 찬찬히 살폈다. 두 사람의 문신은 딱 들어맞았고, 몸이 자라면서 변형된 흔적도 있어서 결코 최근에 새긴 것이 아니었다.

영정은 속으로 탄식을 금치 못했다. 이런 일이 벌어질 줄 그 누가 예상이나 했을까. 너무 갑작스러웠지만, 그들 남매에게는 무척 시의적절한 기회였다. 소소옥이라는 약점을 손에 쥐고 있으면 영승은 분명히 백옥교를 유용하게 쓸 수 있었다!

백옥교와 함께 영승의 막사로 돌아온 영정은 아무 말도 하지 않고 영승을 향해 고개만 끄덕여 보였다. 영승은 그것만 보고도 상황을 파악했다. 그 역시 영정처럼 도무지 믿기지 않으면서도 대단한 요행이라 생각했다.

백옥교가 뭐라고 말하려 했으나 그가 먼저 말했다.

"군역사는 가까운 시일 안에 군영을 비울 수는 없다. 좀 더 시간을 두고 계획을 세워야 한다."

"얼마나?"

백옥교가 다급히 물었다.

"확신할 수는 없다. 찬찬히 생각해 본 다음 다시 논의하도록 하지."

영승이 말했다.

백옥교는 오늘 밤 영승이 믿어 주고 도와주기로 한 것만 해도 만족스러웠다. 그녀가 작별하고 나가려는데 영승이 불러 세웠다.

"백옥교, 협력에 대한 성의 표시로 본 족장의 독을 풀어 줘야 하지 않을까?"

이 말에 영정은 흠칫 놀랐다. 그녀는 아무리 생각해도 영승이 대체 군역사에게 무슨 약점을 잡혔기에 계속 이 군영에 남아 있어야 하는지 알 수가 없었다. 그런데 독이었다니!

백옥교는 난처한 표정이었다.

"영승, 솔직하게 말할게. 당신이 매일 먹는 해약은 해약이 맞지만 만성 독약이기도 해. 그러니까 지금은 나도 당신이 무슨 독에 중독되었는지 몰라. 해약은 사형이 갖고 있어."

"어떻게 그런!"

영정은 도저히 참을 수가 없었지만 영승이 그런 그녀를 만류했다. 그는 싸늘하게 웃으며 말했다.

"좋다. 믿어 주지. 영정과 이야기 좀 할 테니 문밖에서 잠시 기다렸다가 데려다주도록 해라."

백옥교도 차마 영승을 거역할 수 없는 처지라 고개를 끄덕였다.

"그럼 천천히 이야기 나눠. 기다릴게."

이렇게 빨리 영승과 단둘이 이야기할 수 있게 될 줄은 영정도 예상하지 못했다.

백옥교가 나가기 무섭게 그녀가 소리 죽여 물었다.

"오라버니, 이곳은 안전해요?"

"지금은 안전한 셈이지."

영승의 목소리도 무척이나 낮아졌다.

"독은 대체 어떻게 된 거예요? 한운석이 해독할 수 있어요?"

영정이 다급히 물었다.

물론 한운석은 해독할 수 있었다. 다만 그럴 마음이 있느냐는 것이 문제였다.

"죽지는 않는다."

영승이 나지막이 말했다.

"영정, 동진과 서진의 은원은 오해였다. 풍족과 흑족이 이간질한 것이다.”

영승이 해 줄 이야기가 많으리라는 것은 영정도 알고 있었지만, 그 첫마디가 이런 것일 줄이야!

이런 이야기가 영승의 입에서 나올 거라고는 단 한 번도 상상해 본 적이 없었다! 나라의 원수와 집안의 원한은 지금껏 꼭 붙들고 살아온 그의 집념이요, 원수를 갚고 나라를 부흥하는 것은 지금껏 이어져 온 그의 목표였다!

지금 그는 자신의 입으로 그 모든 것을 부정하고 있었다.

“오라버니, 어떻게 알았어요?”

영정이 물었다.

“군역사가 말했다. 그자는 풍족의 후예가 아니라 흑족의 후예다! 그자도 백언청에게 속았지. 백언청은 동진과 서진을 이간질할 생각뿐이다. 그자는 운공대륙 천하를 원한다.”

영승이 계속 말했다.

영정은 더욱 깜짝 놀랐다. 지금까지 소식이 없던 흑족이……군역사였다니, 그럴 수가! 한운석이 이 소식을 들으면 어떤 기분일까.

하지만 영정은 깊이 생각할 틈이 없었고, 영승 역시 지체할 시간이 없었다. 백옥교가 밖을 지키고 있지만 오래 끌 수는 없었다.

지나치게 시간을 끌다가 순찰 도는 병사가 발견하면 군역사에게 의심을 살 수 있었다.

“그 일을 은표에 암호로 써서 보냈다. 아마 아직 만상궁에 도착하지 않았을 것이다. 군마 삼만이 우리 군영에 도착하면 우리 쪽도 군역사에게 군비 오억을 보내야 한다. 군역사는 열흘 안에 틀림없이 북려국 도성으로 출병할 것이다.”

영정은 아무 소리도 내지 못한 채 가만히 듣기만 했다.

영승이 계속 말했다.

“군마 삼만이 우리 군영에 도착하려면 대략 20일이 걸린다. 그러니 우리에겐 한 달밖에 시간이 없다.”

영정이 참지 못하고 끼어들었다.

“오라버니, 그러니까 오라버니 생각은…….”

“군마가 도착하기 전에 너와 목령아는 반드시 이곳을 떠나야 한다. 시간은 20일뿐이다.”

영승이 진지하게 말했다.

“그럼 오라버니는요?”

영정은 초조했다.

영승이 냉소를 터트렸다.

“나는 당연히 군역사와 함께 북쪽으로 출병할 것이다.”

영승은 본래부터 군역사에게 군비를 줄 생각이 없었다. 하지만 군역사가 군비를 얻자마자 북쪽으로 출병할 생각이라면 계속 우쭐거릴 수 있도록 군비를 약간 내어 줘도 무방했다.

“한 달이면 분명히 그 은표가 만상궁 손에 들어갈 테니 만상궁도 전력을 다해 공주에게 협력하겠지.”

영승은 자신만만했다.

그가 은표에 남긴 내용은 두 가지였다. 하나는 동진과 서진 의 원한에 관한 진상과 군역사의 신분이고, 다른 하나는 무조건 한운석의 명령에 따르고 한운석을 자신처럼 대하라고 당부하는 내용이었다.

군역사가 출병하기만 하면, 적족과 동진의 대군은 서로 손잡고 가만히 앉아서 어부지리를 얻을 수 있었다!

영승의 명령 없이 함부로 병사를 움직일 만큼 간이 큰 사람은 적족에 없었다. 그래서 영승도 적족은 걱정하지 않았다.

이 시점에서 단 하나 걱정스러운 일은, 바로 그와 군역사가 결탁한 소식이 전해져 용비야와 한운석이 먼저 적족을 공격하는 것이었다. 그렇게 되면 제 살 깎아 먹기나 다름없었다! 더욱이 그때쯤 만상궁이 은표를 받아 오해를 풀고 싸움을 멈춘다면, 군역사의 의심을 사는 것이 불가피했다.

만약 그가 지금 당장 한운석 일행에게 이곳 이야기를 알릴 수 있다면, 적족과 동진의 군대는 대치 상태를 유지할 수 있었다. 그렇다면 제 살 깎아 먹는 일도 없고 군역사가 의심하지 않게 잘 넘길 수도 있었다.

'용비야가 새로 온 군마 삼만을 꺼려 병사를 주둔시킨 채 함부로 싸움을 일으키지 못하고 있다'는 설명이면 사리에 맞으니 군역사도 믿을 것이다.

모든 것을 알게 된 영정은 온갖 복잡한 기분에 휩싸였다. 그녀가 말했다.

"오라버니, 한 가지…… 오라버니를 속인 게 있어요."

최대한 빨리

속인 것이 있다고?

영승은 지그시 영정을 바라보며 이름 하나를 꺼냈다.

"당리냐?"

정 숙부는 만상궁에서 있었던 일을 잊었는지 몰라도 영승은 기억하고 있었다. 그때 당리를 데리고 만상궁 도박장에 왔던 영정은 복면을 써서 신분을 숨겼다.

대체 뭘 하러 갔던 것일까?

그녀는 언제나 아직 당리를 굴복시키지 못했다고 보고했다. 하지만 그녀가 실종되자마자 놀랍게도 당리는 당문 암기 제조 법을 현상금으로 내걸었다. 당리는 분명히 영정을 마음에 두고 있었다!

사실은 영정도 속으로는 알고 있었다. 흑루에서 영승이 납 치되는 뜻밖의 사고가 없었더라면, 그녀는 여전히 당리와 함께 만상궁에 갇혀 있었을지도 모르고, 영승이 당리를 인질 삼아 당문을 협박했을지도 몰랐다.

영승은 만상궁에 있을 때부터 그녀를 의심했다.

"당리뿐만이 아니에요."

영정은 고개를 숙였다.

"오라버니, 난……, 난……."

지금 이 이야기를 하더라도 적족이나 영승에게 큰 해를 입히지는 않겠지만, 그래도 영정은 입을 떼기가 어려웠다.

"말해라."

영승의 목소리는 차가웠다. 지금은 영정에게 우물쭈물할 시간을 줄 수가 없었다.

"오라버니. 내, 내가 오라버니를 속였어요. 사실 당문은⋯⋯."

영정은 마음을 굳게 먹고 이야기를 꺼냈다.

"당문은 용비야 편이었어요. 당리는 용비야의 사촌 동생이자 용비야의 부하예요."

이 말을 듣자 영승은 멍해졌다.

한참만에야 비로소 그가 쿡쿡 냉소를 터트렸다.

"용비야⋯⋯, 용비야⋯⋯."

그는 당문을 구슬리고 그들의 암기를 손에 넣기 위해 온갖 심혈을 기울였고, 가장 유능한 조력자이자 가장 가까운 누이동생의 행복을 희생했다. 그런데 그 노력이 한낱 웃음거리가 될 줄이야! 용비야가 줄곧 지켜봐 온 웃음거리가 될 줄이야!

당문이 용비야 편이라고?

그렇다면⋯⋯, 그렇다면 누이동생의 혼사는 애초에 적족이 딴마음을 품고 실수를 역이용해 영정을 당문에 잠입시킨 것이 아니라, 용비야가 딴마음을 품고 당리에게 영정을 맞아들이게 한 것이었다!

만약에, 만약에 영정이 당리를 굴복시키지 못하고 도리어 그 손아귀에 들어갔다면 운공상인협회는 얼마나 손해를 입어야 했을까.

영승은 영정의 혼수가 무기상이었다는 것을 떠올렸다!

마침내 모든 진상이 훤히 드러났다!

"언제 알았느냐?"

영승이 화난 목소리로 물었다. 남들 손에 웃음거리가 되었다는 것을 알았는데 좋게 말할 수 있는 사람이 있을까?

"의성에 있을 때 떠보았다가 알아냈어요."

영정은 사실대로 대답했다.

"왜 말하지 않았느냐? 당리를 데리고 도박장을 찾은 건 대체 무슨 이유냐?"

영승이 다시 물었다.

영정은 한참 동안 침묵을 지키다가 겨우 나지막하게 말했다.

"오라버니, 난 당리를 좋아해요……. 난……."

뭐라고 설명해야 할지 알 수가 없었다. 설명할 수 있는 일은 많지만 유독 감정에 얽힌 문제만큼은 설명할 방법이 없었다. 감정 앞에서는 그 누구도 결코 이성적으로 행동할 수 없었다.

결국, 영정은 널찍한 치마 밑에 숨겨진 아랫배를 살며시 쓰다듬으며 직접적으로 말했다.

"아이가 곧 다섯 달이 돼요. 본래는 아이를 데리고 떠날 생각이었는데 이제는……."

이럴 때 영승에게 이런 질문을 하는 건 옳지 않다는 것을 알면서도, 영정은 묻고 싶어 참을 수가 없었다. 꼭 물어야만 양심의 가책에 시달리던 마음을 해방시킬 수 있었다.

"오라버니, 만약……, 만약 우리가 살아서 여길 떠날 수 있다면 저는 당문으로 돌아가도 될까요?"

동진과 서진의 은원이 오해라면, 그녀와 당리 사이를 가로막는 장애물도 없었다! 그녀는 당문에서 보낸 나날이 몹시 그리웠다. 아이가 태어나기 전에 당리를 만날 수 있기를 너무너무 바랐다.

영승은 그런 그녀를 한참 바라보더니 느닷없이 쓴웃음을 지었다. 그가 왜 웃는지 모르는 영정은 그 웃음을 보자 몹시 불안해졌다.

뭐라고 해도 그녀는 결국 적족을 배신했던 사람이었다.

그런데 뜻밖에도 영승은 이렇게 말했다.

"그 일은 너와 나만 알고 있으면 된다. 만약……, 만약 우리가 살아서 나갈 수 있다면…… 후후, 생질의 만월満月(아기가 태어난 후 만 한 달 되는 날) 연회에 잊지 말고 불러 다오!"

영정은 감격한 나머지 영승을 와락 껴안을 뻔했다. 하지만 역시 그만한 용기는 내지 못했다. 그녀는 연신 고개를 끄덕였다.

"오라버니, 우린 반드시 살아서 나갈 수 있을 거예요! 그리고 한운석은 일부러 오라버니를 해친 게 아니에요. 백언청을 노리고 침을 쐈다고 내게 직접 말해 줬어요. 그 사고는 실수였어요! 오라버니가 실종된 후 한운석은 만상궁을 위해 많은 일을 했어요……."

영정은 한운석이 만상궁에서 한 일을 전부 영승에게 들려주었다. 가만히 이야기를 듣던 영승은 어느새 손으로 봉황 깃 가면을 만지작거리고 있었다.

"오라버니, 한운석과 용비야가 먼저 적족을 공격하는 것도 막아야 하고, 한운석이 적족의 돈줄을 끊는 것도 막아야 해요! 만상궁의 돈줄이 끊기면 군역사에게 주기로 한 돈을 마련하지 못할 수도 있어요!"

영정은 긴장했다.

"최대한 빨리 한운석에게 연락할 방법을 찾아야 해요!"

이야기를 끝까지 들은 영승은 안색마저 창백해진 채 중얼거렸다.

"동래궁……, 강건 전장……."

강건 전장이 용비야 것이라는 말을 들었을 때의 고칠소보다 더 놀라고 더 절망스러운 반응이었다.

그가 가진 일반 금패 몇 장과 한도 없는 금패 한 장은 모두 강건 전장이 발행한 것이었다. 사실 한운석이 만상궁의 돈줄을 끊을 필요도 없었다. 어쩌면 용비야가 벌써 그의 금패를 사용 금지시켰을 수도 있었다. 그렇게 되면 그는 애초에 군역사에게 군비를 줄 수도 없었다!

그가 군비를 주지 못하면 군역사는 북려국 황제와 싸울 수 없고, 북려국은 계속해서 남북으로 서로 대치하는 상태를 유지할 것이다.

그러니 북려국 황제와 군역사가 손잡지 않는 한, 용비야는 북려국이 남쪽을 위협할 걱정을 전혀 할 필요 없었다.

반면, 지금 적족이 가진 재력으로는 1년 정도 버틸 수 있을 뿐이고, 여기에 군역사의 군대까지 먹이려면 길어야 반년 버티는 게 고작이었다.

적족과 군역사가 손을 잡으면 북려국 황제가 남하하는 것을 방비할 필요는 없겠지만, 그렇다고 해도 용비야를 쓰러뜨릴 수는 없었다!

영승은 마침내 한 가지 사실을 깨달았다. 전에는 한 번도 생각해 본 적 없는 사실이었다.

그 사실이란, 용비야야말로 운공대륙 최대의 재력가라는 것이었다! 운공대륙 상황이 변하고 또 변해도 모두 그의 손바닥을 벗어나지 못했다.

만상궁의 도박장과 경매장이 위기를 겪지 않았다면 어땠을까. 그랬다면 그들도 좀 더 오래 버틸 수 있었을 것이고, 적족 역시 좀 더 주도권을 잡을 수 있었을 것이다.

"금익궁과 용비야는 무슨 관계냐?"

영승이 차갑게 물었다.

적족이 지금처럼 완전히 제재당하게 된 직접적인 책임은 금익궁에 있었다!

영정은 고개를 저었다. 그녀는 동래궁이 용비야의 것이라는 사실만 알고 있었다. 한운석에게 금익궁에 관해 물어봤지만 한운석 역시 알지 못했고, 사람을 시켜 조사하게 했다.

한운석에게서 그 많은 이야기를 들었을 때 영정 역시 밤새 눈을 붙이지 못했다. 하물며 적족의 족장이자 운공상인협회 회장인 영승은 말할 것도 없었다.

지금까지 지켜 온 자긍심이 별안간 누군가에게 자근자근 짓밟히는 것처럼 몹시도 아프고 괴로웠다!

적이 상상했던 것보다 몇 배나 강해서 상황을 뒤집을 기회조차 없다는 사실을 알고, 도저히 인정할 수 없으면서도 어쩔 도리가 없는 기분이었다!

어쨌거나 동진과 서진의 은원이 한바탕 오해였으니, 영승의 마음이 얼마나 괴로울지는 영정도 알 수 있었다.

"후후, 한운석 그 여자가…… 이번에도 제대로 골랐군."

영승은 웃음을 지으며 막사 안 어두운 곳을 향해 고개를 돌렸다. 덕분에 영정은 그의 표정을 제대로 볼 수 없게 되었다. 그저 컴컴한 어둠뿐이었다.

영승은 고개를 돌리지 않은 채 담담하게 말했다.

"알았으니 돌아가거라. 가서 내가 보낼 소식을 기다려라."

시간이 촉박했다. 전쟁을 벌이든 만상궁의 돈줄을 끊든, 일단 한운석과 용비야가 움직이기만 하면 이곳에 있는 그들은 몹시 곤란하고 위험해졌다.

그러니 더는 그 은표에만 희망을 걸고 있을 수 없었다. 반드시 최대한 빨리 한운석에게 직접 밀서를 보내야 했다.

"오라버니, 내가 임신한 일은 목령아가 숨겨 줬어요."

영정은 떠나기 전에 한마디 했다.

영승은 알았다는 듯 고개를 끄덕이며 나가라는 손짓을 했다.

영정은 쓸쓸해 보이는 오라버니의 뒷모습을 보자 차마 발길이 떨어지지 않아 한참 서 있다가 다시 입을 열었다.

"오라버니……."

"가거라!"

영승의 목소리는 몹시 차가웠다.

영정은 어쩔 수 없이 막사를 나섰다. 입구에 서 있던 백옥교는 그들 남매가 무슨 이야기를 그렇게 오래 했는지 궁금했지만 감히 묻지는 못했다. 꼬치꼬치 캐묻다가 영승이 경계를 품고 도와주지 않을까 봐 겁이 났다.

막사로 돌아온 영정은 고독한 영승의 뒷모습이 자꾸만 머릿속에 떠올라 밤새 잠 못 이루고 뒤척였다.

반면 목령아는 단잠에 푹 빠져서 영정이 나가는 것도 몰랐고 돌아온 것도 몰랐다.

영정은 일어나 앉았다. 배가 불러오면서 자는 것도 예전처럼 편치 못했고, 남들 몰래 동작 하나하나 몹시 조심해야 했다.

깨끗하고 순수한 웃음을 띤 목령아의 얼굴을 보자 영정은 몹시 부러웠다.

고칠소더러 아무 생각 없는 사람이라고 누가 그랬더라? 이런 처지에도 저렇게 잘 자는 걸 보면, 저 아이야말로 진짜 생각이라곤 없는 사람이었다.

영정은 도저히 잠이 오지 않아서 결국 목령아를 불러 깨웠다.

목령아는 퉁겨나듯 침상에서 벌떡 일어났다.

"왜 그래, 왜? 무슨 일 생겼어?"

내내 답답한 얼굴이던 영정도 갑자기 웃음을 터트렸다.

"아무 일 없어. 잠이 오지 않아서 그래. 말동무 좀 해 줄래?"

목령아는 가슴을 쓸어내리며 길게 한숨을 토했다.

"깜짝이야. 한밤중에 놀라게 좀 하지 마, 응?"

"방금 오라버니를 만나고 왔어."

영정이 조금 전에 있었던 일을 상세히 이야기해 주자 목령아는 멍해졌다.

"소소옥 그 아이에게 언니가 있어? 그 아이는 알아?"

영정은 고개를 저었다.

"알면 큰일 났지. 그 일은 그 아이가 모르는 게 나아."

목령아는 고개를 끄덕이며 혼잣말했다.

"하긴. 자기를 괴롭힌 사람이 친언니인 걸 알면 그 아이 성격상 절대 인정하지 않겠지!"

그러던 그녀가 갑자기 영정의 손을 와락 잡았다.

"그렇다면 우린 곧 달아날 수 있겠구나? 백옥교더러 우리 언니에게 서신을 보내라고 해! 우릴 구하러 오라고 말이야! 그럼 나도 칠 오라버니를 만날 수 있어!"

"그래, 오라버니가 방법을 생각해 낼 거야. 걱정하지 마."

이렇게 말하던 영정은 곧 다른 일을 떠올렸다.

"좋은 소식이 하나 있는데, 듣고 싶어?"

"어서 말해 봐, 어서!"

목령아는 흥분했다.

"방금 오는 길에 백옥교에게 들었는데, 고칠소가 약귀곡을 현상금으로 내걸고 방방곡곡 널 찾고 있대."

영정이 이야기해 주자 목령아는 거의 미칠 것처럼 흥분해 날뛰었다.

"꺅! 꺄아아악, 어떡해!"

목령아는 새된 소리를 질러 대며 이불을 팽개치고 맨발로 바닥에 내려와 이쪽저쪽 폴짝폴짝 뛰어다녔다. 자칫하면 막사 밖으로 달려 나갈 기세였다.

자꾸 그녀가 비명을 질러 대는 통에 영정은 귀를 틀어막아야 했다.

"무슨 일입니까? 두 분, 무슨 일이라도 생겼습니까?"

"대답 좀 해 주시지요!"

지키던 병사들은 감히 뛰어 들어오지는 못하고 막사 밖에서 외쳐 댔다.

영정은 어쩔 수 없이 목령아의 입을 틀어막았다.

"아니오. 목령아가 악몽을 꾼 것뿐이고 아무 일 없소."

이 말이 끝나기 무섭게 목령아는 영정의 손을 떼어 내고 계속 소리를 질렀다…….

늦지 않게 막을 수 있을까

목령아는 영정의 손을 뿌리치고 계속 소리를 질러 댔다.

"꺅……! 꺄아아악!"

지금이 몇 시인지 여기가 어디인지 따위는 상관없었다. 마구 소리를 질러 대고 날뛰면서, 칠 오라버니가 이렇게 나를 신경 쓴다고, 칠 오라버니 마음속에 내가 있다고 온 세상에 선포하고 싶었다!

"정 언니, 난 세상에서 가장 행복한 사람이야!"

영정의 어깨를 부둥켜안은 목령아는 너무 행복한 나머지 진정할 줄을 몰랐다.

"맞지? 내 말 맞지?"

"그래!"

이런 상황에서 영정이 '아니'라고 할 수나 있을까?

이럴 때 '아니'라고 해 봤자 목령아의 귀에 들어가지도 않을 터였다.

"정 언니, 언니도 나처럼 행복할 거야. 언니도 이 세상에서 가장 행복한 사람이라고!"

목령아는 큰 소리로 웃음을 터트렸다.

처음에는 기가 막혀 하던 영정도 목령아의 흥분한 목소리를 듣자 어찌 된 셈인지 감염된 것처럼 마음이 들떴다.

하긴. 세상에서 가장 행복한 일은 내가 사랑하는 사람이 똑같이 나를 사랑해 주는 것이었다.

"정 언니, 우린 반드시 살아서 여길 떠나야 해! 반드시!"

목령아는 진지하게 말했다.

"그럴 거야!"

영정도 굳게 믿었다.

"정 언니, 언니 생각엔……, 언니 생각엔 말이야, 칠 오라버니가 날 찾아내면 안아 줄까? 날 꼭 안아 줄까?"

목령아가 심각하게 물었다.

"안아 줄 거야."

사실 영정도 답은 알지 못했다. 그녀는 고칠소와 가깝지도 않고 그가 어떤 사람인지도 몰랐다.

그저 목령아가 바보 같다는 생각뿐이었다. 하지만 바보 같은 사람이야말로 진짜 행복한 사람이 아닐까?

목령아는 한참을 생각하더니 수줍어하며 물었다.

"그럼…… 칠 오라버니가 입맞춤도 해 줄까?"

영정은 그만 웃음이 터질 뻔했지만 꾹 참고 고개를 끄덕였다.

"그렇겠지."

나중에 목령아가 실망해도 상관없었다. 어쨌든 적어도 지금은 행복했으니까. 최소한 한때만이라도 행복했으니까!

목령아는 이런 식으로 계속 영정에게 바보스러운 질문을 해 댔고, 영정은 매번 긍정적인 대답을 내놓았다. 잠이 오지 않아서 당리 이야기나 하려고 목령아를 깨운 영정이지만 결국 밤새 고칠소 이야기만 하고 말았다.

두 사람은 평범한 자매들이 잠들기 전에 으레 그렇듯 누워서 도란도란 이야기를 나누었다.

그리고 날이 거의 밝아 올 무렵에야 달콤한 기분과 바보 같은 웃음 속에 잠이 들었다. 계속 이렇게 행복할 수 있다면 얼마나 좋을까?

영승은 날이 밝도록 자지 않았다. 여태 눈을 뜨고 있었지만 잠기운은 찾아볼 수 없었다.

군역사가 연병장에서 병사를 훈련하는 틈을 타서 백옥교가 또 영승을 찾아왔다.

"영승, 계획이 섰어?"

백옥교가 물었다.

"하룻밤 동안 무슨 계획을 세우라는 거냐?"

영승이 반문했다. 백옥교보다 더 마음이 급했지만, 그는 겉으로는 전혀 동요하는 표시를 내지 않았다.

백옥교도 자신이 너무 조급해한다는 것을 알았지만 그럴 수밖에 없었다! 군역사는 벌써 소소옥을 한 번 심문했다. 또다시 심문하게 되면 고문을 가하지 않으리라는 보장이 없었다.

허약해진 소소옥의 몸은 며칠 잘 돌본 덕분에 가까스로 아주 조금 좋아진 상태였다. 그런데 또 고문을 당하면 어떻게 될지 상상도 할 수 없었다.

"영승, 잘 좀 생각해 봐. 이건 부탁이야!"

백옥교는 잠시 망설이다가 차라리 단도직입적으로 말을 꺼냈다.

"영승, 너와 사형이 손잡은 것도 각자 바라는 게 있어서였잖아. 그러니까 조건이 있으면 똑바로 말해 봐!"

영승도 바로 이 말을 기다리고 있었지만, 백옥교는 생각보다 더 서둘렀다. 백옥교가 한 말은 그녀의 마음속에서 소소옥이 군역사보다 더 중요한 위치에 있다는 것을 증명해 주었다.

그렇다면 영승도 조건을 걸 수 있었다.

"우선 강건 전장에 서신을 보내 다오. 그 일이 끝나면 가장 빨리 구해 낼 방법을 알려 주지."

영승이 소리를 낮춰 말했다.

"좋아!"

백옥교도 받아들였다. 그녀는 강건 전장이 용비야의 것이라고는 꿈에도 생각하지 못했다. 만상궁과 강건 전장이 협력했다는 이야기를 들었기에 단순히 영승이 돈을 마련하려는 줄로만 여겼다.

영승은 즉시 밀서를 써 내려갔고, 눈치 빠른 백옥교는 보지 않으려고 멀찍이 물러섰다. 영승은 다 쓴 밀서를 봉하고 봉투 입구에 글을 한 줄 썼다.

이렇게 하면 봉투를 뜯었다가 다시 봉하면 글자가 어긋나서 알아볼 수 있었다.

"서신을 보내고 강건 전장 낙 점주의 인장이 찍힌 답신을 받아 와라."

이게 영승의 요구였다.

"알았어!"

백옥교는 이번에도 곧바로 받아들였다.

그녀가 돌아서려 하자 영승이 한마디 물었다.

"백옥교, 내가 네 사형을 무너뜨릴까 봐 겁나지 않느냐?"

백옥교는 영승이 한운석을 좋아하며, 한운석을 얻기 위해 천하를 사형에게 양보했다고 믿고 있었다. 하지만, 영승도 기회가 생기면 여자와 천하를 모두 가지려 할 사람이었다.

그녀가 바로 영승에게 주어진 기회였다!

백옥교도 그에게 도움을 청하기로 결심하기 전에 이미 그 점을 생각해 보았다. 그녀는 영승을 등진 채 돌아보지 않고 담담하게 말했다.

"영승, 내 조건은 두 가지뿐이야. 첫째, 보름 안에 소소옥을 구해 낼 것. 둘째, 사형의 목숨을 해치지 말 것! 어떻게 구해 낼지는 낙 점주의 답신을 받아 온 다음 자세히 이야기해! 사람을 시켜서 보낼게."

영승의 입꼬리에 차가운 웃음이 떠올랐다.

"좋다. 기다리지."

영승으로서는 어제 귀띔해 준 영정에게 고마워해야 했다. 영정이 강건 전장 이야기를 해 주지 않았다면 저 밀서를 어디로 보내야 할지 알 수 없었을 터였다. 강건 전장이 아니었다면, 방금 내건 두 가지 조건으로 보아 백옥교도 그렇게 쉽사리 받아들이지 않았을 것이다.

그는 영정 일행을 이곳에서 내보내기 전까지 백옥교를 돕지 않을 생각이었다. 그리고 군역사 역시, 백옥교가 요구한 대로 목숨만은 살려 줄 수 있었다!

죽더라도 군역사와 같이 죽을 생각이었다!

백옥교가 강건 전장에 밀서를 보내고 돌아와도 걱정할 필요 없었다. 백옥교에게는 그와 협상할 판돈조차 없었다.

밤이 되자 영승은 때를 보아 백옥교를 불러 함께 소소옥을 보러 갔다. 소소옥은 이미 잠들어 있었다. 그는 멀리서 그녀를 한 번 바라본 후 돌아섰다.

"아이야, 너를 고생시키게 되었구나. 조금 더 굳세게 버텨라!"

영승의 은표가 상점을 돌고 도는 동안, 밀서는 백옥교가 보낸 전문 파발꾼이 박차를 가해 북려국에 있는 강건 전장의 단 하나뿐인 분점으로 가져가고 있었다. 그리고 한운석 일행은 삼도 암시장을 향해 달리는 중이었다.

지금 삼도 암시장 만상궁에서는 한운석에게 충성하는 오장로가 연금된 상태였다. 지나치게 올곧은 오장로는 영승의 서신을 받고 그 내용에 분노하면서도 대장로에게 전했고, 대장로는 장로회에 공개했다.

장로회의 다른 네 장로는 이 서신을 군영에 보내, 군마 삼만을 받을 준비와 함께 동진과의 전쟁 준비를 진행하게 하자고 의견을 모았다. 오장로 혼자서는 숫제 막을 수도 없었다.

영승은 서신에서 군역사와의 협력 관계를 명확히 밝히지 않앉지만, 군마 삼만 이야기는 그가 군역사와 손잡은 것으로 오해하게 만들기에 충분했다.

이제 적족 모두가 전쟁 준비를 끝냈다. 만상궁 장로들은 한운석이 돈줄을 끊으리라는 것을 알았지만 그래도 꺼리지 않았다. 그들은 적족이 맡은 모든 거래와 사업을 희생해 군대를 떠받칠 준비가 되어 있었다.

영승의 서신이 오면, 영승의 명령이 떨어지면, 언제든지 전쟁을 시작할 수 있었다!

시국이 바뀌고 사태가 진전되는 바람에 한운석 일행 역시 당장 미접몽 보조 약재를 찾을 여유가 없었다.

계속 길을 재촉한 그들은 며칠 후 밤이 깊을 무렵, 비밀리에 삼도 암시장에 도착했다. 강건 전장의 낙 점주가 동래궁에서 용비야를 기다리고 있었다.

강건 전장과 만상궁 경매장의 협력을 중단하라는 용비야의 명령만 떨어지면, 낙 점주는 그날 밤이라도 암시장에 모습을 드러낼 수 있었다. 그리고 낙 점주가 나타나기만 하면 내일쯤 소식이 방방곡곡에 쫙 퍼질 터였다.

운공상인협회가 받을 타격은 경매장뿐만이 아니었다. 심지어 다른 사업에서도 모두 강건 전장 눈치를 보느라 운공상인협회와 같이 일하기를 거부할 수 있었다.

누가 뭐래도 운공상인협회는 이미 예전 같지 않았다.

물론, 이 소식이 군역사의 귀에 들어가면 군역사는 이내 영승의 재력을 따져 물을 것이다.

"전하, 준비는 해 두었습니다. 오늘 밤 만상궁 경매장에서 특별 경매가 있는데 규모가 아주 큽니다."

낙 점주가 말했다.

용비야는 한운석을 바라보았다. 한운석의 눈빛은 복잡했다.

그녀는 처음부터 적족과 적이 될 생각이 없었고, 적족이 자신을 적으로 여기는 것도 원치 않았다. 적족과 자신이 어쩌다 이런 지경까지 왔는지 알 수가 없었다.

아니, 영승과 자신이 어쩌다 이런 지경까지 왔는지 알 수 없다고 하는 편이 옳을지도 몰랐다. 그녀는 결코 전쟁을 벌일 생각이 없었지만 적족은 불순한 움직임을 보였다. 만상궁의 돈줄을 끊으려는 것도 적족을 위협하기 위해서가 아니라 만상궁의 발을 묶어 전쟁 개시 시점을 늦추기 위해서였다.

한운석은 영승이 천하성에서 얼마나 애쓰고 있는지도 몰랐다. 오늘 내린 결정이 영승을 어렵게 만들고, 나아가 돌이킬 수 없는 상황을 일으킬 수도 있다는 것은 더더욱 몰랐다.

한운석은 아무 말 없이 고개를 끄덕였다.

한운석이 고개를 끄덕이자 용비야 역시 낙 점주에게 고개를 끄덕여 보였다.

"잘 알았습니다. 당장 가서 처리하겠습니다."

낙 점주는 공손하기 그지없는 태도로 물러갔다.

고칠소가 다리를 꼬며 물었다.

"당리는 언제 와?"

"뭘 하게?"

한운석이 물었다.

"오면 같이 천하성으로 쳐들어가려고."

고칠소가 좁고 긴 눈을 가늘게 뜨자 사악하면서도 잔혹한 아름다움이 느껴졌다.

"독누이 너희는 너희가 맡은 전쟁을 하고, 나와 당리는 우리가 맡은 사람을 구하러 가는 거지. 어디…… 누가 먼저 군역사와 영승 그 두 놈을 죽이는지 보자고!"

한운석이 눈을 흘겼다.

"너나 죽으러 가. 당리까지 무덤으로 끌어들이지 말고!"

군역사의 무공은 두 사람만 못했지만, 인질이 있으니 온갖 매복을 펼칠 것이 분명했다. 용비야 쪽 사람도 천하성 군영의 중심에 접근하지 못하는 마당에 고칠소와 당리가 억지로 쳐들어가면 인질 수만 늘어날지도 몰랐다.

하물며 고칠소는 지금 이곳을 떠날 수 없었다. 방금 그가 한 말이 당리 귀에 들어갔더라면 어떻게 되었을까. 만에 하나 당리가 아내를 구하고자 하는 마음이 절실해 단기필마로 쳐들어간다면 그야말로 큰일이었다.

호랑이도 제 말 하면 온다더니 때마침 당리가 나타났다.

밀서 한 통을 들고 온 그가 심각한 얼굴로 말했다.

"형, 이게 뭔지 알아?"

"누가 보냈느냐? 어디서 왔지?"

용비야가 차갑게 물었다.

당리는 밀서를 모두에게 보여 주었다. 밀서에는 '영승'이라는 낙관이 쓰여 있었다.

"영승? 어디서 받은 서신이야? 누가 준 거지?"

한운석이 다급히 물었다.

설마 영승이 보낸 협박장은 아니겠지?

영정과 목령아가 손에 있는데도 여태 협박하지 않은 것을 보면, 영승은 그들을 인질로 한운석 일행을 견제하려는 것이 틀림없었다. 그런데 뜻밖에도 당리는 모두가 더 놀랄 말을 했다.

"이건 영승이 강건 전장 낙 점주에게 보낸 거야. 북려국 분점에서 매를 통해 지급으로 보내왔는데, 마침 내가 입구에서 서신을 가져온 사람과 마주쳐서 받아 왔지. 영승 그놈은 어쩌려는 걸까?"

영승은 강건 전장과 용비야의 관계를 몰랐다!

혹시 영정과 목령아가 이야기를 흘린 걸까? 아니면, 강건 전장에 부탁할 일이라도 있는 걸까? 이상한 일이었다.

용비야는 재빨리 봉투를 뜯었다. 그런데 내용을 보는 순간 안색이 싹 변하더니 놀란 목소리로 외쳤다.

"어서! 어서 가서 낙 점주를 막아라!"

"무슨 일입니까?"

궁금증을 이기지 못한 고북월이 물었다.

용비야는 대답할 겨를도 없이 벌떡 일어나서 밖으로 나갔다. 그는 늦지 않게 막을 수 있을까?

내년 봄이 오기까지

낙 점주는 혼자 경매장으로 가지 않고 시종 두 명을 데려갔다. 지금 그는 만상궁에서 가장 큰 경매장의 위층 특별석에 앉아 있었다.

진행 중인 경매가 끝난 다음, 사람들이 흩어지기 전에 모습을 드러내 만상궁 경매장과 강건 전장의 협력을 중단하겠다고 공개 선포하기를 기다리는 중이었다. 선포한 순간부터 강건 전장은 이곳 경매장 손님에게 다시는 돈을 빌려주지 않을 예정이었다.

그 한마디면 길게 설명하지 않아도 세상 사람들이 이런저런 추측을 하게 만들기 충분했다. 추측이 분분히 일어나고 터무니없는 이야기가 많아질수록 만상궁이 입을 타격도 컸다.

장사판에서는, 위급할 때 도움을 주는 선의란 존재한 적이 없었다. 잘될 때는 발을 들이밀고, 안 될 때는 돌을 던지는 것이 이곳 습성이었다.

왁자지껄한 아래층을 내려다보면서, 낙 점주는 표정 변화 하나 없이 참을성 있게 기다렸다. 경매가 끝나고 사람들은 낙찰자에게 환호를 보냈다.

낙 점주는 양손을 털어 푼 다음 마침내 몸을 일으켰다. 그런데 뜻밖에도 누군가 뒤에서 그의 어깨를 잡아 눌렀다.

낙 점주가 깜짝 놀라 돌아보니 두 시종은 벌써 무릎을 꿇고 있었다. 자신의 어깨를 누른 남자는 복면을 썼는데, 드러난 눈매는 쌀쌀해 보이면서도 빼어난 기개가 느껴졌다.

"돌아가라."

남자는 이 말만 남기고 돌아서더니 순식간에 모습을 감췄다.

낙 점주는 단박에 주인의 목소리를 알아들었다. 영문은 알 수 없지만, 그는 감히 지체하지 못하고 곧바로 시종을 데리고 돌아갔다.

용비야가 동래궁에 돌아와 보니 한운석 일행이 초조하게 기다리고 있었다. 용비야가 직접 나선 이상 그의 속도를 따라잡을 사람은 아무도 없었다. 고북월이 영술을 되찾았다면 가능하겠지만, 고칠소와 용비야는 아직 회룡단을 찾아내지 못했다.

용비야가 밀서를 가져가 버리는 바람에 그들은 영승이 낙 점주에게 보낸 서신에 뭐라고 적혀 있었는지, 용비야가 왜 저렇게 서둘러 낙 점주를 저지하러 갔는지 여태 모르고 있었다.

하지만 용비야가 낙 점주를 저지하려 했다는 것은 북려국 쪽 상황에 변화가 생겨 강건 전장이 나설 만큼 사태가 심각하지 않다는 뜻임은 알 수 있었다.

돌아온 용비야를 보자 한운석이 다급하게 물었다.

"막았어요?"

"전하, 북려국에 무슨 일이 생겼습니까?"

고북월도 초조한 목소리로 물었다.

"막았다."

용비야는 복면을 벗으면서 밀서를 한운석에게 건넸다. 고북월과 고칠소, 당리도 다가갔다.

밀서 내용을 본 순간 모두가 똑같이 깜짝 놀랐다! 놀람을 넘어선 충격이었다.

영승은 서신에 모든 것을 똑똑히 써 놓았다. 군역사의 진짜 신분, 대진제국 내전의 진실, 자신과 군역사의 협력 관계, 군비를 받은 후 북쪽으로 출병하려는 군역사의 계획, 목령아와 영정이 납치된 과정, 그리고 백옥교와 소소옥이 자매라는 사실까지 속속들이 설명했다.

영승은 이 서신을 낙 점주에게 보내며 낙 점주더러 용비야에게 전해 달라고 청했다. 더불어 봉투를 뜯었다가 다시 붙이지는 않았는지 확인하고, 답신을 보내 달라는 신중한 당부도 덧붙였다.

서신을 본 사람들은 하나같이 너무 놀란 나머지 아무 말도 하지 못했다. 너무 많은 이야기가 있었고, 하나하나가 예상을 뛰어넘는 일이었다. 그들에게도 소화할 시간이 필요했다.

"용비야, 한 번 뜯어본 봉투는 아니죠?"

한운석이 급히 물었다.

"아니다. 내가 방금 확인했다."

용비야가 단언했다.

한운석은 그 말을 끝으로 또 입을 다물고 멍하니 서신을 바라보았다. 무슨 말을 해야 좋을지 알 수가 없었다.

영승, 그는 결코 그녀를 실망시키지 않았다!

설사 그녀를 오해했더라도 그는 끝까지 자신의 믿음을 지켰다.

영승은 군역사와 결탁하지 않았을 뿐 아니라 군역사에게서 이 많은 진실을 알아내고 이처럼 훌륭한 기회를 만들어 주었다!

한운석은 참지 못하고 용비야를 쳐다보며 말했다.

"우리가 옳았어요!"

이제 보니 대진제국 내전은 정말 오해였다. 정말 풍족과 흑족이 벌인 이간질에서 비롯된 것이었다. 그들의 의심이 옳았다! 백독문에서 한 일도 옳았다!

백언청이 인정하지 않아도 상관없었다. 군역사가 사람들 앞에서 밝히지 않아도 역시 상관없었다! 영승이 인정하면 충분했다!

영승이 그렇게 말하는데 누가 의심할 것인가?

적족 사람은 물론이고, 동진 진영 사람도 의심할 이유가 없었다!

영승 같은 신분과 처지에 있는 사람이 그 이야기를 꺼내면 세상 사람 모두가 믿어 줄 터였다!

용비야는 눈을 내리뜬 채 말이 없었다. 그는 백언청을 찾아내 대진제국 내전의 진짜 원인을 확실하게 물어볼 생각이었다. 그런데 영승이 그 비밀을 제일 먼저 알게 되다니, 정말 뜻밖이었다.

영승이 동진에 품은 원한은 그가 서진 진영에 가진 원한 못지않았다.

바로 그때, 갑자기 당리가 한마디 툭 던졌다.

"형, 영승 그놈, 정말 믿을 만해? 무슨 근거로 그놈을 믿어? 만에 하나 이게 함정이면 당하는 거잖아?"

"낙 점주에게 서신을 보낸 걸 보면 적어도 영정은 그를 믿고 있어! 아니면 그런 비밀을 알려 줬을 리 없어!"

한운석이 곧바로 반박했다.

그녀는 영정을 절대적으로 믿었다. 그렇기에 처음부터 당리와 용비야의 진짜 관계부터 강건 전장의 진짜 주인까지 숨김없이 알려 주었다.

"당리, 영정은 당신 아이를 가졌어! 당신도 영정의 판단 능력을 믿어야 해!"

한운석은 진지하게 말했다.

동진과 서진 사이가 좋아지기를 바라는 점에서는 영정도 한운석 못지않았다.

한운석이 영정을 끌어들이자 당리는 이내 쭈그러들었다. 예전이었다면, 영정에게 잘 보이려 하고 시키는 대로 따랐어도 큰일 앞에서는 그녀를 몹시 경계했을 것이었다. 그런데 영정이 임신한 것을 안 뒤로는 그녀에 대한 면역력이 싹 사라지고 말았다.

영정이 한 일이라면 그도 믿었다.

"함정이라 해도 오래 속일 수 없는 일이니 이렇게까지 할 필요는 없었을 겁니다. 영승은 그렇게 아둔하지 않습니다."

고북월이 진지하게 말했다.

모두 용비야를 바라보았다. 한운석과 고북월의 믿음은 소용이 없었다. 중요한 건 용비야의 믿음이었다. 영승의 이 서신은 사실 구원 요청이나 마찬가지였다. 그는 용비야더러 자신을 돕고, 손발을 맞추고, 협력해 달라 요청하고 있었다.

모두 용비야의 대답을 기다렸다.

용비야는 한운석에게는 잘해 주지만, 서진 진영에 대해서는 늘 적의를 비추었고 특히 영승은 원수처럼 대했다.

그에게는 적족을 쓰러뜨릴 힘이 충분했고, 그 후 군역사와 북려국 황제를 상대할 힘도 있었다. 반드시 적족과 손잡아야만 하는 것은 아니었다. 그에게 필요한 것은 시간뿐이었다.

잠시 망설이던 한운석이 입을 열려는 순간, 용비야가 중얼거렸다.

"흑족······, 군역사 그놈이 깊숙이도 숨어 있었군!"

"영승과 손을 잡아요. 군역사가 북려국 황제와 싸우도록!"

한운석이 얼른 동조했다.

상황이 좋아 보이자 고북월도 재빨리 입을 열었다.

"전하께서 때맞춰 낙 점주를 저지해서 다행입니다. 그렇지 않았다면······."

저지에 실패해서 강건 전장과 만상궁의 협력이 무너졌다면 군역사는 영승에게서 군비를 받을 수 없었다. 그렇게 되면 영승만이 아니라 적족 전체가 위험에 처하고 목령아와 영정도 매우 위험해졌다.

그곳에 있는 이들은 한배를 타고 있었다. 그리고 그 배를 뒤집을지 말지 결정할 권한이 용비야에게 있었다.

제일 먼저 한 일이 낙 점주를 저지한 것인 만큼, 사실 용비야의 마음은 이미 정해져 있었다.

"용비야, 동진이든 서진이든 대진제국이 입은 피해는 모두 백언청과 군역사 책임이에요!"

한운석이 또 말했다.

결국, 용비야가 고개를 끄덕였다.

"내년 초봄이면 좋을 때지."

그들과 영승이 손잡고 군역사를 속여 일단 북려국 황제와 석 달간 내전을 벌이게 하면 내년 초봄에 동진과 서진의 대군이 병사를 몰아 북상할 수 있었다. 그렇게 되면 반드시 군역사와 북려국 양쪽 세력을 일거에 쓰러뜨릴 수 있을 터였다.

내년 봄이면 적족도 군마 삼만 마리의 훈련을 끝낼 때였다. 그 군마를 앞세워 호되게 군역사의 뒤통수를 때려 줄 수 있었다.

"그래요, 좋을 때죠!"

한운석은 무척 기뻐했다. 고북월 역시 조마조마하던 심장을 내려놓았다.

대진제국 내전의 진실이 이렇지 않았다면, 군역사를 상대하기 위한 계략이 아니었다면, 천하성에 인질이 없었다면.

그랬다면 고북월도 용비야가 영승의 협력 제안을 거절할까 봐 심각하게 걱정했을 것이다.

"석 달이면…… 만독지화와 만독지금을 찾아볼 만하겠네."

고칠소가 중얼거렸다.

용비야와 한운석이 적족과 싸우지 않는다면 자연히 미접몽과 독종 일이 최우선이었다.

"그렇다!"

용비야가 긍정적인 대답을 내놓았다.

서로 손을 잡는다 해도 그와 적족은 잘름잘름 충돌을 일으키며 연극을 해야 했다. 그렇지 않으면 군역사의 성격으로 보아 영승을 믿지 않을지도 몰랐다. 그 정도 충돌은 그와 한운석이 나설 필요 없이 아랫사람에게 맡기면 충분했다.

뭐니 뭐니 해도 그와 한운석은 백언청에 대비해야 했다. 부득이한 상황이 아니면 용비야는 일행의 행적을 드러낼 생각이 없었다.

"형, 그럼 나도 내년 봄에야 영정을 볼 수 있는 거야?"

당리는 초조했다.

고칠소는 목령아가 위험하지 않다는 것을 확인한 뒤로 관심을 보이지 않았다.

용비야가 당리를 흘끗 바라보았다.

"네 처남이 생질을 잘 보살필 테니 너는 얌전히 있어라!"

당리가 군역사의 군영에 뛰어들었다간 함정에 빠질 것이 분명했다. 용비야는 이런 시기에 그 누구든 군역사를 건드리는 것을 원치 않았다.

내년 봄이 되어 몸소 병사를 이끌고 싸우러 갔을 때, 반드시 군역사에게 지난 빚을 확실히 받아 낼 생각이었다!

한운석은 목령아와 소소옥이 걱정스러웠다. 소소옥이 백옥교의 동생이라니, 정말 뜻밖이었다. 하지만 충동적으로 행동할 수는 없었다.

영승이 몰래 소식을 전해 주지 않았더라도 목령아와 영정이 천하성으로 끌려간 것은 그들도 짐작하고 있었다. 하지만 군역사는 이 상황을 몰랐다.

지금쯤 군역사는 그들이 목령아와 영정의 행방을 모르는 것으로 여기고 우쭐해하고 있을 것이 분명했다. 그럴수록 그들은 군역사를 더욱 우쭐하게 만들어 줘야 했다! 영승 쪽 일을 잘 처리해야 움직이기도 수월하고 의심받을 염려가 없었다.

영승의 밀서가 제때 도착한 덕택에 사업 전쟁도, 군사 전쟁도 소리 없이 물밑으로 가라앉았다.

한운석은 영승의 서신을 들고 만상궁 장로회를 설득하러 갈 만큼 어리석지 않았다. 어쨌든 영승의 명령 없이는 적족이 제아무리 준동한다 한들 정말로 군사 행동을 일으킬 수는 없었다.

그들만 가만히 있으면 모든 것이 안전했다. 영승의 은표는 어떻게든 만상궁 손에 들어갈 것이고, 그렇지 않다고 하더라도 영승이 방법을 찾아 만상궁에 직접 밀서를 보낼지도 몰랐다. 그렇게 되면 만상궁 장로회는 자연히 그녀를 찾아와 대군을 맡기고 어떻게 동진군과 협력할지 상의하려 할 터였다.

기다림. 지금 그들에게 필요한 것은 기다림이었다.

기다리는 동안 그들도 한가하게 놀고 있을 수는 없었다. 미접몽 건과 독종 문제, 그리고 한운석과 용비야의 쌍수 모두 지체할 수 없는 일들이었다.

정말이지 바쁜 나날이었다.

한운석이 밀서를 다시 넣으려 할 때 용비야는 무심결에 서신 뒷부분에 글 한 줄이 더 쓰여 있는 것을 발견했다.

그는 눈썹을 살짝 찌푸리며 물었다.

"뒤에 뭐라고 쓰여 있느냐?"

서신을 뒤집어 본 한운석은 그만 멍해졌다.

칠살七煞이라는 이름의 비수

한운석이 서신을 뒤집어 보니 영승이 쓴 글이 한 줄 보였다. 정보가 아니라 용비야에게 요구하는 내용이었다.

영승은 중남도독부가 상인에게 가한 금지령을 풀고 상인이 내는 세금을 낮춰 달라고 요구했다. 그렇지 않으면 용비야와 협력하기는커녕 군역사와 북려국 황제의 협력을 성사시키고, 더불어 영정의 배 속에 있는 아이가 태어나지 못하게 하겠다고 했다.

한참 동안 멍해졌던 한운석은 하마터면 밀서를 찢어발길 뻔했다. 그녀조차 화가 나는데 하물며 용비야는 어떨까?

동진과 서진이 협력하는 것만 해도 상당히 어려운 일인데, 이럴 때 영승이 용비야를 협박하려 들다니!

확실히, 중남도독부의 금지령과 세금 제도는 운공상인협회의 사업에 지대한 타격을 입혔다. 운공상인협회가 요 몇 년간 내리막길을 걸었던 근본적인 이유도 여기 있었다.

애초에 용비야가 그 금지령과 세금 제도를 정할 때 운공상인협회를 제재하려는 생각이 있었던 건 사실이고, 너무 가혹한 정책이기도 했다. 한운석도 그건 인정했다.

쌍방이 협력하기로 한 이상 영승이 뭔가를 요구하는 것은 크게 탓할 일도 아니었다. 그 요구를 받아들일지 말지 협상해 볼

수도 있었다. 하지만 영정의 아이를 볼모로 용비야를 협박해서
는 안 되었다.

이건……, 이건 정말이지 괘씸한 일이었다!

영정은 이 일을 알까? 그녀가 알면 얼마나 슬퍼할까?

"뭐라고 쓰여 있느냐?"

용비야가 재촉했다.

한운석은 숨기고 싶은 마음이었지만, 용비야의 눈을 속일 수
없다는 것을 잘 알기에 어쩔 수 없이 서신을 내밀었다.

마지막 한 줄을 읽은 용비야의 얼굴이 금세 어두워졌다. 그
가 차갑게 반문했다.

"나를 협박하겠다고?"

"협박?"

옆에 서 있던 당리가 재빨리 서신을 낚아챘다. 보지 않았다
면 모르지만 일단 보고 나자 화가 머리끝까지 났다.

"이 짐승 같은 놈! 당장 가서 혼내 주겠어! 뭐 그런 놈이 다
있어?"

한운석이 때맞춰 당리를 붙잡았다. 고북월 등 다른 이들도
마지막 줄을 읽고 뜻밖이라는 얼굴로 서로를 쳐다보았다.

"형, 당장 죽여 버리자! 일단 적족부터 무너뜨린 다음 북상
해서 모조리 쓸어버리는 거야!"

당리는 노기충천했다. 영승이 눈앞에 있었다면 몸에 숨겨 둔
백 개가 넘는 암기를 전부 써서 죽여 버려도 이상하지 않았다.

고북월은 말이 없었다. 그는 단박에 상황을 꿰뚫어 보았다.

영승이 저런 요구를 한 까닭은, 용비야와 손잡은 뒤 완전히 그의 수하로 전락하고 싶지 않아서가 분명했다.

이번 기회에 용비야를 협박해 중남도독부의 금지령을 해제하고 상인세를 낮출 수 있다면, 혼란스러운 시기를 맞아 운공상인협회의 여러 사업장은 큰돈을 벌 수 있었다. 운공상인협회도 겨우 2, 3년 만에 원기를 회복해 다시 일어설 수 있었다.

운공상인협회가 다시 일어난 다음에는 적족에도 돈이 생겨 기반이 든든해질 터였다.

그때가 되면 설사 공주가 용비야와 함께하더라도 적족은 여전히 공주에게만 충성하고 용비야에게 복종할 필요가 없었다.

어떤 의미에서 고북월은 영승이 부럽기도 하고 탄복스럽기도 했다. 고북월은 용비야에게 진 빚이 너무 많았다. 평생 갚을 수도 없는 빚을 졌기에 공주에게 충성하면서 용비야에게도 공손한 태도를 보여야 했다.

영승은 달랐다. 만약 이번 기회에 다시 일어설 수 있다면, 영승은 나중에도 용비야 앞에서 떳떳할 수 있었다. 그리고 적족은 공주의 든든한 후원자가 될 터였다. 용비야와 동진의 제재를 받지 않는 강력한 후원자.

고북월은 이런 생각을 마음속에 꼭꼭 담아 놓을 뿐 한마디도 입 밖에 내지 않았다.

그는 한운석을 바라보았다. 그녀가 그런 것까지 생각했는지는 모르지만, 지금 보면 그녀는 영정의 아이 때문에 화가 나 있었다.

영승은 너무 영리했다. 그는 목령이나 영정을 이용하지 않고 영정이 가진 아이를 이용했다. 그 아이로 용비야를 협박할 수는 없어도, 당리만큼은 완벽하게 쥐고 흔들 수 있었다.

당리가 협박을 받으면 용비야도 어려워졌다. 한운석을 제외한다면, 지금 용비야의 가장 큰 약점은 아마 당리일 것이다.

용비야는 당리의 말에 대답하지 않고 한운석을 바라보았다.

"어떻게 생각하느냐?"

한운석은 곧바로 대답하지 않고 흥분을 가라앉히면서 생각하고 고민했다. 결국 그녀는 이렇게 말했다.

"용비야, 어쩌면 영승은 당신을 협박하려는 게 아닐지도 몰라요. 단지…… 다른 방법이 없었던 거죠. 이 길이 적족을 지키는 유일한 방법이에요."

지난번 백독문에서 적족 군대와 운공상인협회 장로들이 보인 갖가지 반응이 한운석에게 그 점을 일깨워 주었다. 그녀와 용비야가 함께 하고 적족이 계속 그녀에게 충성하면, 훗날 동진과 서진이 하나가 되었을 때 두 진영은 권력과 세력을 차지하기 위해 내분을 일으킬 것이 분명했다.

아직 한참 나중의 문제라고 생각했는데, 뜻밖에도 영승은 벌써 적족을 위해 움직이기 시작했다.

역시, 영리하고 교활한 인물들은 하나같이 생각이 깊고 보통이 아니었다!

"어떻게 할 생각이냐?"

용비야가 또 물었다.

한운석은 아주 영리하게 대답했다.

"용비야, 언젠가 운공상인협회가 다시 일어나더라도 당신은 그들을 겁내지 않을 거예요. 그렇죠?"

영 어둡기만 하던 용비야의 안색이 갑자기 싹 변했다. 그는 웃음을 지었다.

"한운석, 내게까지 아부를 하려는 거냐?"

한운석도 웃었다.

"사실인걸요."

"좋다! 적족에게 기회를 주지!"

용비야는 곧장 종이와 붓을 가져오게 해서 수락하는 글을 썼다. 영승이 일만 잘 해내면, 중남도독부는 운공상인협회에 취한 갖가지 금지령을 풀어 주고 상인세를 낮추겠다는 내용이었다.

사실 용비야도 영승의 협박에 화가 난 것일 뿐, 운공상인협회가 다시 일어나는 것은 두렵지 않았다.

적족이 한마음으로 한운석을 보좌한다면 운공상인협회가 다시 일어나도 상관없었다. 운공상인협회에는 장사에 뛰어난 인재가 많았고, 그 역시 그 점을 아끼고 있었다.

한운석조차 용비야가 이렇게 시원스레 받아들인 것에 놀랐으니 고북월 등 다른 사람은 말할 것도 없었다.

용비야가 서신을 다 쓰고 나자 한운석도 직접 영승이 제안한 협력에 대한 답신을 썼다. 용비야가 지켜보지 않는 사이, 그녀는 독침으로 영승의 눈을 상하게 한 일을 몰래 사과했다.

낙 점주는 강건 전장 전용 서신 봉투를 골라 봉투 입구에 똑같이 글을 한 줄 쓴 다음 즉시 매를 통해 북려국 분점으로 보냈다. 이렇게 해서 그 일은 일단락되었다.

일이 마무리되자 내내 조용하던 고칠소가 느닷없이 말을 툭 꺼냈다.

"영승 그 형제…… 후후, 괜찮은데! 나중에 만나면 친구가 되어야겠어!"

고칠소는 웃고 떠드는 것을 좋아하는 사람 같지만 쉽사리 가까워질 수 있는 성품은 아니었다. 고북월을 빼면 그 누구에게도 '형제'라고 부른 적이 없었다.

지난번 천녕국 황궁에 있을 때만 해도 영승을 그렇게 싫어하더니, 왜 갑자기 태도가 싹 바뀌었을까?

보다 못한 당리가 차갑게 내뱉었다.

"상종 못 할 놈."

영승에게 하는 욕인지, 아니면 고칠소에게 하는 욕인지 알 수 없는 말이었다. 고칠소는 저만의 판단으로 영승에게 하는 욕이라고 생각했다.

"그 누군가를 협박할 용기가 있는 걸 보면 사내대장부야! 마음에 들어!"

고칠소가 이 말을 끝내기 무섭게 용비야가 들고 있던 찻잔이 그에게 날아들었다. 고칠소는 허둥지둥 피했다. 용비야는 편안하게 앉은 채 천천히 한쪽 손을 들어 올렸다.

강력한 기운이 자신을 덮치는 것을 분명하게 느낀 고칠소는 속으로 깜짝 놀랐다. 겨우 며칠 지났는데 용비야의 내공이 저렇게 무시무시해졌다고?

설마 이게 서정력의 힘인가?

고칠소가 서정력이 대체 얼마나 강력한지 한번 시험해 볼까 하는 찰나, 한운석이 끼어들어 물었다.

"고칠소, 지난번 만독지화를 찾으러 갔었는데 아무것도 알아내지 못했어?"

북려국 일은 영승에게 맡겼으니, 이제 그들은 한시바삐 미접몽의 보조 약재를 찾아내야 했다.

그렇지 않으면 아무리 완벽하게 준비해도 백언청의 훼방을 막을 길이 없었다.

앞으로 석 달은 아주 중요했다!

미접몽 이야기가 나오자 용비야도 더는 고칠소를 괴롭히지 않고 차갑게 물었다.

"만독지금은? 전에는 어떻게 찾아봤느냐?"

미접몽 문제라면 고칠소도 어깨에 힘이 들어갔다.

"만독지화는 정말 정보가 하나도 없어. 만독지금은 그나마 유사한 이야기를 들었는데 믿을 만한지 모르겠어."

"어떤 것이냐?"

용비야가 다급하게 물었다.

"칠살七煞."

고칠소도 진지해졌다.

칠살?

"별?"

한운석이 생각나는 대로 말했다.

그녀가 아는 칠살은 사주 명리학에 나오는 흉악하고 불길한 별로, 다른 말로 '칠살七殺'이라고 불리기도 했다.

고칠소는 우습다는 듯이 한운석을 흘끗 보며 대답했다.

"별이 아니라 비수야. 저주가 걸린 비수. 그 비수에 찔린 사람은 저주를 받아서 어디를 찔리든 얼굴에 있는 일곱 구멍에서 피를 흘리면서 죽게 된대. 그래서 칠살이라는 불길한 이름이 붙은 거지."

몇 년 전에 그 비수 이야기를 들어 본 고칠소는, 요즘 늘 만독지금과 만독지화를 생각하다가 우연히 그 이야기를 떠올렸다.

오행 가운데 '금'은 황금을 의미하는 것이 아니라 금속의 총칭이었다. 칠살의 재질이 현금이든 현철이든 청동이든, 어쨌든 모두 금속이었다.

그렇게 신기한 무기가 있다는 말에 한운석은 무척 놀랐다.

"그 비수에 독이 있다고 생각하는 거야? 그럼 찔린 사람은 저주를 받은 게 아니라 중독으로 죽었구나?"

고칠소는 고개를 끄덕였다. 용비야와 고북월은 말이 없었으나 그 생각에 동의했다.

의견이 모이자 용비야는 그 자리에서 칠살에 관한 소문을 모조리 수집하라는 명령을 내렸다.

조용한 사람은 당리 혼자였다. 그는 시무룩한 얼굴로 한쪽에 앉아 그만의 정정을 생각했다.

그 후 며칠 동안 한운석 일행은 만상궁 쪽 소식을 기다리면서 칠살의 행방을 조사했다. 강남의 어느 성에서 칠살을 봤다는 소식이 들려왔다. 그들은 만상궁이 진실을 알고 찾아오기를 기다렸다가 암시장의 일을 마무리 지은 후 곧바로 칠살을 찾으러 출발하기로 계획했다.

만약 영승이 자신이 중독되었다는 말을 했더라면 한운석 일행의 계획은 달라졌을 수도 있었다. 그랬다면 그들도 이렇게 마음 놓고 삼도전장에서 멀리 떨어진 강남으로 내려가지 않았을지도 몰랐다.

그렇지만 안타깝게도 영승의 서신에는 유독 그 이야기만 빠져 있었다.

용비야와 한운석의 답신은 강건 전장을 통해 빠르게 백옥교 손에 들어갔다. 백옥교는 서신을 받자마자 누군가 뜯어본 흔적이 없는 것을 확인하고 그날 밤 틈을 보아 영승을 찾아갔다.

그녀는 인내심을 발휘해 영승이 밀서를 다 읽은 후 다시 봉투에 넣을 때까지 기다렸다가 비로소 말을 꺼냈다.

"시킨 일은 다 했으니 영 족장께서도 이젠 만족하시겠지?"

"잘 해냈군."

영승은 칭찬을 아끼지 않았다.

백옥교는 속으로 안도의 숨을 내쉬었다.

"그럼 이제 소옥이를 어떻게 구해 낼지 이야기해 봐."

뜻밖에도 영승은 짤막하게 대답했다.

"서두를 것 없다."

백옥교의 안색이 싹 변했다.

"영승, 무슨 뜻이야?"

"서신을 몇 통 더 보내 다오. 이야기는 그다음이다."

영승은 지독히도 냉담했다.

"약속했잖아! 대체 어쩌려는 거야?"

백옥교도 몹시 화가 났다.

"거절해도 좋다. 하지만 내 보증하는데, 내일이면 소소옥을 보지 못하게 될 것이다."

영승은 냉소를 지으며 말했다.

백옥교는 멈칫했다. 별안간 온몸에 소름이 쫙 끼치면서 뒤늦은 깨달음이 찾아왔다.

영승은 늑대였다. 악랄한 늑대. 어쩌자고 이렇게 방심했을까? 저런 자와 손잡겠다는 생각을 하다니.

영승은 그녀의 약점을 쥐고 협박하려는 것이지, 진심으로 그녀를 도우려는 것이 아니었다!

적족 내부의 일

차갑고 음험한 영승의 얼굴을 본 백옥교는 후회막심이었다. 소소옥이 또 고문을 당할까 걱정되지만 않았어도 이렇게 충동적으로 움직이지는 않았을 것이다.

영승이 길게 말하지 않아도, 그녀는 그가 유용한 서신 심부름꾼인 자신을 놓아주지 않으리라는 것을 알 수 있었다.

이렇게 해서 그녀는 소소옥을 빨리 구해 내지도 못한 채 자신마저 제재를 받는 처지로 전락했다.

"영승, 소소옥은 한운석이 아끼는 하녀야. 그 아이에게 무슨 일이 생기면 한운석에게 뭐라고 할 거야?"

백옥교가 화난 소리로 따졌다.

"무슨 일은 벌써 생겼지."

영승은 코웃음을 쳤다.

"이……!"

백옥교는 기가 막혔다. 그녀는 눈을 가늘게 뜨고 영승을 바라보며 물었다.

"대체 어쩔 생각이지? 대체 어떻게 해야 날 도와줄 거야?"

전에는 시간이 촉박한 데다 상황도 불투명했지만, 용비야와 한운석의 답신을 받은 지금은 모든 것이 명확했다. 뭘 할 것인지는 계획이 이미 서 있었지만 백옥교에게 알려 줄 필요는 없었다. 상황을 전혀 모르는 심부름꾼이야말로 가장 안전하고 가장 유용한 전달 수단이었다.

영승은 이렇게만 말했다.

"너와 나, 소소옥은 한배를 탔다. 하나가 다치면 모두 다친다. 네가 날 돕는다면 소소옥을 살릴 수 있다고 보장하지."

"무슨 근거로 보장할 거야?"

백옥교는 속이 부글부글 끓었지만 그래도 시험 삼아 물었다.

"믿지 않아도 좋다."

영승은 상관없다는 듯이 어깨를 으쓱했다.

백옥교는 양손으로 주먹을 꽉 쥐었다. 당장이라도 주먹을 휘두르고 싶었지만 그럴 수가 없었다. 그녀는 이미 영승에게 완전히 잡아먹힌 것이나 다름없었다.

이제 선택은 두 가지뿐이었다. 끝까지 영승과 손발을 맞추거나 아니면 그와 함께 망하는 것.

백옥교는 심호흡을 한 다음 쥐었던 주먹을 풀었다.

"좋아. 영 족장께서 무슨 분부가 있으신지 어디 시원하게 말해 봐!"

영승은 서신 한 통을 써서 똑같은 방식으로 봉했다. 용비야가 만상궁을 공격하지 않을 것이 확실해졌으니 전처럼 백옥교를 경계할 필요는 없었다.

이제는 서신을 빙빙 돌려 보낼 필요 없이 곧바로 수신자에게 보내면 되었다.

"이 서신을 삼도 암시장에 있는 만상궁 대장로에게 보내라."

지난번에 쓴 은표는 누구 손에 흘러 들어갔는지 모르니, 심부름꾼이 생긴 이상 직접 서신을 써 보내는 편이 나았다.

밀서를 받아 들고 막사를 나간 백옥교는 한참 망설였으나 그래도 몰래 서신을 열어 보지는 않았다. 그녀는 영승이 대체 뭘 하려는 건지 도무지 짐작이 가지 않았다.

그녀가 알기로 한운석은 공개적으로 용비야와 재결합했고, 영승은 결코 용비야와 협력할 사람이 아니었다. 사형과 손잡은 영승이 딴마음을 품었다 해도 남북으로 사형과 용비야에게 끼인 상황에서 어떻게 버틸 수 있을까?

백옥교는 고민하고 또 고민했지만 도저히 알아낼 수가 없었다. 사실 그녀도 영승을 좋게 보지는 않았지만, 그에게는 소소옥을 구해 낼 시간을 벌어 줄 방법이 있으리라 믿었다.

백옥교는 고개를 숙이고 생각에 잠긴 채 마장 밖으로 나갔다. 그런데 우연인지 맞은편에서 혼자 걸어오던 군역사가 보였다.

백옥교는 심장이 철렁했다. 이렇게 늦은 시간에 마장을 나가려면 적어도 중요한 일이 있어야 하는데, 무슨 말로 둘러대야 할까!

그런데 웬걸, 군역사는 그녀에게 눈길만 한 번 던졌을 뿐 그대로 스쳐 지나갔다.

공연히 혼자 놀란 백옥교는 속으로 자신을 비웃었다.

도둑이 제 발 저린 격이었다. 어려서부터 지금까지, 사형은 그녀에게 관심을 보인 적이 없었다. 심지어 만나는 것도 귀찮은지 일이 있을 때만 아는 척했다. 방금도, 애초에 겁을 먹을 필요조차 없었다.

백옥교는 일부러 군역사를 쫓아가 평소처럼 귀찮게 달라붙었다.

"사형, 사부 이야기 들었죠?"

백옥교의 이 한마디가 군역사의 아픈 곳을 찔렀다. 그는 더욱더 그녀를 무시한 채 발걸음을 빨리해 금세 어둠 속으로 모습을 감췄다.

군역사는 어려서부터 백옥교가 자신을 좋아한다는 것을 알고 있었다. 백옥교 저 아이는 온 세상을 배신할지언정 자신을 배신할 리 없었다. 그런 그가 어떻게 백옥교가 영승과 결탁했다는 의심을 할 수 있을까?

그날 밤, 백옥교는 매를 통해 영승의 밀서를 보냈다. 그러나 영승의 은표가 밀서보다 먼저 만상궁에 도착했다.

은표는 술집에서 전장으로 흘러들었다가 몇 번의 우여곡절 끝에 운공상인협회 전장에 들어왔다. 전장 사람은 은표에 적힌 암호가 영승 전용 암호라는 것을 한눈에 알아차렸다. 그들은 곧바로 그 은표를 북려국에서 활동하는 영락에게 보냈다.

은표를 받은 영락이 촛불을 비추자 영승이 써 놓은 비밀글이 드러났다.

글은 길지 않았지만 중요한 내용이 모두 쓰여 있었다. 영락은 빠르게 말을 몰아 삼도 암시장으로 돌아갔다.

지금 그는 만상궁 다섯 장로와 운공상인협회 다섯 장로, 그리고 영씨 집안 군대를 이끄는 영승 휘하의 주요 부장 세 사람을 불러들인 상황이었다. 그들은 상의하기 위해 만상궁 밀실에 모였다.

평소에는 건성건성 행동하던 영락도 큰일이 닥치자 추호도 소홀히 다루지 않았다.

그는 은표의 비밀글을 모두에게 보여 준 다음 진지하게 물었다.

"공주를 다시 청해 와야겠소?"

이 은표는 영승이 오래전에 보낸 것으로, 적힌 내용은 딱 세 가지였다.

하나는 동진과 서진의 은원에 관한 것, 또 하나는 군역사에게 연금당해 억지로 손을 잡게 되었다는 것, 마지막 하나는 적족 모두가 한운석의 명령을 따라야 한다는 것이었다.

운공상인협회 장로들과 몇몇 부장들은 감개가 무량했다. 누가 뭐래도 그들은 동진과 서진의 은원이 이간질에 의한 오해에 불과하다고 생각해 본 적이 없었고, 그렇게 되기를 원치도 않았다!

그들 모두 복잡한 표정으로 고개를 푹 숙였다. 백독문에서 한운석을 그렇게 난감하게 만들었는데 이제 와서 청해 오자니 그야말로 제 뺨을 제가 때리는 격이었다.

만상궁 쪽 장로들도 침묵한 채 말이 없었으나 막 풀려난 오 장로가 몹시 흥분해서 외쳤다.

"내가 가겠소이다! 여러분들이 부끄러워서 잘못을 시인하지 못한다면 내가 도와드리겠소. 반드시 공주를 다시 모셔오겠소이다! 내 말하지 않았소? 공주는 결코 남녀 간의 정분 때문에 근본을 잊으실 분이 아니라고! 여러분 모두가 공주를 해칠 뻔했소!"

모두 무슨 생각을 하는지 모르지만 오장로에게 대답하는 사람은 없었다. 영락이 한마디 물었다.

"어디로 찾아갈 생각이십니까?"

그 한마디가 성공적으로 오장로를 옭아맸다. 백독문 사건 이후 용비야와 한운석의 행방에 관해서는 소문만 무성할 뿐, 아무도 그들이 어디 있는지 알지 못했다.

오장로는 우물쭈물 코를 매만졌다.

"차라리 동진 군영에 사람을 보내 물어봅시다. 동진 사람은 틀림없이 공주와 용비야의 행방을 알 게요! 영 족장이 군역사에게 붙잡혔으니 그분을 구하려면 진왕과 힘을 합쳐야만 하오."

그 말에 운공상인협회 대장로가 즉각 반박했다.

"우스운 소리! 우리 적족이 주인을 구하려는데 용비야가 무슨 상관인가? 공주를 모셔 와서 공주와 상의하면 될 일일세!"

"그렇소! 이는 우리 적족 내부 문제지 동진과는 무관하오."

군대 쪽에서도 맞장구치는 사람이 나왔다.

"하지만 공주께서는 이미 진왕과 손을 잡으셨소!"

오장로가 반박했다. 용비야와 한운석이 백독문 비무대에서 했던 모든 일로 인해 그들 부부가 재결합했음은 천하가 다 알고 있었다.

설 부장은 초조한 마음에 화를 냈다.

"그건 공주의 개인적인 일이고, 지금 이 문제는 적족의 일이오!"

오장로는 처음에는 당황했으나 곧 화가 치밀어 따져 물었다.

"지금 이 문제는 적족의 일이 아니라 서진의 일이자 곧 공주의 일이오! 적족만의 문제라면 무엇하러 공주를 청해 온단 말이오? 영 족장은 또 무엇하러 우리더러 공주의 명령을 따르라고 하셨겠소?"

흥분한 오장로는 탁자를 세게 내리쳤다.

"사태가 이리되고 영 족장께서도 그리 말씀하셨는데, 아직도 반역할 생각이오? 족장께서 계시지 않으니 각자 제멋대로 하겠다, 그 말이군! 반역하든 말든 어디 마음대로 해 보시오. 대신 만상궁에서 군비를 받을 생각일랑 마시오!"

그 말이 떨어지자 장내에 정적이 내려앉았다. 그 자리에 있는 모두가 영락과 만상궁 대장로를 돌아보았다. 군비 문제를 결정할 권한은 오장로가 아니라 그들 두 사람에게 있었다.

오장로는 곧 대장로에게 다가가 목소리를 낮춰 말했다.

"잊지 마시오. 강건 전장은 공주의 얼굴을 보아 우리를 도운 것이오. 공주가 한마디만 하면 경매장 사업이 어그러지는 것은 시간문제요. 지금 창고에 있는 은자로 적족이 얼마나 버틸 수 있겠소? 군역사가 영 족장을 죽이지 않은 것도 필시 재물을 노리고 있기 때문일 게요."

그 말은 대장로뿐만 아니라 옆에 있는 영락에게도 들렸다.

비록 흥분하긴 했지만 오장로가 한 말은 틀림이 없었다. 적족이 제 고집대로 밀고 나갈 수는 있었다. 하지만 그렇게 해서 얼마나 버틸까? 반년? 1년?

만상궁이 은자를 내놓지 못하게 되면 누가 나서서 그 난장을 수습할까? 설사 영 족장이 돌아온다 해도 가진 돈이 없으면 이 혼란스러운 상황에서 한 걸음 내딛기도 어려웠다!

운공상인협회 장로들과 영씨 집안 군대가 만상궁의 재정 위기를 잘 알지 못한 채 저렇게 큰소리를 떵떵 치자 영락과 대장로는 몹시 난처했다.

이런 상황에서는 공주와 용비야의 관계를 이용해 동진과 협력하는 것이 가장 영리한 선택이라는 것을 그들도 똑똑히 알고 있었다. 하지만 그들 역시 나중에 적족이 완전히 용비야에게 얽매일까 봐 걱정스러웠다.

어떻게 할 것인가?

밀담은 이튿날 정오까지 계속되었고, 적잖은 이들이 차츰차츰 오장로에게 동조하기 시작했다. 하지만 끝까지 반대하며 적족의 이익을 지키려는 이들도 있었다.

좀 더 자세한 이야기가 있었다면 좋았으련만, 영승의 은표에 적힌 이야기는 그것뿐이었다.

난처한 상황에 부닥친 영락은 지끈거리는 눈썹 언저리를 매만졌다. 이제 보니 일족의 수장이라는 것은 썩 좋은 자리가 아니었다.

그가 해산하자는 말을 꺼내려는데 심부름꾼이 총총히 들어와 밀서 한 통을 전해 주었다.

"형님이군!"

영락이 놀란 소리로 외쳤다.

일어나 있던 사람들도 깜짝 놀라 차례차례 자리로 돌아갔다.

"어서 읽어 보십시오! 뭐라고 되어 있습니까?"

"새로운 일이라도 생긴 겁니까? 어서 읽어 보십시오!"

모두 긴장을 감추지 못했다. 양쪽 의견이 팽팽히 대립하는 지금, 영승이 보낸 밀서는 그야말로 가뭄의 단비였다.

서신을 읽은 영락은 가슴속에 파도가 몰아치는 것 같아 쉽사리 마음을 가라앉힐 수가 없었다. 이 밀서에는 모든 것이 더없이 똑똑히 적혀 있었다.

"락 공자, 족장께서 대체 뭐라고 하십니까?"

"락 공자, 말씀 좀 해 보시지요."

모두가 영락을 재촉했고, 만상궁 대장로와 오장로는 숫제 밀서를 빼앗고 싶은 마음이었다.

정신을 차린 영락은 마침내 밤새 굳어 있던 얼굴을 약간 풀고 말했다.

"족장께서 용비야와 담판을 하셨소. 공주께서는 동래궁에서 우리가 오기를 기다리고 계신다고 하오."

뭐라고?

모두가 깜짝 놀랐다. 사실 영락의 심장도 미친 듯이 쿵쾅거리고 있었다!

허탈해서 웃고 싶었지만, 도저히 웃음이 나오지 않았다.

"동래궁은 동진의 사업장이오."

그 말이 떨어지자마자 장내는 삽시간에 조용해졌다.

영락이 다시 입을 열었다.

"당문도……."

첫 번째 정식 협력

"당문도 동진의 세력이오."

영락의 이 말에 장내는 더욱더 조용해졌고, 몇 사람, 특히 군대와 상인협회 쪽 사람들은 거의 절망한 얼굴이 되었다.

영락은 또 말했다.

"강건 전장은…… 용비야의 개인 사업장이오."

영락의 마지막 말에 운공상인협회 대장로가 느닷없이 가슴에 손을 가져가 힘껏 때리기 시작했다. 가까이 있던 사람들이 재빨리 돕지 않았다면 그는 심장 가득 치민 화기火氣에 목숨을 잃었을지도 몰랐다.

다른 이들도 하나같이 눈이 휘둥그레진 채 충격으로 꼼짝도 하지 못했다. 꿈을 꾸는 것 같았다. 정말이지 끔찍한 꿈이었다!

사실 영락도 속이 답답해 죽을 지경이었지만 그래도 버텼다.

"형님과 용비야의 담판 내용은, 일단 군역사가 북으로 출병해 북려국에 내전을 일으키면 중남도독부가 상인에게 내린 금지령을 풀고 상인세를 내려 주는 것이오. 용비야는 받아들였고, 그가 친히 쓴 수락 서신이 형님 손에 있소."

이렇게 말하지 않으면 더 많은 이들이 운공상인협회 대장로처럼 속이 터져 죽을 수도 있다는 것을, 영락은 알고 있었다.

예상대로 그의 말이 끝나자 모두 안도의 숨을 내쉬었다. 항상 한운석 편이던 오장로도 마찬가지였다.

"용비야가 다른 조건을 걸지는 않았습니까? 정말 그대로 허락했습니까?"

만상궁 대장로가 참지 못하고 물었다.

영 족장이 어떻게 용비야에게 저런 약속을 받아 냈는지 궁금했다. 솔직히 말해, 적족의 상황과 영 족장의 처지로는 용비야에게 조건을 제시할 저력조차 없었다!

게다가 용비야처럼 영리한 사람이 중남도독부의 금지령을 풀면 운공상인협회가 다시 일어설 가망이 아주 크다는 것을 알아차리지 못할 리 없었다.

영락은 고개를 저으며 밀서를 대장로에게 건넸다. 사실은 그 역시 영승이 어떻게 용비야를 설득했는지 궁금했다.

밀서를 다 읽은 대장로는 다른 이들에게 밀서를 보여 주었다.

밀서에는 은표의 암호에 적혀 있지 않은 일도 상세히 쓰여 있었고, 적족에 내리는 명령도 명확히 담겨 있었다. 이 자리에 있는 사람들 누구도 더는 이의를 제기하지 못했다.

운공상인협회 대장로가 진지한 목소리로 말했다.

"그렇다면 이곳 일은 여러분에게 맡기고 우리는 속히 돌아가서 준비해야겠구려. 중부와 남부에 있는 수많은 사업장을 손봐야 하니 오래 머물 수가 없소."

서둘러 돌아가 금지령이 풀릴 때를 대비하는 것도 중요하지만, 책임을 회피하는 것도 중요했다. 대장로는 영락이 동래궁으로 공주를 찾아갈 때 자신마저 끌어들일까 몹시 겁이 났다.

운공상인협회 대장로가 떠나겠다는 말을 꺼내자 군대의 설 부장도 황급히 몸을 일으켰다.

"락 공자, 군마를 인수하려면 소소하게 상의할 일이 많습니다. 소장도 먼저 물러가겠습니다."

그러나 영락이 가로막았다.

"운공상인협회는 먼저 가도 좋습니다. 하지만 군은 남으시지요. 설 부장은 오늘 밤 우리와 함께 동래궁에 공주를 만나러 갈 준비를 하십시오. 동진군과 협력하는 방법은 설 부장이 결정해 줘야 합니다!"

용비야와 한운석을 만날 생각을 하자 설 부장은 머리가 지끈지끈했다. 하지만 영락이 이렇게 말한 이상 감히 거절할 수가 없어 고개를 끄덕였다.

"예, 잘 알겠습니다."

그날 밤, 영락은 만상궁 대장로와 군대의 설 부장을 불러 함께 동래궁으로 향했다. 멀어지는 그들의 뒷모습을 묵묵히 바라보던 오장로는 낙심한 표정이었다.

이번 일을 겪으면서, 오장로는 적족 내부 몇몇 사람에게 더욱더 불만을 품게 되었다. 영 족장의 서신이 제때 도착하지 않았다면 저들은 적족과 공주를 돌이킬 수 없는 상황까지 몰아갔을 것이 틀림없었다. 그래서 오늘 밤 틈을 보아 공주에게 몰래 귀띔해 줄 생각이었는데, 뜻밖에도 영락은 그를 데려가지 않았다.

영락 일행이 찾아와 이름을 대자 곧바로 서동림이 나와 몸소 그들을 후원으로 안내했다. 다행히 용비야와 한운석이 아직 쌍수를 시작하기 전이었다. 그렇지 않았다면 영락 일행은 내일까지 기다려야 했을지도 몰랐다.

한운석은 독종 금지를 떠난 후 다시 독 저장 공간을 수련하기 시작했다. 수련을 하면 꼬맹이도 수련하는 것을 느낄 수 있었다.

꼬맹이마저 저렇게 열심이니 그녀도 더욱 노력해야 했다.

백언청보다 독 저장 공간 수준을 높여야만 꼬맹이도 안전해지고 백언청과의 싸움에서 그녀를 도울 수 있었다. 동시에 꼬맹이의 독니가 회복되는 것도 도울 수 있었다.

독종 금지에서 나온 이후 그녀는 매일 밤 용비야와 쌍수를 하고, 쌍수가 끝난 뒤에는 쉴 틈도 없이 한 시진 넘게 독 저장 공간을 수련한 다음에야 비로소 마음 편히 잠들었다. 그러고도 다음 날 날이 밝자마자 일어났다.

몰래 준비하던 중요한 일도 너무 바빠서 미룰 수밖에 없었다.

보다 못한 용비야가 몇 번인가 쌍수가 끝난 뒤 일부러 혼절할 때까지 한운석을 몰아붙였고, 그럴 때마다 한운석은 아침 일찍 일어나지 못해 저도 모르게 한낮이 될 때까지 푹 자곤 했다.

어떻게든 그녀를 쉬게 하려는 용비야의 이런 강압적인 방식에 한운석도 입으로는 항의했지만, 몸은 언제나 솔직하게 반응했다.

영락 일행 세 사람은 후원에 있는 정자로 안내되었다.

용비야와 한운석이 차 탁자 앞에 앉아 있었다. 용비야는 고개를 숙인 채 차를 끓였고 한운석은 멀리서 그들을 바라보았다.

고북월도 한운석 뒤에 단정하게 앉아 옅은 미소를 띤 채 그들을 쳐다보고 있었다. 고북월 옆에 앉은 고칠소는 나른하게 난간에 다리를 꼬고 기대서서 그들을 훑어보았다. 용비야 뒤에 앉은 사람은 당리였다. 그 역시 그들을 쳐다보고 있었는데, 잘생긴 얼굴은 먹구름이 잔뜩 낀 하늘처럼 어두웠다.

대장로와 설 부장은 말할 것도 없고, 영락조차 그 광경 앞에서는 공연히 마음이 켕기고 간담이 서늘해졌다. 그는 용비야가 쳐다보지 않는 것이 참 다행이라고 생각했다. 그렇지 않았다면 그 자신도 버텨 내지 못했을 것이다.

그런데 웬걸, 그가 막 정자에 들어섰을 때 용비야가 고개를 들고 쳐다보았다.

그 순간, 영락은 형이 너무너무 보고 싶어졌다. 형이라면 절대로 주눅 들지 않았을 텐데.

오래전 어주도에서 용비야와 요만큼 교분을 맺기는 했지만, 지금은 모든 것이 그때와는 달랐다.

영락은 속으로 긴장했지만 태도는 여전히 침착했다. 그는 여느 때와 다름없는 미소를 유지하면서 우선 한운석에게 큰절을 올렸다.

"소신 영락이 공주께 인사 올립니다."

이 광경을 보자 잔뜩 긴장했던 대장로와 설 부장도 정신을 차리고 황급히 따라 절했다.

"그럴 필요 없네. 모두 앉게."

한운석이 담담하게 말했다.

"감사합니다만, 서 있겠습니다."

영락도 그만한 용기는 없었다!

이 차 탁자에는 용비야와 공주뿐이고, 고북월 일행은 뒤쪽에 앉아 있었다. 그는 공주와 같은 자리에 앉을 자격이 없었다.

한운석은 강요하지 않고 하인에게 의자를 가져오게 했다. 대장로와 설 부장의 자리도 빠뜨리지 않았다.

세 사람이 모두 앉자 비로소 한운석이 말을 꺼냈다.

"그대들이 온 것을 보면 영승 쪽 상황을 알고 있겠지. 공연히 시간 끌지 않겠네. 앞으로 보름쯤 지나면 군마가 천녕국 경내에 들어올 텐데, 군은 어떻게 준비할 생각인가?"

한운석이 설 부장을 바라보자 설 부장은 몹시 놀랐다. 이곳에 들어온 후로 그는 한운석이 백독문에서 있었던 일에 대해 호통치고 따져 묻기만을 이제나저제나 기다리고 있었다.

그런데 한운석은 그 이야기는 한마디도 입에 담지 않았다. 마치 그런 일 자체가 없었던 것처럼 행동했다.

영락이 몰래 설 부장을 쿡쿡 찌르자 그제야 정신을 차린 설 부장은 지난 일을 생각할 틈도 없이 급히 대답했다.

"영 족장의 밀서에는 군역사가 짐승을 잘 다루는 조련사 몇 명을 딸려 보냈다고 합니다. 소장은 그 조련사들을 잘 이용하려 합니다."

"어떻게?"

한운석이 물었다.

설 부장은 슬그머니 용비야를 흘끔거렸다.

"말 조련사가 하는 말이면 군역사도 틀림없이 믿을 것입니다."

군역사가 말 조련사를 보낸 것은 군마를 훈련하기 위해서이자 자신의 눈과 귀 역할을 맡기기 위해서였다. 그들이 군역사의 계책을 역이용해 그 조련사들을 통해 거짓 정보를 흘리면, 군역사는 영승을 더욱 믿게 될 터였다.

석 달간 군역사를 안심시키고 영정 일행을 보호하려면 영승이 짊어질 부담이 컸다. 군역사가 조금이라도 의심하면 앞서 했던 노력마저 물거품이 될 수 있었다.

한운석은 고개를 끄덕인 다음 또 물었다.

"군역사가 영 족장을 이용해 동진의 군대를 막으려 하면 어떻게 할 생각인가?"

"공주, 보름 후 군마를 손에 넣으면 영 족장은 군역사에게 군비를 지급할 것입니다. 군역사는 열흘간 군대를 배치한 뒤 북으로 출병해 북려국 황제를 기습할 계획입니다. 소장의 생각으로는, 그사이 동진군이 먼저 움직여 영씨 집안 군대와 몇 차례 싸움을 벌이는 척해야 합니다."

설 부장이 대답했다.

동진과 서진이 싸움을 벌이기만 하면 군역사는 영승이 서진을 배신했다고 굳게 믿는 동시에 영승과의 사이를 돈독하게 하려 할 터였다. 영승이 자신을 대신해 남쪽을 지켜 줘야만 뒷걱정 없이 북상할 수 있기 때문이었다.

이는 영승의 뜻이기도 했고, 한운석 일행 역시 생각해 둔 일이기도 했다.

한운석은 예리한 질문을 하나 던졌다.

"그 싸움은 누가 이기고 누가 져야 하는가?"

싸움이 일면 어쨌든 승부가 나야 했고, 승부가 나면 한쪽은 이익을 보고 한쪽은 손해를 보기 마련이었다.

시종일관 아무 말 없던 용비야는 이 말을 듣자 입꼬리로 희미하게 호를 그리면서 끓인 동편을 계속 마셨다.

설 부장은 생각도 하지 않고 진지하게 대답했다.

"공주, 군역사는 군대를 이끌어 본 사람이고 말 조련사들도 쉬운 상대는 아닙니다. 실제처럼 하지 않으면 그들의 눈을 속일 수 없습니다."

"계속 말해 보게."

한운석이 담담하게 말했다.

"영씨 집안 군대는 싸움에서 패해 주양군鮦陽郡을 잃고 합양관合陽關으로 물러나 지킬 것입니다. 하지만 영씨 집안 군대에는 홍의대포가 있고, 또 춥고 눈이 내리는 날씨라 동진군은 합양관을 공략하지 못해 양군이 대치하게 됩니다."

설 부장은 진지하게 말을 이었다.

한운석은 속으로 감탄했다. 비록 설 부장은 백독문에서 그녀에게 무례한 언사를 했지만, 이렇게 협력하고 보니 기꺼이 주양군을 내놓을 만큼 대국을 볼 줄 아는 사람이었다.

그때 드디어 용비야가 입을 열었다.

"시간은 어떻게 정할 생각이냐?"

그가 나서자 설 부장은 다소 의외였지만 그래도 침착하게 대답했다.

"시간은 영 족장 쪽에 맞춰야 하는데, 동진도 그럴 뜻이 있는지 모르겠구려?"

군역사 쪽 상황을 정확히 알 수 있는 사람은 영승뿐이었다.

한운석이 뭔가 말하려고 용비야를 돌아보았지만, 말을 꺼내기도 전에 용비야가 시원시원하게 대답했다.

"좋다. 백리율제에게 네게 연락을 취하라고 하겠다. 그가 호응해 줄 것이다."

이 말이 떨어지자 옆에 있던 고북월이 소리 없이 웃음을 지었다. 용비야는 정말 교활했다. 백리율제에게 이 일을 맡기는 것은 더할 나위 없이 적절한 선택이었다.

용비야와 한운석이야 부부가 한마음이고 대국을 중요하게 여기니 꼬치꼬치 득실을 따지지 않을 터였다. 하지만 그들 휘하의 세력들은 달랐다.

백리율제에게 이 일을 맡기면, 첫째로는 백리 장군부가 동진과 서진의 협력에 불만을 품고 있는지 알아볼 수 있고, 둘째로는 설 부장이 제멋대로 하는 것을 제재할 수 있으며, 셋째로는 사전에 쌍방의 군대가 호흡을 맞출 기회를 만들 수 있었다. 어쨌든 내년 봄이 되면 두 군대는 서로 힘을 합쳐 북려국으로 쳐들어가야 하는 상황이었다.

한운석도 용비야의 마음을 읽었다. 비록 협력이라고는 하지만 실제로 주도권을 쥔 사람은 영승이니 양쪽 군대 모두 영승과 손발을 맞추고, 영승의 결정에 따라 움직여야 했다.

정확히 말하면, 용비야는 영승에게 협박을 당하고도 반격하지 않았을 뿐 아니라 크게 양보까지 한 셈이었다.

영락 일행이 떠난 뒤 한운석은 용비야에게 속삭였다.

"당신, 나와 당리를 위해서 그런 거죠?"

초조, 당리의 울음

한운석조차도 용비야를 협박할 때마다 마지막에는 싹싹 비는 처지가 되곤 했는데 하물며 다른 사람은 말할 것도 없었다.

하지만 이번만큼은 용비야도 정말로 양보해 주었다.

'서진 공주'인 한운석을 위해서일까, 아니면 아직 태어나지 않은 당리의 아이를 위해서일까?

용비야는 태연한 목소리로 대답했다.

"천하 사람들을 위해서다. 내년 봄에는 동진과 서진의 구분이 없어지기를 바란다. 설 부장이라는 자는 백리율제보다 중요한 일을 잘 알더군. 백리율제도 그에게 배워야 할 것이다. 군인도 숙일 때 숙이고 펼 때 펼 줄 알아야 한다."

그런 그를 한참 바라보던 한운석은 무슨 말을 해야 좋을지 몰라 그저 바보같이 웃기만 했다.

어쩌면 대진제국 내전의 진실이 용비야가 서진 진영을 좀 더 포용하게 만들어 주었는지도 몰랐다. 그것도 아니면, 용비야가 속이 넓고 멀리 내다볼 수 있기 때문일 수도 있었다.

한운석은 그에게서 윗사람다운 패기와 강함뿐만 아니라 군왕다운 드넓은 도량을 볼 수 있었다.

그녀는 동진과 서진 양쪽 군대가 처음 겪는 이 진정한 의미의 협력이 즐겁고 순조롭기를 바랐다.

그때, 기다리다 못해 짜증이 난 고칠소가 마침내 입을 열었다.

"이곳 일은 마무리했으니 내일 출발하는 거지?"

봄이 되기 전에 돌아와야 하니, 가는 시간을 빼면 실제로 칠살을 찾을 시간은 상당히 빡빡했다!

한운석이 대답하기도 전에 옆에 있던 당리가 마침내 발작했다. 그는 벌떡 일어나며 분노에 찬 목소리로 외쳤다.

"난 정정을 구해야겠어!"

영정이 임신한 지 벌써 다섯 달에 가까워졌고, 초봄이 되면 여덟 달째였다. 만에 하나 영승이 실패하면 영정과 아이는 어떻게 될까?

당리는 그런 위험을 받아들일 수도, 책임질 수도 없었다.

영정이 얼마나 위험한지는 한운석도 알고 다른 사람들도 알았다. 그렇지만 지금 무턱대고 뛰어들거나 당문에서 무슨 움직임을 보였다간, 영정이 더욱 위험해질 뿐이었다.

"형, 당문을 내놓는 한이 있어도 난 그들을 구해야겠어!"

당리가 결연하게 내뱉었다.

그러나 용비야가 기를 팍 꺾었다.

"당문을 내놓아도 구하지 못할 수도 있다."

억지로 뚫고 들어가면 군역사가 숨겨 놓은 함정에 뛰어드는 것이나 마찬가지였다.

억지로 뚫고 들어가지 않는다면 당문 암기와 교환하는 수밖에 없는데, 고작 암기 제조법 수십 개에 만족할 군역사가 아니었다. 그는 당문을 통째로 집어삼키려 할 것이 분명했다.

게다가 영정은 목령아보다 가치가 높았다. 영정을 붙잡고 있으면 장기간에 걸쳐 당문을 협박할 수 있고 영승을 견제할 수도 있었다. 아무리 유혹적인 제안이 와도 쉽게 영정을 풀어 주지 않을 터였다!

"당 문주, 초조해하지 마십시오. 군역사가 북쪽으로 출병하기만 하면, 적어도 내년까지는 영 부인과 령아 낭자 모두 안전합니다. 경솔하게 움직였다가 영승의 계획이 틀어지면 도리어 영 부인과 령아 낭자가 위험에 처할 수 있습니다."

고북월이 나서서 위로했다.

일단 출병하고 나면, 군역사도 영승에게 더욱 의지해야 하니 가능하면 미움을 사지 않으려 할 터였다.

모두가 만류하자 고칠소도 한마디 했다.

"안심해. 영승 그 형제는 믿을 만해. 자기 친동생과 생질도 못 지킬 사람은 아니라고."

그 말에 며칠째 꾹 참고 있던 당리는 결국 폭발했다.

"고칠소, 눈이 삐었냐? 아니면 귀가 먹었어? 영승 그 자식이 내 아이 목숨을 가지고 형을 협박한 거 몰라? 천하성에 무슨 일이 벌어질지 누가 알아? 그 자식이 영정을 희생시키지 않을 거라고 누가 보증할 수 있어? 그 개똥 같은 사명인지 대업인지를 위해서 그 자식이 뭔들 못 할까? 애초에 영정을 당문에 시집보낸 것도 희생시킨 게 아니면 뭐야? 그 자식이 무슨 자격으로 내 아이를 볼모로 삼아? 무슨 자격으로? 그 자식이 뭔데!"

당리는 분노하고 초조해서 욕을 마구 퍼붓다가 눈시울마저 빨갛게 물들였다. 귀한 집 도령처럼 빈둥빈둥하던 평소의 모습은 온데간데없었다.

영정도 당리의 이런 모습은 보지 못했을 것이 분명했다. 이 모습을 보면 그녀도 마음 아파할까?

당리의 분노를 누구보다 잘 이해하는 사람은 한운석이었다. 지난번 영정이 유산할 뻔했을 때 그녀가 얼마나 놀라고 두려워했는지 직접 봤기 때문이었다. 영정이 아이를 숨기기 위해, 아이를 지키기 위해 얼마나 큰 대가를 치렀는지도 알기 때문이었다.

그녀는 당리의 어깨를 꼭 잡더니, 용비야나 다른 사람들의 의견을 묻지도 않고 그 자리에서 결정을 내렸다.

"기다리자. 기다렸다가 군역사가 북쪽으로 출병하면 그때 가는 거야. 여긴 천하성에서 멀지 않으니 무슨 일이 생겨도 전력을 다하면 돼."

당리는 두말없이 돌아서서 한운석을 부둥켜안았다.

"형수님……."

당리는…… 울고 있었다.

고칠소는 말문이 막혀 허둥거렸고, 고북월은 고개를 돌리며 가만히 탄식했다.

용비야는 아무 말 없이 당리의 어깨만 두드렸다. 당리의 울음은 정말이지 오랜만이었다. 너무 오래되어 마지막으로 운 게 언제인지 기억도 나지 않을 정도였다.

아주 어렸을 때, 당리는 훌쩍이면서 울 때마다 항상 그에게 물었다.

'형, 형은 왜 안 울어?'

'형, 눈물을 숨기는 방법이라도 있는 거야? 나한테도 가르쳐 줘.'

'형, 고모가 남아대장부는 절대로 눈물을 흘리면 안 된대. 그럼 난 남아대장부가 될 수 없는 거야?'

용비야의 눈에 당리는 언제까지나 자라지 않는 동생이었다.

용비야는 당리를 한운석의 품에서 떼어 내 일언반구도 없이 밖으로 데려갔다.

이렇게 해서 본디 남쪽으로 가려던 그들 일행은 비밀리에 동래궁에 계속 머물게 되었다. 그들은 북려국 쪽 상황을 지켜보는 한편 백언청의 소식을 살폈다.

용비야는 밀정을 먼저 남쪽으로 보내 칠살에 관한 확실한 정보를 알아보게 했다.

백리율제와 설 부장은 두 차례 서신을 주고받았고, 그 후 동진군이 먼저 북쪽으로 출병해 주양군을 공격했다. 영승은 더는 그들에게 서신을 보내지 않았지만, 만상궁과는 계속해서 밀서를 주고받았다.

당리가 두 번 세 번 조르는 바람에 한운석은 만상궁에 연통을 넣어 영승에게 답신을 보낼 때 영정을 잘 보살펴 달라고 전하게 했다.

사실 당리가 본래 전하려던 말은 이랬다.

"영승에게 이렇게 경고해! 영정과 아이에게 무슨 일이라도 생기면 내가 절대로 가만두지 않을 거라고!"

한운석은 '임부를 잘 보살펴 달라'는 완곡한 말로 전달했다.

요 며칠간 용비야와 쌍수하는 시간을 빼면, 한운석은 내내 독 저장 공간을 수련했다. 수련 강도가 높아짐에 따라 꼬맹이와의 감응도 점점 커졌지만 의식을 통한 교류는 끝내 해내지 못했다.

뜻밖에도 백언청은 소식 한 자락 들려오지 않았다. 그래서 그들은 백언청이 대체 뭘 하려는지 도무지 알 수가 없었다.

이처럼 바쁜 와중이지만 용비야는 또 다른 일도 잊지 않고 있었다. 바로 서주국 강성황제가 백독문 일에 나선 이유를 조사하는 것이었다. 그는 이 일을 초천은에게 맡겼다.

고칠소도 한가하지 않았다. 그는 칠살 비수의 소식을 쫓는 한편 고북월을 도와 암시장에서 회룡단을 찾아다녔다. 모두가 고북월의 영술이 하루빨리 회복되기를 바랐다. 고북월이 회복되면 용비야와 한운석에게 큰 힘이 될 수 있었다.

백리명향도 놀고 있지는 않았다. 그녀는 동래궁 안에서 숨겨진 정원을 하나 찾아 열심히 무예를 연마했다.

어느 날 오후, 모처럼 쉴 수 있게 된 한운석은 백리명향을 찾아가 요리를 배웠다.

용비야는 고칠소를 불렀고, 이를 본 고북월도 따라갔다.

사실 줄곧 용비야가 앙갚음하기를 기다렸던 고칠소는 용비야가 단독으로 자신을 부른 것도 그 때문이라고 생각했다.

고북월이 따라 들어오자 고칠소는 차갑게 용비야를 바라보며 고북월을 내보내라고 눈짓했다.

그런데 용비야가 입을 열기도 전에 고북월이 먼저 차분한 목소리로 말했다.

"칠소, 자네는 대체 몇 살인가?"

고칠소는 그만 놀라 자빠질 뻔했다. 그가 고북월을 돌아보며 물었다.

"그……, 그게 무슨 말이야?"

"자네 피에는 문제가 있네. 나와 꼬맹이는 진작 발견했지. 본래는 자네를 독고인이라고 생각했지만 아니었지."

고북월이 진지하게 말했다.

오래전 꼬맹이와 함께 고칠소의 피에서 이상한 점을 발견했던 그는 고칠소가 불사불멸의 독고인이 아닐까 의심했다.

하지만 제단 밀실의 기록이 그가 틀렸음을 알려 주었다. 독고인을 기르는 열매는 정해져 있고, 그 열매는 이미 백언청이 먹어 치웠다. 지난날 고운천이 고칠소에게 시험한 것은 약이지 독은 아니었다. 그러니 우연히 독고인을 길러 냈을 가능성도 없었다.

이제는 고북월도 고칠소의 몸이 어쩌다 저렇게 된 것인지 짐작이 가지 않았다.

용비야는 흥미로운 눈빛으로 고칠소를 훑어보았다. 고칠소는 거북해서 어쩔 줄 모르며 퉁명스레 말했다.

"내가 무슨 놈의 괴물인지 나도 몰라! 나도 내가 독고인인 줄 알았다고. 그런데 밀실에는 독고인이 늙는다고 되어 있었잖아.

나는…… 늙지 않는 것 같아.”

독고인에 관한 전설은 많았다. 불로불사불멸에 칼과 창으로 찌를 수 없다는 둥, 다치거나 병에 걸리지 않는다는 둥, 무슨 독이든 견뎌 낸다는 둥 온갖 소문이 있었다.

고북월도 전에는 독고인을 불로불사불멸의 몸으로 오해했지만, 밀실에서 진실을 알고 나서야 확실히 파악할 수 있었다.

용비야는 본래 고칠소의 몸에서 독고인을 깨뜨릴 또 다른 방법을 찾을 생각이었으나, 이제 보니 가망이 없어 보였다.

그가 물었다.

“고운천은 아느냐?”

고칠소는 힘없이 고개를 저었다.

고북월이 진지하게 말했다.

“한동안 내 숙소에서 지내세. 내가 잘 살펴보겠네. 독이 아니라면 약일 가능성이 크겠지.”

고칠소는 공연히 솜털이 쭈뼛 솟았다.

“어떻게 살펴볼 거야?”

고북월은 웃음을 지었다.

“겁내지 말게. 맥을 짚고 피를 검사해 보는 걸세. 자네 피는 아주 특수하거든.”

고칠소는 아무래도 고북월을 믿을 수 없는 듯 의심스러운 표정을 지었다.

용비야는 별말 없이 고북월에게 맡기고 나가려고 했다. 하지만 고칠소가 불러 세웠다.

"용비야, 우리 거래하는 게 어때?"

"말해라."

용비야는 고개를 돌리지도 않았다. 대체 얼마나 고칠소가 보기 싫으면 저럴까?

"언젠가 설랑을 죽일 수 있다는 그 힘이 뭔지 알게 되면 미접몽을 내게 남겨. 그 대가로 내가 그 힘을 찾아 줄게. 어때?"

고칠소가 진지하게 물었다.

미접몽은 단 한 병뿐이었다. 어쩌면 미접몽이 불로불사불멸인 그를 해방시켜 줄 수 있을지도 모르는데, 그걸 다 써 버리면 그에게는 한 줌의 희망조차 없어졌다.

용비야는 냉소를 터트렸다.

"근거는?"

"이 어르신이 무조건 너희들을 보호해 줄게!"

고칠소가 큰 소리로 외쳤다. 그가 이 삼도 암시장에 엉덩이가 짓무르도록 뭉개고 있는 것도 다 백언청을 막기 위해서, 모두를 구하기 위해서가 아니었던가?

하지만 용비야는 냉정했다.

"그건 네가 약속을 지키지 않은 대가다. 떠나고 싶으면 언제든지 떠나도 된다."

다시 말하면, 고칠소가 떠나면 한운석과 다른 이들이 즉시 불사불멸이라는 그의 비밀을 알게 된다는 뜻이었다.

고칠소의 얼굴이 어두워졌다. 용비야의 뒷모습이 사라진 후에도 그의 얼굴은 더없이 어두컴컴했다.

고북월이 사람 좋은 웃음을 지으며 말했다.

"칠소, 그만 가세."

사실 고칠소는 고북월의 이런 미소를 좋아했지만, 지금은 온몸에 소름이 쪽 돋는 것 같아서 고북월이 다가오기도 전에 연기처럼 내빼고 말았다.

고칠소가 협력하지 않으니 이 일은 계속 미루는 수밖에 없었다.

기다림의 나날 동안 사람들은 모두 바빴다. 그러던 어느 날 북려국 쪽에서 모두가 깜짝 놀랄 소식이 전해졌다.

지붕 위에 누워 햇볕을 쬐고 있던 고칠소는 한운석 일행이 정원에서 나누는 대화가 들려오자 그대로 지붕에서 굴러떨어져 바닥에 고꾸라지고 말았다!

아이의 엄마

목령아가 임신했다!

북려국 쪽에서 들려온 소식은 바로 목령아의 임신이었다.

고칠소는 엉금엉금 일어나면서 믿을 수 없다는 얼굴로 물었다.

"어떤 놈의 씨야?"

목령아 고 계집애는 온종일 그의 주위만 맴돌았는데? 매일같이 칠 오라버니, 칠 오라버니 노래를 부르던 고 계집애가 이렇게 뚝딱 마음을 바꿔 먹고 다른 놈에게 가?

이건 너무 빠르잖아?

고칠소가 이렇게 묻자 한운석, 용비야, 고북월 모두 그를 돌아보았다. 표정이 하나같이 이상야릇했다.

고칠소는 의아한 얼굴로 그들을 쳐다보았다. 어떻게 된 일인지는 몰라도 문득 당황스러운 기분이 밀려들었다.

"왜……, 왜들 그렇게 봐?"

그가 우물거리며 물었다.

모두 말없이 그를 가만히 응시하기만 했다. 침묵이 깊어지면 깊어질수록 고칠소는 점점 더 당황했다.

"독누이, 왜 그래?"

한운석은 대답하지 않고 서서히 눈을 가늘게 좁혔다. 그 눈에서 차츰차츰 살기가 흘러나왔다. 다른 이들의 표정도 바뀌었다. 용비야는 경멸에 찬 표정이었고, 고북월은 눈을 찡그리며 심각한 표정을 지었다. 당리는 냉소를 지었고, 서동림은 정색한 채 설레설레 고개를 저었고, 백리명향도 몹시 화난 듯 고운 눈썹을 찡그렸다.

고칠소는 무의식적으로 한 걸음 물러섰다. 등이 담벼락에 닿았다. 가슴속에서 불안감이 점점 커지자 그는 차라리 묻지 않기로 하고 몸을 돌렸다.

그때, 마침내 한운석이 소리를 냈다. 분노에 찬 목소리였다.

"고칠소, 당신……! 당신…… 대체 언제 그런 거야! 말해 봐!"

"뭐?"

고칠소는 아직도 상황 파악이 되지 않았다.

"고칠소, 령아가 당신을 좋아하는 건 맞아요. 하지만 그런 행동을 해선 안 되는 거예요. 명분도 없이 어떻게……, 어떻게 그럴 수가 있어요!"

언제나 조용하던 백리명향마저 도저히 참을 수가 없어 비난을 퍼부었다.

"짐승!"

당리는 딱 한 단어만 내뱉었다.

용비야는 말없이 코웃음을 쳤다.

고칠소는 저들이 대체 왜 저러는지 통 감이 오지 않았다. 대체 내가 뭘 했다고? 뭔지 알아야 말을 하지!

그는 한운석을 돌아보았지만 차마 그녀에게 낯을 붉힐 수가 없어서, 백리명향과 당리에게 화를 쏟아 냈다.

"너희들, 그게 무슨 말이야? 똑바로 말해! 이 어르신이 뭘 했는데? 그 계집애가 임신한 게 나하고 무슨 상관이야! 내가 왜 짐승이냐고?"

당리가 와락 달려들어 고칠소의 멱살을 움켜쥐고 따져 물었다.

"저지를 용기는 있으면서 인정할 용기는 없으시다? 고칠소, 네가 그러고도 남자냐? 목령아의 배 속에 있는 건 네 아이야! 저쪽에서 그 아이를 빌미로 널 협박하는데도 인정 안 해? 이 비겁한 놈! 어디 가서 우리하고 아는 사이라고 입도 벙긋하지 마!"

이 말에 고칠소는 완전히 넋이 나갔다. 그는 당리가 멱살을 잡든 말든 꼼짝도 하지 않았다.

방금 모두에게 욕을 듣고 대강 짐작은 했지만, 정말이지 그런 쪽으로는 생각조차 해 보지 못했다. 그저, 목령아를 어떻게 보살폈기에 그런 일을 당하고 임신까지 하게 만들었느냐고 탓하는 줄로만 생각했다.

그런데 그런……, 그런 일을 했다고 생각하다니?

"개소리!"

고칠소는 정신을 차리고 당리를 힘껏 뿌리친 뒤 씩씩거리며 사람들을 둘러보았다.

"너희들, 이 고칠소를 뭐로 보는 거야?"

사람들은 이해가 가지 않는 얼굴로 서로서로 마주 보았다.

고칠소의 저 반응은 꾸며 낸 것이 아니었다. 그의 성격상 자기가 한 일을 부인할 리도 없었다.

하지만 북려국에서 온 소식은 목령아가 고칠소의 아이를 가졌으니 고칠소더러 약재를 잔뜩 내놓으라고 협박하고 있었다.

군역사가 직접 나선 것은 아니었다. 약귀당에 서신을 보낸 사람은 북려국에서 제법 유명한 약방의 주인이었다. 약방 이름은 양심당養心堂이고, 주인은 울가빙鬱柯冰이라고 했다.

군역사는 한운석 일행이 이미 목령아와 영정의 행방을 알아낸 사실을 모르는 모양이었다. 그래서 울가빙을 시켜 에둘러 요구한 것이었다.

협박장에는 목령아가 임신한 지 벌써 다섯 달이 되어 가며, 아이 아빠는 고칠소라고 주장했다는 내용이 똑똑히 적혀 있었다.

울가빙은 여덟 가지 약재를 각각 열 석씩 국경으로 보내라고 약귀당에 요구했고, 국경에 도착하면 사람을 보내 받아 가겠다고 했다. 열흘 안에 도착하지 않으면 목령아 배 속에 든 아이를 지킬 수 있을지는 운에 달렸다는 말도 덧붙였다.

한운석 일행도 처음 이 서신을 보았을 때는 믿지 않았다. 하지만 가만히 생각해 보면 믿지 않을 이유가 없었다!

북려국 쪽에는 목령아와 고칠소의 관계를 아는 사람이 없었다. 백번 양보해서 설사 목령아가 고칠소를 좋아한다는 것을 아는 사람이 있다 해도, 이런 일을 꾸며 고칠소를 협박할 정도는 아니었다!

진짜인지 가짜인지는 고칠소가 누구보다 잘 알 터였다.

어쨌거나 아이가 생긴 것과 아이 아빠가 누구인지 밝히는 것은 꾸며 내려야 꾸며 낼 수 없었다!

그러니 북려국 쪽에서 이런 협박장을 보낸 까닭은 단 하나, 목령아가 정말 임신했고 제 입으로 아이 아빠가 고칠소라고 밝혔기 때문이었다.

영승이 앞서 보낸 서신에는 목령아의 임신 이야기가 없었다. 그들이 이미 알고 있다고 생각했던 걸까, 아니면 깜빡하고 빠뜨렸던 걸까?

"목령아가 직접 말했다는데 그래도 잡아뗄 거야? 고칠소, 네가 그런 놈일 줄이야!"

당리는 냉소를 금치 못했다.

고칠소는 울화통이 터질 지경이었다. 그가 반박하려는데 백리명향이 또 말했다.

"고칠소, 설마 령아가 누명을 씌웠다는 건가요? 혼례도 올리지 않은 처녀가 무엇하러 자신의 정절을 더럽히면서까지 당신을 모함하겠어요?"

"목령아는 남을 모함할 아이가 아니야! 그럴 이유도 없고! 아무 이유도 없이 왜 사서 그런 일을 하겠어?"

한운석도 나섰다. 그녀는 사촌 동생이 너무 가엾었다.

"나…… 난, 그게…… 그러니까……."

방금까지만 해도 뱃속에 하고 싶은 말이 가득했던 고칠소도 여기저기서 한마디씩 쏘아붙이자 갑자기 말이 나오지 않았다.

"고칠소, 똑똑히 말해. 대체 어떻게 된 거야? 둘이……, 둘이 언제…… 그런…….”

목령아 그 아이는 어쩌자고 그렇게 어리석은 짓을 했담? 고칠소가 진심이 아니라는 걸 잘 알면서 어떻게 그런…….

한운석은 거북해서 도저히 말을 꺼낼 수가 없었다.

입이 열 개라도 할 말이 없어진 고칠소는 진지한 눈길로 한운석을 바라보며 물었다.

“독누이, 정말 내가 그런 사람으로 보여?”

“난 어떻게 된 일인지 알고 싶을 뿐이야. 설마 령아가 당신을 모함했을까? 당신이 정말 령아를 좋아한다면 혼례부터 올리지 그랬어? 당신은 그 아이의 정절을 더럽히고 그 아이를 모욕했어!”

한운석이 되물었다.

갑자기 고칠소가 분노에 차서 으르렁거렸다.

“이 어르신은 그런 사람이 아니야! 이 어르신이 정말 그 아이를 좋아했다면 혼례를 올리지 않았더라도, 명분이 없더라도 아무 상관없이 사랑해 주고 임신시켰을 거야!”

그 말에 모두가 조용해졌다. 한운석은 멍해졌다. 고칠소가 한 말이 무슨 뜻인지 당장 와닿지 않았다.

사실, 알아듣지 못한 사람은 한운석만이 아니었다. 모두 마찬가지였다. 고칠소가 다시 말했다.

“그 아이를 좋아하지도 않는데 왜 그런 짓을 하겠냐고!”

이번에는 정원 전체가 조용해졌다.

모두 정절 문제로 화를 내고 있는데, 알고 보니 고칠소 저 녀석은 여자의 정절 따위는 안중에도 없었다. 그에게 중요한 것은 좋아하느냐 아니냐였다.

한운석은 당황한 얼굴로 멍하니 고칠소를 바라보며 한참 동안 말을 꺼내지 못했다.

"결국 넌 짐승이야!"

당리가 쏘아붙였다.

"너무해요!"

백리명향은 고칠소의 이런 논리를 이해할 수가 없었다.

고북월은 고개를 저었고, 용비야는 눈을 가늘게 뜬 채 고칠소가 던진 두 마디를 곱씹어 보더니 소리 없이 한운석을 붙잡아 등 뒤로 숨겨 보호했다.

모두가 조용해진 가운데 고칠소가 언짢은 목소리로 말했다.

"협박장은 어딨어? 보여 줘."

한운석이 건네려고 했으나 용비야가 먼저 낚아채 고칠소에게 집어 던졌다.

고칠소는 협박장을 한 번 훑어본 다음 품에 넣고 돌아섰다. 마침내 용비야가 입을 열었다.

"어디를 가느냐?"

고칠소는 화가 머리끝까지 났다.

"아이 엄마 찾으러!"

"상황이 확실해지기 전까지 너는 아무 데도 갈 수 없다!"

용비야가 차갑게 말했다.

"네가 막는다고 이 어르신이 못 갈 것 같아?"

고칠소가 가소로운 듯이 반문했다.

"시험해 보시지!"

용비야도 으름장을 놓았다.

"이 어르신이 가지 않으면……."

이렇게 말하던 고칠소는 용비야의 눈동자에 어린 위협을 발견하는 순간 입을 다물었다.

지난번에 당리가 그 난리를 쳐도 허락하지 않았던 용비야가 고칠소를 보내 줄까?

"않으면? 어쩔 셈이냐?"

용비야가 한 자 한 자 힘주어 물었다.

고칠소는 실눈을 뜨고 그를 마주 보았다. 두 사람 사이로 일촉즉발의 긴장감이 흘렀다.

그렇지만 이내 고칠소가 고개를 돌렸다.

"아무것도 안 해! 가서 잠이나 잘래. 사실이 확인되면 이 어르신의 결백을 밝혀 주는 걸 잊지 말라고!"

나라를 주어도 아깝지 않을 아름다운 저 얼굴로 '이 어르신'이 어쩌니 하며 너절한 말투를 쓰는데도 어쩐지 전혀 위화감이 느껴지지 않았다. 아니, 오히려 뭐라고 설명할 수 없는 남자다운 매력이 풍겼다.

그는 멋들어지게 지붕 위로 날아올라 큰 대大 자로 누워 계속 햇볕을 쬐었다. 방금 했던 말다툼 따위는 전혀 아랑곳하지 않는 태도였다. 모두 지붕을 쳐다보았지만 어쩔 도리가 없었다.

"서동림, 따라오너라. 만상궁에 가서 당장 이 일을 확실히 알아봐야겠다."

한운석이 진지하게 말했다.

사실인지 아닌지는 영승에게 물어보면 알 수 있었다.

모두 흩어졌으나 용비야는 여전히 지붕을 올려다보고 있었다. 고칠소는 겨울날 따스한 햇볕 속에 누워 있었다. 햇볕을 쬐어 온몸이 따뜻하고 나른한데도, 무엇 때문인지 이름 모를 서늘한 기운이 느껴졌다.

일어나 앉아 아래쪽을 내려다본 그는 천년 빙하 같은 용비야의 차가운 얼굴과 딱 마주쳤다.

"내려와라."

용비야가 차갑게 말했다.

"네가 올라와."

고칠소는 경계를 돋웠다.

"내려올 테냐, 말 테냐?"

용비야가 다시 물었다.

"올라올 거야, 말 거야?"

고칠소는 이렇게 물은 다음 용비야가 대답할 틈도 주지 않고 재빨리 덧붙였다.

"올라오기 힘들면 내가 잡아 줄게!"

그는 말을 끝내기 무섭게 자리를 뜨려고 했지만, 용비야가 휙 몸을 날려 그의 앞에 내려섰다.

고칠소는 재빨리 뒤로 물러났다.

"내려갈게! 내려가면 되잖아?"

고칠소는 즉시 아래로 내려갔고, 내려서기 무섭게 문밖으로 달아났다. 하지만 문가에 이르렀을 때쯤 용비야가 역시 문 앞에 내려서서 앞을 가로막았다.

"한운석에게서 멀찍이 떨어져라!"

용비야가 차갑게 경고했다.

그 말을 끝으로, 용비야는 고칠소의 옆을 지나쳐 사라졌다. 혼자 남겨진 고칠소의 표정은 복잡했다.

그제야 방금 충동적으로 무슨 말을 해 버렸는지 생각이 난 모양이었다. 그는 이마를 긁적이고 코를 만지작거리며 점점 불안에 휩싸였다. 앞으로 독누이가 자신을 어떻게 생각할까 불안했다.

그로부터 며칠간 고칠소는 몹시 우울해했다. 사람들은 그와 마주칠 때마다 경멸의 눈빛을 보냈다. 그는 그런 눈빛에 아랑곳하지 않았지만 한운석과 마주칠 때면 감히 눈을 마주치지도 못했다.

사실 그날 그가 한 말은 사실이었다. 그게 그의 행동 방식이었다. 그러나 그런 행동 방식이며 성격, 원칙은 한운석에게는 죄다 효과가 없었다.

얼마 안 있어 만상궁에서 영승의 답신을 보내왔고 진상이 밝혀졌다. 알고 보니 목령아가 영정을 보호하기 위해 가짜로 임신한 척하고 고칠소에게 누명을 씌운 것이었다.

지구전, 그들을 도와라

영승이 목령아 이야기를 하지 않았던 것은 정말 깜빡했기 때문이었다. 아무래도 그 일은 영승과 그들 사이의 협력에 중요한 부분이 아니기 때문이었다.

이번에 보낸 영승의 답신에는 그 이야기가 상세히 쓰여 있었다. 지금 군역사 쪽 사람들은 물론, 정 숙부와 금 집사까지도 영정이 임신한 사실을 알지 못했다. 그들은 이미 백옥교와 협상을 마쳤고, 백옥교는 며칠 전부터 목령아를 시중들 하녀를 보내 주었다.

명목상은 목령아를 시중들기 위해서지만 사실상 하녀가 시중드는 사람은 영정이었다. 백옥교는 지키는 병사가 영정과 목령아의 막사에 들어가지 못하게 조치해 놓았다. 하지만 군역사가 직접 찾아올 수도 있으니 방비해야 했다.

말하자면 군역사가 북쪽으로 출병해야만 모두가 안전했다. 그렇지 않으면 언제든 변고가 일어날 수 있었다.

군역사가 양심당을 통해 협박장을 보낸 것은, 동진군과 영씨 집안 군대가 전쟁을 시작한 뒤로 그가 영승을 더욱 믿게 되어 미리 출병 준비를 시작했기 때문이었다.

곧 추운 겨울이었다. 북려국 땅에서 나는 약재의 양은 몹시 빠듯했다. 군량과 마초를 사들일 곳은 마련해 놓았으나 약재를 사들일 곳은 없었다.

세상에 양곡상은 많고도 많았다. 용비야가 장악한 중남도독부는 근 1년간 외부로 나가는 곡식을 엄격히 통제했지만, 곡식 거래를 완전히 틀어막을 수는 없었다. 더욱이 천안국과 서주국에도 전쟁통에 전문적으로 곡식을 사고파는 양곡상이 있었다.

군역사가 군량과 마초를 조달할 방법을 마련한 것은 이상하지 않았다.

하지만 약재는 달랐다. 운공대륙에서 약재 재배는 기본적으로 약성과 약귀곡에서 이뤄지고 있었다. 약재 비축분이 많지 않은 군역사는 목령아의 '아이'를 빌미로 약귀당을 협박할 수밖에 없었다.

일의 자초지종이 확실히 밝혀지자 고칠소는 껄껄 웃음을 터트렸다.

"이 어르신이 평생 쌓은 명성이 고 못된 계집애 손에 작살날 뻔했네! 아무튼 고 계집애는 착하다니까!"

자신의 정절까지 버려 가며 그런 일을 저지르다니. 확실히 목령아는 착한 사람이었다.

이해할 수 없는 건 모두 마찬가지였지만 특히 백리명향이 그랬다. 여자에게 있어 정절이란 무엇보다 소중했다. 목숨보다도 소중했다!

그러나 한운석은 목령아의 마음을 이해했다.

"고칠소, 령아를 탓하지 마. 일부러 그런 건 아닐 거야."

고칠소가 반박하기도 전에 한운석이 계속 설명했다.

"영정은 납치되기 전에 실수로 령아와 부딪혀 넘어진 적이
있어……."

"뭐라고?"

당리는 깜짝 놀랐다.

"영정은 유산할 뻔했고 오랫동안 자리보전을 해야 했어. 그
때 령아가 돌봐 줬지. 납치당했을 때 아직 몸이 회복되지 않았
을 테니 령아는 어떻게든 영정을 보호하려고 했을 거야."

한운석은 담담하게 말했다.

사람들은 그제야 진상을 알았다. 사리를 아는 당리는 목령아
를 탓할 수 없었다.

"두 사람을 구해 낸 다음 진심으로 고맙다고 인사할게요! 그
리고 언젠가 목령아가 시집가면 우리 당문이 혼수를 준비해 주
겠어요!"

이는 쉽지 않은 결심이었다.

사람들이 혼수에 기대하는 것은 두 가지였다. 하나는 혼수의
양이고 또 하나는 신부의 배경이 가진 힘이었다.

당문이 목령아에게 혼수를 해 준다면, 목령아의 뒤에 당문이
버티고 있다는 것을 목령아의 시집과 세상 사람 모두에게 선포
하는 것과 같았다.

한운석은 그 말을 듣고 목령아를 대신해서 매우 기뻐했다.
목씨 집안이 무너진 뒤, 목령아에게는 친정이 없다고 해도 좋
았기 때문이었다.

그렇지만 전혀 대수로워하지 않는 고칠소를 보자 기쁜 와중

에도 한숨이 나왔다.

그 바보 같은 아이가 다른 사람에게 시집가려고 할까?

어쨌거나 마침내 울적하던 고칠소의 마음도 맑게 개었다. 빚이 사라지자 기분이 홀가분했다. 그는 협박장을 꺼내 차 탁자에 내려놓으며 물었다.

"이건 어쩌지?"

"해 줘야지!"

당리가 다급히 말했다.

"형수님, 약재 값이 얼마예요? 제가 낼게요!"

달라는 대로 주지 않았다가 행여 군역사가 목령아의 임신이 거짓임을 알게 되면 영정을 의심할지도 몰랐다.

당리로선 영정을 천하성 군영에 놔두는 것만 해도 이미 한계였다. 더는 그 어떤 위험도 받아들일 수 없었다.

"그 돈은 당신 형과 만상궁이 낼 거야."

한운석은 그렇게 말한 다음 용비야를 향해 웃어 보였다.

"우리 약귀당에서 이 할 할인해 줄게요."

당리가 무슨 소린지 모르겠다는 표정을 짓자 고북월이 설명했다.

"일리 있는 말씀입니다. 제가 알기로 북려국 약재 창고는 늘 북려국 황제가 관리해 왔습니다. 한때 군역사가 약성 목씨 집안과 결탁하고, 운공상인협회와도 북려국 설산에서 약초를 키우는 일로 협상한 적이 있지만 지금은 모두 북려국 황제 손에 들어갔습니다. 북려국 황제에게는 약재가 있지만 군역사에게

는 없지요. 쌍방의 전력이 엇비슷하다면 북려국 황제가 우세합
니다."

한운석은 고개를 끄덕이며 그 말을 받았다.

"양쪽이 싸울 때 한쪽이 우세해지면 그 전쟁은 오래가지 못
하죠."

용비야는 당연히 한운석과 고북월의 의견을 받아들였다. 그
가 덧붙여 말했다.

"내전이 길어질수록 전력 소모가 커지고 손해도 커진다. 필
요한 것도 많아지지."

군역사와 북려국 황제의 실력이 엇비슷해야 내전이 반년 정
도 이어져 양쪽 모두 거의 무너질 때까지 싸우게 될 터였다.

용비야는 곧바로 분부를 내렸다.

"서동림, 약재를 준비하겠다고 양심당에 답신을 보내라. 그
리고 낙 점주에게는 북려국 황제에게 곡식을 몇 수레 보내라고
전해라."

강건 전장은 자산이 넉넉했고, 당연히 돈을 벌어들이는 사업
을 진행하고 있었다. 예를 들면 소금 사업이나 설탕 사업, 양곡
사업 같은 것이었다. 북려국 황제 쪽에 곡식이 부족하다는 것
은 소 귀비가 진작 보고했다. 지금이 양곡상 몇 곳을 동원해 북
려국 황제를 골탕 먹일 때였다.

고칠소는 이런 권모술수를 좋아하지 않았고 신경 쓰고 싶지
도 않았지만, 그래도 무슨 말인지는 알 수 있었다.

그가 혀를 차며 말했다.

"용비야, 너야말로 가장 비열한 놈이야!"

권모술수, 비열함, 계략, 속셈, 영리함, 지혜. 이 단어들은 상황에 따라, 사람에 따라 그 정의가 달랐다.

용비야는 자신이 원하는 것이 무엇인지 너무도 잘 알고 있었고, 남들이 뭐라고 평하건 신경 쓴 적이 없었다. 그가 아는 것은, 천하를 원한다면 천하 사람의 비난을 두려워하지 말아야 한다는 것뿐이었다! 언젠가 자신의 손으로 운공대륙의 역사를 쓰게 될 날이 왔을 때 각지의 백성들이 알아서 토론하고 판단하면 그뿐이었다!

용비야는 태연하게 말했다.

"모두 가서 준비하도록. 군마가 오기를 기다릴 필요는 없다. 영승은 필시 며칠 안에 군역사에게 군비를 먼저 내줄 것이다. 북려국 내전은 곧이다……."

그가 군역사에게 약재를 내줬으니, 영승 역시 군비를 줄 때가 왔다는 것을 알아차릴 터였다.

용비야의 추측은 옳았다. 약귀당이 약재를 공급하기로 한 이튿날, 영승이 먼저 군역사를 찾아갔다.

"주양군을 잃을 것 같다. 군대에 명령을 내려 합양관으로 물러나 지킬 준비를 하라고 했다."

군역사로선 다소 의외였다. 그는 본래 영씨 집안 군대가 최소 한 달은 주양군을 지킬 수 있으리라 생각했다.

"얼마나 더 버틸 수 있지?"

"열흘 안에 잃을 것이다."

영승의 표정이 어두웠다.

"이런!"

군역사는 몹시 화가 났다.

"영씨 집안 군대가 언제부터 그렇게 약해졌느냐?"

영승은 차갑게 코웃음을 쳤다.

"나를 돌려보내 주면 두 달은 지킬 수 있다고 약속하지."

영승이 군중에 없어 부장들의 지휘에 실수가 있었다는 이유는 확실히 설득력이 있었다.

군역사는 입꼬리를 실룩이며 못 들은 척하는 수밖에 없었다. 손가락이 탁자 위에 펼쳐 놓은 지도를 초조하게 두드리는 것으로 보아 내심 불안한 것이 분명했다.

영승은 입술로 차가운 호를 그리며 침착하게 어둠 속에 서 있었다. 봉황 깃 가면이 망가진 눈을 가렸고, 남은 한쪽 눈은 그늘 속에서 그윽하면서도 서늘한 빛을 내고 있었다. 신비한 봉황 깃 가면보다 더 속을 들여다볼 수 없는 눈이었다.

군역사는 아주 한참 동안 고민하다가 결국 농담처럼 말했다.

"영승, 돌아갈 필요는 없다. 앞으로 이레쯤 있으면 군마가 천녕국에 도착할 텐데, 군비부터 주는 게 어떠냐?"

영승도 바로 이 말을 기다리고 있었지만, 일부러 망설이는 척했다.

"얼마나 필요하지?"

지난번에 군역사는 십억이라는 터무니없는 금액을 요구했

고, 영승은 흥정 끝에 군마가 도착하면 우선 오억을 주고 나머지 오억은 나중에 주기로 했다.

영승은 군인일 뿐 아니라 상인이기도 했다. 이곳에 있는 동안 침묵을 지키기는 했지만, 진작 군역사의 장부 상황을 정확히 헤아려 놓고 있었다.

군역사가 지금 지출해야 할 항목은 한둘이 아니었다. 그는 자신이 이끄는 기마대의 군비와 북려국 각지에 흩어진 세력의 군비, 또 중간 세력을 끌어들이는 비용을 처리해야 했다. 게다가 가장 큰 부분은 동오국에 지급할 말 구매 비용과 운송 비용이었다.

두 번째로 오기로 한 군마 삼만은 천하성에 거의 도착해 있었다. 재정이 빠듯하지만 않았다면 며칠 전에 도착했을 말 떼였다. 그리고 세 번째 말 떼는 값을 치르지 못해 아직 동오국에 있었다.

군역사는 두 번째로 온 군마와 북려국의 중부, 남부 세력을 이용해 여러 갈래에서 북려국 황제 세력을 공격할 계획이었다.

군역사는 서남쪽에 있고 동오국은 서북쪽에 있었다. 일단 군비를 손에 넣으면 동오국에 사람을 보내 세 번째 군마를 받아 오는 동시에 기병을 데리고 서북쪽으로 출병해 북려국 황제를 공격할 수 있었다.

어쨌든 군역사는 세 갈래 방면에서 북려국 황제를 공격할 준비가 충분히 되어 있었다. 모든 것을 갖췄으나 돈이 부족했다.

그 역시 서두를 생각은 아니었다. 하지만 영씨 집안 군대가 하나하나 궤멸하고 있는 지금은 그들이 용비야를 석 달 동안 막아 주지 못하는 사태에 대비해야 했다! 북려국 내전을 일찍 마무리 지을수록 후방도 안전했다.

"이억."

약속했던 오억과 비교하면, 이번에는 군역사도 제법 상황을 파악한 셈이었다.

영승이 망설이자 그는 진지하게 말했다.

"영승, 내가 북려국 황제를 일찍 처리해야 좀 더 일찍 남하해서 네 힘이 되어 줄 수 있다. 너도 잘 알지 않느냐!"

"일억!"

영승은 더는 협상하지 않겠다는 태도로 말했다.

"일억 냥이면 석 달 군비와 동오족에 치를 금액으로 충분할 것이다. 파격적으로 해 주는 것이다. 군마가 영씨 집안 군대 손에 들어가면 나머지 돈은 한 푼도 빠짐없이 주겠다."

일억이면 군역사가 북려국 황제와 맞서고도 남는 돈이었다. 아무리 군역사에게 돈을 줄 마음이 없다 해도, 군역사가 너무 약해져서는 안 된다는 것을 영승 역시 잘 알고 있었다. 군역사가 약해져 북려국 황제에게 제압되면 내전은 오래가지 못했다.

전쟁이 짧아지면 패배하는 쪽은 하나뿐이고, 양쪽 다 쇠하는 일은 결코 없었다.

돈을 써서 군역사가 북려국 황제와 싸우게 하는 것이 영씨 집안 군대가 직접 싸우는 것보다 나았다.

앞서 했던 약속이 있으니 군역사도 강요하지 못했다. 은자

일억 냥이면 쓰기에 충분하다는 것을 그도 알고 있었다.

이렇게 해서 영승은 호쾌하게 금패 두 장을 내주고 전장 이름을 알려 주었다. 그리고 서신 한 통을 써 주며 가서 은자를 받아 오라고 했다.

며칠 지나지 않아 삼도 암시장에 있던 한운석 일행은 북려국에 내전이 벌어졌다는 소식을 들었다.

군역사는 두 번째로 온 군마와 기병이 적응할 때까지 기다리느라 움직이지 않았고, 거병한 곳은 남부와 중부의 세력이었다.

그러나 또 이틀이 지나자 영승이 소식을 보내왔다. 군역사 휘하의 말 조련사가 군마를 놀랄 만큼 잘 다룬 덕에 며칠 안에 군역사가 북쪽으로 출병한다는 내용이었다.

그렇다면 군역사는 요 며칠 안에 영정과 목령아, 소소옥을 어떻게 처분할지 결정할 터였다.

호랑이 감옥, 드나들기 어려운 곳

군역사는 만반의 준비가 되어 언제든지 출병할 수 있었다. 한운석 일행도, 그리고 영승도 군역사가 소소옥 등 인질을 어떻게 하려는지 기다렸다.

인질을 데리고 전쟁을 치러 봤자 성가실 뿐이니 군역사가 그렇게까지 충동적으로 굴 리는 없었다. 인질을 천하성에 감금하거나 비밀리에 다른 곳으로 이동시켜야 했다.

어느 날 아침이 밝기 무섭게 군역사가 몸소 영승을 찾아왔다.

"좋은 곳에 데려가 주지. 어떠냐?"

그가 웃으며 물었다. 최근 들어 그는 기분이 좋았다.

"어디냐?"

영승이 물었다.

"하하하, 가 보면 안다!"

군역사가 눈짓하자 시종이 다가와 영승에게 눈가리개를 씌웠다. 대강 무슨 일인지 눈치챈 영승은 이것저것 묻지 않고 시종이 이끄는 대로 군역사와 함께 마차에 올랐다.

가는 동안 영승은 아무 말 없이 묵묵히 시간을 헤아리고 마차 흔들림 강도에 따라 지형과 도로 상태를 추측했다. 마차는 빠르게 달리다가 정오가 가까워졌을 때야 멈췄다.

군역사는 행적이 노출될까 두려운지 내내 아무 소리도 내지 않았다. 얼마쯤 걸은 뒤 군역사가 손수 영승의 눈가리개를 풀어 주었다.

그제야 영승은 군역사가 자신뿐만 아니라 영정 일행도 데려왔다는 것을 알았다. 슬쩍 훑어보니 영정과 목령아, 소소옥, 금집사, 정 숙부가 모두 와 있었다. 백옥교도 그들 무리 뒤에 서 있었는데 고운 얼굴에 떠오른 표정은 썩 좋아 보이지 않았다.

그들이 있는 곳은 울창한 숲속으로, 길이 보이지 않을 만큼 초목이 빽빽하게 자라 있었다. 멀지 않은 곳에 조그마한 원락이 두 개 보였다. 둘러친 담이 제법 높고 나무로 가려져 거의 눈에 띄지 않는 곳이었다. 날이 조금만 더 어두웠어도 집 윤곽조차 보이지 않을 정도였다.

영승은 이내 깨달았다. 군역사는 인질들을 이곳에 가둘 생각이었다. 하지만 은밀하다는 것을 빼면 별로 특별해 보이는 데가 없었다.

다행히 그는 선견지명이 있어서, 며칠 전에 기회를 보아 영정에게 처리할 일을 미리 일러두었다. 그렇지 않았다면 다시는 영정과 단둘이 이야기할 기회를 마련하지 못했을 것이다.

"군역사, 뭘 하려는 거야? 용기가 있으면 나와 일대일로 싸우자. 납치하는 게 무슨 실력이야?"

목령아가 화난 목소리로 비난했다.

영정은 침묵을 지켰다. 비록 폭넓은 치마로 가리긴 했으나 그래도 군역사가 알아차릴까 봐 목령아 뒤에 서서 애써 허리를 꼿꼿이 세웠다.

소소옥은 똑바로 서 있을 수도 없어 하녀가 부축해 줘야 했다. 그녀는 눈동자를 굴리며 모두를 훑어보았으나 무슨 생각을 하는지 시종일관 아무 말도 없었다.

군역사는 목령아를 바라보더니 갑자기 그녀를 향해 '으르렁' 하고 소리를 질렀다. 목령아는 화들짝 놀라 몇 걸음이나 뒷걸음질 치다가 겨우 정신을 차리고 화를 냈다.

"미친놈! 누가 겁낼 줄 알아?"

그런데 뜻밖의 일이 벌어졌다. 그녀의 말이 끝나기 무섭게 별안간 사방팔방에서 으르렁거리는 소리가 들리면서 숲 전체가 흔들리기 시작했다.

호랑이였다! 그것도 여러 마리!

그들은 마침내 이곳이 얼마나 위험한지 깨달았다. 목령아는 놀라고 당황했다. 으르렁거리는 호랑이 울음소리를 듣자 온몸의 털이 삐쭉 솟는 기분이었다.

세상에, 군역사가 호랑이를 동원해 인질을 감시하려고 할 줄이야! 저자는 진짜 미치광이였다!

목령아는 순순히 입을 다물었다. 더 말했다간 호랑이의 주의를 끌어 공격 목표가 될까 겁이 났다.

영승은 흑족이 짐승과 말이 통하고 짐승을 부리는 데 능하다고 했던 것을 떠올렸다. 아마 주변에 있는 호랑이는 군역사가 길들였을 것이다. 군역사는 인질을 이곳에 가둔 뒤 독인을 배치해 지키게 할 뿐 아니라 호랑이 떼까지 풀어놓았다.

확실히 주도면밀하고 빈틈없는 방법이었다. 내통하는 백옥교가 없었다면, 영정 일행을 구하는 일은 아마 하늘에 오르기보다 어려웠을 것이다.

영승이 무심코 백옥교 쪽을 바라보니, 백옥교는 눈을 잔뜩 찌푸린 채 소소옥에게만 신경을 쏟고 있었다.

"소소옥은 남기고 다른 이들은 모두 데리고 들어가라."

군역사가 느긋하게 말했다.

영승은 복잡한 눈빛을 떠올렸으나 아무 말 하지 않았다. 그는 군역사가 정 숙부와 금 집사를 데려가리라 생각했다. 그런데 지금 보니 군역사는 그에게 쓸 만한 사람은 한 명도 남겨 두지 않을 모양이었다.

목령아는 힘껏 발버둥쳤지만 제일 먼저 안으로 끌려갔다. 금 집사는 시종이 끌고 갈 필요도 없이 순순히 제 발로 들어갔다.

영정이 영승을 돌아보았다.

"군역사, 왜 나를 목령아와 함께 가두는 거지? 날 오라버니 곁에 있게 해 주면 반드시 당문에서 가장 무서운 암기를 얻어 주겠다!"

이건 연기였다. 사실 영정은 군역사가 자신을 이곳에 내버려 두고 모른 척하기를 간절히 바랐다.

정 숙부는 도저히 내키지 않았으나, 평소와 달리 소란 피우지 않고 고분고분 시종을 따라갔다.

"당문? 하하하, 서두를 것 없다. 본 왕과 네 오라비가 개선하고 돌아오면 당문 문주를 만나 잘 상의해 볼 테니까. 뭐 하러 너를 돌려보내겠느냐!"

군역사는 영승을 돌아보고 물었다.

"아니냐?"

"알아서 해라."

영승이 차갑게 말했다. 군역사가 오늘 그를 이곳에 데려온 까닭은 호랑이 감옥의 무서움과 영정이 갇히는 모습을 직접 보여 주기 위해서였다.

이는 의심할 바 없는 경고였다. 앞으로 그가 무슨 수작을 부리면 영정이 편안한 나날을 보내지 못하리라는 경고.

"그때가 되면 목령아는 돌려줘야 한다. 말했듯이 저 여자는 내 인질이다."

영승이 한마디 덧붙였다.

"그러지!"

군역사는 시원스레 웃음을 터트렸다.

이곳에 가둔 이상 인질을 어떻게 쓸 것인지는 영승이 결정할 문제가 아니었다.

영정은 영승을 견제하는 바둑돌이자 훗날 당문을 끌어들일 바둑돌이었다. 그리고 목령아는 군대를 끌고 남하할 때 한운석과 용비야를 상대할 주요 판돈이었다.

너무나 중요한 자들이라 호랑이 감옥에 가두지 않을 수 없었다.

인질이 모두 들어가자 군역사는 그제야 백옥교에게 말했다.

"소소옥은 지하 감옥에 가두고 네가 맡아라. 내가 돌아오기 전까지 저 입에서 미접몽의 행방을 알아내지 못한다면, 너도 내 곁에 남아 있을 필요 없다."

백옥교는 마음이 몹시 무거웠지만 겉으로는 웃음을 지어 보였다.

"사형, 여긴 호랑이 감옥이잖아요. 찾아낼 사람도 없을 뿐더러 설사 누가 찾아낸다 해도 들어갈 수가 없어요! 여기 있으면 지루해 죽을 거예요. 난 남기 싫어요! 나도 사형을 따라 전쟁터로 갈래요."

군역사는 오만하게 그녀를 흘깃 바라보았다.

"남기 싫으면 당장 꺼지든지."

백옥교는 이내 고개를 숙이고 퉁명스러운 목소리로 소소옥에게 소리를 질렀다.

"뭘 봐? 이리 따라오기나 해!"

백옥교가 소소옥을 데리고 다른 원락으로 들어간 뒤에야 군역사는 주위를 한 번 둘러본 후 손을 탁탁 쳤다.

곧 주변 수풀 사이사이에서 호랑이 몇 마리가 어슬렁어슬렁 걸어 나왔다. 모두 백호白虎였는데 일반적인 백호와는 달리 눈알이 새빨갰다. 호랑이들은 하나같이 영승을 노려보았다. 호시탐탐이라는 말 그대로 사냥감을 앞에 두고 가만히 기회를 엿보는 눈빛이었다. 언제든지 덤벼들어 영승을 갈기갈기 찢어 먹을 것만 같았다.

"독시?"

영승은 저도 모르게 움찔했다. 군역사에게는 독인이 적잖이 있었고, 길러 낸 독시도 꽤 되었다. 사람에게 쓰는 양독술은 호랑이에게도 똑같이 쓸 수 있었다. 만약 군역사가 저 호랑이들을 길들였다면 양독을 하기가 어렵지 않았을 터였다.

"하하하, 영 족장은 역시 견식이 넓군!"

군역사가 웃으며 말했다.

"본 것은 처음이다."

영승은 그렇게 말하면서 백호들을 관찰했다. 백호 무리는 총 여섯 마리로, 그를 호시탐탐 노려보면서도 군역사의 명령 없이는 함부로 움직이지 않았다.

독시라면, 백옥교가 독을 써서 죽이기도 어려웠다. 조금 전 백옥교의 안색이 왜 그렇게 나빴는지, 영승도 알 수 있었다.

하지만 아직도 이해가 가지 않는 것이 있어서 백옥교에게 물어봐야 했다.

군역사가 손을 휘둘러 새빨간 눈을 한 백호 한 마리를 불렀다. 빨간 눈의 백호는 그에게 다가가 온순하게 발치에 엎드렸다.

군역사는 호랑이 머리를 가볍게 쓰다듬으면서 영승을 향해 웃어 보였다.

"우리 흑족은 짐승과 말이 통하지만 이런 맹수를 길들이는 건 쉬운 일이 아니다. 이 녀석들을 길들이기까지 몇 년이나 걸렸지. 우리가 개선해서 돌아오면 선물로 한 마리 주마!"

"관심 없다. 내가 받아야 할 것만 빠뜨리지 않으면 된다."

영승은 사정없이 내뱉었다.

군역사는 웃음을 터트렸다.

"시원시원하군! 가지! 오늘 밤은 푹 쉬고, 내일 나를 따라 출병해서 초원을 내달려 보자!"

내일이면 출병해야 하니 백옥교를 만나 밀서를 보낼 기회는 오늘 밤뿐이었다. 영승은 멀지 않은 원락을 바라보았다. 백옥교가 오늘 밤 이곳을 벗어날 수 있을지 확신할 수 없었다.

그는 다시 눈가리개를 쓰고 그곳을 떠났다. 돌아오는 길은 찾아갈 때보다 훨씬 짧아, 오는 길과 가는 길이 다른 것이 분명했다.

그날 밤, 군역사는 영승을 주 막사로 불러 술을 대접하고 밤이 깊어서야 돌려보내 주었다.

영승은 막사 밖에 잠시 섰다. 들어가면 자신을 기다리고 있는 백옥교를 볼 수 있기를 간절히 바랐지만, 애석하게도 안에는 지키는 시종 둘밖에 없었다.

밤이 이렇게 깊었는데 나중에라도 백옥교가 올 수 있을까?

영승은 써 놓은 밀서를 품에 넣은 채 침상에 기대앉아 밤새 기다렸다.

자각하지 못하는 사이 시간이 흐르고 어느덧 날이 밝을 때가 다가왔다. 영채를 지키는 병사 중에는 이미 일어난 이들도 적지 않았다. 지금이라도 백옥교가 오지 않으면 단둘이 만날 기회는 이제 없었다.

영승이 포기하려는 찰나 갑자기 백옥교가 뛰어들어 왔다. 그녀가 막사 안 병사들에게 은자를 쥐여 주고 조용히 몇 마디 분부를 내리자 병사들은 곧 밖으로 나갔다.

영승이 급히 자리에서 일어났다. 그가 입을 열기도 전에 백옥교가 말했다.

"영승, 애써 봤지만 난 따라갈 수가 없어! 그곳은 호랑이 감옥이라고 하는데 내가 위치를 알아. 하지만 사람을 데려갈 순 없어. 마지막으로 묻겠어. 당신, 정말 내 동생을 구할 수 있는 거야?"

"나는 구할 수 없다. 하지만 한운석과 용비야는 틀림없이 구할 수 있을 것이다."

영승이 나지막하게 대답했다.

백옥교는 큰 충격을 받았다.

"당신……."

백옥교도 영승이 진심으로 사형과 손잡은 게 아니라는 것은 알았지만, 용비야와 손잡으리라곤 꿈에서도 생각하지 못했다.

그러니까, 동진군과 영씨 집안 군대가 최근에 치른 전투는 다 연극에 불과했던 건가?

그들이 연합해 사형을 해치려 하고 있었다!

"너는 영정이 서신을 보낼 수 있게 돕기만 하면 된다. 군역사가 돌아오기 전에 한운석과 용비야가 반드시 그들을 구해 낼 것이라고 보장하지!"

영승이 말했다.

한운석과 용비야가 힘을 합치면 사부도 꺼리는데 하물며 사형의 백호 몇 마리쯤이 상대나 될까?

백옥교는 찬물을 뒤집어쓴 것처럼 철저하게 깨달았다.

"앉아서 어부지리를 얻을 생각이구나! 이 비열한 놈!"

"우리에게 가담하지 않을 수도 있다. 소소옥도…… 마찬가지지."

영승은 아무 상관없다는 투로 말했다.

"다만 뒷일은 알아서 해야 할 것이다!"

이제는 영승도 백옥교에게 모든 것을 말해 줄 수 있었다. 백옥교가 고자질할까 두렵지도 않았다.

"사형을 죽이지 않겠다고 약속했잖아!"

백옥교는 흥분해서 외쳤다. 여기까지가 그녀의 한계였다.

"안심해라. 그 더러운 목숨 하나 붙여 놓는 것쯤은 아직 할 수 있다."

이렇게 말하는 영승의 심장은 얼음처럼 차디찼다. 군역사를 살려 둬야 죽음보다 못한 삶을 살아가게 할 수 있었다!

누가 불을 질렀나

영승은 준비한 밀서를 백옥교에게 건넸다.

"당장 만상궁에 보내라. 그리고 영정이 임신한 이야기가 새어 나가면 우리 협력은 끝이다!"

백옥교가 인질을 구해 낼 수는 없어도 호랑이 감옥에서 꽤 큰 권력을 쥐고 있기에 자기 사람을 붙여 영정과 목령아를 지킬 수는 있었다.

이 중요한 시기에 한운석과 용비야가 인질을 구하러 온다 해도 경거망동하지는 못할 터였다. 그렇지 않으면 군역사가 생각을 바꿔 먹고 훨씬 조심스럽게 출병할 것이 분명했다.

그렇기에 영승이 지금 할 수 있는 일은 제한된 시간 동안 목령아와 영정 일행을 보호하는 것이었다.

백옥교가 도움을 청하러 온 것은 그의 행운이요, 또 영정과 목령아의 행운이었다. 백옥교가 없었다면 상황이 어떻게 흘러갔을지 아무도 알 수 없었다.

선택의 여지가 없는 백옥교는 사납게 밀서를 낚아채 소매 속에 집어넣었다.

"영승, 오늘 한 말 명심해. 사형이 죽으면 무슨 일이 있어도 네 목숨으로 보상하게 할 테니까!"

백옥교는 총총히 그곳을 떠났다. 영승은 참았던 숨을 내쉬었다. 이제 할 일은 끝낸 셈이니 남은 것은 기다림뿐이었다.

언젠가 군역사가 오늘 이 출병으로 영승과 용비야가 쉽게 협력하게 만들어 줬다는 것을 알면 얼마나 후회할까?

한운석 일행이 영승의 마지막 서신을 받았을 때쯤, 날은 이미 밝아 있었다. 북려국 내전도 벌써 시작되었다.

내전 발발 소식과 함께 영승의 서신까지 받은 한운석 일행은 떨어질 듯 대롱거리던 심장을 드디어 편안하게 내려놓을 수 있었다. 상황은 그들이 예상한 것보다 좋았고, 시기도 그들이 예상한 것보다 며칠 빨랐다.

영정과 목령아가 잠시 안전하다는 확신만 있으면, 그들은 마음 놓고 남쪽으로 내려갈 수 있었다.

백옥교는 영승의 서신뿐만 아니라 영정이 쓴 서신도 함께 보내 주었다. 당리에게 쓴 서신이었다.

당리는 한쪽에 웅크려 앉아 혼자 조용히 서신을 읽었다. 내용은 많지 않았지만, 그는 세 번이나 읽고도 또다시 첫 글자부터 읽기 시작했다.

"당리, 뭐라고 쓰여 있느냐?"

용비야가 물었다.

"내게 보낸 거야!"

당리가 대답했다.

그 대답에 사람들은 저 서신이 현재 상황과는 무관한 부부만의 비밀 이야기라는 것을 알 수 있었다.

사실 영승의 밀서에는 호랑이 감옥의 소재가 적혀 있지 않았지만, 영정의 서신에는 똑똑히 적혀 있었다. 영정이 백옥교에게 상세히 물은 덕분이었다.

영정이 뭐라고 썼는지는 모르지만 당리는 상당히 침착했다. 그는 펄펄 뛰며 소란을 피우지 않고 먼저 말을 꺼냈다.

"형, 어서 다녀와. 나는 여기서 기다리다가 무슨 소식이 들리면 바로 전해 줄게."

처자식이 어디에 갇혀 있는지 알면서도 이처럼 침착하게 기다리려면, 얼마나 많은 이유가 필요할까?

영정의 서신에는 대체 무슨 내용이 쓰여 있었을까?

모두 당리의 저 침착함이 영정의 서신과 관련 있을 것으로 짐작했지만 자세히 묻지 않았다.

"공주, 전하. 제가 함께 가면 짐이 될 겁니다. 저도 이곳에 남으면 당 문주를 도울 수도 있고 의성과 약귀당 일을 처리하기도 편리하겠지요."

고북월이 진지하게 말했다.

확실히, 삼도 암시장 쪽에도 만상궁과 연락을 주고받으며 협상할 사람이 필요했다. 적족의 서랑인 당리야말로 적임자였다. 당리는 성격이 급해서, 고북월같이 침착한 사람이 옆에서 도와준다면 한운석과 용비야도 훨씬 마음이 놓였다.

두 사람은 그 자리에서 고개를 끄덕여 승낙했다.

일찍 가면 아무래도 일찍 돌아와서 인질을 구해 낼 수 있었다.

내년 초봄이면 군역사와 북려국 황제의 싸움도 막바지에 이를 테니, 그때쯤 돌아와서 우선 인질부터 구한 다음 천천히 군역사를 손봐 주면 되었다.

사실 용비야가 당리보다 더 초조했다. 그는 당장이라도 군역사를 갈기갈기 찢어 죽여 한운석을 모욕한 원한을 갚아 주고 싶은 마음이 굴뚝같았다. 다만 그 감정을 마음속에 숨기고 드러내지 않는 것뿐이었다.

그가 담담하게 말했다.

"오늘 밤 출발한다. 보름 안에 청천수성淸川水城에 도착해야 하니 아무도 시간을 지체해선 안 된다!"

주도면밀한 계획을 세워 두긴 했지만, 예측 불가한 변수인 백언청이 어느 때고 그들의 행동에 영향을 미칠 수 있었다.

그래서 이번 남행南行은 시간만 촉박한 게 아니라 임무도 중요했다. 그들은 칠살 비수도 찾아야 했고, 만독지화에 관한 소식도 계속 수소문해야 했다.

막을 수도 없는 백언청을 상대할 유일한 방법은 한시바삐 미접몽의 보조 약재를 전부 찾아내는 것이었다.

그날 밤, 한운석 일행은 당리와 작별하고 비밀리에 동래궁을 떠났다. 만상궁조차 그 움직임을 알아차리지 못했다.

그들의 행적은 그들의 안전과 직결되어 있었다. 용비야는 꼭 필요할 때가 아니면 행적이 새어 나가는 것을 절대로 허락하지 않았다.

시간은 촉박했지만 용비야는 이번에도 마차를 준비했다. 한운석이 너무 고생하는 것을 볼 수가 없어서였다. 그와 한운석의 마차가 앞장서고 백리명향과 서동림이 뒤따랐다.

고칠소는 마차를 좋아하지 않아서 말을 타고 길잡이를 했다. 그는 속도를 올려 달렸지만 다행히 마부 고 씨와 서동림 둘 다 마차 모는 솜씨가 좋아서 쫓아갈 수 있었다.

용비야의 마차가 튼튼하고 편안했기 망정이지, 그렇지 않았다면 마차가 뒤집히고도 남았을 속도였다.

그들이 하루하루 남쪽으로 내려가는 동안 북려국 내전은 하루하루 격렬해져 갔다. 꼬박 보름 만에 한운석 일행은 계획대로 청천수성에 도착했다.

청천수성은 중남도독부와 천안국의 국경에 있는 천안국 관할지로, 역사가 오래된 고성古城이었다. 또, 천안국 경내에서 가장 유명한 수성水城이기도 했다.

수성이라고 불리는 까닭은 이 성시 안에 백 갈래쯤 되는 물길이 가로세로로 교차하고, 집집마다 문 앞뒤로 물이 흐르기 때문이었다. 그래서 집집마다 배가 필수였다. 성안을 다니려면 거의 항상 배를 타야 했다.

다른 수성과 달리, 이 청천수성에는 아주 독특한 점이 하나 있었다. 바로 성이 팔각형 모양이고 성문이 총 여덟 개라는 것이었다. 성안을 가로지르는 수많은 물길은 사실 주요 물길 여덟 개에서부터 흘러들어 와 복잡하게 얽힌 지류로 갈라지면서 생겨난 것이었다. 성문 여덟 개는 바로 이 주요 물길 여덟 개 위에 세워져 있었다.

청천수성의 한가운데에는 음양호陰陽湖라는 이름을 가진 제법 큰 호수가 하나 있었다. 가옥들은 이 호수를 고리 모양으로 에워싸며 점점 바깥으로 퍼져 나가는 식으로 지어졌다. 덕분에 밤이 찾아와 집집이 등불을 켤 때 성에서 가장 높은 곳에 올라서면 팔각형의 아름다운 풍경을 볼 수 있었다.

지금이 딱 밤이었다. 이미 성에 들어온 한운석 일행은 배를 타고 머무를 객잔으로 향했다. 이상한 말이지만, 성으로 들어가는 물길 주위는 상당히 북적였다. 양쪽 기슭에 등불을 환히 켜 놓은 데다 오가는 배도 많고 즐거운 웃음소리가 들려왔다. 이 시간에도 적잖은 사람들이 배에 올라 노래를 부르고 있었다. 하지만 성 중심으로 갈수록 등불이 드문드문하고 물길도 썰렁해졌다.

본래라면 성 중심으로 갈수록 북적여야 마땅한데, 이곳 청천수성은 그 반대였다.

용비야의 밀정이 알아낸 바로는 두 달 전부터 이곳에 괴상한 사건이 벌어지고 있다고 했다. 며칠에 한 번씩 여자가 살해되는 일이 벌어졌고 벌써 여섯 명이나 피해를 당했다. 게다가 피해자 모두 흉기로 복부를 찔린 모습이었고, 흉기는 비수였다.

그런데 검시해 봤더니 피해자들은 복부의 상처 때문에 죽은 것이 아니라 눈, 코, 입 등 일곱 구멍에서 피를 흘리며 죽은 것으로 밝혀졌다. 다만 그곳에서 피를 흘린 이유는 아직 밝혀내지 못했다고 했다.

지금 그 시체는 모두 얼음에 넣어 의장義莊(잠시 관을 놓아두는 공용 장소)에 안치된 상태였고, 한운석 일행이 머물기로 한 객잔

역시 의장 근처였다.

"왜 점점 사람이 줄어들죠?"

한운석이 말을 꺼냈다.

아무도 대답이 없자 늙은 뱃사공이 대답했다.

"이 음양호에는 예부터 괴이한 일들이 많이 생겨서 다들 너무 가까이 가지 않으려 하지요. 풍수의 대가들이 여럿이나 보고 말하기를, 이 수성에서는 음양호에 가까운 곳일수록 풍수가 나쁘다더군요. 그 때문에 이 성 중심 쪽은 본래부터 인적이 드물었는데, 얼마 전에 호숫가에서 살인 사건이 몇 번 벌어지면서 더욱 썰렁해졌지요."

말을 마친 늙은 뱃사공이 물었다.

"손님들은 청천수성에 처음이십니까? 재미있는 곳이 못 되니 급한 일이 없으시면 속히 돌아가시는 게 좋습니다."

비록 변장했지만 한운석 일행의 타고난 기질은 가릴 수 없는 것이어서 누구나 한눈에 그들이 부귀한 사람임을 알 수 있었다. 그 때문에 늙은 뱃사공도 함부로 말을 걸지 못하다가 한운석이 입을 열자 그제야 용기를 내 귀띔해 준 것이었다.

물론 한운석 일행도 오기 전에 그 살인 사건을 낱낱이 조사했다. 한운석이 이런 말을 꺼낸 것은, 뱃사공을 통해 그들이 들은 이야기가 사실인지 아닌지 알아보기 위해서였다.

예상대로 이야기를 들어 보니 조사한 것과 비슷했다.

죽은 사람은 모두 여자였고 당한 방식도 같았다. 이는 곧 흉수가 같은 사람이라는 증거였다. 이제 그들이 확인해야 할 것은 하나뿐이었다. 피해자 여섯 명이 일곱 구멍에서 피를 흘린 까닭이 중독 때문인가, 아닌가.

시체만 있다면 이 문제를 확인하는 것쯤 한운석에게는 어려운 일도 아니었다.

한운석은 바로 의장에 다녀올 생각이었으나, 객잔에 도착하니 밤이 깊어 쌍수를 해야 했기에 어쩔 수 없이 계획을 취소했다.

하지만 고칠소는 잠시도 가만히 있지 않았다. 한운석과 용비야가 방에 들어가자 그는 기척도 없이 객잔을 벗어나 의장으로 향했다.

연일 바삐 달리다 보니 아무리 마차를 탔다 해도 피곤하긴 마찬가지였다. 게다가 한운석은 오는 동안에도 독 저장 공간 수련을 빠뜨리지 않았다. 덕분에 쌍수가 끝나자 그녀는 피로에 지쳐 잠에 빠져들었다. 하지만 이튿날 아침, 바깥의 소란에 잠이 깼다.

한운석과 용비야가 일어나서 옷을 입고 문을 열었더니 서동림과 백리명향이 보였다.

"무슨 일이냐?"

용비야가 물었다.

"전하, 의장에 불이 났습니다!"

서동림이 대답했다.

용비야와 한운석은 마음이 급해져 황급히 밖으로 나갔다. 객잔 2층 노대露臺에 서자 멀지 않은 의장이 보였다. 의장은 이미 불바다였다.

앞뒤로 물이 흐르고 있어 불을 끄기가 아주 쉬울 텐데 어쩌다가 불길이 저렇게 거세어졌을까?

"언제부터냐?"

용비야가 물었다.

"조금 전입니다. 갑자기 불길이 확 솟아올라 아예 끌 틈도 없었습니다."

서동림이 사실대로 대답했다.

"기름을 썼을까요?"

한운석이 심각한 얼굴로 물었다.

"용비야, 같이 가서 봐요."

불난 원인이 무엇이건 분명히 고의였다. 한운석 일행이 시체를 조사하는 것을 막으려 불을 질렀을 가능성이 컸다.

시간이 너무 늦지만 않았어도 어젯밤에 다녀왔을 텐데.

"고칠소는?"

용비야가 물었다.

이 난리 통에 고칠소가 깨어나지 않았을 리 없었다.

"아침부터 보이지 않습니다. 일찍 어딜 갔나 봅니다."

서동림이 대답했다.

용비야가 제일 걱정하지 않는 사람이 바로 고칠소였다. 그래서 그는 더 묻지 않고 곧바로 한운석과 함께 의장으로 향했다.

의장에 가까이 가자 한운석은 진한 기름 냄새를 맡았다. 필시 누군가 등유를 대량으로 쏟아부어 단숨에 불이 붙은 것 같았다.

이렇게 큰불이면 얼음에 넣은 시체라도 진작 타버렸을 터였다.

"너무 공교롭지 않아요?"

한운석이 유감스럽게 말했다.

용비야도 유감스러웠지만, 어젯밤에는 반드시 쌍수를 해야 했다. 그는 태연하게 말했다.

"관아에서 뭔가 알아냈는지 가 보자."

하지만 한운석은 고개를 저었다.

"기다려 봐요. 해골이라도 남았다면 검사할 수 있을지도 몰라요."

일곱 구멍에서 피를 흘리게 하는 독이라면 필시 극독이고, 극독은 뼛속에 스며들기 쉬웠다. 그러니 해골이 한운석의 마지막 희망이었다.

그들은 부근의 차루에 들어가 조용히 불길이 잡히기를 기다렸다.

저녁이 되자 불길도 약간 가라앉았다. 그러는 동안 서동림은 내내 고칠소를 찾아다녔지만 찾아내지 못했다.

그가 다급히 돌아와 소리 죽여 말했다.

"전하, 공주. 고칠소가 보이지 않습니다!"

고칠소는 대체 어디에

제일 걱정할 필요 없는 사람에게 사고가 생겼다.

서동림은 온종일 돌아다니고도 고칠소를 찾아내지 못했고, 고칠소 역시 온종일 그들을 찾아오지 않았다.

"그자가 어젯밤에는 객잔에 있었느냐?"

용비야가 물었다.

서동림은 몹시 난처했다.

"그건…… 잘 모르겠습니다."

서동림의 책임은 전하와 공주의 방 주변을 지키고, 남몰래 비밀 시위 몇 명을 잠복시켜 백리명향을 보호하는 것뿐이었다. 고칠소 그 작자를 신경 쓰는 사람은 아무도 없었다.

하지만 고칠소도 신경 써 줄 사람을 원치 않았다! 서동림은 사람을 시켜 고칠소를 지켜보라던, 오래전 전하의 분부를 기억하고 있었다. 그 분부는 지켜보고 방비하라는 것이었지, 보호하라는 것은 아니었다.

고칠소의 비밀은 서동림도 알고 있었다. 백언청에게 미접몽이라는 위험 요소가 있다면, 고칠소라는 자는 그야말로 무적이었다. 그가 원하지 않는 이상, 과연 이 세상에 그를 어떻게 할 수 있는 사람이 있을까?

용비야와 서동림은 고칠소의 비밀을 알고 있지만, 한운석은 아무것도 몰랐다!

한운석이 아는 고칠소는 독술이 빼어나고 무공도 일류지만, 비할 데 없는 고수는 아니었다. 아직 무공이 증진하지 않은 용비야를 쓰러뜨릴 수도 없는 수준이었다. 게다가 지난번 독술을 할 줄 아는 군역사와 겨뤘을 때도 승리하지 못했다.

한운석은 초조했다.

"어젯밤에 무슨 일이 생긴 게 분명해요! 어서 찾아봐요. 성을 싹 뒤져요!"

의장에 문제가 생기면 성안이 조용할 리 없었다. 고칠소는 바보가 아니었다. 적을 물리치지 못하면 적어도 소란을 피워 그들 일행의 이목을 끌 수 있었다.

"어젯밤에 무슨 일이 생겼거나 오늘 무슨 일이 생겼겠지."

용비야는 완곡하게 또 다른 가능성을 제기한 뒤 명령을 내렸다.

"서동림, 샅샅이 수색해라."

실마리가 전혀 없으니 서동림이 찾아내기를 기다리는 수밖에 없었다. 한운석은 마음이 불안했다. 이번 출행이 순조롭지 않을 것 같은 기분이 들었다.

그녀는 활활 타오르는 불길을 보면서 부디 해골을 조금만 남겨 달라고 속으로 기도했다. 아주 조금만이라도 충분했다.

밤이 깊었으나 불은 잡히지 않았다. 한운석과 용비야도 별수 없이 객잔으로 돌아갔다. 쌍수를 끝낸 두 사람은 잠이 오지 않아 노대에 나가 화재 상황을 살피는 한편 고칠소의 소식을 기다렸다.

고칠소는 내내 소식이 없었지만, 한밤중이 되자 불길은 점점 잦아들고 군데군데 무너져 내린 목재에만 잔불이 있었다.

의장의 용도는 단 하나, 시신을 잠시 안치하는 것이었다.

의장에 관을 두는 상황은 보통 세 가지였다. 아직 묘분을 준비하지 못해 당장 매장할 수 없는 관을 놔두어야 할 때, 집안이 가난해서 사망해도 입관할 돈이 없어 돈을 구하는 동안 잠시 시신을 보관해야 할 때, 그리고 살인 사건이 해결되기 전까지 피해자의 시신을 매장할 수 없을 때였다.

그 때문에 한밤중인데도 의장을 에워싸고 통곡하거나 제를 올리거나 상황을 설명해 줄 관아 사람을 기다리는 가족들이 많았다.

용비야는 일찌감치 관아로 사람을 보내 연줄을 트고 관아의 입장을 파악하게 했다.

의장은 남김없이 타버렸고 건져 낸 것도 없었다. 사실 관아에서는 오늘 오후부터 화재 진압을 포기했다. 몇몇 관병을 보낸 것도 순전히 백성들과 충돌해 폭동이 일어나는 것을 방지하기 위해서였다.

내일 아침 날이 밝으면 관아에서 사람을 보내 현장을 수습하고, 폐허에서 남은 해골을 찾아내 한 번에 안장할 터였다. 이것이 피해자 가족을 위로할 유일한 방법이었다.

오래지 않아 서동림이 와서 보고했다.

"전하, 처리했습니다. 내일 해골을 수습하고 난 뒤 일각 정도 살펴볼 수 있습니다."

해골을 수습하는 일은 아주 보잘것없는 작업이니 당연히 관병이 직접 하지 않았다. 관아는 돈을 주고 성내에서 시신을 수습해 염하는 일을 하는 시(豺) 노인에게 맡겼다. 시 노인은 도거리 우두머리로, 이런 일을 맡으면 늘 싼값에 젊은이들을 고용해 도움을 받았고 이번에도 예외는 아니었다.

이 소식을 들은 서동림은 관아 사람을 매수해 사건 조사 명목으로 도거리 일에 두 사람을 끼워 넣고, 시 노인에게도 비밀을 지켜 달라 요구했다.

덕분에 용비야와 한운석은 변장해서 시 노인 무리에 끼어 정당하게 폐허에서 해골을 수색할 수 있게 되었다.

한운석의 능력이면 폐허에 가까이만 가도 해독시스템을 통해 독의 흔적을 찾을 수 있었다. 게다가 서동림은 만전을 기하기 위해, 일부러 사건 조사라는 이유를 대고 전하와 공주가 찾아낸 해골 전부를 일각 동안 단독으로 검사할 수 있게 해 두었다.

서동림의 철저한 일 처리에 한운석도 속으로 탄복을 금치 못했다. 이곳에 온 지 이제 하루밖에 되지 않았는데, 관아에 저렇게 깊숙이 끈을 대고 주도면밀하게 일을 처리했으니 놀랄 만했다.

"너는 나중에 관아에 들어가서 일해야겠구나. 재능이 아까워."

한운석이 말했다.

"헤헤, 공주께서는 모르시겠지만 사실 저는……."

서동림은 여기까지 말하다가 말고 갑자기 말을 뚝 끊었다.

"사실 뭐?"

한운석이 물었다.

"사실 저는 아주 멍청합니다. 이렇게 오래 전하를 따랐는데도 겨우 껍데기밖에 못 배웠지요."

서동림이 아부를 늘어놓았다.

한운석의 아부는 용비야를 웃게 했지만, 그럴 수 있는 사람은 그녀 외에 아무도 없었다. 용비야는 그런 말을 듣고도 불바다를 바라보며 아무 말도 하지 않았다.

한운석도 서동림과 한담을 나눌 기분이 아니어서 진지하게 물었다.

"고칠소 소식은 아직 없고?"

"그렇습니다. 너무 걱정하지 마십시오. 복을 타고난 사람이라 독술 고수를 만나지 않는 한 아무도 그를 건드리지 못할 겁니다. 어제 아침 일찍 성문 여덟 곳에 사람을 매복시켰으니, 고칠소가 수성을 벗어나지 않았다면 반드시 찾아낼 수 있습니다!"

"사람을 더 보내 계속 찾아라."

한운석도 서동림이 한 말에 희망을 품는 수밖에 없었다. 그녀는 한마디 덧붙였다.

"너무 눈에 띄게 움직여 우리 행적을 노출하지 않도록 하고."

그곳을 벗어난 서동림은 겨우 참았던 숨을 내쉬었다. 하마터면 관아에 연줄을 트는 재주를 가르친 것이 초서풍이라고 말할 뻔했다.

영승이 동진과 서진의 원한이 이간질이었다는 사실을 알아내자, 서동림은 곧바로 초서풍에게 서신을 써 보냈지만 애석하게도 지금껏 답신이 오지 않았다. 그는 초 대장이 아직도 마음을 추스를 시간이 필요한 모양이라고 생각했다.

화재 사건이 정리되자 용비야가 담담하게 말했다.

"가서 쉬자. 내일은 일찍 일어나야 한다."

하지만 한운석은 전혀 졸리지 않았다.

"고칠소 그 사람…… 어젯밤 의장에 갔다가 흉수를 만난 게 아닐까요?"

그녀는 오늘 내내 여러 가지 가능성을 생각했다. 이리저리 생각해 봤지만 이 가능성이 가장 컸다.

용비야는 그가 정말 흉수를 만났다면 도리어 잘된 셈이라고 속으로만 중얼거렸다. 그는 고개를 끄덕여 한운석의 말을 대충 넘겼다.

고칠소가 곁에 있을 때면 한운석은 그를 걱정하는 마음을 드러내지 않았다. 하지만 고칠소가 곁에 없더라도 걱정은 적당한 선에서 그쳐야 했다. 어떤 상황에서는 용비야가 불쾌해할 수도 있기 때문이었다.

한운석은 언제까지나 잊지 못했다. 지난날 용비야, 고칠소와 함께 만독지토를 찾아 독초 창고에 갔다가 큰불을 만나 낭떠러지까지 몰렸을 때, 용비야가 자신을 붙잡고 자신은 고칠소를 붙잡아 서로를 지탱해 주었던 그 장면을.

세 사람의 목숨이 위험에 처하자 고칠소는 처음으로 진지해졌었다. 그는 몹시 험상궂고 심각한 얼굴로 손을 놓으라고 윽박질렀고, 그때 그녀는 이렇게 대답했다.

'함께 하기로 한 이상, 널 두고 떠나지 않아!'

그토록 많은 일을 함께 겪었으니 고칠소는 단순한 친구가 아니었다. 가족 같고, 전우 같아서 떨어질 수 없는 사람이었다.

사람에게는, 남녀 간의 정분과는 무관하지만 딱 잘라 설명할 수 없는 감정도 있었다.

한운석은 화제를 돌렸다.

"흉수는 왜 잇달아 젊은 여자를 죽였을까요? 목표는 몇 명일까요?"

이건 연쇄 살인 사건이었다. 그녀는 예전에도 이런 사건을 꽤 여러 번 본 적이 있었다. 흉수는 변태적인 심리를 지닌 자로 어떤 방면의 버릇으로 인해 똑같은 수법으로 젊은 여자를 죽이고자 했거나, 뭔가를 얻어 낼 수 있는 특별한 목적이 있는 것이 분명했다.

용비야의 눈동자에 복잡한 빛이 스쳤다. 다른 사람 문제로 한운석을 속인다는 것은, 그로서는 생각해 본 적 없는 일이었다. 하지만 설령 고칠소의 비밀을 말할 기회가 오더라도 그는 끝끝내 말하지 않을 것이었다.

용비야 역시 줄곧 그 살인 사건을 생각하고 있었다.

"흉수가 마지막 살인을 저지른 뒤로 벌써 닷새가 지났다. 아직도 누군가를 죽이려 한다면 이틀 안에 움직일 것이다."

이 말이 한운석을 일깨웠다.

"용비야, 호숫가로 사람을 보내 흉수를 유인해 봐요!"

앞서 죽은 사람들은 모두 음양호 주변에서 해를 입었다. 그 호수는 흉수가 살인을 저지를 때 선호하는 장소라는 뜻이었다. 만약 흉수가 계속 사람을 죽일 생각이라면 필시 같은 장소를 고를 터였다.

용비야는 고개를 끄덕였다. 한운석은 곧 비밀 시위에게 성 밖에서 대기 중인 여자 용병을 불러오게 했다.

용비야는 출행할 때 비밀 시위를 데리고 다니는 습관이 있었는데, 한운석도 이제 독 시위와 여자 용병을 데리고 다니는 데 익숙해졌고 어느새 그녀 휘하의 세력도 점점 늘어나 있었다. 이제 여아성 여자 용병들도 그녀의 계획에 따라 독술을 배우기 시작했다.

그녀는 여자 용병들이 한몫할 수 있게 되면 휘하의 독 시위를 전부 용비야에게 줄 생각이었다. 용비야의 비밀 시위는 독술에 어두우니, 독 시위가 그 결점을 보완해 줄 수 있었다.

유인책으로 흉수를 끌어낼 수 있을지는 아직 몰랐고, 불탄 해골에서 만독지금의 행방을 알아낼 수 있을지도 확신할 수는 없었다.

용비야와 한운석은 이런저런 이야기를 나누다가 어느새 잠이 들었다.

이튿날 아침이 되어 잠에서 깨어난 두 사람은 의장에 가기 위해 변장했다. 해진 옷을 입고 손을 시커멓게 만들었지만 타고난 존귀함을 가릴 수는 없었다. 알다시피 두 사람은 운공대륙에서 가장 존귀한 혈통인 동진 황족과 서진 황족이었다.

서동림과 백리명향은 아무리 봐도 이건 아니다 싶었다. 고민 끝에 서동림은 용비야에게 가짜 구레나룻을 붙여 주었고, 백리명향은 한운석을 남장시켜 수염을 붙여 주었다. 그랬더니 간신히 가난하고 힘없는 백성처럼 보였다.

그들이 불난 곳에 가 보니 시 노인 일행도 막 도착했다. 시 노인은 서동림을 흘낏 보고는 별말 없이 한운석과 용비야에게 장갑과 바구니를 건넸다.

독을 잘 모르는 용비야는 자연히 한운석과 함께 움직였다.

한운석은 불타버린 폐허에 발을 들여놓자마자 꼼꼼히 살피기 시작했다. 해골을 찾는 것처럼 보여도 사실은 해독시스템으로 사방을 살피는 중이었다.

뼛속까지 침투하는 독은 독성이 몹시 강했다. 설령 만독지금에 중독된 게 아니라 하더라도 해골만 있다면 조사할 수 있었다.

피해자를 죽인 비수가 정말 만독지금이라면 강력한 독성을 띨 테니, 해골만 있으면 해독시스템이 독을 검출해 낼 수 있었다. 앞서 만독지수와 만독지토를 만났을 때도 비록 구체적인 독소를 분석하지는 못했으나 독소가 있다는 것은 판별해 냈던 해독시스템이었다. 만독지금도 똑같은 이치였다.

꼼꼼하게 살피던 한운석은 두 번 독이 있는 해골 조각을 찾아내 검사했지만 모두 아니었다. 검사 결과, 독이 있다는 것은 확인했으나 일곱 구멍에서 피를 흘리게 할 정도가 못 되는 평범한 독이기 때문이었다.

의장에 워낙 많은 시신이 있었으니 중독된 시신이 두어 구쯤 있다 해서 이상할 것도 없었다. 그렇지만 해골을 모두 수습했는데도 찾으려던 독소는 나타나지 않았다.

어떻게 된 걸까?

한운석과 용비야가 원인을 분석하고 있을 때, 비밀 시위가 나타나 다급하게 보고했다.

"전하, 공주! 호숫가에 문제가 생겼습니다!"

흉수는 여자다

호숫가에 문제가 생겼다고?

"무슨 일이냐?"

용비야가 차가운 목소리로 물었다.

"잠복했던 비밀 시위 두 명이 모두 피살되었고, 취운翠雲은 사라졌습니다. 흉수는 무공이 고강하고 검술도 뛰어납니다. 도 와 달라는 외침을 듣고 달려갔더니 사람 그림자가 하나 보였는 데 여자 같았습니다!"

비밀 시위가 사실대로 말했다. 취운은 이번 임무를 수행한 여자 용병이었다.

용비야와 한운석은 서로를 한 번 바라본 후 두말없이 음양호 로 달려갔다.

의장 쪽에서는 아무것도 발견하지 못했는데 도리어 음양호 쪽 유인계가 성공했다. 지금 나타난 흉수는 분명히 앞서 여자 여섯 명을 죽인 흉수였다.

한운석과 용비야가 달려갔을 때는 막 도착한 서동림이 비밀 시위의 시체를 검사하는 중이었다.

"전하, 공주. 비밀 시위 둘은 검에 목숨을 잃었습니다. 단번 에 목을 꿰뚫었습니다!"

서동림이 보고했다.

용비야도 몸을 숙여 찬찬히 살펴보았다.

"확실히 훌륭한 검술이군."

한운석은 가슴이 서늘해졌다. 용비야가 저렇게 말할 정도라면, 비밀 시위들을 뛰어넘을 정도로 훌륭하고 정묘한 검술이 틀림없었다.

"취운은 죽었느냐 살았느냐?"

한운석이 심각하게 물었다.

하지만 현장에 있던 비밀 시위는 고개를 저었다.

"제가 소식을 듣고 달려왔을 때는 그림자밖에 볼 수 없었습니다."

다시 말해 이 비밀 시위도 취운이 납치되었는지, 아니면 피살된 채 시신을 도난당했는지 확인할 수가 없었다.

"아무래도 흉수는 여자를 죽일 때만 비수를 쓰는 모양이군."

용비야가 차분하게 말했다.

흉수는 앞서 젊은 여자 여섯 명을 죽일 때 비수를 썼고, 피해자는 모두 일곱 구멍에서 피를 쏟고 죽었다. 하지만 비밀 시위를 죽일 때는 검을 썼다.

비록 검에는 독이 없었지만, 상처로 보아 흉수가 가진 검도 명검이 분명했다.

"흉수가 오른쪽으로 달아나기에 사람을 보내 추적하게 했습니다."

비밀 시위가 사실대로 말했다.

한운석과 용비야도 흉수의 무공이 이렇게 뛰어날 줄은 예상하지 못했다. 가볍게 보고 손대는 바람에 다시는 유인책을 쓸 수 없게 된 셈이었다.

의장 쪽에서는 실마리를 찾아내지 못했으니 비밀 시위가 흉수의 행방을 추적하지 못하면 실마리는 여기서 끝이었다!

용비야는 비밀 시위의 시체를 한 번 더 살핀 뒤 일어났다. 무슨 말인가 하고 싶은 듯했지만, 그는 결국 담담하게 한마디만 했다.

"서동림, 후하게 장례를 치러 주어라."

한운석은 음양호를 돌아보았다. 거울처럼 고요한 호수면에 쪽빛 하늘과 하얀 구름이 반사되어 깨끗하고 순수해 보였다.

푹 빠질 만큼 아름다운 풍경이어서 한운석은 저도 모르게 호숫가로 걸어갔다. 용비야가 재빨리 쫓아오며 낮은 소리로 말했다.

"이 호수에는 괴상한 일이 많다. 너무 가까이 가지 마라."

그 말이 떨어지기 무섭게 한운석이 우뚝 걸음을 멈추더니 놀란 목소리로 외쳤다.

"독이 있어요!"

조금 전에는 거리가 멀어서 놓친 건지, 호수에서 반걸음도 떨어져 있지 않은 곳에 이르자 해독시스템이 기다렸다는 듯이 경고음을 울려 댔다.

호수에 독이 있는 것이 아니라 호수 속에 있는 사람이 중독된 것이었다! 알다시피 해독시스템은 중독된 사람에게 가장 민감하게 반응했다.

해독시스템은 독소를 분석해 내지 못했고 누군가 중독되었다는 것만 알려 주었다. 한운석이 딥 스캔을 켰지만 결과는 똑같아서 상세한 상황을 분석할 수는 없었다.

"용비야, 호수 안에 사람이 있어요. 게다가 중독된 사람이에요."

한운석은 잠시 망설이다가 덧붙였다.

"내 경험으로 보면 시체일 거예요!"

시체!

취운일까? 용비야가 곧바로 비밀 시위에게 명령해 건지도록 했다.

"호수 한가운데니 아주 깊을 것이다."

한운석이 미리 일러 주었다.

그런데 웬걸, 비밀 시위가 물에 들어가자마자 한운석의 해독시스템이 독소가 사라졌다고 알려 왔다.

한운석이 급히 외쳤다.

"서둘러라, 시체가 가라앉고 있다!"

비밀 시위는 이내 수면 위로 떠올랐다.

"호수 안에서 소용돌이가 일어나 시체를 집어삼켰습니다! 취운의 시체입니다! 틀림없습니다! 저는 더 내려갈 수가 없습니다!"

"백리명향을 불러오너라!"

용비야가 즉시 명령했다.

오래지 않아 백리명향이 달려왔다. 상황을 자세히 들은 그녀는 두말없이 물속으로 뛰어들었다. 하지만 얼마 후 다시 물 위로 올라왔다.

"명향, 어떻게 됐죠?"

한운석이 다급히 물었다.

"공주, 서 시위를 함께 보내 주실 수 없을까요? 저는 도저히……, 도저히 시체를 못 건드리겠어요!"

백리명향이 떨리는 목소리로 말했다.

"내가 함께 갈게요!"

한운석은 주저 없이 대답했다. 그녀는 백리명향이 몹시 두려워하고 있다는 것을 알 수 있었다.

한운석이 가면 당연히 용비야도 함께였다. 두 사람이 물속에 들어가자 백리명향이 유광구를 만들어 보호했다.

한운석이 다가가자 백리명향이 그녀의 손을 잡고 힘껏 움켜쥐었다. 서동림을 보내 달라고 청하긴 했지만, 누군가 손을 잡아 주지 않으면 과연 버틸 수 있을지 자신이 없었다.

백리명향은 한운석과 용비야를 데리고 소용돌이 속으로 들어갔다. 소용돌이 입구는 회전력이 아주 약했지만 아래로 갈수록 점점 강해졌다.

한운석이 백리명향의 손을 마주 잡아 주자 백리명향은 비로소 마음을 가라앉히고 진지하게 말했다.

"물 밑에 어떤 힘이 숨겨져 있어서 이런 소용돌이가 생겨났을 거예요. 물이 아주 깊어서 더 내려가기가 쉽지 않아요."

한운석과 용비야는 곧 취운의 시체를 발견했다. 백리명향이 유광구를 만들어 보호한 덕분에 더는 가라앉지 않고 있었다.

하지만!

시체를 본 순간, 한운석은 참지 못하고 '헉' 하고 찬 숨을 들이쉬었다. 용비야는 별다른 반응 없이 차갑게 명령했다.

"가까이 가 보자."

백리명향은 그제야 용기를 내어 다가갔다. 두 유광구가 서로 부딪치자 곧 하나로 합쳐졌다. 취운의 시체는 용비야의 발치에 떨어졌다.

백리명향은 한운석을 꼭 잡고 있는데도 여전히 손이 떨렸다. 그녀는 시체 쪽을 똑바로 바라보지도 못한 채 곧장 일행을 데리고 물 위로 헤엄쳐 갔다.

물 밖으로 나오자 취운의 시체는 호숫가에 툭 떨어졌다. 시체를 본 서동림과 비밀 시위들은 하나같이 깜짝 놀랐다. 서동림조차 다가갈 용기를 내지 못했다.

한운석과 용비야 두 사람이 시체 주위를 둘러싸고 검사했다.

의술을 배운 사람에게 시체를 보는 일은 일상다반사였다. 한운석이 놀란 것도 시체가 두려워서가 아니라 시체가 믿을 수 없는 모습을 하고 있기 때문이었다. 시체는 뼈가 전부 사라져 사람 가죽으로 만든 주머니처럼 축 늘어져 있었다!

대체 무슨 이유로 이렇게 사람을 죽여야 했을까?

놀람을 넘어 분노가 치밀어, 한운석은 시체를 노려보면서 한참 동안 움직이지 않았다.

"독이 있느냐?"

용비야가 물었다.

그제야 한운석도 정신이 돌아왔다. 그녀는 심호흡해서 마음을 가라앉힌 뒤 시체를 검사하기 시작했다.

일단 상처부터 살핀 뒤 해독시스템을 켜 다시 검사했다.

해독시스템이 내놓은 결과는 조금 전과 똑같았다. 해독시스템은 취운이 중독되었다는 것만 알 뿐 어떤 독인지는 전혀 밝혀내지 못했다. 한운석은 시체 복부에서 비수에 찔린 상처를 발견했다.

이 두 가지로도 어느 정도 짐작이 갔다.

그녀는 시체 얼굴에 있는 일곱 구멍인 눈, 코, 입, 귀를 다시 살펴보았다. 물에 잠겨 핏자국이 희미해지긴 했지만, 일곱 구멍에서 독혈毒血을 흘린 흔적이 보였다. 취운도 앞서 죽은 여자들처럼 일곱 구멍에서 피를 흘린 것이었다.

한운석은 용비야에게 검사 결과를 알려 주었다.

"아무래도 흉기는 칠살 비수일 가능성이 커요."

독에 관해서라면, 한운석은 더없이 엄격했다.

흉기가 만독지금이 아니라 칠살이라고 한 까닭은 그 비수에 묻은 독이 오행지독이 아닐 수도 있기 때문이었다. 어쩌면 해독시스템에 기록이 없어 검출해 내지 못하는 또 다른 치명적인 독이 있을 수도 있었다.

칠살 비수가 정말 만독지금인지 확인하려면 방법은 한 가지, 미접몽을 떨어뜨려 보는 것뿐이었다.

이것이 가장 안전하고 실수하지 않는 방법이었다.

물론, 지금 한운석은 그런 것까지 생각할 여유가 없었다. 그녀의 머릿속에는 오직 두 가지 생각뿐이었다.

하나는 고칠소를 찾는 것이고 다른 하나는 복수였다! 취운과 비밀 시위들의 복수, 그리고 무고한 젊은 여자 여섯 명의 복수!

용비야가 시체를 보며 낮은 목소리로 말했다.

"복부에 난 상처 하나뿐인데 어떻게 뼈를 뽑아냈지? 더욱이 이렇게 짧은 시간 안에."

그랬다. 정말 짧은 시간이었다!

비밀 시위가 도와 달라는 동료들의 외침을 듣고 달려갔다고 했으니, 취운이 먼저 피살된 것으로 추측할 수 있었다. 흉수는 취운을 죽인 뒤 그녀의 뼈를 뽑아내는 한편 두 비밀 시위와도 싸워야 했다. 너무 어려운 일이었다.

잠시 침묵하던 한운석이 단언했다.

"용비야, 흉수는 염골사斂骨師예요! 틀림없어요!"

시체를 훼손하지 않고 뼈를 뽑아내는 솜씨를 지닌 사람은 염골사뿐이었다.

"의장에 있던 해골에서 왜 독소가 검출되지 않았는지 알았어요!"

한운석이 말을 이었다.

"흉수가 불을 지르기 전에 피해자들의 뼈를 모조리 뽑아 갔던 거예요! 의장에 불을 지른 건 시체를 없애 버리기 위해서였어요! 취운의 시체를 호수에 넣은 이유도 시체를 없애기 위해서고요!"

"염골한 일을 감추기 위해서? 그 뼈로 뭘 하려는 것이냐?"

용비야가 의아한 얼굴로 물었다.

"서동림, 당장 가서 조사해라! 청천수성 안에 있는 장의사와 염골사, 뼈 장식품을 파는 점포까지 모두 몰래 알아내라! 내가 모두 찾아가 볼 테니!"

한운석이 차갑게 말했다.

장의사는 시신 수습을 도와주는 사람으로 흔히 볼 수 있었다.

하지만 염골사는 떳떳한 직업이 아니었다. 염골이란, 바로 사람 뼈를 수집하는 것이었다! 염골사는 산 사람의 뼈를 수집하는 사람과 죽은 사람의 뼈를 수집하는 사람으로 나뉘었다.

각종 사교邪敎에서는 산 사람의 뼈를 숭배하는 일이 많았다. 그들은 멀쩡히 살아 있는 사람의 뼈를 하나하나 발라내고, 그 뼈로 신상神像을 조각해 제사를 지냈다.

반면, 죽은 사람의 뼈를 수집하려면 아직 매장하지 않은 시체를 훔치거나 이미 매장된 시체를 파내곤 했다. 이렇게 얻은 뼈를 파는 경로는 다양했다. 무당이 술법에 쓰려고 사기도 하고, 의학원에서 연구를 위해 사기도 하고, 독특한 취미를 가진 수집가나 뼈 조각가가 사기도 했다.

한운석이 알기로, 시체를 쉽게 구하고 시체의 상태를 알아내기 위해 장의사와 결탁하거나, 뼈를 수월하게 팔기 위해 뼛조각 장식품을 파는 점포 주인과 결탁하는 염골사가 꽤 많았다.

염골 솜씨가 아주 뛰어난 데다 시체를 불태워 버리는 것조차 꺼리지 않은 것을 보면, 흉수는 필시 그 분야의 고수였다. 그러니 조금만 조사하면 분명히 용의자를 골라낼 수 있었다.

서동림은 즉시 사람들을 이끌고 정보를 수집하러 갔다.

용비야도 염골사라는 말을 들어 보긴 했지만 한운석처럼 깊이 알지는 못했다. 그는 고개를 갸웃했다. 이 여자는 대체 아는 게 얼마나 많은 걸까?

"흉수는 여자의 뼈가 필요했던 걸까요, 아니면 칠살로 사람을 죽여야 했던 걸까요? 이유가 뭘까요?"

한운석이 이해할 수 없는 표정으로 물었다.

흉수는 무공이 아주 높았다. 아무렇게나 한 번 검을 찔러도 사람을 죽일 수 있는데, 구태여 칠살 비수까지 쓸 까닭은 무엇일까? 다른 목적이 있는 것일까, 아니면 공포를 조장해 사건을 조사하려는 사람들을 혼란에 빠뜨리려는 것일까?

한운석, 선물할 용기가 있니

한운석의 질문에 용비야가 꽤 확실한 답을 내놓았다.

"분명히 칠살 비수와 관련이 있다. 그렇지 않았다면 저만한 염골 솜씨에 구태여 산 사람을 찾을 필요가 없지. 의장에 있는 시체만 건드려도 되었을 것이다."

칠살 비수는 본래 길흉을 판별할 수 없는 물건이었다. 혹시 그 안에 무슨 비밀이 숨겨져 있는 건 아닐까?

한운석은 고개를 끄덕였다. 이제는 서동림이 용의자 명단을 가져오기를 기다렸다가 찾아 나서는 수밖에 없었다.

단서가 많지는 않지만, 범위가 정해지고 나면 한운석이 흉수를 찾아내는 것은 어렵지 않았다.

해독시스템이 취운이 중독된 독, 즉 칠살 비수의 독을 기록했기 때문이었다. 한운석이 다시 그 독과 마주쳤을 때 거리만 맞으면 해독시스템이 경고해 줄 수 있었다. 칠살 비수, 그처럼 중요하고 작기까지 한 물건이라면 흉수도 자연히 몸에 지니고 다닐 터였다.

솔직히 말해 흉수의 은닉 솜씨는 아주 훌륭했다. 한운석에게 해독시스템이라는 강력한 독 검출 기술이 없었다면, 그녀 역시 호수에 독이 있다는 것을 알아차리지 못했을 것이고, 취운의 시체도 영원히 찾지 못했을 것이다.

일반적으로 시체는 물에 가라앉은 뒤 며칠 후 다시 떠올랐다가 그다음에는 완전히 물 밑바닥에 가라앉기 마련이었다.

하지만 호수 안의 소용돌이 때문에 취운의 시체는 다시 떠오를 수 없었고, 영원히 그녀의 시체를 찾지 못했을 것이다. 그녀의 시체가 의장에 있던 시체들처럼 영원히 사라졌더라면, 이 사건을 조사하는 사람에게는 아무런 단서도 남지 않는 셈이었다.

이 문제를 토론하던 한운석과 용비야는 갑자기 말을 뚝 그치고 서로를 바라보았다.

"용비야, 설마 흉수는 호수에 소용돌이가 인다는 것을 알았던 걸까요?"

한운석이 물었다.

"틀림없다. 그렇지 않았다면, 시체를 가져가서 없앨 수도 있는데 서둘러 호수에 던질 필요가 없었겠지."

용비야가 말했다.

흉수는 호수 안에 소용돌이가 있어 시체를 영원히 감출 수 있다는 것을 알기에 그 속에 던져 넣어 처리한 것이 틀림없었다.

이 음양호는 청천수성의 금기여서 청천수성에 사는 사람들조차 가까이 가는 것을 꺼렸다. 이곳에 들어가서 수영하는 사람은 더더욱 없었다.

흉수는 호수에 소용돌이가 있다는 것을 어떻게 알았을까? 호수 안 소용돌이 밑바닥에 있는 힘은 무엇일까?

"백리명향, 호수 밑바닥에 가서 살펴라."

용비야가 명령했다.

"예!"

백리명향은 언제나처럼 감히 용비야를 쳐다보지도 못하고 고개를 숙이고 말했다.

"전하, 호수가 아주 깊습니다. 제 능력으로는 바닥까지 살펴보는 데 적어도 이틀에서 사흘은 걸립니다."

용비야는 고개를 끄덕인 다음 비밀 시위 한 명을 불러 함께 내려가게 했다.

"신중하게 움직이고 무슨 일이 생기면 즉시 올라와서 보고해라."

한운석도 백리명향을 바라보며 진지하게 말했다.

"조심해요!"

전하와 공주가 이렇게 말해 주자 벌벌 떨던 백리명향도 용기가 났다. 그녀는 몰자비의 환상 속에서 그랬던 것처럼 진지한 얼굴로 대답했다.

"전하, 공주. 반드시 사명을 완수하겠습니다!"

염골사를 조사하러 갔던 서동림은 저녁이 될 때까지 소식이 없었다.

용비야와 한운석은 계속 음양호에서 기다렸다. 어차피 적이 눈치챘으니 이곳에서 기다려도 상관없었다.

수수께끼 같던 사건의 한 모퉁이가 살짝 드러나긴 했으나 그와 동시에 의문점도 늘어났다.

"고칠소는 어떻게 되었는지 모르겠네요."

한운석은 가만히 탄식했다.

흉수가 여자의 뼈만 노렸기 망정이지, 그렇지 않았다면 고칠소가 어떻게 되었을지 상상조차 하기 싫었다. 흉수의 무공은 분명히 고칠소보다 높았다!

"그자는 명이 길어 죽지 않을 것이다. 걱정하지 마라."

용비야가 담담하게 말했다. 언제부터인지 모르지만, 한운석이 고칠소를 언급해도 용비야는 예전처럼 반감을 보이지 않았다.

고칠소에 대한 인상이 바뀌어서일까? 아니면 한운석의 마음을 더 잘 이해하게 되어서일까?

기다리는 동안 시간은 빠르게 흘러갔다. 쌍수 시간이 다가오자 용비야와 한운석도 더는 지체할 수 없게 되었다. 용비야는 비밀 시위에게 주위를 지키면서 아무도 접근하지 못하게 하라고 단단히 분부했다.

쌍수는 두 사람의 무공은 물론이고 두 사람의 목숨과도 관련되어 있었다. 석 달 동안 하루라도 빠뜨리면 두 사람 다 주화입마 될 수 있었다. 특히 용비야가 맞이할 결과는 한운석보다 더 심각했다.

수련을 끝마치자 어느새 밤이 깊었다. 용비야는 호숫가에 앉고, 한운석은 그의 다리를 베고 풀 위에 누웠다. 반짝이는 호수를 바라보노라니 모처럼 마음이 착 가라앉았다.

그동안 너무 바빴다. 백리 장군의 군영에서도, 삼도 암시장에서도 무척 바쁜 나날을 보냈고 삼도 암시장을 떠난 뒤 백독문으로, 백독문에서 독종 금지로, 독종 금지에서 다시 삼도 암시장으로, 삼도 암시장에서 이곳 수성까지 오면서 거의 쉴 틈도 없이 움직였다.

이처럼 평온하게 앉아 아무것도 하지 않고, 아무 생각도 하지 않고 서로를 벗했던 적이 언제였던지 기억이 나지 않을 지경이었다.

용비야는 한운석의 머리카락으로 살짝 장난을 치며 부드럽게 물었다.

"피곤하냐?"

한운석은 고개를 들고 그를 바라보았다. 달빛이 흩뿌려진 그의 얼굴은 달이나 물처럼 유난히도 따스해 보였다.

"당신이 있어서 피곤하지 않아요."

그녀가 대답했다.

"두려우냐?"

용비야가 또 물었다.

"당신이 있어서 두렵지 않아요."

한운석이 웃으며 대답했다.

그가 곁에 있기만 하면 그 어떤 일이 닥쳐와도 두렵지 않았다. 피곤하지도 않았다.

어쩌면 이런 걸 안전감이라고 부르는 것일지도 몰랐다.

용비야는 그녀의 뺨을 살며시 쓰다듬고, 그녀의 손을 잡아 입술로 가져가며 가만히 말했다.

"그럼 말을 잘 들어야지. 그만 자거라. 서동림이 오면 깨워주마."

사실 한운석은 조금도 졸리지 않았다. 하지만 용비야에게서 이렇게 따스한 말을 듣자 잠들고 싶어졌다.

용비야의 허벅지에 너무 오래 기대고 있었던 그녀는 다시 편안한 위치를 찾아 고쳐 벤 다음 그의 옆에 몸을 웅크렸다. 졸리지 않더라도 마음을 가라앉히고 잠을 청하면서 이 순간의 평온함을 누릴 수는 있었다.

너무 편안했거나 아니면 너무 안전감을 느껴서인지, 얼마 지나지 않아 한운석은 졸음이 밀려왔다. 정신이 몽롱해지면서 문득 그와 함께 강남 매해의 대나무 집으로 돌아간 기분이 들었다. 그는 지금처럼 앉아 있었고, 그녀는 지금처럼 그의 다리를 베고 누워 내리는 눈을 구경하다가 저도 모르는 사이 잠이 들었었다.

올해 돌아갈 수 없으니 내년에는 돌아갈 수 있으면 좋으련만. 반드시!

몽롱하게 잠든 한운석이 잠꼬대를 했다.

"비야……."

"여기 있다."

용비야가 담담하게 말했다.

"난 당신이 좋아요. 아주 좋아……."

한운석은 정말 꿈속에서 말하는 중이었다. 꿈속에서 그녀는 강남 매해로 돌아가 있었다. 그때도 그녀는 정말 정말 그를 좋아했다.

용비야는 잠에 빠진 그녀의 얼굴을 들여다보며 아무 말도 하지 않았지만, 입꼬리에는 소리 없이 웃음이 피어올랐다.

그는 깨달았다. 때로는 잠든 그녀를 지켜보는 것이 밤새 그녀를 괴롭히는 것보다 더 만족스럽다는 것을.

그가 나지막이 속삭였다.

"진작 알고 있었다."

날이 밝자 서동림이 상세한 명단을 보내왔다. 성안에 있는 장의사와 염골사, 그리고 뼈 장식품을 파는 점포를 샅샅이 조사해 상세하게 기록한 명단이었다.

길지도 않은 하룻밤이었지만 서동림이라면 이런 일을 처리할 방법도 있고 연줄도 있었다. 그렇지 않았다면 용비야 휘하 제일의 시위라는 이름을 감당하지 못했을 터였다.

용비야와 한운석은 객잔으로 돌아와 몸을 정돈한 뒤 강호를 떠도는 부부로 변장했다. 용비야는 평소 입던 흑의 경장 대신 하얀 비단 평복을 입고 쥘부채를 들어 한가한 귀공자처럼 보였다. 한운석은 분홍색 치마를 입고 예쁘장하게 단장했다.

두 사람이 함께 있으면 혼인한 지 몇 년이 넘은 부부라기보다 신혼부부처럼 보였다.

서동림이 볼 때 저렇게 차려입은 두 주인은 적어도 네 살은 어려 보였다. 두 주인은 사실 나이가 많지 않았는데 평소 너무 눈에 띄지 않는 진중한 차림을 했기 때문에 성숙해 보였다.

한운석은 장의사 명단을 버렸다. 장의사를 조사한 것은 순전히 그들과 결탁한 염골사를 찾아내기 위해서일 뿐이었다. 서동림이 도와준 덕분에 시간을 절약할 수 있었다.

염골사를 만나기는 쉽지 않았고, 염골사와 교분을 틀 이유를 찾는 것은 더욱더 어려웠다. 그래서 한운석과 용비야는 우선 뼈 장식품 점포를 찾기로 했다.

몇 군데 들러 봤더니, 일부는 사람 뼈에 관한 일을 쉬쉬하며 점포에 있는 제품은 모두 커다란 짐승의 뼈라며 둘러댔고, 일부는 커다란 장신구는 모두 사람 뼈를 가공한 것인데 짐승 뼈로 둔갑시켜 판매한다며 대놓고 말해 주었다. 용비야가 물건을 고르고 가격과 내력을 묻는 일을 맡았고, 한운석은 아무 말 없이 점포 주인과 일하는 사람들을 관찰했다.

처음에는 아무 수확이 없었지만, 저녁 무렵에 찾아간 '지애挚愛'라는 점포는 독특했다.

이 점포에서 파는 뼈 장식품은 진열대에 놓는 큼직한 장식품이 아니라 장신구나 머리 장식, 걸이 장식인 데다 모두 남녀 한 쌍으로 쓰는 것들이었다.

용비야와 한운석은 이곳에 들어서자마자 심부름꾼 하나와 주인 여자밖에 없다는 것을 알아차렸다. 주인 여자는 젊었고 차가운 아름다움까지 지니고 있어서 한 번만 쳐다봐도 그 미모에 놀랄 정도였다.

한운석은 조용히 해독시스템을 가동했고, 용비야는 주인 여자를 몇 번 살핀 뒤 속삭였다.

"무공을 익힌 사람이다."

하지만 한운석은 독을 검출할 수 없었다.

"칠살은 없어요. 좀 더 봐요."

주인 여자는 그들을 상대하지 않고 마음대로 구경하게 내버려 두었다. 한운석은 용비야를 데리고 한 바퀴 둘러본 다음 말했다.

"주인장, 이게 전부인가요? 특별한 것은 없어요? 내 남편에게 선물하고 싶은데."

오늘 한운석은 용비야의 선물을 몇 개나 샀지만, 점포를 나오는 즉시 모두 버렸다. 이 여자에게 처음 받은 선물이 그런 처지가 되었으니 용비야로선 아주 기가 찰 노릇이었다.

주인 여자는 한운석을 흘끗 보더니 차갑게 대꾸했다.

"특별한 게 있긴 한데 용기가 없어서 못 살 걸요."

"이 세상에 내가 못 할 일은 없어요. 어떤 건지 말해 봐요!"

한운석은 일부러 오만하게 대답했다.

하지만 주인 여자는 그녀를 아랑곳하지 않은 채 느긋하게 대답했다.

"우리 점포의 보물이죠. 각골명심刻骨銘心(마음에 깊이 새긴다는 뜻)이라고 하는."

각골명심?

이 단어에 한운석은 이내 문 앞에 걸려 있던 '지애'라는 점포 이름을 떠올렸다. 지애는 진실한 사랑이라는 뜻이었다.

"어떤 거죠?"

한운석은 호기심을 보였고, 용비야도 흥미가 있는지 그쪽을 돌아보았다.

뜻밖에도 주인 여자는 비수 한 자루를 꺼내 탁자 위에 놓았다.

한운석과 용비야는 경계를 돋웠다. 하지만 한운석은 이내 저 비수가 칠살이 아니라는 것을 확인했다.

"그건 무슨 뜻이죠?"

한운석이 물었다.

주인 여자는 다른 손을 들어 올렸다. 그 손에는 아주 특별한 팔찌가 채워져 있었다. 삼끈으로 짠 팔찌에는 둥근 진주 모양으로 깎은 뼈가 줄줄이 꿰어져 있었는데 그 위에 글자가 새겨진 것 같았다.

주인 여자는 팔찌에 달린 뼈를 살며시 매만지며 말했다.

"이건 내가 혼인하던 날 남편이 준 선물이에요. 이 구슬은 그 사람 몸에서 남는 뼈를 꺼내 만든 것이고요."

한운석과 용비야는 몹시 놀랐다. 주인 여자가 한운석에게 말했다.

"각골명심이란, 당신 몸에서 뼈를 하나 뽑은 다음 그걸 갈아서 장신구를 만들어 진실로 사랑하는 사람에게 선물하는 거랍니다. 그럴 용기가 있나요, 부인?"

전부 당신 것

몸에서 남는 뼈를 뽑아 장신구로 만든다고?

그 말을 들은 한운석의 첫 번째 반응은 이랬다.

"주인장, 남는 뼈라는 게 뭐죠?"

비록 정형외과 분야는 잘 모르지만, 사람 몸에 있는 뼈는 모두 쓰임이 있어서 '남는 뼈'란 말 따위는 없다는 것쯤은 알고 있었다. 사람이 진화하면서 남겨진 꼬리뼈라 해도 척추와 신경을 보호하는 숨겨진 기능이 있었다.

어떤 이들은 태어나면서부터 손가락이나 발가락을 여섯 개 가지기도 하는데, 그렇게 하나 더 생긴 손가락이나 발가락이라면 잘라 내도 상관없었다. 혹시 그런 손가락이나 발가락을 남는 뼈라고 부르는지도 몰랐다.

하지만 한운석에게는 그런 게 없었다! 어떻게든 그녀의 몸에서 남는 뼈, 쓸모없는 뼈를 찾아야 한다면, 사랑니뿐이었다. 치아는 뼈의 남은 부분이라는 말이 있으니, 뼈의 일부라고 할 수 있었다.

현대에는 뼈 이식술이라고 하는, 뼈를 절단하는 수술이 있다. 뼈를 다친 환자 중 꽤 많은 사람에게서 뼈 결손이나 괴사 현상이 일어나는데, 이때는 자신의 몸 다른 부위에서 뼈를 조금 잘라 뼈가 축난 부위에 이식해야 했다. 뼈를 잘라 낸 부위는 일정 생장 주기를 지나면 다시 자라나게 되어 있었다.

설사 이런 유의 뼈 이식 수술이라 해도 '남는 뼈'란 말은 없었다.

"남는 뼈란 쓸데없는 뼈를 말해요."

주인 여자의 말투는 냉랭해서 장사꾼다운 친절함이 전혀 느껴지지 않았다.

'웃기시네!'

한운석은 속으로 투덜거리면서도 어수룩한 척 물었다.

"사람 몸에 쓸데없는 뼈가 있어요? 어디에요?"

옆에 있던 용비야도 벌써 눈을 찡그리고 있었다. 쓸데없는 뼈라고 해도 한운석의 몸에 칼을 대는 것은 절대 허락할 수 없었다. 한운석 자신이 한다 해도 마찬가지였다!

그런데 주인 여자는 짜증스러운 듯이 대답했다.

"당신이 원하기만 하면 뭐든 쓸데없는 뼈가 될 수 있죠."

한운석은 미친 게 아니냐고 소리 지를 뻔했지만 꾹 참고 웃으면서 떠보았다.

"주인장 남편은 주인장에게 정말 정이 깊은 것 같군요."

한운석은 이 주인 여자의 남편이 어느 뼈를 뽑아 장신구를 만들어 주었는지 궁금했지만, 애석하게도 주인 여자는 한운석과 대화를 할 생각이 없어 보였다.

그녀는 귀찮다는 듯한 목소리로 이렇게 물었다.

"그래서 할 거예요, 말 거예요?"

한운석은 바로 대답하지 않고 또 물었다.

"하겠다고 하면 그 비수로 뼈를 뽑아내는 건가요?"

주인 여자는 고개를 끄덕였다.

"그래요. 어떤 장신구를 원하죠? 모양에 따라 뽑아내는 뼈도 달라져요."

한운석은 점포 안에 있는 장신구를 둘러본 다음 반지 하나를 고른 뒤 웃으며 말했다.

"저걸로요."

한운석이 '각골명심'을 하려는 듯하자 주인 여자의 태도도 조금 친절해졌다. 그녀가 용비야에게 말했다.

"나리, 손을 좀 보여 주시지요."

용비야는 주인 여자를 무시하고 찡그린 눈으로 한운석을 바라보았다. 한운석이 재빨리 그의 손을 잡아 주인 여자에게 내밀며, 협조하라는 뜻으로 몰래 그의 옷자락을 잡아당겼다.

호랑이 굴에 들어가지 않고서 어떻게 호랑이를 잡을 것인가!

그녀는 주인 여자가 직접 염골할 것인지 아니면 점포 안에 다른 염골사가 숨어 있는 것인지 알고 싶었다.

주인 여자는 용비야의 손을 보자 참지 못하고 내뱉었다.

"나리의 손은 참 아름답군요."

용비야의 손은 크고 손가락이 길쭉한 데다 마디도 또렷해서, 확실히 아름다웠다. 이 세상 수많은 여자가 밤낮으로 이 손을 그리워했지만, 그는 오직 한운석에게만 손을 내주었다.

용비야는 아무 말 하지 않고 옆에서 물건을 정리하는 심부름꾼을 관찰했다.

"나리의 손가락 하나면 부인께 아주 예쁜 새끼손가락 반지를 만들어 드릴 수 있답니다."

주인 여자가 웃으며 물었다.

"나리께서 기꺼이 내놓으실 수 있을지 모르겠군요."

"얼마나 걸리느냐?"

용비야는 한운석보다 더 직접적으로 물었다.

"나리께서 허락하신다면 한 시진이면 되죠."

주인 여자의 대답이었다.

한 시진 안에 뼈를 뽑고 가공까지 할 수 있다니, 정말 놀라운 속도였다.

한운석이 다급히 물었다.

"그럼 나는요? 반지를 만들려면 어떤 뼈를 뽑아야 하고 얼마나 걸리죠?"

주인 여자가 갑자기 한운석의 손목을 낚아채더니 이리저리 만졌다.

"손뼈면 되겠어요. 역시 한 시진 걸려요."

"그럼…… 바로 시작하는 건가요?"

한운석이 물었다.

"일반 반지는 천 냥, 새끼손가락 반지는 오백 냥이에요."

주인 여자가 말했다.

한운석은 믿을 수가 없었다. 이 주인 여자 눈에는 사람 몸에서 뼈를 뽑아 진실로 사랑하는 사람에게 장신구를 만들어 주는 것은 너무나도 정상적인 일이고, 그 어떤 대가를 치러도 지나치지 않은 모양이었다. 끔찍하게도 그녀는 뼈를 뽑은 뒤 불구가 되는 일에 관해서는 언급조차 하지 않았다.

"손뼈를 뽑으면 손을 못 쓰게 되지 않아요?"

한운석이 진지하게 물었다.

주인 여자는 느닷없이 얼굴을 굳히며 오만하게 말했다.

"못 하겠거든 그만 나가시죠. 우리 점포는 손님에게 억지로 물건을 판 적 없어요. 본인이 원하지 않으면 선물을 줘 봤자 무슨 의미겠어요."

용비야는 두말없이 은자를 내놓았다.

이를 본 주인 여자의 얼굴이 다시 좋아졌다. 그녀는 나른하게 몸을 일으켜 계산대 밖으로 걸어 나왔다.

"두 분, 따라오세요."

용비야는 한운석의 손을 잡고 주인 여자를 따라 후원으로 갔다. 후원에서는 하녀 두셋이 뼈 장신구를 깎고 있었고, 남자 한 명이 비수를 주조하고 있었다. 남자의 오른쪽 소매가 힘없이 축 처져 있는 것을 보면 팔이 없는 것이 분명했다.

한운석과 용비야는 외팔이 남자에게 주목했다. 비록 왼손밖에 없지만 그 남자의 왼손은 무척 재빠르고 힘이 있었다. 남자는 다 만든 비수를 활활 타오르는 불 속에서 꺼내 발로 끝부분을 밟고 왼손으로 망치를 잡아 힘껏 두들겼다.

"남편인가요?"

한운석이 떠보듯이 물었다. 저 남자의 팔뼈가 주인 여자의 장신구를 만드는 데 쓰이지 않았나 의심스러웠다.

주인 여자는 그 말을 들었는지 말았는지 대답이 없었다. 외팔이 남자는 그들을 쳐다보지도 않고 계속해서 비수를 두들겼다.

한운석은 끈질기게 외팔이 남자 앞에서 걸음을 멈추고 물었다.

"주인장, 비수도 파는 건가요? 그 비수는 어떻게 팔죠?"

외팔이 남자는 한운석에게 눈길조차 주지 않았다. 그때 이미 곁방 문을 연 주인 여자가 재촉했다.

"어서 이리 오세요. 뼈를 뽑아야죠."

방 안을 들여다본 한운석이 갑자기 웃음을 터트리며 용비야에게 말했다.

"서방님, 그냥…… 그만둘까요? 겁이 나요."

서방님?

처음으로 한운석에게서 이런 말을 들은 용비야는 일부러 겁먹은 표정을 짓는 그녀의 조그만 얼굴을 보자 참지 못하고 고운 어깨를 껴안으며 말했다.

"그러면 그만두자."

문가에 선 주인 여자가 가소로운 표정으로 냉소를 지었다.

"뼈 하나 내놓는 것조차 아까워하면서 사랑은 무슨 사랑? 여보세요, 나리. 저런 아내는 일찌감치 쫓아내세요!"

한운석은 고개를 홱 돌리며 따지려고 했지만, 결국 반박하지 않고 용비야를 향해 큰 소리로 말했다.

"내 온몸의 뼈와 피, 살, 피부, 그리고 나라는 사람 자체와 내 영혼까지, 모두 당신 거예요. 당신은 날 쫓아낼 이유가 없어요!"

용비야는 처음에는 어리둥절했지만 곧 큰 소리로 하하하 웃었다. 그는 사랑스러운 듯 그녀의 앞머리를 쓰다듬으며 웃었다.

"쫓아내지 않으마. 그럴 일은 영원히 없다."

그에게는 한운석을 거부할 그 어떤 이유도 없었다. 영원히!

말을 마친 그는 한운석을 잡고 성큼성큼 밖으로 걸음을 옮겼다. 후원에 남은 사람들은 저마다 놀라 입을 떡 벌리고 눈을 휘둥그레 떴다.

내내 고개를 숙이고 있던 외팔이 남자도 마침내 고개를 들어 주인 여자를 쳐다보았다. 그의 눈동자에는 약간의 슬픔과 약간의 무력감이 담겨 있었다.

주인 여자는 커다란 충격을 받은 것처럼 중얼거렸다.

"전부……, 전부 그 사람……, 그 사람의……."

'지애'를 나온 한운석과 용비야는 아무도 쫓아오지 않는 것을 확인하고 나서야 소리 죽여 이야기를 나누었다.

"칠살 비수의 독은 발견하지 못했어요. 하지만 저 주인 여자는 아주 의심스러워요."

한운석이 진지하게 말했다.

"그 외팔이 남자도 무공을 할 줄 안다. 무공이 얼마나 뛰어난지는 확실하지 않다."

용비야가 말했다.

"왜 비수를 만드는 걸까요? 자세를 보면 검공劍工(검을 만드는 사람) 같던데."

한운석이 말했다.

"이따가 와서 살펴보면 알겠지."

용비야가 태연하게 말했다.

죽은 비밀 시위의 상처를 보면 흉수의 검은 보통 검이 아니었고 검술도 여간이 아니었다. 직접 만나 한두 초 겨뤄 보면 알아낼 수 있을 터였다.

이제 흉수를 찾는 일은 한운석이 칠살 비수의 독을 발견하거나, 용비야가 흉수의 검술을 시험하는 데 달려 있었다.

한운석과 용비야는 뼈 장식품점을 몇 군데 더 들렀지만 아무것도 발견하지 못했다. 밤이 되어 두 사람이 나란히 복면을 쓰고 '지애'로 잠입하려는 찰나 음양호에서 소식이 왔다.

백리명향이 뭍에 올라왔는데 호수 밑바닥에서 중요한 것을 발견했다는 소식이었다!

한운석과 용비야는 즉시 그곳으로 달려갔다.

백리명향과 서동림은 호숫가에서 기다린 지 오래였다.

"전하, 공주. 호수 밑바닥 소용돌이 아래에는 확실히 어떤 힘이 있었습니다. 저는 막을 수도 없고 너무 가까이 갈 수도 없었지만 검기劍氣가 확실합니다!"

검기?

설마하니 호수 밑에 상고 시대 보검이 묻혀 있는 걸까?

일반적인 보검은 검사의 손에 들어가지 않는 이상 그처럼 강력한 검기를 뿜어내지 못했다. 자체적으로 강력한 힘을 가진 상고 시대 보검만이 그런 검기를 뿜어낼 수 있었다.

검사가 상고 시대 보검을 손에 넣으려면 먼저 보검의 검기를 길들여야 했다. 그렇지 않으면 오히려 그 힘의 반작용에 당할 수 있었다.

용비야가 가진 현한보검이 바로 상고 시대 보검으로, 당시 용비야도 검을 길들이기 위해 꽤 많은 힘을 들여야 했다.

용비야는 무척 기뻐하며 한운석에게 물었다.

"가서 보겠느냐?"

한운석은 이미 범천력을 끝까지 수련했고, 또 최근에 그와 쌍수까지 한 덕에 검술 한 벌을 완전히 익힌 상태였으나 보검이 없었다. 용비야가 줄곧 그녀에게 줄 보검을 찾아보았지만 만족할 만한 것을 발견하지 못하던 차였다.

호수 안에 소용돌이를 일으키려면 얼마나 대단한 힘을 가져야 할까?

용비야는 호수 밑바닥에 있는 상고 시대 보검이 자신이 가진 현한보검보다 더 강력할지도 모른다고 생각했다. 그가 그 좋은 것을 놓칠 수 있을까? 그 좋은 것을 한운석에게 주지 않을 수 있을까?

하지만 한운석이 처음 떠올린 것은 흉수였다. 흉수는 검술이 그처럼 뛰어나고 호수 밑에 소용돌이가 있다는 것도 알고 있으니 음양호 밑바닥에 보검이 숨겨져 있다는 사실도 알 것이 분명했다. 흉수가 칠살 비수로 사람을 죽이고 뼈를 뽑아낸 것도 호수 밑바닥에 있는 보검과 관계가 있었던 건 아닐까?

한운석과 용비야는 곧 백리명향을 따라 호수로 들어갔다. 그들은 소용돌이 중심을 뚫고 들어가 계속해서 아래로 아래로 내려갔다.

호수는 정말 깊어서, 호수가 아니라 바다에 뛰어든 기분이었다. 한참이 지난 뒤 마침내 그들도 검기의 존재를 느꼈다.

"전하, 공주. 유광구는 여기까지밖에 버틸 수 없습니다. 더 내려가면 깨어집니다."

백리명향은 아주 신중했다.

한운석과 용비야는 거세고 날카로운 검기를 느낄 수 있었다. 마치 검의 고수가 호수 밑바닥에서 그들을 향해 검을 휘두르기라도 하는 것처럼 강력한 검기가 파죽지세로 물을 가르며 덮쳐 왔다.

용비야는 단박에 검기에 담긴 살기를 감지했다.

검종 노인은 상고 시대 보검에는 정正과 사邪의 구분이 있으며 정에 속한 검은 존귀한 기운을, 사에 속한 검은 살기를 뿜는다고 말한 적이 있었다.

용비야는 혼잣말을 중얼거렸다.

"저렇게 강력한 살기라면 설마……."

사람 뼈로 만드는 검

용비야의 놀란 표정을 보자 한운석도 호수 밑바닥에 있는 보검이 지극히도 좋은 물건임을 알아차렸다.

칠살 비수를 찾기도 전에 보검부터 손에 넣게 될 줄이야.

"뭔데요?"

한운석이 다급하게 물었다.

"막야검혼莫邪劍魂이다!"

용비야가 진지한 얼굴로 말했다.

"막야검혼?"

한운석은 알 수가 없었다.

막야는 들어 본 적 있었다. 막야는 검공인 간장干將의 아내이고, 간장은 오나라 왕 합려의 명을 받아 검을 주조했다. 간장은 오산五山(태산, 화산, 형산, 숭산, 항산의 다섯 명산)의 철정鐵精과 육합六合(동서남북과 상하 여섯 방위를 의미)의 금영金英을 채집해 검을 주조했으나 애석하게도 석 달이 지나도 성공하지 못했다.

제때 보검을 바치지 않으면 합려는 간장의 목숨을 빼앗을 것이 분명했다. 막야는 남편을 살리기 위해 화로에 뛰어들었고 덕분에 보검이 완성되었다. 그 보검은 자웅 한 쌍으로, 간장과 막야라는 이름을 그대로 얻었다.

검공 간장은 막야를 몰래 숨기고 간장만 합려에게 바쳤으나 훗날 이를 알게 된 합려의 명으로 죽임을 당했고, 간장의 영혼은 간장 검에 스며들었다.

막야와 간장은 상고 시대 보검이자 부부의 검이었다. 한운석도 간장과 막야의 전설은 알지만, 막야검혼이란 말은 처음이었다.

"사부님께 들으니 막야는 백 년 전에 이미 망가졌으나 검이 사라진 후에도 영혼이 남았다더군. 막야는 본래부터 살기를 품고 있었는데 검신劍身(검의 몸체)이 사라진 후 그 살기가 더욱 짙어졌지. 길들이려면 우선 저 살기부터 제거해야 한다."

용비야가 담담하게 말했다.

"간장은요? 간장은 망가지지 않았나요?"

한운석은 호기심이 나서 물었다.

"간장은 천산검종 금지에 있고 존자 세 분이 지키는 중이다."

용비야가 나지막이 말했다. 이는 천산의 중대한 비밀로, 사부와 세 존자, 그를 제외하면 아무도 알지 못했다.

"천산검종은 아직 간장을 길들이지 못했군요. 그렇죠?"

한운석이 재빨리 물었다.

용비야는 대답하지 않았지만 어쩔 수 없다는 표정으로 웃음을 지었다. 한운석 이 여자가 여기서 더 똑똑해질 수도 있을까?

확실히 그랬다. 세 존자가 힘을 합쳐도 간장을 굴복시키지 못했기에 숨겨 놓을 수밖에 없었다.

간장의 검기는 용비야도 겪어 본 적이 있었다.

막야는 암검이고 간장은 수검으로, 간장의 검기가 막야보다 훨씬 강했다. 하지만 검신이 망가지고 원한이 살기를 부풀린 덕분에 지금 막야가 뿜어내는 검기는 간장 못지않았다.

"용비야, 막야는 영혼만 남았는데 어떻게 길들이죠?"

한운석이 궁금해하며 물었다.

"우선 검에 담은 다음 길들여야 한다."

용비야가 대답했다.

"그러니까 보검을 새로 주조해야 하는군요?"

한운석은 별로 믿기지 않았다.

"누가 그런 검을 만들 수 있죠?"

그 말을 끝내기 무섭게 한운석은 뭔가 생각난 듯 혼자 흠칫하더니 놀란 목소리로 외쳤다.

"용비야, 서둘러요! 그 외팔이 남자를 찾아가야 해요! 그자가 의심스러워요!"

"어째서냐?"

용비야는 이해가 가지 않았다.

"일단 가요. 가면서 설명할게요!"

한운석이 재촉했다.

백리명향은 감히 지체하지 못하고 서둘러 그들을 뭍으로 데려갔다. 용비야는 한운석을 데리고 '지애'로 달려갔다.

"용비야, 막야가 화로에 뛰어들자 보검이 완성되었어요. 사람 뼈가 검을 단련시킬 수 있기 때문이었죠! 사람 뼈에 든 인과 칼슘이 쇳물에 든 불순물을 흡수하기 때문에 쇠의 순도를 높일 수 있어요."

한운석이 설명했다.

용비야는 한운석이 말한 '인과 칼슘'이란 단어를 알아들을 수가 없었지만, 그 대략적인 의미는 이해했다.

그는 곧 '지애'에 있던 외팔이 남자를 떠올렸다. 지금까지는 외팔이 남자가 뼈 장식품점에서 비수를 주조하는 까닭을 짐작할 수 없었지만, 지금 보니 그 남자가 주조한 비수에는 사람 뼈가 들어간 것이 분명했다!

흉수는 염골사인 데다 호수 밑바닥의 비밀을 알고 있었다. 그런 흉수라면 사람 뼈로 보검을 주조해 막야검혼을 거두어들일 생각을 했을 가능성이 컸다!

보검을 주조하는 것이 칠살 비수나 여자 일곱 명의 뼈와 정확히 어떤 연결 고리가 있는지는 한운석도 알아내지 못했다. 지금 이 추측은 추측에 불과할 뿐, 그 외팔이 남자와 주인 여자가 바로 흉수라고 확신할 방법은 없었다.

하지만 차라리 잘못 짚어 사죄할망정 그냥 지나칠 수는 없었다!

'지애'의 두 사람이 흉수인지 아닌지는 용비야가 그 검술을 한번 시험해 보면 알 수 있었다.

한운석과 용비야가 '지애'에 도착했을 때, 놀랍게도 점포에는 아무도 없었다. 후원 역시 텅텅 비어 아무도 남아 있지 않았다.

두 사람이 찾아간 일이 저들의 경계를 산 걸까? 그렇다면 주인 여자와 외팔이 남자의 혐의는 더욱 컸다!

용비야는 비밀 시위에게 이 점포와 관계된 모든 이를 조사하라고 분부한 다음, 곧바로 한운석을 데리고 음양호로 돌아갔다.

그들은 어젯밤처럼 호수 주변을 지키지 않고 적절한 곳을 찾아 몸을 숨겼다. 막야검혼이 있는 한 흉수는 반드시 이 호수를 찾을 테니, 절대 달아날 수 없었다.

용비야와 한운석은 쌍수를 마친 뒤 계속 자리를 지켰으나 그날 밤 흉수는 나타나지 않았다.

이튿날 아침이 되자 서동림이 소식을 보내왔다.

"전하, 모두 조사했습니다. 그 점포 사람들은 외부인과 왕래하지 않았고, 장신구에 사용된 사람 뼈는 점주가 직접 구해 왔을 뿐 성안의 염골사와는 거래한 적이 없다고 합니다."

"어디서 온 자들이냐?"

용비야가 물었다.

"알아내지 못했습니다. 10년이나 된 오랜 점포인데, 주인 여자는 타지인으로 10년 전에 점포를 사서 운영하기 시작했다고 합니다. 그 남편을 본 사람은 아무도 없습니다."

서동림이 사실대로 말했다.

용비야는 더 묻지 않고 분부를 내렸다.

"조사는 모두 중단한다. 더는 상대의 경계를 사지 마라."

그들의 기다림은 사흘간 이어졌다.

사흘 동안 '지애'는 다시는 문을 열지 않았고 아무도 돌아오지 않았다.

지금까지는 단순히 혐의만 있었다면, 지금은 그 주인 여자와 외팔이 남자가 이번 살인 사건과 완전히 무관하지 않다는 것을 확신할 수 있었다.

용비야와 한운석은 계속 기다렸지만, 애석하게도 또다시 사흘이 지나도록 소식 한 자락 들려오지 않았다. 성안에서도 더는 살인 사건이 일어나지 않았다.

의장 화재 사건은 관아에서 계속 조사 중이었지만 여태껏 명확한 설명을 내놓지 못했다. 관아에는 애초에 조사할 실마리조차 없었다. 그들은 죽은 사람의 뼈가 뽑혀 나갔다는 것조차 모르기 때문이었다.

"용비야, 계속 기다릴 수는 없어요! 고칠소가 위험해요!"

한운석이 진지하게 말을 꺼냈다.

엿새 동안 흉수는 아무런 움직임도 보이지 않았고 사건은 진전이 없었다. 용비야는 잠시 침묵하다가 짤막하게 '알겠다.'라고 대답했다.

그는 곧바로 검을 뽑아 들더니 허공을 가로지르며 음양호로 날아갔다.

그가 검을 휘두르자 바람이 크게 일면서 고요하던 호수면이 출렁거렸고 물이 높이 솟아올랐다. 물은 마치 폭포를 거꾸로 걸어 놓은 것처럼 끊임없이 위로 솟구쳤다.

주위에 잠복하고 있던 사람들은 하나같이 놀라 눈이 휘둥그레졌다. 전하의 무공이 저 정도까지 높아졌을 줄은 그 누구도 생각지 못한 일이었다.

검 한 번에 저렇게 엄청난 바람을 일으키다니!

한운석도 놀라긴 마찬가지였다. 밤마다 그와 쌍수하면서도 그가 지닌 진짜 무공이 어느 정도인지는 알아보지 못했던 것이다. 그의 무공이 저렇게까지 정진했다면, 그녀 자신은 어떨까?

한운석은 쌍수만 했지, 진짜 무공을 써 본 적이 없어 자신의 실력을 확실히 알지 못했다.

하지만 지금은 그런 것까지 생각할 틈이 없었다. 그녀는 곧바로 서동림을 불러 비밀 시위 모두에게 단단히 경계하라고 전하게 했다.

용비야의 저 일 초는 결사의 각오를 담고 있었다.

그가 이렇게 한 것은, 자신이 호수 밑바닥의 비밀을 알고 있으며 빼앗을 뜻도 있음을 흉수에게 알리기 위해서였다. 흉수가 음양호를 지켜보고 있다면 나타날 것이 분명했다.

용비야는 고요하던 음양호를 발칵 뒤집어 놓았다. 파도가 이리저리 출렁이고 폭포가 여기저기에서 솟았다가 떨어졌다.

음양호는 마치 지진이라도 만난 듯, 당장이라도 왈칵 뒤집혀 주변을 집어삼킬 것만 같았다.

경천동지할 광경!

웅장하고 장엄한 광경!

아름답고 화려한 광경이었다!

모두가 눈을 떼기 아쉬워하며 쳐다보고 있을 때 갑자기 용비야가 양손으로 검을 쥐고 하늘 높이 찔렀다. 순간, 강력한 검기가 터져 나왔다.

비밀 시위와 백리명향은 그 힘이 무척 낯설었지만, 한운석은 익숙했다. 서정력이었다.

천산에서 내려온 뒤 용비야는 다시는 서정력을 쓰지 않았다.

호수면 전체가 그 힘에 이끌린 듯 수많은 물방울이 수면 위로 퐁퐁 튀어 올랐다. 빈틈없이 빽빽하게 솟아오른 물방울이 호수면을 가득 뒤덮었다.

차츰차츰 시간이 흐르면서 물방울은 갈수록 커지더니 마침내 물기둥을 이루었다. 제각각 하늘을 찌를 듯 솟아오르던 물기둥이 놀랍게도 용비야 쪽으로 모여들기 시작했다.

한운석은 저도 모르게 주먹을 쥐었다. 용비야가 저 힘을 다스릴 수 있다는 건 알지만 그래도 걱정스러웠다.

예상대로 솟아오른 물기둥은 전부 용비야의 검을 향해 모여들었다. 그 장엄한 광경 속에 높이 서서 빼어난 풍채를 자랑하는 용비야의 모습은 마치 신 같았다. 그런 용비야를 본 한운석은 비로소 불안하던 마음을 가라앉혔다. 그 순간, 저 남자를 향한 경외심이 솟구쳤다.

용비야의 눈빛이 차가워지는가 싶더니, 현한보검이 모여든 물기둥을 이끌고 거침없이 호수 한가운데를 갈랐다!

바로 그 순간, 뜻밖의 일이 벌어졌다.

폭풍우를 만난 듯 출렁이던 호수면 가운데에서 갑작스레 수룡水龍 한 마리가 솟아올랐다. 수룡은 힘차고 거친 기세로 용비야가 휘몰아 낸 물기둥에 부딪쳐 갔다.

충돌이 일어나는 순간, 물은 공중에서 잠깐 멈췄다가 곧이어 싸움에 진 병사들처럼 사방으로 뿔뿔이 흩어졌다. 마치 음양호 위로 거센 폭우가 쏟아지는 것 같았다.

물은 가라앉았으나 두 갈래의 힘은 남았다. 하나는 용비야
의 검기이고 다른 하나는 화난 막야의 검기였다. 두 힘이 부딪
치자 용비야는 곧 불리한 상황에 부닥쳤다. 자칫하면 반작용에
당할 것 같았다.

막야는 상고 시대 보검이라 본래 가진 검기도 무시무시한데
살기까지 더해진 상태였다. 설령 용비야가 그 힘을 꺾는다 해
도 살기를 제거하지 못하면 길들이기는커녕 도리어 그 살기에
잡아먹혀 주화입마 될 수 있었다.

용비야가 막야검혼을 도발한 것은 검을 굴복시키려는 것이
아니라 흉수를 유인하기 위해서일 뿐이었다. 상황이 안 좋은
것을 본 한운석은 곧바로 도우러 나가려고 했다.

그런데 웬걸, 한운석이 일어나는 순간, 새빨간 그림자 하나
가 허공을 가로지르며 두 검기 가운데로 날아들었다.

어떻게 된 걸까?

모두 뜻밖의 상황에 당황했다. 흉수가 나타났다고 한들, 저
런 식으로 알아서 죽을 자리를 찾아들 만큼 멍청할 리 없었다!

두 검기 사이로 일렁이는 힘은 워낙 강력해서 거의 측정할
수 없을 정도였다. 그 속으로 뛰어드는 것은 죽을 자리를 찾아
가는 셈이나 마찬가지였다.

"누가 저 사람을 집어 던진 것 같은데?"

서동림이 중얼거렸다.

"꼭……, 꼭 고칠소 같은……."

백리명향도 놀랐다.

"고칠소!"

한운석이 소리를 지르며 몸을 날렸다. 하지만 고칠소가 검기에 닿기 직전, 별안간 호숫가에서 가시덩굴 줄기가 쑥쑥 솟아나 그를 옭아맸다.

그제야 사람들도 똑똑히 보았다. 오랏줄에 꽁꽁 묶인 고칠소의 온몸에는 사람 뼈가 잔뜩 달려 있고 허리에는 사람 머리뼈 일곱 개가 주렁주렁 걸려 있었다.

저……, 저건…… 대체 어떻게 된 일이지?

용비야도 막야의 검기를 막는 한편 눈을 찡그린 채 그쪽을 돌아보았다. 그는 고칠소가 왜 이렇게 되었는지는 관심 없었다. 그가 생각하는 것은 한 가지뿐이었다.

홍수는 어디에 있을까?

분노는 고칠소가 감당해라

흉수는 어디에 있을까?

고칠소도 나타난 마당에 흉수는 왜 아직 나타나지 않을까?

고칠소의 몸에 매달린 뼈는 분명히 흉수가 죽인 다음 뽑아 간 일곱 사람의 뼈였다.

용비야는 이미 막야의 검기를 막아 내기 어려운 상태였다. 그가 불쾌한 눈빛을 떠올리더니 갑자기 검을 거두며 동시에 몸을 홱 젖혔다.

그 짧은 찰나, 쐐액 날아든 막야의 검기가 아슬아슬하게 그의 등을 스쳐 지나갔다. 그는 곧바로 검을 들어 고칠소를 향해 내리찍었다.

도우러 달려가려던 한운석과 서동림 등은 이 장면을 보고 우뚝 걸음을 멈췄다.

용비야가 뭘 하려는 거지?

"젠장! 용비야, 뭐 하는 거야?"

고칠소가 큰 소리로 으르렁거렸다. 며칠 만나지 못했지만 성질머리는 여전했다.

그러나 용비야의 검기가 고칠소를 때리기 전에 오른쪽에서부터 또 다른 검기 하나가 짓쳐 와 용비야의 검기를 쳐 냈다.

마침내 흉수가 나타났다!

용비야는 속으로 깜짝 놀랐다. 뜻밖에도 흉수의 검술은 그의 예상보다 배로 강했다. 이 세상에 그의 검기를 쳐 낼 수 있는 사람은 손에 꼽을 정도였다.

용비야와 고칠소가 일제히 오른쪽을 돌아보았다. 한 남자가 허공에 둥실 떠 있었다. 사람 뼈로 만든 가면을 쓴 남자로, 왼손에 검을 들었고 오른쪽 소매는 축 처져 있었다. 외팔이였다.

그자였다. '지애' 뼈 장식품점의 외팔이 남자!

주인 여자는 어디로 갔을까? 칠살 비수는 또 어떻게 되었을까?

한운석은 칠살의 독을 감지하지 못했다. 그녀는 경계를 돋우며 낮게 말했다.

"서동림, 주인 여자가 아직 도착하지 않았다. 보아하니 지난번에 저들이 취운을 죽였을 때는 두 사람이 모두 왔던 모양이다. 비밀 시위는 주인 여자만 보고 저 외팔이 남자는 보지 못했던 거지."

그날 주인 여자와 외팔이 남자는 함께 이곳에 왔고, 외팔이 남자는 비밀 시위를 죽여 주인 여자에게 뼈를 뽑을 시간을 벌어 주었다. 그렇지 않았다면 그렇게 빨리 처리하지 못했을 터였다.

한운석은 두 사람이 무슨 이유로 앞서 죽인 여섯 사람을 호수에 버리지 않고 의장에 불을 질러 일을 크게 만들었는지, 무슨 이유로 취운을 호수에 던져 넣었는지 생각해 볼 여유가 없었다.

흉수는 고칠소와 용비야에게 맡기고, 그녀 자신과 서동림 일행은 주인 여자를 방비해야 했다. 알다시피 칠살 비수는 주인 여자 손에 있었고, 그 비수에 묻은 독은 한운석도 해독할 수 없었다!

그러는 동안, 막야의 검기는 호수로 돌아갈 기미조차 없이 음양호 전체로 퍼져 나갔다.

흉수가 나타난 것을 본 용비야는 서둘러 그를 잡으려 하지 않고, 다시 한번 검을 휘둘러 고칠소를 내리찍었다. 뜻밖에도 흉수 역시 고칠소를 공격했다. 그자가 검을 휘두르자 푸르스름한 불꽃이 일었다.

"검화劍火!"

용비야는 깜짝 놀랐다. 검화란 10년에서 20년간 검을 주조한 검공이 화로의 정수를 검기에 녹여 넣은 것으로, 일단 타오른 검화는 물을 부어도 끌 수 없었다! 오로지 그보다 강력한 검기만이 그 불을 끌 수 있었다.

솔직히 말해 흉수의 검술은 또 한 번 용비야를 놀라게 했다. 저런 고수가 검종 사람이 아니라고?

용비야가 검화를 꺼뜨리려 하는데, 뜻밖에도 고칠소가 가시덩굴의 힘을 빌려 흉수 쪽으로 돌아서더니 스스로 검화를 덮쳐 갔다!

그 순간, 용비야는 하마터면 '죽고 싶으냐'고 외칠 뻔했지만 이내 이상하다는 것을 알아차렸다. 고칠소는 이 순간만을 기다렸던 것 같았다.

며칠 소식이 끊긴 동안 저자는 대체 무엇을 했을까? 지금 이 순간에는 또 무엇을 하려는 것일까?

용비야는 막지 않았다. 검화가 고칠소에게 닿자마자 그의 몸에 매단 뼈에 불이 붙었다. 믿을 수 없게도 타오르는 불꽃은 전부 검은색이었다.

까만 불길이 솟아오르는 것을 본 사람들은 지독히 음산하고 서늘한 기운을 느꼈다. 바로 그때, 흉수가 갑자기 호숫가에 자라난 가시덩굴을 베었다. 고칠소는 불덩이에 휩싸인 채 그대로 호수 속으로 풍덩 빠지고 말았다.

그가 호수에 빠지는 순간 수면 위로 퍼졌던 막야의 검기가 모두 그쪽으로 모여들었고, 검기의 부추김 덕에 까만 불길은 점점 더 왕성하게 타올랐다. 사람들은 호수 한가운데에서 끊임없이 검기가 솟구쳐 오르는 것을 분명하게 느낄 수 있었다.

한운석으로선 상황이 이런 식으로 흘러갈 줄 전혀 예상하지 못했다. 고칠소가 스스로 검화에 달려드는 것은 보았지만, 그 이유를 생각할 틈이 없었다. 지금 그녀의 머릿속에는 단 한 가지 생각뿐이었다.

고칠소가 죽을지도 몰라!

갑자기 그녀가 비명을 질렀다.

"고칠소! 고칠소가 죽을지도 몰라요! 용비야, 어서 구해 줘요!"

용비야는 고칠소를 구할 수 있었고, 어떻게 구해야 하는지도 알았다.

외팔이 남자의 검술이 뛰어나긴 하지만 아직은 그의 아래였다. 그렇지 않았다면 조금 전에 그의 검기를 쳐 내지 않고 직접 깨뜨렸을 터였다.

그의 검기가 외팔이 남자의 검기보다 강하니 외팔이 남자가 피워 올린 검화를 끌 수도 있었다.

하지만 지금 검화를 끄면 막야검혼은 영원히 호수 밑바닥으로 가라앉을 것이다.

그는 고칠소가 왜 저런 행동을 했는지 정확히 알지 못했으나 한 가지는 확실했다. 고칠소는 분명 막야검혼을 노리고 있었다.

용비야가 구해야 할지 말아야 할지 망설이고 있을 때, 소리소리 지르던 한운석이 갑자기 입을 다물고 왼쪽을 돌아보았다. 그녀가 놀란 소리로 외쳤다.

"용비야, 조심해요! 독이에요!"

용비야는 즉시 허공으로 날아올랐다. 그와 동시에 비수 하나가 그의 발밑을 아슬아슬하게 스쳐 갔다. 다름 아닌 칠살이었다.

용비야는 공격을 피한 다음 곧바로 비수를 빼앗으려 했지만, 외팔이 남자와 칠살 비수의 거리가 너무 가까웠다. 외팔이 남자는 비수를 낚아채지 않고 도리어 검을 휘둘러 비수를 고칠소가 있는 방향으로 힘껏 날려 보냈다.

이 모든 것은 너무 갑작스럽게 일어났다. 생각할 시간조차 없고 방비할 시간은 더더욱 없었다.

사람들은 눈 깜짝할 사이 불덩이 속을 파고드는 칠살 비수를 두 눈 빤히 뜨고 바라보기만 했다. 그때쯤 활활 타오른 검은 불길은 이미 고칠소를 완전히 휘감은 후였다.

피. 불덩이에서 피가 뚝 떨어졌다. 처음에는 아주 적은 양이

어서 아무도 알아차리지 못했다. 하지만 점점 양이 많아졌다.

한운석은 그 광경을 똑똑히 보았다.

정신이 든 그녀가 큰 소리로 외쳤다.

"고칠소를 구해요!"

그녀는 몸을 날렸지만 이미 늦은 후였다. 불덩이는 그대로 물속으로 가라앉았다. 호수가 불덩이를 통째로 집어삼키고 나자 갑자기 호수면 전체가 활활 타오르기 시작했다. 기세 좋게 솟아오르는 불길은 흡사 커다란 화로 같았다.

한운석은 마침내 깨달았다.

여자 시체 일곱 구와 칠살 비수, 그리고 검화. 흉수는 이 세 가지와 고칠소를 함께 집어넣고 음양호를 화로 삼아 보검을 주조하려는 것이었다!

보검을 주조할 수만 있다면 음양호 밑바닥에 있던 막야검혼은 새로 만든 검에 스며들 것이다.

지독한 놈들!

저들은 고칠소를 뭐라고 생각하는 걸까?

그때 숲속 한쪽에서 주인 여자가 날아올라 외팔이 남자 옆으로 갔다. 그녀는 활활 타오르는 뜨거운 불을 바라보며 웃었다.

"아주 예뻐."

"당신이 좋으면 됐소."

외팔이 남자가 담담하게 말했다.

노기충천한 한운석이 다가가 분노한 목소리로 외쳤다.

"어떻게 해야 저걸 멈출 수 있지? 말해! 말하지 않으면 너희들을 모조리 죽여 버리겠다!"

이제 와서 저 펄펄 끓는 화로를 멈춘다 한들 고칠소를 구할 수 있는지 알 수는 없지만, 지금은 이 방법뿐이었다.

주인 여자는 한운석을 가소롭게 바라보았고, 남자는 한운석을 신경 쓰지도 않았다.

용비야가 쫓아왔다. 그는 지금껏 한 번도 이렇게 망설인 적이 없었다. 고칠소가 죽지 않으리라는 것도, 그리고 새로 주조된 검을 손에 넣을 가능성이 크다는 것도, 그는 잘 알고 있었다. 하지만 한운석에게 뭐라고 설명해야 할까?

빌어먹게도 그는 이 일에 관해 전혀 설명하고 싶지 않았다. 이 일은 고칠소가 직접 설명해야 했다!

고칠소 스스로 한운석을 속인 대가를 치르고, 한운석의 분노를 감당해야 했다!

용비야는 차라리 모르는 척하고 고칠소가 멀쩡한 몸으로 불바다에서 나오기를 기다렸다. 한운석을 보호하는 것이야말로 그가 할 일이었다. 아무것도 모르는 척하는 것쯤 얼마든지 할 수 있었다.

그는 한운석이 우는 것이 두렵지 않았다. 두려운 것은 한운석이 화를 내는 것이었다.

"미친 여자 같으니! 네가 진실한 사랑을 알기나 해?"

한운석은 주인 여자를 향해 포효했다!

주인 여자는 웃음을 터트렸다.

"내게 묻는 거야? 말해 줘도 당신은 못 알아들을걸."

"내가 알려 주지. 진실한 사랑이 무엇인지!"

한운석은 살기등등하게 외치느라 용비야의 망설이는 표정을 알아차리지 못했다.

별안간 그녀가 용비야의 현한보검을 쑥 뽑아 외팔이 남자를 기습했다. 외팔이 남자는 주인 여자를 안은 채 피했고, 주인 여자는 더욱더 큰 소리로 웃어 댔다.

한운석은 계속 공격했지만 용비야는 그녀의 뒤를 따르기만 할 뿐 나서서 돕지 않았다. 한운석이 쓰려는 것이 검이 아님을 알기 때문이었다.

예상대로, 남자가 두 번 세 번 공격을 피하자 별안간 한운석이 다른 손을 뻗어 금침 수십 개를 쏘았다. 한운석이 쏘는 금침은 예전처럼 약하지도, 무계획적이지도, 각도가 엉망이지도 않았다.

금침 하나하나에는 쉽게 무시할 수 없는 힘이 담겨 있었고, 나아가 전체적인 포진이나 각도도 아주 교묘해서 하나를 피하면 다른 것을 피할 수 없는 진법 같았다.

마침내 외팔이 남자도 한운석이 보통 상대가 아님을 깨닫고 깜짝 놀랐다.

하지만 이미 늦은 후였다!

그는 잇달아 금침 두 대를 맞았고, 주인 여자를 보호하기 위해 또 세 대를 맞았다.

주인 여자를 데리고 땅에 내려선 그는 온몸의 뼈에서 견디기 힘든 통증을 느끼면서도 여전히 주인 여자를 등 뒤로 잡아당겨 보호했다.

한운석과 용비야도 내려섰다. 한운석이 화난 목소리로 주인 여자에게 말했다.

"넌 저 사람을 사랑하겠지? 진실한 사랑이 어떤 것인지 안다고? 그렇게 잘 알면 잘 들어라. 검화를 꺼뜨리는 법을 알려 주지 않으면 차 반 잔 마실 시간 안에 저자의 뼈는 몸속에서 모두 박살 날 것이다!"

주인 여자의 염골 솜씨는 제법 빨랐지만, 한운석의 독에 비하면 한참 느렸다!

그런데 뜻밖에도 주인 여자는 말이 없었다. 말한 사람은 외팔이 남자였다.

"벌써 검혼이 붙잡혔으니 저 불을 끌 수는 없다. 나를 죽여도 소용없어."

"네가 죽으면 저 여자도 아주 처참한 꼴을 당할 것이다! 보장하지!"

한운석이 잔혹한 마음을 먹으면 정말이지 다루기 어려웠다. 그녀는 싸늘한 목소리로 말을 이었다.

"차라리 죽기 전에 네 손으로 저 여자를 죽이는 것이 나을 것이다!"

이 한마디에 외팔이 남자는 움찔했다.

용비야도 당황하긴 마찬가지였다. 그도 처음에는 한운석이 주인 여자에게 독을 쓰려고 했지만 실수로 상대를 잘못 공격했다고 생각했다. 외팔이 남자와 주인 여자의 관계에서 더 정이 많은 쪽은 외팔이 남자이기 때문이었다.

그런데 뜻밖에도 한운석은 이런 방법으로 외팔이 남자를 위협했다.

그랬다. 저 남자가 죽으면 주인 여자는 어떻게 될까?

"시간이 많지 않다! 고칠소가 죽으면 너희 둘을 함께 죽여 주겠다!"

한운석이 서늘한 목소리로 경고했다.

외팔이 남자의 눈동자에 놀람과 두려움이 가득 번졌다.

"해독해 주면 검화를 끄겠다."

"너는 조건을 제시할 자격이 없다!"

한운석이 화난 목소리로 말했다.

주인 여자는 내내 웃기만 했다. 욕심꾸러기 어린아이처럼, 그리고 무정한 구경꾼처럼.

그녀를 보는 외팔이 남자의 표정은 무력감과 사랑으로 가득했다.

그는 선택의 여지가 없어 검을 들었다. 하지만…….

그러니까 살아야 해요

외팔이 남자는 선택의 여지가 없었다. 그가 검을 들어 검화를 끄려는데, 갑자기 활활 타오르던 불길 속에서 거대한 불덩이 하나가 날아올라 하늘 높이 솟았다.

뭐지?

모두 뜻밖이었기에 그쪽으로 시선이 쏠렸다. 그런데 뜻밖에도 불덩이가 하늘 높이 치솟은 뒤 드넓은 호수면에서 검광이 번쩍하더니 눈 깜짝할 사이 숲 전체를 환하게 밝혔다.

용비야가 황급히 몸을 돌려 온몸으로 한운석 대신 검광을 막으며 그녀를 데리고 멀찌감치 물러섰다. 외팔이 남자도 주인 여자를 보호했다. 서동림과 백리명향은 한발 늦게 반응하는 바람에 검기에 닿아 몸 여기저기에 찰과상을 입었다.

강력한 검광은 호수면에서 오래 머물지 않고 호수 중심을 향해 신속하게 빨려 들어갔다. 검광이 모여듦에 따라 호수 위에서 활활 타오르던 커다란 불길도 중심을 향해 움직였다.

검광과 불꽃. 흰 것과 검은 것이 오르락내리락 출렁거리며 모여드는 광경은 눈부시도록 아름답고 가슴이 벅차도록 장엄했다! 사람들은 그 아름다운 광경에 넋이 빠진 나머지 몸에 난 상처마저 잊었다.

한운석이 고개를 들고 불덩이를 쳐다보며 중얼거렸다.

"용비야, 저게 소칠일까요? ……소칠이 살아 있을까요?"

그 말이 끝나기 무섭게 불꽃이 검광을 훌쩍 뛰어넘어 공중에 뜬 거대한 불덩이를 향해 치솟았다! 불꽃이 불덩이와 합쳐져 더욱더 불길을 지피자 불덩이는 순식간에 팽창해 불볕처럼 뜨겁게 온 세상을 비췄다.

이 광경에 모두가 놀라 얼어붙었다. 불덩이가 팽창한 뒤 호수를 뒤덮은 검광의 물결도 급작스럽게 커졌다. 검광은 거친 파도가 일듯 막을 틈도 없이 빠르게 호수 가운데로 모여들더니, 이어서 거대한 불덩이를 향해 높이 솟아올랐다!

그 힘은 어찌나 빠른지 아무도 멈출 수 없고, 어찌나 강력한지 아무도 막을 수 없고, 어찌나 기괴한지 모두에게 경외심을 느끼게 했다.

검광이 거대한 불덩이를 덮치는 순간, 또다시 아무도 예상하지 못한 일이 일어났다. 거대한 불덩이에서 활활 타오르던 불길이 갑자기 꺼진 것이었다!

불은 꺼졌지만 고칠소는 보이지 않았다. 보이는 것이라곤 가시덩굴이 뒤엉켜 만든 커다란 공 하나가 전부였다. 가시덩굴이 워낙 빽빽해서 안에 있는 것을 단단히 가린 바람에 그 속에 있는 사람이 죽었는지 살았는지 알 방도가 없었다. 그 무엇보다 믿을 수 없는 사실은, 가시덩굴이 갓 자라난 것처럼 생생하고 푸릇푸릇해 불탄 흔적을 전혀 찾을 수 없다는 것이었다!

칠살 비수가 가시덩굴에 박혀 있었지만, 그 안에 있는 사람을 찔렀는지 아닌지 알 수 없었다.

어떻게 이럴 수가 있지?

"어떻게……."

외팔이 남자는 깜짝 놀랐다. 그는 분명히 가시덩굴을 잘랐고, 그러니 고칠소를 보호하던 가시덩굴은 당연히 시들어야 했다. 행여 시들지 않았다 하더라도 검화에 타 없어져야 했다. 그런데 어떻게 아직도 고칠소를 보호할 수 있는 걸까?

대체 어떻게 된 일이기에?

막야검혼의 살기를 제거하려면 보검을 주조해 막야검혼을 거둬들여야 했다. 그러려면 세상에서 가장 음기가 강한 지음至陰 뼈와 가장 살기가 강한 지살至煞의 육체와 이를 모두 가진 지음지살至陰至煞의 쇠를 모은 뒤 검화의 불길로 가열해야 했다.

그는 모든 것을 갖추었고, 용비야가 막야검혼을 호수 밖으로 끌어낸 다음 적절한 시점에 나섰다. 그런데 왜 실패했을까?

검화가 타오르고 호수 전체를 불태웠는데도, 왜! 일단 불이 붙으면 반드시 49일간 불이 이어져야 했다.

49일간 불타올라야 칠살 비수를 녹일 수 있고, 그래야만 막야검혼의 살기를 태워 없앨 수 있었다. 그때 정철을 넣어 날카로운 검을 주조하면 막야검혼을 그 검에 가둘 수 있었다.

비록 당장 막야를 길들이지는 못하더라도 검에 가둔 막야검혼을 손에 넣을 수는 있었다.

이 모든 계획은 더없이 완벽했다. 용비야 일행이 나타나 방해했지만 그는 별 탈 없이 여자 시체 일곱 구를 얻고 지살의 육체를 찾아냈다. 그런데 왜 마지막 순간에 실패했을까?

설마 조금 전에 던진 비수가 고칠소를 찌르지 못했던가?

그럴 리가!

그는 그때 휘둘렀던 검이 정확했다고 믿어 의심치 않았다. 고칠소는 피를 철철 흘렸으니 비수에 찔리지 않았을 리가 없었다.

외팔이 남자는 주인 여자를 단단히 끌어안은 채 멍한 얼굴로 모든 것을 바라보았다. 분명히 실패했는데도 그는 달아나지 않았다. 인정할 수 없었다. 답을 알아야만 했다!

한운석과 용비야 역시 무척 의외였다. 용비야는 고칠소가 죽지 않으리라는 것을 알았지만, 고칠소의 가시덩굴이 검화를 막을 만큼 위력적일 줄은 몰랐다.

한운석은 즉시 해독시스템을 켰지만 애석하게도 고칠소의 중독 여부를 확인할 수는 없었다.

어느새 검광이 불꽃을 대신해 고칠소 주위를 겹겹이 에워쌌다. 새하얀 검광 아래 비치는 파릇파릇한 가시덩굴 잎사귀는 어쩐지 생기발랄한 느낌을 주었다.

짙은 살기를 내뿜어야 마땅한 검광이 왜 저렇게 변했을까? 아무도 죽음을 보지 못했다. 도리어 새롭게 태어나는 희망만 보였다.

막야검혼의 살기가 사라졌기 때문임을 모두 뒤늦게야 알 수 있었다.

"용비야, 소칠은 죽지 않았어요. 틀림없이 살아 있어요. 그렇죠?"

한운석이 중얼거리며 물었다.

용비야는 '그렇다'고 대답하려 했으나 허공에서 멀리까지 뻗어 나간 검광을 바라보다가 저도 모르게 말을 바꿨다. 그는 조용히 물었다.

"한운석, 만약 고칠소가 죽으면 울 테냐?"

"그래요."

한운석은 생각해 보지도 않고 대답했다.

"용비야, 가까운 친구가 죽는다면 그 사람이 누구든 간에 울음이 날 거예요."

"나는?"

용비야가 고개를 돌려 그녀를 바라보았다.

"내가 죽어도 울 테냐?"

"아뇨."

한운석은 가만히 대답했다.

"나도 죽을 거예요. 그러니까 당신은 살아야 해요."

용비야는 쓴웃음을 지었다. 이 여자를 어쩔 방도도 없고, 또 어쩔 힘도 없으니 쓴웃음을 짓는 수밖에 없었다.

그리고 바로 그때, 검광이 내리쬐는 빛을 잔뜩 머금은 가시덩굴 잎에서 놀랍게도 요사한 붉은빛을 띤 가시 꽃 한 송이가 피어났다!

그 꽃은 멀리서 보면 불꽃 같기도 하고 피 같기도 해서 아주 아름다웠다!

모두 넋을 놓고 그 모습을 바라보았다. 차츰차츰, 호수 밑바닥에서 불꽃같이 새빨간빛이 흘러넘치기 시작했다. 검기와는 달리 무척 따스하게 느껴지는 그 빨간빛은 내리쬐는 검광 속에서 우아한 모습으로 한들한들 위로 올라갔다.

"검혼이군. 막야의 검혼이 나타났다."

용비야가 중얼거렸다.

빨간빛이 가시덩굴이 만든 공에 닿는 순간, 빽빽하게 엉켰던 가시덩굴이 스르르 풀어지면서 뭉텅뭉텅 아래로 떨어져 내렸다. 가시 꽃 꽃잎이 하늘 가득 휘날렸다.

드디어 고칠소가 보였다!

그는 검화에 불타지도 않았고, 칠살에 찔리지도 않았다. 그는 멀쩡했다. 털끝 하나 다친 것 같지 않았다. 하지만 그의 몸에 매달려 있던 사람 뼈는 이미 보이지 않았다. 부드러운 빨간빛은 천천히 그의 몸속으로 흘러들었다.

가시덩굴이 모두 떨어질 때쯤 칠살 비수도 따라서 떨어졌다.

그때였다!

외팔이 남자가 주인 여자를 안은 채 그쪽으로 날아올랐다. 용비야는 입꼬리에 서늘한 호를 그리더니 한운석을 보호하면서 허공으로 몸을 날렸다.

남자는 몹시 고통스러워 보였지만, 이를 악물고 다시금 검을 휘둘러 칠살 비수를 고칠소에게 날려 보냈다. 용비야의 거센 검기가 칠살 비수를 저지했다. 남자가 곧바로 다시 검을 휘두르자 칠살 비수는 대치하는 두 검기에 끼어 공중에 둥둥 떴다.

용비야가 힘을 주려는 순간, 별안간 칠살 비수가 어디론가 사라졌다!

모두가 깜짝 놀랐다. 외팔이 남자는 얼이 빠진 얼굴로 고칠소를 바라보았지만 칠살 비수의 흔적은 찾을 수가 없었다. 그와 달리 용비야는 소리 죽여 웃었다.

"역시 만독지금이었군. 좀 더 일찍 나섰어야지."

한운석도 어쩔 수 없다는 듯한 얼굴로 웃어 보였다. 조금 전에는 모든 것이 너무 갑작스러워서 정말 까맣게 잊고 있었다.

그녀는 독 저장 공간 두 번째 단계까지 수련했으니 자신에게 해를 가하는 독만 공간에 넣을 수 있었다. 하지만 오행지독은 그런 제약이 없었다.

자신이 가진 것이 독 저장 공간이라는 것을 몰랐을 때도 만독지수인 독 연못을 거둬들인 적이 있었다.

역으로 생각할 때 칠살 비수를 독 저장 공간에 넣을 수 있다는 말은 곧 저 비수는 오행지독이라는 뜻이었다. 틀림없이 만독지금이었다!

한운석도 나지막이 말했다.

"예상이 맞았어요. 결국 손에 넣었네요."

칠살 비수를 찾지 못한 외팔이 남자는 절망에 빠진 나머지 고칠소를 바라보는 눈에 살기를 번뜩였다. 하지만 그가 미처 움직이기 전에 검을 쥔 용비야가 한운석을 보호하면서 고칠소 앞에 내려서더니 차가운 눈으로 그를 노려보았다. 동시에 서동림과 백리명향, 비밀 시위와 독 시위들도 쫓아와 외팔이 남자와 주인 여자를 겹겹이 포위했다.

주인 여자는 여전히 아무 상관없는 사람처럼 웃기만 했다.

외팔이 남자도 결국 달아나기 어렵다는 것을 깨닫고 고칠소에게서 시선을 뗐다.

"온몸의 뼈가 아프기 시작했겠지."

한운석이 태연자약하게 말했다.

그래도 외팔이 남자는 침착했다.

"어떻게 하면 해약을 주겠느냐?"

"대체 어떻게 된 일인지 모두 설명해라."

한운석이 요구했다.

외팔이 남자는 머리뼈를 포함해 온몸에 있는 뼈 하나하나에서 지독한 통증을 느끼고 눈을 잔뜩 찌푸렸다. 정말이지 너무 아파서 쓰러질 것 같았다.

통증을 참을 수 없는 지경에 이르렀지만 그는 여전히 주인 여자를 놓지 않았다.

"나부터 해독해라. 이건 조건이 아니다. 짧은 시간 안에 설명할 수 있는 이야기가 아니기 때문이다."

외팔이 남자도 마침내 초조한 낯빛이 되었다.

"시간이 부족한 건 네 문제지. 시간이 얼마나 걸리든 난 상관없다. 사실만 확실히 알 수 있다면 만족해. 그렇게 되면 말하지 않아도 널 구해 주겠지."

한운석은 무정했다.

물론 지금 외팔이 남자를 해독해 줘도 용비야의 손아귀에서 빠져나갈 수는 없겠지만, 모질게 굴어서 진실을 전부 알아내야만 했다.

외팔이 남자가 고민하면 할수록 시간만 지체될 뿐이었다. 그는 죽음이 두렵지 않았지만, 그가 죽으면 품에 안은 여자는 의지할 곳이 없었다.

"칠살 비수는 지음지살의 쇠다. 칠살에 죽은 사람은 지음의 시체가 되고, 그 시체의 뼈는 지음의 뼈가 되지. 저 빨간 옷 입은 남자는 살기를 타고난 사주다. 불의 기운에 속한 7월 7일 자시子時에 태어난 자가 틀림없다. 저자의 육체는 바로 지살의 육체다. 검화로 지음지살의 쇠를 녹이려면 지음의 뼈와 지살의 육체가 있어야 한다. 이 방법은 막야의 살기를 태워 없앨 수도 있고 막야검혼을 담을 검을 만들어 낼 수도 있다. 지금 보니 저 빨간 옷을 입은 남자는 죽지 않았고 칠살 비수도 그대로인데 지음의 뼈는 부서지고 검화도 꺼지고 막야의 살기도 흩어졌다. 막야검혼이 어디로 갔는지는 나도 모른다!"

외팔이 남자의 설명이었다.

한운석은 깜짝 놀랐다. 저 외팔이 남자가 고칠소의 사주까지 꿰뚫어 볼 줄이야. 하지만 그녀는 외팔이 남자의 대답에 조금도 만족하지 못했다.

"고칠소는 지금 어떤 상황이지?"

막야검혼은 끊임없이 고칠소의 몸속으로 흘러들고 있었다. 고칠소는 사람이지 검이 아니었다. 그런 그가 검혼을 이겨 낼 수 있을까?

남자는 한운석의 말에 대답하려 했으나 두 다리가 풀리는 바람에 땅바닥에 쿵 쓰러지고 말았다. 다리뼈가 아파 더는 서 있을 수가 없었다. 게다가 곧 발뼈마저 부서지기 시작했다.

주인 여자는 여전히 웃고 있었지만 외팔이 남자는 반항을 포기하고 간절히 애원하기 시작했다.

"낭자, 부탁이오……. 부디 살려 주시오. 나는 죽을 수 없소. 무엇이든 다 말하겠다 약속하겠소. 믿어 주시오."

독이 곧 발작하리라 생각한 한운석이 해독하려 나섰으나 용비야가 가로막았다.

왜 불타 죽지 않았어

용비야는 한운석을 막은 뒤 외팔이 남자를 향해 차갑게 질문을 던졌다.

"너는 천산검종과 무슨 관계냐?"

용비야가 던진 질문은 막야검혼과는 무관했지만 아주 중요했다. 이처럼 검술이 뛰어난 사람이 천산검종 출신이 아니라면 대체 어디 출신일까?

외팔이 남자는 용비야의 이 질문이 몹시 뜻밖인 것 같았다. 잠시 망설였지만, 온몸의 뼈에서 느껴지는 통증과 곁에 있는 주인 여자의 웃음소리가 그를 재촉했다. 그는 반드시 용비야의 질문에 대답해야 했다.

"사부님이 사검문 사람이오. 이미 은거한 지 오래되신 분이고 은거하신 후로 그곳 일에 나서신 적이 없소. 나는 그분의 유일한 제자요."

외팔이 남자는 사실대로 대답했다.

사검문? 이 대답에 용비야는 만족하고 뒤로 물러났다. 사검문에 관한 일 중 몇 가지는 그도 잘 알지 못했고, 사검문의 검법을 모두 본 적도 없었다.

한운석은 곧 해약을 꺼냈다. 사실 묻고 싶은 것이 아직 많지만 시간이 부족했다. 더 지체하면 묻고 싶어도 묻지 못하는 상황이 될 수도 있었다.

남자는 해약을 먹은 뒤 땅에 주저앉았다. 한운석은 그가 안도의 숨을 내쉬는 것을 분명하게 알 수 있었다.

한운석은 이 남자와 주인 여자 사이에 긴 이야기가 있다는 것을 알았지만, 별로 흥미가 없었다. 그녀가 아는 것은 그들이 무고한 여자 일곱과 비밀 시위 두 명을 죽였다는 것뿐이었다. 그 죄는 용서할 수 없었다!

독이 사라지자 한운석은 곧바로 질문했다.

"어째서 막야검혼이 고칠소의 몸속으로 빨려 들어갔지? 대체 어떻게 된 일이냐? 목숨이 위험하지는 않느냐?"

남자는 고개를 숙이고 잔뜩 낙담한 목소리로 말했다.

"나도 모르오."

고칠소를 바라보며 잘만 웃어 대던 주인 여자가 느닷없이 울음을 터트렸다.

"없어……. 그 사람이 원하던 검이 없어졌어……."

남자는 머리를 푹 떨어뜨린 채 아무 소리도 내지 않았다. 한운석이 뭐라고 물어도 다시는 대답하지 않았다. 한운석은 그를 걷어차 주고 싶은 심정이었다.

"신용 없는 놈!"

"낭자, 나는 정말 모르오. 정말 모르오."

남자가 입을 열었다. 그는 고칠소의 사주를 알아보았지만 그 몸은 알아보지 못했고, 그가 가진 가시덩굴의 힘도 알아보지 못했다.

그저 고칠소가 절대로 죽지 않는 사람이며, 저 가시덩굴 역시 절대 시들지 않는 모양이라고 생각할 뿐이었다.

용비야는 눈동자에 복잡한 표정을 떠올린 채 머뭇머뭇 말이 없었다.

그때 갑자기 백리명향과 서동림이 큰 소리로 외쳤다.

"빛이 사라졌습니다! 빛이 없어요!"

한운석과 용비야가 돌아보니 정말 그 빨간빛이 보이지 않았다. 고칠소 주위를 맴돌던 검광도 잦아들고 있었다.

조금씩 조금씩 줄어들던 검광도 어느새 완전히 사라져 보이지 않게 되었다. 고칠소는 잠든 것 같은 모습으로 허공에 둥둥 떠 있었다.

"소칠……."

한운석이 저도 모르게 불렀다. 자신이 고칠소를 '소칠'이라고 부르고 있다는 것조차 인식하지 못했다.

"서동림, 가서 살펴라!"

용비야가 차갑게 말했다. 외팔이 남자와 주인 여자를 지켜봐야 하지 않았다면, 벌써 그가 직접 다가가 살폈을 터였다.

서동림이 다가가자 한운석도 뒤따라가려 했으나 용비야가 막았다. 그가 약간 화난 소리로 말했다.

"막야검혼이 통제를 잃으면 아주 강력한 살상력을 발휘한다. 가만히 있어라!"

용비야는 한운석이 고칠소를 걱정하는 까닭이 순전히 친구의 의리 때문임을 알고 있었지만, 그래도 신경 쓰였다! 온 세상을 담을 수 있는 그릇을 가진 그도 유독 이 여자에 관한 일이라면 모래알 하나만큼도 양보할 수가 없었다.

"하지만 소칠이……."

한운석은 여전히 걱정스러웠다.

"불타 죽지 않았으니 별문제 없을 것이다."

용비야가 말했다.

과연, 서동림이 채 다가가기도 전에 느닷없이 고칠소가 눈을 반짝 떴다. 서동림은 화들짝 놀라 더는 다가가지 못했다.

"고…… 고칠소, 괘, 괜찮소?"

서동림이 겁먹은 목소리로 물었다.

고칠소는 그를 빤히 응시하더니 갑자기 눈을 홱 뒤집으며 한운석과 용비야 쪽으로 날아갔다. 속도가 어마어마했다.

이를 본 한운석은 조마조마하던 마음을 겨우 가라앉혔다. 저렇게 팔팔한 걸 보면 확실히 별문제 없을 것 같았다.

저 녀석, 정말 막야검혼을 몸에 넣은 걸까? 어쩌다 그렇게 됐지?

한운석이 어떻게 된 것이냐고 물으려는데 뜻밖에도 고칠소는 용비야 앞으로 돌진하더니 다짜고짜 물었다.

"용비야, 방금 날 찔러 죽이려고 했지?"

용비야는 오만한 태도로 눈을 내리떠 그를 보면서 귀찮은 듯 대답하지 않았다. 그가 고칠소에게 검을 휘둘렀던 것은 고칠소의 몸을 묶은 오랏줄을 잘라 내기 위해서였다. 쪼르르 달려와 그 일을 따지는 것을 보면, 방금 그 모든 것을 겪는 동안 정신이 아주 말짱했다는 소리였다.

용비야는 본래 고칠소를 상대해 줄 생각이 없었으나 갑자기 뭔가 떠올라 입을 열었다. 그는 냉소를 지으며 말했다.

"나방처럼 불에 뛰어들기에 며칠 붙잡혀 있는 동안 멍청이가 된 줄 알았지. 후후, 보아하니 아직 멍청이가 되지는 않은 모양이군."

나방처럼 불에 뛰어들어?

고칠소는 당장 그 뜻을 파악하지 못했으나 한운석은 곧바로 알아들었다. 외팔이 남자가 검화를 일으켰을 때 고칠소는 분명 자신의 의지로 몸을 날렸다. 그녀도 보았지만, 그때는 고칠소가 불타 죽을까 봐 초조하고 걱정스러운 마음에 곰곰이 생각해 볼 여유가 없었다.

그런데 지금 용비야의 말을 듣고 보니 이상한 생각이 들었다. 고칠소가 정신이 말짱했다면 제 발로 검화에 뛰어든 것은 우연도 사고도 아닌, 어떤 목적이 있는 행위였다.

설마 고칠소는 뭔가 알고 있었던 걸까?

한운석은 눈을 찡그린 채 고칠소를 훑어보았다. 어깨에 꽤 깊은 상처가 하나 있었지만, 그 밖에는 검기에 스치면서 생긴 찰과상뿐이어서 비수에 찔린 것은 아니었다. 조금 전에 그 많은 피를 흘린 곳은 아마 어깨에 난 저 깊은 상처였을 것이다.

보면 볼수록 이상했고 생각하면 할수록 수상쩍었다. 저 녀석은 용비야에게 따질 마음은 있으면서 자신의 몸에 일어나는 모든 일에는 관심도 없고 궁금하지도 않은 걸까? 그건 정상이 아니었다!

저 녀석은 막야검혼에 관해 대체 얼마나 알고 있을까?

외팔이 남자는 인질인 고칠소에게 검혼에 관해 이야기해 줄 만큼 어리석지 않았다. 그렇다면 고칠소는 진작 모든 것을 알고 있었을 가능성이 컸다.

"고칠소!"

갑자기 한운석이 사납게 외쳤다.

고칠소는 흠칫 놀란 얼굴로 한운석을 바라보더니 저도 모르게 뒷걸음질 쳤다.

이 세상에서 한운석이 화내는 것을 두려워하는 사람은 용비야 한 사람만이 아니었다. 고칠소도 마찬가지였다.

"당신, 왜 불타 죽지 않았어?"

한운석은 느닷없이 이렇게 물었다.

고칠소는 얼굴이 하얗게 질린 채 당황했다.

한운석은 무슨 뜻으로 이렇게 묻는 걸까? 뭘 의심하는 걸까? 그는 가시덩굴로 몸을 감싼 덕분에 검화에 다치지 않았다. 한운석도 똑똑히 봤을 텐데 이제 와서 왜 저렇게 묻는 거지?

고칠소는 놀란 가슴을 안고 용비야를 돌아보았다. 설마 용비야가 독누이에게 무슨 말이라도 했나?

고칠소의 따지는 눈빛을 본 용비야는 멸시에 찬 시선을 한 번 던진 후 눈을 돌렸다.

용비야가 이렇게 나오자 고칠소는 더욱더 자신감이 없어졌다. 방금 그가 검화와 검광 속에 푹 잠겼을 때 용비야가 독누이를 위로하기 위해 불사불멸의 진실을 들려준 건 아닐까?

고칠소의 심장이 미친 듯이 뛰었다. 그는 한운석을 바라보면서 뭐라고 대답해야 할지 갈피를 잡지 못했다.

뜻밖에도 한운석은 또 다른 질문을 던졌다.

"고칠소, 당신, 막야검혼의 비밀을 진작 알고 있었지? 가시덩굴은 어떻게 된 거야? 어떻게 검화를 막을 수 있었어?"

한운석이 무슨 수로 고칠소가 죽지 않는 몸이라는 것을 알 수 있을까?

그녀가 화를 낸 것은 순전히 고칠소가 요 며칠 진짜 붙잡힌 게 아니라 가짜로 붙잡힌 척했고, 막야검혼에 관해서도 알고 있던 것으로 의심했기 때문이었다. 그는 줄곧 기회를 기다리고 있었고, 그래서 조금 전 자기 발로 검화에 뛰어든 것이었다!

"고칠소, 그날 밤 의장에 갔던 거 아냐? 거기서 뭘 봤어? 왜 돌아오지 않았어? 왜 무사하다고 알리지 않았냐고!"

한운석이 다시 물었다.

잔뜩 긴장했던 고칠소의 신경이 갑자기 탁 풀렸다. 한운석이 분노한 이유를 깨달은 그는 갑자기 웃음을 터트리고 말았다. 그야말로 바보 멍청이 같은 웃음이었다.

"지금 웃음이 나와? 대체 어떻게 된 거야?"

한운석은 발길질이라도 할 기세였다.

옆에 있는 외팔이 남자도 고칠소의 대답을 기다렸다. 그는 분명히 고칠소를 꽁꽁 묶었는데 조금 전에 고칠소가 검화로 뛰어든 행동은 아주 의심스러웠다.

한운석이 화가 나서 안색마저 새하얘지자 고칠소는 다급히 설명했다. 사실 그날 밤 그는 잠들지 못해 먼저 시체를 살펴보려고 의장에 갔고, 염골하러 온 외팔이 남자와 주인 여자를 우연히 발견했다.

그는 외팔이 남자와 주인 여자가 바로 흉수임을 거의 확신했고, 주인 여자가 가진 비수가 칠살이라고 생각했다. 외팔이 남자와 주인 여자가 대체 뭘 하려는지 궁금해진 그는 소리 내지 않고 어두운 곳에 숨어 지켜보았다. 외팔이 남자와 주인 여자는 뼈를 뽑아낸 뒤 의장 담장에 등유를 가득 뿌리고 불을 질러 의장을 불태웠다.

그날 아침, 그는 두 사람을 뒤쫓아 음양호까지 가서 대화를 엿들었다. 그 대화를 통해 저들의 목적을 알게 되었고, 저들이 찾는 살기를 타고 난 사람이 바로 자신이라는 것도 알아냈다. 그는 일부러 호숫가에 모습을 드러내 외팔이 남자의 주의를 끌었고 성공적으로 붙잡혔다.

"그럼 뭐 하러 검화에 뛰어들었어? 죽을 생각이었어?"

한운석은 그 문제에 집착했다.

설령 고칠소가 막야검혼의 비밀을 안다 해도 직접 불길에 뛰어들 필요는 없었다!

용비야의 입꼬리에 냉소가 피어올랐다. 고칠소가 뭐라고 변명할지 궁금했다.

뜻밖에도 고칠소는 어깨에 난 깊은 상처 속에서 조그만 뿌리 하나를 뽑아내 외팔이 남자 앞에 툭 던졌다. 그것이 가시덩굴

뿌리라는 것은 모두 한눈에 알 수 있었다.

고칠소가 설명했다.

"호숫가에 있던 가시덩굴을 잘라 내도 난 여전히 가시덩굴을 만들 수 있어! 피로 기른 가시덩굴은 불에 타거나 물에 젖지도 않고, 검화에도 멀쩡해. 이 녀석이 있으면 목숨을 잃을 걱정이 없단 말이지. 저 두 사람이 그렇게 고생했으니 나로선 어떻게든 막야검혼을 끌어내 구경시켜 줘야 했다고."

외팔이 남자는 몹시 의외라는 얼굴로 쓴웃음을 지었다.

"허, 이제 보니 그랬군!"

모든 것을 완벽하게 처리했다고 생각했지만, 고칠소 같은 사람을 만나면 막으려야 막을 방도가 없었다!

한운석은 고칠소가 가진 가시덩굴의 위력을 본 적 있지만 잘 알지는 못했다. 그녀는 다시금 평온함을 되찾은 음양호를 돌아보았다. 뭉텅이로 떨어진 가시덩굴은 이미 물속에 잠긴 후였다.

그녀는 고칠소가 이런 일로 자신을 속이리라고는 생각지도 않았기에 꼬치꼬치 캐묻지 않았다.

하지만 용비야의 입꼬리가 그린 호는 점점 더 차가워지고 점점 더 경멸에 젖어 갔다. 고칠소가 외팔이 남자와 주인 여자의 뒤를 밟았다는 말은 믿을 만했다. 하지만 가시덩굴이 불에 타지도, 물에 젖지도 않는다는 말은 순전히 헛소리였다!

용비야의 짐작이 틀리지 않았다면 진실은…….

진상, 칠소의 함정

고칠소가 외팔이 남자와 주인 여자의 뒤를 밟았다는 말은 믿을 만했다. 하지만 가시덩굴이 불에 타지도, 물에 젖지도 않는다는 말은 순전히 헛소리였다.

용비야의 짐작이 틀리지 않았다면, 가시덩굴은 불사의 몸을 숨기기 위한 변명에 불과했다.

고칠소는 불사불멸의 몸이니 그의 살과 피를 먹고 자란 가시덩굴도 불사불멸일 것이고, 그래서 검화에도 상하지 않았다.

고칠소는 이렇게 성공적으로 자신의 비밀을 숨겼다.

지금 한운석은 막야검혼이 어째서 고칠소의 몸에 흡수되었는지에만 관심이 있었다.

"막야검혼이 어떻게 당신 몸속으로 들어간 거야? 당신은…… 괜찮아?"

한운석이 또 물었다.

용비야는 입꼬리에 냉소를 머금고서 고칠소의 대답을 기다렸다.

용비야도 그 문제를 생각하고 있었다. 그는 고칠소의 몸이 검혼을 견딜 수 있는 까닭은 그 특수한 체질 때문이리라 여겼다.

불로불사불멸의 몸. 상고 시대 보검의 몸체보다 훨씬 강한 그 몸은 당연히 막야검혼을 감당할 수 있었다.

용비야조차 궁금했다. 이 세상에 고칠소가 감당하지 못할 힘이란 게 존재하기나 할까?

서정력이라면?

고칠소는 서정력도 감당할 수 있을까? 그렇다면 백언청은?

용비야는 이어질 고칠소의 헛소리를 기다렸지만, 뜻밖에도 고칠소는 어리둥절한 얼굴로 어깨를 으쓱했다.

"나도 왜 이렇게 되었는지 모르겠어. 지금 느낌은…… 아직 괜찮아."

이렇게 말한 그는 외팔이 남자를 돌아보며 진지하면서도 사나운 말투로 따졌다.

"이봐, 대체 어떻게 된 거냐? 말하지 않으면 이 어르신이 독으로 죽여 주지!"

좋은 건 혼자 다 먹고 남 탓한다더니!

고칠소에게 된통 당한 외팔이 남자 역시 저자가 대체 어떻게 막야검혼을 견딜 수 있는지 알 수가 없었다.

"이치를 따지면 사람 몸은 검혼을 감당할 수 없소. 나도 어쩌다 이렇게 되었는지 모르겠소. 당신은……."

외팔이 남자는 고칠소를 샅샅이 훑어보았다. 보면 볼수록 이해가 가지 않았다.

"저자가 사람이 아니라는 말이냐?"

문득 용비야가 차가운 목소리로 불쑥 내뱉었다.

고칠소가 흉악한 눈길로 용비야를 돌아보았다. 그가 용비야에게 다가가려는데 뜻밖에도 내내 말이 없던 주인 여자가 벌떡 일어나 그에게 달려들었다.

"막야검혼을 돌려줘! 돌려줘!"

고칠소는 재빨리 뒤로 물러섰지만 주인 여자는 여전히 쫓아오며 이를 부득부득 갈았다.

"이 낯짝 두꺼운 놈, 막야검혼을 돌려줘! 그건 내 거야! 내 거라고! 죽여 버릴 테야!"

주인 여자가 정신적으로 문제가 있는 것을 알아차린 고칠소는 상대하지 않고 계속 물러나거나 피하기만 했다. 그런데 주인 여자가 비수를 꺼내 그를 향해 사정없이 휘두르기 시작했다.

고칠소는 외팔이 남자 뒤로 피하면서 화난 목소리로 외쳤다.

"저 여자 잡아! 아니면 나도 가만 안 있어."

외팔이 남자는 막지 않고 손바닥으로 주인 여자의 목덜미를 내리쳐 혼절시켰다.

주인 여자는 바닥에 널브러졌다. 그런 그녀를 보는 외팔이 남자의 눈빛에는 아픔이 가득했다. 마치 눈물이 글썽글썽 맺혀 당장이라도 흘러넘칠 것 같은 눈빛이었다.

"이 여자는…… 어떻게 된 거냐? 무슨 근거로 막야검혼이 자기 것이라고 하지?"

한운석이 입을 열었다.

흉수를 찾아내고 막야검혼도 고칠소가 손에 넣었지만, 일행은 아직도 이 일에 대해 모르는 것이 많았다.

"당신들에게 붙잡혔으니 마음대로 하시오."

외팔이 남자는 담담하게 말했다.

"그렇다면 관아에 넘길 수밖에. 너희 손에 죽은 사람들은 아무 죄도 없는 무고한 백성들이다."

한운석이 차갑게 말했다.

"사람을 죽인 것은 나요. 그녀는 놓아주시오!"

외팔이 남자가 무거운 목소리로 말했다.

"네가 죽였다는 것은 안다. 하지만 염골한 사람은 저 여자 아니냐? 의장에 불을 지르는 일에도 저 여자가 가담했겠지?"

한운석이 물었다.

외팔이 남자가 한운석을 돌아보았다. 그 눈동자에는 살기가 가득했지만 애석하게도 그로서는 한운석을 어떻게 할 방법이 없었다.

"어째서 죽인 다음 바로 염골하지 않고 증거를 남겼느냐?"

한운석이 진지하게 물었다. 그녀는 이 점을 이해할 수가 없었다. 확실하게 알아 놓지 않으면 마음이 놓이지 않았다.

한운석은 이번 사건에 자신들이 모르는 비밀이 더 있을까 봐 걱정스러웠고, 그래서 계속 캐물었다. 하지만 그렇게 캐묻고 나자 별달리 커다란 비밀이 없다는 것을 알게 되었다.

무정한 주인 여자는 본디 격정적인 사람이었다. 외팔이 남자는 주인 여자의 남편이 아니라 주인 여자 부부와 오래 왕래한 친구였다.

주인 여자의 남편은 실수로 음양호에 빠져 소용돌이에 휩쓸렸는데, 외팔이 남자가 구하러 뛰어들었을 때는 이미 늦은 후였다. 비록 친구의 손을 잡긴 했지만 소용돌이의 흡인력이 너무 강해서 친구는 산 채로 온몸이 찢겨 나가고 말았다. 외팔이 남자가 주인 여자에게 돌려줄 수 있었던 것은 남편의 한쪽 팔 뿐이었다.

그때부터 주인 여자는 성격이 돌변했다. 그녀는 남편의 팔뼈를 깎아 목걸이와 팔찌를 만들어 늘 몸에 지녔고, 남편의 영혼이 떠나지 않고 호수 밑바닥에서 자신을 만날 날을 기다리고 있다며 고집스럽게 믿었다.

호수에 뛰어들려는 그녀를 몇 번이나 막았는지 셀 수도 없을 정도였다. 그때마다 외팔이 남자는 주인 여자를 말로 설득할 수 없어 조금 전처럼 혼절시키곤 했다.

친구를 구하러 호수에 들어갔던 외팔이 남자는 음양호 밑바닥에 막야검혼이 숨겨져 있음을 알게 되었다. 뾰족한 수가 없었던 그는 주인 여자를 달래느라 남편의 영혼이 막야검혼과 뒤섞여서 하나가 되었고, 막야검혼을 얻으면 남편을 다시 만날 수 있다는 거짓말을 했다.

그러자 주인 여자는 다시는 죽으려고 하지 않고, 외팔이 남자와 함께 막야검혼을 손에 넣을 방법을 찾기 시작했다. 그들은 막야검혼을 손에 넣으려면 검혼에 어린 살기를 제거하고 보검을 주조해야 한다는 것을 알아냈다. 막야검혼을 감당할 만한 보검을 주조하기 위해서는 지음지살의 쇠가 꼭 필요했다. 그래서 그들은 장장 5년에 걸쳐 칠살 비수를 찾아냈다.

외팔이 남자의 검술과 주인 여자의 염골 솜씨라면 시체를 흔적도 없이 없애 버리기란 쉬운 일이었다. 하지만 49일간 검화가 타올라야만 검을 주조할 수 있다는 것이 문제였다. 그 49일 동안은 누구에게도 방해받지 않아야 했다. 그들은 일부러 기괴한 사건을 일으켜 관아의 힘으로 음양호를 봉쇄하기로 했다.

음양호는 본래부터 청천수성 백성들이 꺼리는 장소였다. 그런 곳에서 여자들이 연달아 습격당하고 일곱 구멍에서 피를 쏟으며 끔찍하게 죽었다. 사람들은 자연히 호수를 더욱 꺼리게 되었고, 사건을 해결하지 못한 관아는 백성들이 음양호에 접근하는 것을 금지했다.

그들이 의장에 가서 시체 여섯 구의 뼈를 뽑고 의장에 불을 질러 시체를 없앤 까닭은, 첫째는 염골한 일을 숨기기 위해서이고 둘째는 의장의 화재를 이용해 유언비어를 지어내기 위해서였다.

그들의 본래 계획은, 의장을 불 지른 다음 부윤府尹(부라는 지방 행정 구역의 장관)의 여자 가족을 죽이고 무당 몇 명을 매수해 '하늘의 불길이 음양호를 불태우니 떠받들지 않는 자는 처벌을 받을 것'이라는 유언비어를 퍼트리는 것이었다. 그렇게 하면 관아도 다시는 이 사건을 조사하지 못하고 사람을 보내 음양호를 단단히 지키기만 할 것이 분명했다. 그때 검화가 타오르면 감히 누구도 가까이 오거나 방해하지 못할 터였다.

그들은 여자 일곱 명의 뼈를 마련한 후에 살기를 타고난 사람을 찾을 계획이었다. 그런데 뜻밖에도 고칠소가 호숫가에 나타났다. 외팔이 남자는 고칠소가 7월 7일 자시생이고, 화의 기운에 속하는 지살의 사람이라는 것을 한눈에 알아보았다.

7월 7일은 결코 나쁜 날이 아니고 그 날짜에 태어난 사람도 적지 않았다. 하지만 같은 날짜에 태어났다 해도 운명적으로 살기를 품은 사람은 손꼽을 만큼 적었다. 외팔이 남자는 즉시 고칠소를 납치해 연금했다.

보름에 걸친 연쇄 살인 사건의 파장으로 홀로 호수를 찾는 젊은 여자는 거의 없었다. 그런데도 그들은 같은 날 호수에 혼자 나타난 여자를 발견했다.

외팔이 남자는 취운이 보통 여자가 아니라는 것을 대번에 눈치챘다. 게다가 취운 곁에 시위 두 명이 잠복하고 있었다. 취운의 내력을 잘 모르는 그는 그녀가 호수 밑바닥에 있는 막야검 혼을 노리고 온 것일까 걱정스러웠다. 어차피 시작한 일은 끝을 봐야 했기에, 그는 취운과 두 시위를 죽이고 주인 여자에게 취운의 뼈를 뽑아내게 했다. 그리고 그날 저녁 검을 주조하기로 했다.

하지만 취운을 죽였을 때 시위가 구조 신호를 발동했고, 그들은 비로소 취운에게 또 다른 동료가 있다는 것을 알게 되었다.

외팔이 남자와 주인 여자는 어쩔 수 없이 일단 달아난 뒤 상황 변화를 지켜보기로 했다. 그 후 용비야와 한운석이 그들의 점포를 찾아왔다. 주인 여자는 이상한 점을 알아차리지 못했지만, 경계심이 강한 외팔이 남자는 한운석과 용비야가 장신구를 사러 온 것이 아니라 수소문하러 온 것이 아닐까 의심했다.

용비야와 한운석이 점포를 떠나자마자 외팔이 남자는 즉시 주인 여자를 데리고 떠나면서 일하던 사람들도 해산시켰다. 두 사람은 다른 곳으로 가지 않고 음양호 주변에 잠복하며 지켰보았다.

용비야가 움직여 막야검혼을 유인해 내자 주인 여자는 가만히 있지 못했다. 외팔이 남자도 어쩔 도리가 없어 고칠소를 집어 던진 다음 싸움을 시작했다. 그때만 해도 고칠소가 이미 막야검혼에 대해 알고 있을 줄은 꿈에도 몰랐다.

외팔이 남자의 설명을 들은 한운석은 복잡한 표정이 되었다. 다시 주인 여자를 돌아보는 그녀의 표정에는 조금 전과 같은 혐오는 남아 있지 않았다. 그녀는 눈을 찌푸린 채 계속 말이 없었다.

그러나 용비야와 고칠소는 흔들리지 않았다. 용비야의 얼굴은 시종일관 냉랭했고 고칠소는 언제나처럼 하늘이 무너져도 자신과는 아무 상관없다는 태도였다.

"왜 저 여자에게 그렇게 잘해 줘? 막야검혼을 노리고 그랬지?"

고칠소가 가소로운 목소리로 물었다.

외팔이 남자는 담담하게 해명했다.

"그녀는 본래 사랑받고 살아야 하는 여자요. 의지할 곳 없이 외롭게 살아가도록 내버려 둘 수 없었소."

"그건 막야검혼과는 상관없는 일이다. 달래려고 했건 속이려고 했건, 이유나 핑계는 많겠지. 왜 막야검혼을 선택했지? 너도 알겠지만 설령 너희가 막야검혼을 얻는다 해도 저 여자에게는 검을 길들일 능력이 없다!"

마침내 한운석이 입을 열었다.

"팔은 어쩌다 잘렸느냐?"

용비야도 질문했다.

이런 이야기까지 했는데도 이들의 눈을 속이지 못했다는 사실에 외팔이 남자는 쓴웃음을 지었다. 그가 반문했다.

"당신들은 대체 누구요?"

그는 용비야를 바라보았다.

"당신은 천산의 제자요?"

사실 강호인이라면 용비야의 검술을 알아보고 그 신분을 대강 짐작하기 마련이었다. 외팔이 남자는 최근 강호에서 일어난 일을 잘 모르는 것 같았다.

"내 질문에 대답하지 않았다."

용비야가 말했다.

외팔이 남자는 가볍게 탄식을 내뱉은 후 자신의 사심을 인정했다.

"내가 익힌 사검문의 내공은 비록 속성으로 수련할 수 있으나 반서反噬(감당할 수 없는 무공이나 기술을 펼쳤을 때 그 반작용으로 시술자가 해를 입는 것)를 당해 주화입마 되기 쉽소. 이 팔은 주화입마 되었을 때 내 손으로 잘라 낸 것이오. 그 내공을 견뎌 낼 보검을 찾지 못하면, 석 달 후 내상이 재발해 아마…… 다른 팔도 지켜 내지 못할 것이오. 나는 본래 검공인데 사부가 억지로 내게 무공을 가르쳤소. 나는 강호에 발 들인 적도 없고 강호를 그리지도 않소. 그저 남은 팔을 지키고…….."

외팔이 남자는 주인 여자를 바라보며 아주아주 낮은 목소리로 말했다.

"그녀를 보호하며 여생을 보내고 싶을 뿐이오."

이 남자가 내상을 입었다는 것을 알아차리지도 못하다니, 용비야로서는 몹시 의외였다. 그는 남자의 팔을 잡아당겨 맥을 짚었다.

백산청이라는 인물

용비야는 남자의 맥을 세심하게 짚어 본 다음에야 비로소 그 말을 믿어 주었다. 뜻밖이기도 했으나 놀랍기도 했다.

그가 검을 배울 때 사부는 사검문의 검법이나 심법을 언급한 적이 거의 없었다. 다만, 그것은 바른길이 아니며 서두르면 반드시 나쁜 결과를 자초한다고만 말해 주었다. 그가 아는 것은 사검문의 심법이 사검심법邪劍心法이며 일정한 정도까지 수련하면 반서를 당한다는 것 정도였다.

그 외에는 아는 것도 없고 흥미도 없었다. 그런데 지금 보니 사검문의 검법은 천산검종의 범천력 못지않았다.

반서를 당해 주화입마 되지 않았다면 외팔이 남자의 검술은 더욱 높아졌을 것이다. 어쩌면 지금 자신의 검술이나 내공과 비슷할지도 몰랐다.

외팔이 남자의 말대로라면, 사검문 심법의 폐해는 결코 피할 수 없는 것이 아니었다. 적당한 보검을 찾아내기만 하면 갖가지 폐해를 피하고 주화입마에 빠지지 않을 수도 있었다. 심지어 천산검종의 범천심법을 뛰어넘을 수도 있었다!

외팔이 남자는 검술이 아주 높아서 막야검혼의 도움이 필요했다. 하지만 사검문 다른 제자들은 막야검혼까지는 필요하지 않고 적절한 힘을 견뎌 내는 보검이면 충분했다.

세상에는 보검이 그렇게 많지 않았지만 검공은 많았다. 재료만 충분하면 검공은 늘 좋은 검을 만들어 낼 수 있었다. 용비야의 서정력은 양대 검파劍派의 심법보다 훨씬 강했지만, 개인과 문파는 달랐다. 한 사람이 무림 전체를 떠받들 수도 없으며 한 사람을 두고 강호라고 부르지도 않았다!

용비야는 지금껏 사검문을 안중에도 두지 않았는데, 지금 생각해 보니 사검심법의 폐해를 해결할 수만 있다면 사검문은 곧 천산검종의 강력한 적이 될 터였다.

"네 사부는 대체 어떤 사람이냐?"

용비야가 물었다.

"방금 말하지 않았소. 사부님은 사검문 사람이지만 그곳을 떠난 지 오래고 수년 동안 세상일에 나서지 않으셨소!"

외팔이 남자의 말속에는 용비야더러 사부를 방해하지 말라는 뜻이 담겨 있었다.

그렇지만 용비야가 이 일을 알게 된 이상 끝까지 캐묻지 않을 리 만무했다.

"그자의 이름은 무엇이냐? 어째서 네게 억지로 무공을 가르쳤지?"

용비야가 또 물었다.

외팔이 남자는 입을 다물었다.

"너는 침묵할 자격이 없다. 말하겠느냐, 거부하겠느냐?"

용비야의 차가운 목소리에는 위협이 다분했다.

하지만 외팔이 남자는 그래도 말이 없었다.

"말하면 오늘 일을 눈감아 주고 저 여자와 함께 청천수성을 떠나게 해 주지. 이번 사건은 우리가 잘 처리할 것이다. 하지만 말하지 않으면······."

한운석이 주위를 둘러보며 말을 이었다.

"일이 이렇게 커졌으니 아마 관아에서 사람이 오고 있을 것이야."

용비야는 채찍, 한운석은 당근이었다.

하지만 외팔이 남자는 거부했다.

"나는 사부님을 배신할 수 없소! 그분은 이미 사검문을 떠나셨고 사검문과는 일말의 관계도 없소. 그분을 건드리지 마시오!"

"그자가 사검문과 관계가 없다면 건드리지 않을 것이다."

용비야가 차갑게 말했다. 사검문 사람 중에 좋은 사람이 몇이나 있었던가?

외팔이 남자는 검 주조술의 명수요, 사검문 사람에게 억지로 무공을 전수받았다. 용비야로서는 아무리 생각해도 단순한 일처럼 느껴지지 않았다. 이 남자는 이용당했을 수도 있었다.

그때 서동림이 나지막이 말했다.

"주인님, 비밀 시위의 보고입니다. 곧 관아 사람이 도착한다고 합니다. 막을까요, 아니면······."

"막을 필요 없다! 이리 오게 해라."

용비야가 쌀쌀하게 대답했다.

외팔이 남자는 몸이 달았다.

"말하겠소!"

용비야는 그제야 손을 저어 서동림에게 관병을 막으라고 분부했다.

"시간이 많지 않다."

용비야가 냉정하게 일깨워 주었다. 외팔이 남자에게 거짓말할 기회나 시간이 없다는 속뜻이 담긴 말이었다.

외팔이 남자는 마음 굳게 먹고 사실을 털어놓았다.

"사부님은 사검문의 전임 문주이신 백산청白山靑이오."

그 이름을 듣자마자 용비야는 이내 짚이는 곳이 있었다.

사검문에는 좋은 사람이 몇 없지만, 백산청은 존경받을 만한 인물이었다. 만난 적은 없지만 사부에게서 들은 적이 있었다.

백산청은 신비한 인물로, 천부적인 자질이 뛰어났고 사검문 문주가 데려다 키운 덕분에 어려서부터 사검문의 심법과 검술을 익혔다. 그리고 문주가 세상을 떠나자 그가 문주로 추대되었다. 문주 자리에 있는 동안 그는 사검문 제자들을 단속하고 심지어 검종 노인과 함께 두 검파의 재합병을 논의하기도 했다.

하지만 애석하게도 좋은 나날은 오래가지 않았다. 한 차례 폐관에 들어갔던 백산청은 주화입마 되어 수십 명에 이르는 제자를 죽였고, 그날 이후로 스스로 죄를 인정하고 문주 자리에서 물러나 강호에서 은퇴하여 다시는 모습을 드러내지 않았다.

외팔이 남자는 용비야를 쳐다보며 진지하게 말했다.

"귀하의 정묘한 검술로 보아 필시 천산정의 제자일 것이오. 그렇다면 사부님의 존함도 들어 보았을 것이오. 비록 사부님이……."

용비야는 그의 말을 잘랐다. '백산청'이라는 이름만으로도 모든 것을 설명하기에 충분했다.

"그가 어째서 네게 억지로 무공을 가르쳤느냐?"

용비야가 담담하게 물었다.

외팔이 남자는 어쩔 수 없이 대답했다.

"사부님은 내 자질이 뛰어나니 보검의 도움만 있으면 반드시 사검심법을 끝까지 익혀 당신의 마지막 바람을 이룰 수 있을 것이라 말씀하셨소."

용비야의 눈동자에 복잡한 빛이 스쳤다. 그렇다면 백산청은 사검심법의 폐해를 깨뜨리는 방법을 진작 알고 있었다는 말이었다. 사검문으로 돌아가지 않은 것은 두 검파의 싸움을 일으키고 싶지 않아서였을 것이다.

생각해 보면, 만약 사검문 사람들이 사검심법의 폐해를 해결할 방법을 알게 된다면, 순순히 천산검종에 머리를 숙이려 하지 않을 것이 분명했다. 필시 천산검종과 싸워 무림 지존의 자리를 빼앗으려 할 터였다.

반대로 천산검종이 사검심법의 폐해를 해결할 방법이 있다는 것을 알게 된다면, 그들 또한 사검문을 경계하게 될 것이고 아예 행동에 나설 수도 있었다.

외팔이 남자는 강호 일에 관해 아무것도 모르니 설령 언젠가 사검심법의 폐해를 해결하게 되더라도 강호에 나갈 마음은 없을 터였다.

"네 사부의 얼굴을 보아 보내 주겠다."

용비야가 담담하게 말했다.

외팔이 남자는 크게 기뻤으나 참지 못하고 물었다.

"당신은…… 대체 누구요? 사부님을 알고 있소?"

"네 사부를 만나거든 전해라. 검종 노인의 제자 용비야가 안부를 여쭙더라고."

용비야는 여전히 담담하게 말했다.

그러자 외팔이 남자는 깜짝 놀랐다.

"다……, 당신이 동진의 태자!"

비록 강호에 나가지 않았다 해도 용비야의 쟁쟁한 이름은 외팔이 남자도 들은 적이 있었다.

외팔이 남자는 망설이지 않고 용비야에게 읍을 한 후 주인 여자를 안고 돌아섰다.

그렇지만 한운석이 불러 세웠다.

"잠깐!"

외팔이 남자는 깜짝 놀랐다. 용비야 일행이 약속을 어기고 마음을 바꾼 줄 알았는데, 한운석이 용비야에게 하는 말이 들려왔다.

"저들도 함께 가요. 다 같이 저 사람의 팔을 지켜 낼 방법을 생각해 보는 거예요."

외팔이 남자는 믿을 수 없다는 듯한 표정으로 멍하게 그들을 바라보았다.

솔직히 용비야가 사부의 얼굴을 보아 자신을 풀어 준 것만 해도 무척 뜻밖인데, 저 여자가 저런 말을 할 줄은 꿈에서도 생각지 못했다.

저 여자는 그에게 독을 썼고, 사실을 털어놓으라고 경고할 때는 한마디 한마디가 지독하고 악랄했다.

한운석은 백산청이 어떤 인물인지 몰랐고, 용비야가 왜 이렇게 쉽게 저들을 놓아 보내 주는지도 몰랐다. 하지만 용비야가 이렇게 하는 데에는 그만한 이유가 있다는 것은 분명히 알고 있었다. 그리고 그녀가 이런 말을 하는 데에도 그만한 이유가 있었다.

한운석이 이렇게까지 말하는데 용비야가 어떻게 거절할 수 있을까? 고칠소는 더욱더 이견이 없었다. 그들 일행은 즉시 음양호를 벗어나 주인 여자의 점포인 '지애'로 돌아갔다.

외팔이 남자는 주인 여자를 잘 눕힌 후 후원으로 나가 몸소 사람들에게 차를 대접했다.

고칠소는 찻물을 흘낏 보더니 손도 대지 않았다. 그는 비록 용비야만큼 차를 좋아하지는 않지만, 차를 고를 때는 상당히 까다로웠다. 덕분에 차 빛깔을 보자마자 싸구려라는 것을 알 수 있었다.

그렇지만 용비야는 눈 하나 깜짝하지 않고 마셨고, 싫어하는 기색조차 얼굴에 드러내지 않았다. 한운석은 찻잔을 들고 마시는 척했지만 사실은 반 모금도 마시지 않았다. 그녀는 차를 마시지 않은 지 오래였다.

모두 잠시 쉬고 나자 한운석이 입을 열었다.

"아직 이름도 묻지 않았군."

외팔이 공자가 다급히 일어났다.

"소생은 엽효葉驍라 합니다. 부인께서는…… 서진 공주이시겠지요?"

"한운석이라고 부르면 된다."

한운석이 담담하게 말했다.

외팔이 남자는 속으로 탄식을 금치 못했다. 이들 부부를 만났으니 운이 없었다는 말 외에 또 무엇을 할 수 있을까?

한운석은 쓸데없는 말을 늘어놓지 않고 단도직입적으로 말했다.

"엽효, 우리 거래를 하지. 어떠냐?"

"자세히 말씀해 주십시오."

엽효가 진지하게 말했다.

"나와 용비야가 네 팔을 지킬 방법을 알아보겠다. 대신 한 가지 조건이 있다."

한운석이 말했다.

"어떤 조건입니까?"

엽효가 황급히 물었다.

"비밀을 지키는 것이다!"

한운석은 진지했다.

"앞으로 음양호 사건은 그 누구에게든 단 한마디도 해선 안 된다!"

엽효는 재빨리 대답했다.

"안심하십시오, 공주. 무슨 일이 있어도 그 일을 발설하지 않겠습니다!"

한운석은 고개를 끄덕였다.

"너를 믿겠다."

그녀는 용비야를 돌아보며 물었다.

"당신의 현한보검을 한 번 빌려주면 어때요?"

현한보검은 본디 천산검종에서 제일가는 보검인 데다 용비야와 함께 오랜 세월 수련한 덕분에 용비야의 내공이 증진함에 따라 점점 강해지고 있었다.

"영리하군!"

용비야는 웃음을 지었다.

현한보검은 그의 손에 들어온 이래 한운석을 제외한 그 누구도 손대지 못했다. 하지만 한운석이 청하는데 그가 어떻게 거절할 수 있을까?

막야검혼이 검신을 얻었다면 현한보검보다 강했으리라는 것은 분명했다. 하지만 현한보검도 그리 약하지 않았다. 용비야는 엽효의 맥을 짚었을 때 그 내상을 대략 가늠했고, 어떻게 해결할지 어느 정도 갈피를 잡고 있었다.

한운석은 웃음을 터트렸다.

"빌려줄 거예요?"

용비야는 어쩔 수 없는 얼굴로 엽효에게 말했다.

"내가 도울 테니 사흘간 폐관하도록 해라."

엽효는 뛸 듯이 기뻤으나 이내 걱정스러운 얼굴이 되었다.

"하지만 임가林歌가……."

임가란 바로 주인 여자였다. 주인 여자가 깨어나면 어떻게 된 일인지 몰라 당황할 수도 있었다.

한운석이 두 눈을 가늘게 뜨며 모질게 말했다.

"안심해라. 네가 출관하기 전에는 깨지 않을 거라고 약속하지."

한운석에게는 주인 여자를 인사불성으로 만들 수 있는 약이 차고 넘쳤다.

엽효가 더 말하려는데 한운석이 대뜸 잘랐다.

"자꾸 쓸데없는 말을 하면 끌고 가겠다."

엽효도 뾰족한 수가 없어 승낙했다.

이렇게 해서 엽효는 용비야의 도움을 받아 사흘간 폐관에 돌입했고, 그 사흘 동안 한운석과 고칠소는 다른 일을 처리했다.

그들은 엽효와 주인 여자 대신 사건을 수습하고 비밀 시위 두 명을 관아에 보내 죄를 자백하게 하는 동시에 독 묻은 비수를 제출했다. 그 독은 당연히 한운석이 주입한 것으로, 평범한 독의는 알아차리지 못했다. 하지만 백언청이라면 틀림없이 알아볼 터였다.

한운석이 이렇게 한 것은 백언청을 방비하기 위해서였다! 행여 백언청이 청천수성의 살인 사건에 관해 듣는다면 칠살 비수가 아닐까 의심하며 조사하러 올 것이 분명했다.

백언청이 미접몽을 찾고 있다면, 미접몽과 보조 약재 몇 가지로 자신이 가진 불사의 몸을 깨뜨릴 수 있다는 것도 알고 있을 것이 분명했다. 그러니 그들은 계속해서 만독지화를 찾는 한편 신중을 기해 백언청을 방비해야 했다.

죄를 자백한 시위들은 억울하지만 얼마간 감옥에 갇혀 있는 수밖에 없었다. 소란이 가라앉으면 자연히 누군가 대책을 마련해 그들을 구해 낼 터였다.

한운석과 고칠소는 피해자 가족에게도 보상으로 큰돈을 보내 주었다. 관아의 힘으로 진짜 흉수를 잡게 했더라면 그 가족들이 보상을 받으리라는 보장이 없었다.

세상에는 완전무결할 수도, 옳고 그름과 이해득실을 분명하게 가를 수도 없는 일이 많았다. 한운석은 최선을 다하면 된다고 자신에게 다짐했다.

사흘 후, 엽효가 출관했다.

귀환, 아직 시간이 남았다

사흘째의 수련을 끝낸 뒤 용비야가 문을 열려 하자 엽효가 가로막았다.

그는 한 발 뒤로 물러나서 공손하게 큰절을 올렸다.

"태자 전하, 이 엽효, 베풀어 주신 은혜는 절대 잊지 않겠습니다. 훗날 제가 필요할 때 불러 주시면 언제든지 달려가겠습니다!"

"거래일 뿐이다. 너는 비밀을 지키면 된다."

용비야가 차갑게 말했다.

"태자 전하, 공주의 호의는 소생도 잘 압니다! 이 절은 공주 대신 태자께서 받아 주십시오!"

엽효는 이렇게 말한 뒤 다시 한 번 절했다.

사실 한운석에게는 비밀을 지키게 할 방법이 많았다. 이처럼 힘을 들여 가며 거래를 하고 남은 팔을 보존해 줄 필요도 없었다.

사흘간, 용비야는 엽효의 내상을 치료해 주었을 뿐 아니라 현한보검을 이용해 큰 재앙을 피하게 해 주었다. 덕분에 엽효는 사검심법 제8단계에 이르렀다.

보검 없이 계속 수련할 수는 없지만, 사검심법 제8단계만 해도 강호의 검술 고수들을 크게 뛰어넘는 수준이니 제 몸을 지키기에는 충분했다.

용비야 같은 고수의 도움이 없었다면, 설령 막야검을 손에 넣었다 해도 팔은 지켜 냈을지언정 1, 2년 안에 제8단계까지 돌파할 수는 없을 것이었다.

그 은혜를 '비밀을 지킨다'는 한마디로 어떻게 갚을 수 있을까? 한운석이 일부러 거래라는 이유를 들어 그를 도운 까닭은 아마도 그를 너무 난처하게 만들고 싶지 않아서였을 것이다.

사실 한운석은 엽효가 난처해할까 걱정해서가 아니라, 남들이 감사해 어쩔 줄 모르는 모습을 보고 싶지 않아서였다.

그 점에 관해서는 용비야도 잘 알고 있었다.

용비야는 당당하게 엽효의 절을 받은 후 문을 열고 나갔다.

한운석과 고칠소는 이미 문 앞에서 기다리고 있었다. 그가 나오는 것을 보자 한운석이 재빨리 다가가 땀을 닦아 주었다.

"피곤하죠?"

사흘간, 용비야는 엽효의 폐관 수련을 돕고 틈을 내어 한운석과 쌍수까지 해야 했으니 피곤하지 않으면 이상했다.

"괜찮다. 큰 문제 없었다."

용비야는 태연하게 말하면서, 살짝 고개를 숙여 한운석이 손쉽게 땀을 닦을 수 있게 해 주었다.

옆에서 이 모습을 본 고칠소는 재빨리 다른 쪽을 돌아보았지만, 얼마 못 가 다시 고개를 돌리고 한운석과 용비야 쪽을 넋이 빠진 듯 바라보았다.

그가 또 무슨 생각을 하는지는 아무도 몰랐다.

엽효는 지체 없이 주인 여자를 찾아 나섰다. 주인 여자가 아직 혼절해 있는 것을 보자 그가 초조하게 물었다.

"공주, 해약은 어디 있습니까?"

"그렇게 잘해 줘서 어쩔 생각이지? 친구의 아내는 욕심내지 말아야 한다는 것도 모르느냐?"

한운석이 차갑게 물었다.

막 문지방을 넘어 들어오던 고칠소가 이 말을 듣고 우뚝 걸음을 멈췄다.

엽효는 고개를 숙이더니 한참 만에야 겨우 한마디를 짜냈다.

"지금 그녀에게는 돌봐 줄 사람이 필요합니다."

주인 여자에게 남편이 없으니 친구의 아내를 욕심내는 게 아니라는 뜻이었다.

"저 여자도 미쳤기에 네 보살핌을 받아들였겠지. 이 해약을 먹이면 반나절 후 깨어날 것이다."

한운석은 해약을 던져 준 후 돌아서서 나갔다. 고칠소는 허둥지둥 달아나 지붕 위로 몸을 숨겼다. 하마터면 마주칠 뻔했다.

그는 지붕 위에 앉아서, 수척하지만 소탈한 한운석의 뒷모습을 바라보며 한참 동안 멍하게 있었다.

한운석이 방금 한 말에 대해 깊이 음미할 생각이 없었는데도, 자꾸만 생각나고 자꾸만 그 말에 자신을 대입해 보지 않을 수 없었다.

방 안에 있던 엽효도 한운석의 말을 인정하지 않고 혼자 중얼거렸다.

"그녀에겐 돌봐 줄 사람이 필요해. 그거면 돼."

하긴, 받아들이는 것과 필요한 것은 다른 문제였다.

용비야와 한운석이 엽효와 작별할 때쯤, 고칠소도 지붕에서 내려와 소리 없이 한운석 뒤에 섰다.

"태자 전하, 사부님은 리산離山에 은거하고 계십니다. 저는 며칠 후 임가를 데리고 리산으로 갈 생각입니다. 음양호 일에 대해서는 반드시 비밀을 지키겠습니다."

엽효는 진지하게 말했다.

용비야는 말없이 고개만 끄덕였다.

엽효는 잠시 망설였으나 그래도 마음먹고 한운석을 바라보았다.

"공주, 이해가 가지 않는 것이 한 가지 있어 가르침을 청하고 싶습니다."

"무슨 일이지?"

한운석이 물었다.

"공주께서는 취운의 시체가 호수 안에 있는 것을 어떻게 아셨습니까?"

엽효는 호기심 어린 말투로 물었다. 취운의 시체가 발각되지 않았다면 이들 역시 염골사를 생각해 내지 못했을 터였다.

"비밀이다!"

한운석은 당연히 칠살 비수의 진짜 비밀을 털어놓지 않았다.

그런데 뜻밖에도 엽효는 이렇게 말했다.

"공주께서 말씀하지 않으셨으니 이제 안심하셔도 됩니다. 소생에게는 발설할 비밀 같은 것이 전혀 없습니다!"

말을 마친 엽효는 한운석을 향해 읍을 한 후 안으로 들어가 천천히 대문을 닫았다.

한운석은 처음에는 어리둥절했지만 이내 웃음을 터트렸다! 엽효도 멍청한 사람은 아닌지 그녀가 일부러 도왔다는 것을 알아차린 모양이었다.

그렇다면 이번 출행에서는 친구를 한 명 얻었다고 할 수 있을까? 물론 한운석은 그래도 서로 잊고 사는 편이 낫다고 생각했다.

오늘 베푼 호의가 훗날 얼마나 큰 도움으로 돌아올지, 그녀는 전혀 몰랐다.

굳게 닫힌 '지애'의 대문을 바라보던 한운석은 가만히 탄식을 내뱉으면서 이번 일은 이대로 흘려보내기로 했다.

그녀가 용비야에게 말했다.

"가요. 우리도 아직 할 일이 있잖아요!"

객잔으로 돌아온 뒤, 한운석은 곧바로 칠살 비수와 미접몽을 꺼냈다.

예전에 다른 독을 섞었을 때처럼 미접몽을 칠살 비수에 떨어뜨리자 단단하던 비수가 부식되면서 지직거리는 소리와 함께 하얀 연기를 피워 올렸다.

연기가 흩어지자 길쭉한 모양이었던 비수는 완전히 녹아서 조그마한 빨간 점으로 변해 있었다. 크기나 모양이 꼭 눈물방울 같았다.

예전이었다면 시험 삼아 가진 독눈물을 섞어 변화를 관찰했겠지만, 이제는 만독지금과 미접몽을 섞어 얻은 독눈물을 그대로 특별 제작한 병에 넣었다.

미접몽의 진짜 비밀을 알아냈으니 예전처럼 독을 시험하는 데 공을 들일 필요가 없어졌다.

이제 만독지수, 만독지토, 만독지목, 만독지금을 손에 넣었고, 시체의 피와 미인혈도 얻어 여섯 가지 독눈물을 만들어 냈다. 남은 것은 만독지화와 독고인의 피, 독짐승의 피뿐이었다.

독고인의 피와 독짐승의 피는 백언청이 가지고 있으니 다음으로 그들이 해야 할 가장 큰 임무는 바로 만독지화를 찾는 것이었다.

솔직히 말하면 청천수성 일은 한운석 일행이 생각했던 것보다 훨씬 순조로웠다. 해가 바뀔 때까지 지체될 줄 알았는데, 예상과 달리 청천수성에 온 지 열흘도 안 되어 일이 끝났다.

한운석이 만독지금을 독 저장 공간에 넣는 것을 보자, 용비야와 고칠소도 비로소 완전히 마음을 놓았다. 이제 이번 일도 완전히 끝난 셈이었다.

용비야는 눈썹을 치키고 고칠소를 바라보며 차갑게 물었다.

"검을 써 봐라."

고칠소는 모르는 척했다.

"무슨 말이야?"

용비야의 눈빛이 차갑게 식었다.

고칠소는 시킨 대로 할 수밖에 없었다. 이게 다 용비야에게

꼬투리를 잘못 잡은 탓이었다. 용비야는 가시덩굴이 어떻게 검화를 견뎌 냈는지 짐작했을 테고, 그가 어떻게 막야검혼을 흡수했는지도 알고 있을 터였다.

하지만 한운석은 전혀 알지 못했다. 그녀는 막야검혼이 고칠소의 검술에 어떤 영향을 미칠지 궁금했다.

고칠소는 정원으로 나가 검을 뽑았다. 그가 검을 휘두르자 용비야와 한운석은 그 검에 어렴풋이 하얀 그림자가 어리는 것을 볼 수 있었다.

"저게 뭐죠?"

한운석이 의아한 목소리로 물었다.

용비야는 말없이 허공을 힘껏 내리쳤다. 그 순간 고칠소의 검이 뚝 부러졌다. 부러진 검이 땅에 떨어지자 한운석은 그 하얀 그림자가 무엇인지 똑똑히 보았다.

하얀 그림자는 바로 검이었다. 실재하지 않는 검!

"저게 바로 검혼이군요?"

한운석이 물었다.

"음."

용비야는 담담하게 대답했다.

고칠소는 부러진 검을 던져 버리고 하얀 검 그림자를 잡아 춤추듯 휘두르기 시작했다. 비록 형체만 보이고 실재하지 않는 검 그림자지만, 검기는 고칠소가 방금 뽑았던 검 못지않은 데다 쇠를 진흙처럼 베어 버릴 만큼 날카로워서 단번에 정원에 있던 나무 한 그루를 쓰러뜨렸다.

한운석은 보고도 믿을 수가 없었다. 만약 저 검혼을 담을 수 있는 보검을 만들어 냈다면 얼마나 어마어마한 위력을 발휘할지 상상이 가지 않았다.

고칠소가 검을 거두자 검 그림자도 순식간에 사라졌다. 그는 한운석에게 걸어가 웃으며 말했다.

"독누이, 기다려 봐. 좋은 검을 주조해서 막야검을 선물할게!"

한운석이 입을 열기도 전에 용비야가 차갑게 말했다.

"막야는 잠시 네게 맡겨 둔 것뿐이다."

고칠소가 가짜로 인질이 된 것은, 사실 한운석에게 선물로 줄 막야검혼을 얻기 위해서였다. 설마 용비야가 그 마음을 꿰뚫어 보지 못할까?

"됐어, 됐어. 그렇게 사악한 물건은 싫어!"

한운석은 거절했다.

"고칠소, 다음번에 이런 일이 생기면 제발 혼자 행동하지 마. 알겠지?"

"알았어!"

고칠소는 시원스럽게 대답했다. 한운석이 자신을 걱정한다는 것을 알기에 변명 같은 것은 하지 않았다.

고칠소는 언젠가 검을 주조해 내면 무슨 이유를 갖다 붙여서라도 한운석에게 주리라 생각했다. 정작 그때가 되면 한운석도 기꺼이 받을지 몰랐다. 용비야가 이미 천산에 보관된 간장검을 눈독 들이고 있다는 사실을, 그는 전혀 알지 못했다.

간장과 막야는 한 쌍이었다.

아무래도 검에 관심이 많지 않은 한운석이 화제를 돌렸다.

"하루 쉬었다가 내일 삼도 암시장으로 돌아갈까요?"

길에서 보낸 시간을 합치면 떠나온 지 한 달이 다 되어 가는데다 돌아가는 데도 보름은 걸렸다.

어제서야 날아든 고북월의 밀서에는 만상궁과 동래궁 모두 무사하며 호랑이 감옥 쪽에서도 백옥교가 전력을 다해 영정 일행을 돌보고 있다는 내용이 담겨 있었다.

그리고 북려국에서는 전면적으로 내전이 발발했다.

군역사가 북상하고, 북려국 남부 세력도 북상했다. 게다가 군역사는 동오국에서 세 번째로 보내기로 한 군마의 값을 치르고 기병대를 배치했다. 고북월은 보름 안에 세 번째 군마 떼가 전쟁터에 당도할 것이라고 내다보았다. 기병대는 서에서 동으로 움직이면서 군역사 및 남부 세력과 연합해 북려국 황제를 포위 공격했다.

비록 전황이 생각보다 빨리 진행되고 격렬하기도 했으나 아직도 모든 것은 용비야의 손바닥 안이었다. 군역사와 북려국 황제는 아직도 세력이 엇비슷했다.

군역사가 여러 방면으로 포위하자 북려국 황제 역시 주눅 들지 않고 병사를 나누어 방어하는 한편, 정예병을 모아 군역사와 정면으로 맞섰다.

용비야는 어제 소 귀비에게서도 보고를 받아 전황을 많이 알고 있었다.

영정이 백옥교에게 부탁해 수소문한 정보와 고북월이 개인적으로 살펴본 전황, 그리고 소 귀비가 보고한 전황은 기본적으로 일치했다.

앞으로 한두 달 동안, 군역사와 북려국 황제는 차츰차츰 각자가 가진 모든 세력을 드러내 보일 것이다. 용비야의 예측에 따르면, 쌍방의 진짜 싸움이 벌어지는 것은 빨라야 섣달 무렵이었다. 비록 지금도 전면적으로 내전이 벌어지고 있지만 아직은 소규모 싸움에 불과했다.

쌍방이 모두 손해를 입고 쓰러지려면 빨라도 초봄까지 기다려야 했다. 그러니 그들이 지금 돌아간다 해도 영정과 목령아를 구하러 갈 수 없기는 매한가지였다. 그들이 움직이는 순간, 의심 많은 군역사는 곧바로 의문을 품고 영승을 의심하게 될 터였다. 그렇게 되면 영승이 위험했다!

용비야가 말했다.

"아직 적어도 두 달은 시간이 있으니 돌아가지 않겠다. 여기서 만독지화의 행방을 알아보기로 하지!"

배 째와 죽고 싶냐

비록 계획보다 일찍 만독지금을 찾았지만, 서둘러 돌아가더라도 영정과 목령아를 구하러 갈 수는 없었다. 군역사를 잡아두려면 한동안 기다리는 수밖에 없었다.

그리고 영씨 집안 군대가 맡은 중책도 하나 있었다. 바로 군마 삼만을 훈련하는 일이었다. 용비야는 그 군마에 간섭한 적이 없지만, 한운석은 간섭할 자격이 충분했다.

삼도 암시장을 떠난 뒤 지금까지 그녀는 군마에 관해 두 번 물었다. 설 부장은 군역사가 보낸 말 조련사를 잘 처리했고, 곧 훈련을 시작하려 한다고 답했다.

또 한 가지 중요한 문제는 바로 백언청이었다. 무소식이 희소식이라고 하지만, 백언청에게는 적용할 수 없는 말이었다. 지금까지 소식이 없다고 해서 반드시 그가 움직이지 않았다는 뜻은 아니기 때문이었다. 한운석과 용비야는 백언청이 도대체 무슨 계획을 꾸미는지 도저히 짐작할 수가 없었다.

지난번에는 동진과 서진을 이간질하려 했다면, 이번에는 가만히 숨어서 대체 뭘 하려는 것일까? 백언청은 어째서 그렇게 동진과 서진을 미워할까?

백언청에게는 독종 금지에서 본 신비인처럼 의심스러운 구석이 너무 많았다. 한운석과 용비야는 그에 관한 실마리가 전혀 없었지만 그렇다고 무시하거나 잊어버릴 수는 없었다.

지금 그들은 백언청을 막을 수 없었다. 그를 막으려면 한시 바삐 만독지화를 찾아내는 길뿐이었다!

고칠소란 녀석이 함께 있으니, 만독지화를 찾아내기만 하면 용비야는 얼마든지 백언청을 유인해 내 통쾌하게 한판 싸울 자신이 있었다.

"좋아요. 그럼 좀 더 기다리죠."

한운석은 용비야의 계획을 받아들였다.

하지만 고칠소는 넋이 나간 듯 아무 의견도 제시하지 않았다. 용비야의 시선을 받고 나서야 비로소 그가 정신을 차리고 대답했다.

"좋아, 문제없어."

사실은 용비야가 방금 무슨 말을 했는지 듣지도 못해 아무렇게나 해 본 말이었다.

"최근에 만독지화의 소식을 들은 적이 있느냐?"

용비야가 다시 물었다.

"전혀."

최근 들어 찾기 시작한 것이 아니라 1년 전부터 만독지화를 찾고 있었지만, 애석하게도 들은 소식이라곤 요만큼도 없었다.

사실 이번에 만독지금을 찾아낸 것도 오래전에 칠살 비수 이야기를 듣지 못했더라면 여태까지 실마리조차 얻지 못했을 터였다.

용비야도 진작 비밀 시위를 파견해 수소문해 보았지만, 결과는 고칠소와 다르지 않았다.

"만독지화는 불이야? 아니면 열기를 띤 다른 거야?"

한운석이 고개를 갸웃하며 물었다. 만독지화가 대체 어떤 형태로 존재하는지 짐작도 가지 않았다. 오행에서 말하는 '화'는 진짜 불만 의미하는 것이 아니라 뜨거운 것의 통칭이었다.

고칠소는 고개를 저었다. 앞서 찾은 네 가지 독은 어느 정도 짚이는 데가 있었지만, 만독지화에 대해서는 정말 아무 단서가 없었다.

만독지화는 지화地火일까, 천화天火일까, 아니면 노화爐火일까? 항상 타오르고 있는 불일까 아니면 아직 켜지 않은 불일까?

항상 타오르는 불이라면 그나마 찾기 쉬웠다. 아직 켜지 않은 불이거나 눈에 보이지 않는 불이라면 정말 찾기 어려웠다.

"며칠 쉬면서 곰곰이 생각해 보자."

고칠소가 이렇게 진지하게 말하는 건 정말 드문 일이었다.

"그래."

한운석도 진지했다.

이렇게 해서 한운석 일행은 청천수성에 머물면서 만독지화의 소식을 알아보는 한편, 북려국 전황을 지켜보고 백언청의 행적을 수소문했다.

어느 날, 한운석은 느닷없이 약려에서 날아온 서신 한 통을 받았다. 서신을 읽어 본 그녀는 흥분해서 용비야가 있는 원락으로 달려갔다.

"용비야, 희소식이에요! 희소식이라고요!"

어찌나 흥분했는지 만독지화의 행방을 알아내기라도 한 사람 같았다.

용비야가 묻기도 전에 고칠소가 지붕 위에서 폴짝 뛰어내리며 웃는 얼굴로 물었다.

"독누이, 무슨 소식이기에 그렇게 기뻐하는 거야?"

"고 의원을 구할 수 있게 됐어!"

한운석은 진심으로 기뻤다. 만독지화를 찾아낸 것보다 더 기뻤다.

"정말이냐? 어디서 온 소식이냐?"

용비야도 흥분했다. 여러 인맥을 동원해 회룡단을 찾고 있었기에 희소식을 보낸 이가 누군지 짐작이 가지 않았다.

"누가 약을 찾아낸 거야? 나보다 빠르다니 솜씨가 제법인데!"

고칠소도 쿡쿡거리며 말했다.

하지만 이어진 한운석의 말은 그를 그대로 얼어붙게 했다.

"선단 화로 노인이야. 회룡단을 찾지는 못했지만 회룡단을 만드는 약방문을 찾았고 벌써 약재도 거의 모았대. 딱 하나가 부족한데 그걸 보내 달래!"

고칠소의 웃음이 순식간에 얼어붙었다. 용비야가 다급히 물었다.

"부족한 게 무엇이냐?"

"술이에요! 회룡단을 조제하려면 백 년 묵은 설주雪酒가 필요하대요."

한운석은 웃으며 말했다.

"그건…… 영승에게 있을 거예요!"

설주란 눈 녹인 물로 담근 술을 의미했다.

10년 이상 쌓인 눈을 녹인 다음 가라앉혀 윗부분의 맑은 물만 덜어 술을 담그는 것이 일반적인 설주였다. 백 년 설주는, 백 년 이상 쌓인 눈을 녹인 물로 술을 담가야 할 뿐 아니라 반드시 백 년 이상 밀봉 보관해야 했다.

시장에 파는 백 년 묵은 술이란 사실 모두 가짜였다. 진짜 백년 묵은 술은 한 병 구하는 것조차 여간 어려운 게 아니었다. 설주는 더욱더 말할 필요가 없었다.

좋은 차를 마시려면 용비야를 찾고, 좋은 약을 구하려면 고칠소를 찾듯, 좋은 술을 마시려면 반드시 영승을 찾아야 했다!

"서동림, 만상궁에 서신을 보내 물어보도록."

용비야가 즉시 명령을 내렸다. 한운석의 일이 아닌데 그가 이렇게 흥분하는 일은 아주 드물었다.

"서동림, 전하는 김에 이 소식을 고북월에게도 알려라!"

한운석도 재빨리 덧붙였다.

그녀는 다시 한번 고북월의 영술을 볼 수 있으리라는 기대에 휩싸였다. 지난날의 그 백의 공자도 곧 돌아올 수 있었다! 꼬맹이가 이 소식을 들었다면 분명 뛸 듯이 기뻐했을 텐데!

"예. 바로 처리하겠습니다!"

서동림도 따라서 흥분했다. 고북월이 회복되면 전하와 공주를 도울 사람이 늘어나는 셈이었다.

서동림이 사라진 뒤 한운석은 고개를 돌리다가 그제야 고칠소가 사라진 것을 알아차렸다.

"어딜 갔죠?"

한운석이 의아해하며 물었다.

용비야도 고칠소가 빠져나가는 것을 알아차리지 못했다. 지붕 위를 올려다보았지만 고칠소의 그림자는 보이지 않았다.

한운석은 그제야 예전 일을 떠올리고 중얼거렸다.

"설마……."

용비야는 이내 한운석이 무슨 말을 하려는지 짐작하고 간단하게 내뱉었다.

"내버려 둬라."

한운석이 떠올린 것은 바로 지난날 선단 화로 영감이 부탁했던 제자를 찾는 일이었다. 선단 화로 영감은 한운석이 제자를 찾아 주면 선단 화로를 넘겨주겠다고 했다.

명확하게 계약서까지 쓴 약속이고 한운석도 그러겠다고 했다. 그때 한운석은 선단 화로 영감이 찾는 '꼬마 미치광이'가 고칠소가 아닐까 의심했다. 두어 번 떠보았지만 고칠소가 매번 피하기만 했기에 그녀도 더는 묻지 않았다. 그녀도 선단 화로 영감 때문에 고칠소에게 이래라저래라 강요할 생각은 없었다.

그로부터 사흘 후, 한운석은 만상궁 대장로의 답신을 받았다. 영승의 술 창고에는 확실히 백 년 묵은 설주가 있었다. 그것도 한 단지가 아니라 세 단지나!

비록 영승의 동의를 구할 수는 없지만, 이만한 일은 한운석이나 대장로 정도 위치에 있으면 우선 처리하고 나중에 보고할 수도 있었다.

한운석이 백 년 묵은 설주를 구했다는 소식을 선단 화로 영감에게 전한 다음 보낼 사람을 고민하고 있을 때, 선단 화로 영감이 또다시 서신 한 통을 보내 뜻밖의 요구를 했다.

선단 화로 영감은 한운석더러 3년간 선단 화로에 머물며 자신의 보물 화로를 보살피라고 요구했다. 거부하면 회룡단을 조제하기는커녕 약방문을 없애 버리겠다는 말도 함께였다.

그제야 사람들은 구약동의 규칙을 떠올렸다. 언제나 그렇듯 구약동에서 약을 얻는 것은 결코 쉬운 일이 아니었다.

"젠장!"

한운석은 좋았던 기분이 팍 상했다.

선단 화로 영감에게 회룡단을 찾아 달라고 부탁할 때부터 그녀는 두 번 세 번 조건을 물었다. 그 늙은 미치광이는 생각보다 호의적이었다. 그는 오랜 친구 사이에 그런 것을 따져 뭐 하냐며 반드시 온 힘을 다해 회룡단을 찾아내겠다고 했다. 용비야는 그래도 마음이 놓이지 않아, 그녀에게 다시 한 번 서신을 써서 조건을 확실히 정하게 했다.

결국 선단 화로 영감은 두 가지 조건을 제시했다. 하나는 회룡단의 약효를 전부 조사하는 것이고, 다른 하나는 몇 가지 희귀한 독약을 달라는 것이었다.

비록 계약서를 쓰지는 않았지만 당시 주고받은 서신은 모두 보관해 놓고 있었다!

그녀는 선단 화로 영감이 괴팍하고 변덕스러운 성품임을 알고 있었지만, 괴팍한 성품이 약속을 지키지 않는 핑계가 될 수는 없었다!

그 늙은 미치광이가 3년간 화로를 보살피라는 얼토당토않은 요구를 할 줄이야!

설마하니 지난번에 구약동에 갔던 그녀가 화로를 없애 버리겠다고 소리쳤던 것을 꽁하니 마음에 두고 있었던 걸까?

"꿈 깨시지!"

용비야가 차갑게 내뱉었다.

지난번에 약을 구하러 갔을 때만 해도 약려와 약성 세력을 꺼렸던 두 사람이지만, 지금은 약성이든 약려든, 결코 그들이 건드리지 못할 상대가 아니었다.

의성은 진작 고북월의 손아귀에 들어갔고, 약성 또한 용비야와 한운석이 요 2년간 약귀곡과 손잡고 자신들의 세력을 길러 놓은 상태였다. 약재 거래에서도 반드시 약성이 있어야 할 필요가 없었다.

"서동림, 선단 화로 영감에게 이렇게 써라. 처음에 부탁할 때 조건을 협의했으니 이제 와서 그와 다른 요구를 하는 것은 협박이다! 본 공주를 협박하면 대가를 치러야 한다! 열흘 안에 단약을 만들지 않으면……."

뭐라고 위협해야 선단 화로 영감을 겁줄 수 있을까 하고 한운석이 생각에 잠긴 사이, 용비야가 깔끔하게 한마디 했다.

"그렇지 않으면, 본 태자가 몸소 가서 선단 화로를 없애 버릴 것이다!"

정확하게 선단 화로 영감의 급소를 찌르는 위협이었다!

"예!"

서동림은 명을 받고 물러갔다.

지붕 위에 앉은 고칠소는 눈썹을 치켜뜨고 그들을 내려다볼 뿐 한마디도 하지 않았다.

한운석과 용비야는 오래지 않아 선단 화로 영감의 답신을 받았다. 답신에는 단 두 글자밖에 적혀 있지 않았다.

배 째!

용비야 평생 이렇게 짤막하고 도발에 가득 찬 서신을 받은 적은 처음이었다. 한운석도 황당한 눈빛으로 큼직하게 적어 놓은 두 글자를 멍하니 바라보았다.

이제는 그들이 직접 선단 화로에 다녀오는 수밖에 없었다.

용비야는 차갑게 말했다.

"서동림, 지필묵을 대령해라!"

서동림이 허둥지둥 지필묵을 가져오자 용비야는 붓을 들고 휘갈겨 썼다.

죽고 싶냐?

서신을 보내고 난 뒤 용비야는 예상대로 즉각 명령을 내렸다.

"마차를 준비해라. 약려로 간다."

말을 마친 그가 고칠소를 쳐다보았다. 고칠소는 아무렇지 않은 표정으로 지붕에서 뛰어내리더니 킥킥 웃으며 말했다.

"약성에 가 본 게 언제더라. 어쩐지 그곳 약 냄새가 그립네."

용비야는 얼굴을 차갑게 굳히고 나지막하게 내뱉었다.

"먼저 약속을 어긴 쪽은 그 영감이다. 이번 일에는 너도 끼어들지 않는 게 좋을 것이다!"

고칠소는 복잡한 눈빛을 떠올렸지만 계속 모르는 척 대꾸했다.

"흐흐, 그게 이 어르신과 무슨 상관이야? 고북월을 봐서 함께 가 주는 거라고. 말해 두는데 이 어르신은 약려에만 가는 거야. 구약동같이 괴상한 곳은 냄새가 지독해서 안 들어가!"

목령아, 부끄러운 줄도 몰라

고칠소가 구약동에 가지만 않으면 괜찮았다.

한운석은 그를 쳐다보았지만 긴말하지 않고 모르는 척했다. 그녀가 아는 것은, 이번 약려행은 어떻게 따져 봐도 자신들의 명분이 이치에 맞는다는 것뿐이었다! 설령 정말 싸움이 벌어지더라도 회룡단은 가져와야 했다.

한운석 일행은 그날로 청천수성을 떠나 비밀리에 약성으로 향했다. 고칠소도 별말 없이 예전처럼 말을 타고 앞서가며 길잡이를 맡았다. 더군다나 일부러 지름길을 고른 덕분에 청천수성에서 약성까지 가는데 열흘가량밖에 걸리지 않았다.

가는 동안에도 한운석과 용비야는 여전히 바빴다. 거의 매일같이 서로 다른 곳에서 서신이 날아들어 그들이 처리해야 할 급한 일을 알려 왔다. 그리고 밤이 되면 아무리 바빠도 틈을 내어 쌍수를 했다. 백리명향도 게으름 피우지 않고 열심히 무공을 익혔고, 종종 서동림에게 가르침을 청했다.

고칠소는 다른 일에는 아무 관심도 보이지 않은 채 만독지화 소식을 수소문하는 일만 맡았다.

그들은 계속해서 서북쪽으로 달렸고, 시간은 마차 바퀴처럼 밤낮 끊임없이 굴러갔다.

그때 영정의 아이는 벌써 일곱 달에 가까워져, 아무리 큰 옷을 입어도 숨길 수 없게 되었다.

다섯 달이나 여섯 달쯤에는 이 정도로 크지 않았는데 일곱 달에 들어서자마자 바람이라도 불어 넣은 것처럼 배가 불룩해졌다. 영정은 행동이 점점 불편해지고 밤에 잠드는 것도 점점 어려워지는 것을 분명하게 느꼈다.

원락에 있는 하녀와 수비병은 모두 백옥교 쪽 사람이어서 영정에게 필요한 것이 생기면 뭐든 목령아 핑계를 대고 얻을 수 있었다. 지금은 모든 것이 비교적 안전한 편이었다.

이곳 호랑이 감옥에서 소소옥은 작은 원락을 썼고 영정과 목령아, 금 집사 일행은 큰 원락을 썼다.

목령아는 백옥교에게 소소옥을 큰 원락으로 데려오고 금 집사와 정 숙부를 작은 원락으로 보내라고 요구하기도 했다. 어쨌거나 남녀가 같은 곳에 묵는 것은 아무래도 불편한 데다 영정이 임신한 사실도 여태 금 집사와 정 숙부에게 숨겨 왔기 때문이었다. 하지만 백옥교는 허락하지 않았다.

비록 호랑이 감옥 일은 대부분 그녀가 처리했지만, 그래도 군역사의 의심을 사지 않도록 신경 써야 했다. 군역사가 얼마나 의심이 많은지는 그녀가 그 누구보다 잘 알았다.

솔직히 말하면 지금까지 영정의 임신을 속인 것도 상당히 어려운 일이었다. 앞으로 석 달 후면 출산이었다.

모든 것이 순조롭다면 한 달 반쯤 지난 뒤 영승이 말한 대로 한운석과 용비야가 구하러 올 터였다. 영정과 목령아가 안에서 호응하면, 용비야와 한운석의 능력으로 이 호랑이 감옥에서 몇 사람 구해 내는 일은 절대 어렵지 않았다.

백옥교가 가장 두려워하는 일은 바로 영정의 조산이었다. 아이가 배 속에 있을 때는 어떻게든 속일 수 있었다. 하지만 아이가 태어나는 순간 군역사의 성격상 반드시 사람을 보내 아이를 데려갈 것이고, 그렇게 되면 일이 복잡해졌다.

백옥교는 영정 일행을 돌보는 일 외에도 매일 작은 원락에 가서 소소옥을 살폈다. 그녀가 소소옥을 대하는 태도는 예전과 다를 게 없어서, 때때로 위협하거나 겁을 주기도 했지만 진짜 괴롭힌 적은 없었다. 소소옥이 진실을 알게 되는 것을, 백옥교가 얼마나 두려워하는지 아는 사람은 아무도 없었다. 소소옥은 그곳에서 일어나는 그 무엇도 알지 못했다. 그저 영승이 자신을 보호해 준다고 생각할 뿐이었다.

백옥교는 호랑이 감옥에 있는 모두를 보살피면서 북려국 내전 상황을 주시하고 사형의 안위와 생사를 살폈다.

매일 밤, 그녀는 홀로 소소옥의 원락 지붕에 올라앉아 전쟁터에서 보낸 서신을 뜯어보았다. 뒤엉킨 모순과 선택의 어려움, 복잡한 감정, 어쩔 수 없이 해야 하는 일들. 그 다양한 고통을 그녀는 혼자 삭일 수밖에 없었다.

이날 이때까지 오랜 세월 사부를 따르면서 제아무리 억울한 일을 당해도 부모가 누군지, 아직 살아 있는지 생각해 본 적은 없었다.

하지만 요 며칠 사이 밤만 되면 자꾸만 부모의 따스한 품이 생각나고 그 품에 안기고픈 갈망을 억누를 수가 없었다.

소소옥은 부모님을 생각한 적이 있을까? 집을 생각한 적이 있을까?

이 고요한 밤, 잠 못 이루는 사람은 백옥교뿐만이 아니었다.

영정도 침상에서 뒤척이고 있었다. 배가 불러 오자 어떻게 누워도 불편하고 배 속에 든 아이를 짓누를까 봐 늘 겁이 났다. 당리를 향한 그리움은 시간을 따라 옅어지기는커녕 점점 짙어지기만 했다. 특히 깊은 밤이면 지금쯤 당리는 뭘 하고 있을까 몹시 궁금했다. 당리가 손수 끓여 주던 팥죽도 그리웠다.

목령아도 깨어 있었다. 그녀는 영정의 침상 오른쪽에 놓인 푹신한 의자에 누워 자면서 몸소 영정의 곁을 지켰다.

영정이 뒤척이는 소리가 들리자 그녀가 곧 말을 걸었다.

"정 언니, 또 잠이 안 와?"

"왜 아직 안 잤어?"

영정은 놀랐다. 조금 전까지만 해도 전혀 움직임이 없어서 목령아가 잠든 줄로만 알고 있었다.

"칠 오라버니 생각했어."

목령아는 언제나 이렇게 단순하고 순수했다. 그녀는 마음속으로 한 생각을 고스란히 입 밖으로 내고, 희로애락을 숨김없이 얼굴에 드러냈다.

"그 사람은 널 생각하지도 않는데 혼자 생각해서 뭐 해?"

영정이 진지하게 물었다. 그녀는 고칠소에게 별로 좋은 인상을 받지 못했다.

목령아는 저도 모르게 편평한 아랫배를 쓰다듬으며 가만히 중얼거렸다.

"정 언니, 너무 오래 거짓말을 했더니 나도 속을 것 같아. 진짜 칠 오라버니의 아기를 가진 꿈을 몇 번이나 꿨는지 몰라!"

그렇게나 오랫동안 잘 때만 빼고 배에 솜을 넣고 다녔더니 정말로 임신한 기분이었다. 연기가 길어지면 실제처럼 느껴지기 마련이었다.

처음에는 어리둥절해하던 영정이 곧 푸하하 웃음을 터트렸다.

"목령아, 너 나이도 어린 게 벌써 야한 꿈을 꾸는 거야?"

목령아는 초조해진 나머지 벌떡 일어나 앉았다.

"아니야, 안 그래!"

"그럼 무슨 수로 고칠소의 아이를 가져?"

영정이 물었다.

"그건……, 그건……."

목령아는 수줍게 얼굴을 붉혔다.

"그냥 꿈에서 칠 오라버니가 내 배를 만지고 웃어 줬어. 아주 눈부신 웃음이었어."

목령아가 이런 꿈을 꾸는 것을 고칠소가 알면 과연 웃을 수 있을까?

영정은 웃음이 났지만 목령아에게 뭐라고 해 줘야 좋을지 알 수가 없었다. 그녀의 행동이 우스우면서도 한편으로는 마음이 아팠다.

고칠소는 어째서 굴러 들어온 복덩이를 마다할까?

목령아는 웃음이 터진 영정을 가만히 바라보았다. 말은 없었지만 맑디맑은 커다란 눈동자에는 망설이는 표정이 다분했다. 영정이 웃음을 그치자 그녀는 의자에서 내려와 영정의 침상으로 파고들었다.

"정 언니, 하나 물어봐도 돼?"

목령아가 소리 죽여 물었다.

"말해 봐."

영정은 고개를 갸웃했다. 이렇게 찰싹 붙어서 무슨 말을 하려는 걸까?

뜻밖에도 목령아는 이렇게 물었다.

"정 언니, 당리가 언니한테 입 맞춘 적 있지?"

뭐…….

영정은 입을 꾹 다문 채 재빨리 이불을 젖히고 목령아를 침상에서 밀어냈다.

"자야겠어. 어린아이는 그런 거 묻는 거 아냐."

"정 언니, 입맞춤 받는 기분은 어때? 나……, 나도 꿈속에서 칠 오라버니에게 입맞춤을 받았단 말이야."

목령아가 다급하게 말했다.

방 안이 캄캄했기에 망정이지, 그렇지 않았다면 어느새 얼굴이 새빨개진 영정이 진작 이불 속으로 숨어 버렸을지도 몰랐다. 물론 그녀 자신이 당리를 덮친 적도 있고 당리 역시 온갖 방법을 동원해 그녀를 들들 볶았지만, 아무리 그래도 제삼자와 입맞춤이니 뭐니 하는 이야기를 하자니 몹시 거북했다.

"어서 내려가. 난 잘 거야. 시끄럽게 굴지 마!"

영정이 불편한 목소리로 말했다.

"그냥 살짝 물어보는 거야. 절대 아무에게도 말 안 할게, 응?"

목령아가 소리 죽여 애원했다.

"너희 언니가 오면 물어봐!"

영정은 골칫덩어리를 한운석에게 넘기려고 했지만, 뜻밖에도 목령아는 몸서리를 치며 말했다.

"그럴 용기가 안 나. 용비야는 너무 무섭단 말이야."

"너희 언니에게 물으랬지, 용비야에게 물으랬니?"

영정이 참지 못하고 눈을 흘겼다.

"그래도……, 그래도 용비야와 관계있는 일이잖아! 어쨌든 너무 무서워! 못 물어보겠어!"

목령아는 아주 심각했다.

임신한 몸만 아니었다면 영정은 틀림없이 목령아를 침상 밖으로 걷어차 버렸을 것이다. 용비야가 얽힌 일은 묻기 어려워도 당리가 얽힌 일은 묻기 쉽다는 건가? 이 아이는 대체 무슨 생각을 하는 거람?

목령아는 두 번이나 더 부탁했지만 영정은 여전히 모른 척했다. 목령아도 별수 없이 풀이 죽어 침상에서 내려갔다.

본래도 잠이 오지 않았는데 목령아에게서 이런 이야기를 듣는 바람에 영정은 더욱더 마음을 진정시킬 수 없었다. 저도 모르게 당리가 입맞춤해 주던 나날들이 새록새록 떠올랐다. 당리는 매번 끈질기게 달라붙으며 애걸했으나 막바지에 이르면 늘 거친 남자로 돌변했다.

그 생각을 하자 영정의 입꼬리가 저절로 위로 올라갔다. 하지만 그녀는 차마 다시는 뒤척일 수가 없었다. 자신이 잠들지 않은 것을 알면 목령아가 또 다가와 소란을 피울까 봐 겁이 나서였다.

한참을 기다려도 영정에게서 아무 움직임이 없자 목령아는 그녀가 정말 잠들었다고 생각했다.

그러잖아도 잠이 오지 않았는데 그런 이야기까지 꺼냈더니 더욱더 마음이 어지러워져 도저히 잠을 이룰 수가 없었다.

그녀는 아예 의자에서 내려와 바람을 쐬러 밖으로 나갔다.

영정은 목령아가 방문을 닫고 나간 뒤에야 비로소 안도의 숨을 내쉬었다. 방이 캄캄해서 영정조차 목령아가 가짜 배를 깜빡 잊고 갔다는 것을 알아차리지 못했다.

목령아 역시 생각에 잠겨 가짜 배를 가져오지 않았다는 것을 몰랐다. 밖으로 나온 그녀는 쭉 앞으로 걸어갔다.

그녀와 영정은 뒤뜰을 쓰고, 금 집사와 정 숙부는 앞뜰을 썼다. 앞뜰과 뒤뜰 사이에는 조그마한 꽃밭이 있었다.

목령아는 꽃밭을 거닐다가 별생각 없이 조그마한 돌멩이를 툭 걷어찼다. 돌연, 오른쪽에서 돌멩이 하나가 날아들어 그녀가 걷어찬 돌멩이를 때려 저 멀리 날려 버렸다.

"누구냐!"

목령아가 날카롭게 외쳤다.

고개를 돌려 보았지만 사람 그림자는 보이지 않았다. 그녀가 경계를 돋우고 앞으로 걸어가려는데, 뜻밖에도 누군가 뒤에서 어깨를 붙잡았다.

목령아는 즉시 몸을 숙이면서 한쪽 발을 옆으로 뻗어 오른쪽을 쓸어 갔다. 뒤에 있던 사람은 훌쩍 뛰어올라 피하면서 그녀를 향해 힘껏 발을 내질렀다. 물러날 곳이 없어진 목령아는 별수 없이 뒤로 몸을 눕혀 피했다.

뜻밖에도 몸을 눕히자마자 나타난 사람이 발로 그녀의 몸을 찍어 눌러 바닥에 완전히 드러눕게 했다. 그 사람의 발이 그녀의 아랫배에 닿았다.

그때야 목령아는 나타난 사람이 누군지 볼 수 있었다. 금 집사였다!

"목령아, 아이는 어쨌지?"

금 집사가 차갑게 물었다.

비로소 가짜 배를 놓고 왔다는 것을 알아차린 목령아는 등골이 서늘해졌다. 식은땀이 주르륵 흐르고 마치 탈진한 것처럼 힘이 쭉 빠졌다.

금 집사는 납작해진 그녀의 아랫배를 응시하며 발끝에 힘을 주었다. 목령아가 참다못해 소리 질렀다.

"아파! 아프단 말이야……."

금 집사는 즉시 발을 치운 다음 재빨리 몸을 숙이고 그녀의 입을 틀어막았다.

"정 숙부를 불러들이고 싶지 않으면 입 다물어!"

목령아는 순순히 입을 다물었다. 하지만 다음 순간 또다시 참지 못하고 비명을 질렀다. 금 집사가 손으로 아랫배를 눌렀기 때문이었다.

다행히 금 집사가 다른 손으로 목령아의 입을 막고 있었기 때문에 비명은 새어 나가지 않았다. 그렇지 않았다면 정 숙부는 말할 것도 없고 원락에 있는 사람 모두가 놀라 깨어났을지도 몰랐다.

목령아는 눈을 동그랗게 뜬 채 양손으로 금 집사의 손을 뿌리치려 애쓰면서 몸을 뒤틀어 벗어나려고 했다.

금 집사는 한 손으로 그녀의 입을 막고 다른 손으로 배를 만져 보느라 그녀를 잡아 둘 손이 부족했다. 그래서 아예 한쪽 다리를 반대편으로 넘기고 목령아의 다리 위에 걸터앉았다.

이런 느낌일까

깊은 달밤, 꽃밭에 뒤엉켜 있는 금 집사와 목령아의 자세는 그야말로 여러 가지 상상을 불러일으켰다. 그렇지만 두 사람은 자세에 문제가 있다는 것을 전혀 인식하지 못했다.

목령아의 납작한 배를 만져 본 금 집사는 이 여자가 애초에 임신한 적도 없다는 것을 확신했다!

반면 목령아는 놀라고 두려워 아무런 생각조차 할 수 없는 상태였다. 세상에, 들켰어! 어떡하지?

"거짓말이었군!"

목령아를 응시하는 금 집사의 눈빛은 아주아주 진지했다.

목령아는 발버둥치는 것을 포기하고 고개를 돌렸다. 울고 싶었다! 또 사고를 치고 말았다. 큰 사고를!

영정은 정 숙부가 적족이 서진 황족에 바치는 충성에 불만이 많고, 금 집사는 오로지 자유를 얻으려는 생각뿐이니 두 사람 다 완전히 믿을 수 없다고 했다. 그 두 사람에게 임신한 사실을 숨긴 이상 무슨 일이 있어도 끝까지 비밀을 지켜야 했다!

목령아가 대답이 없자 금 집사는 나지막하게 을러댔다.

"말해라!"

분노와 함께 초조함이 느껴지는 목소리였다.

목령아는 초조함은 인식하지 못하고 분노만 알아차렸다. 생각해 보니 삼도 암시장에서 북려국 천하성까지 오는 동안 단 하루도 금 집사를 속이지 않은 날이 없었다.

비록 퉁명스럽기는 했지만, 이 남자는 대부분 부탁하면 들어주었다. 뭔가 먹고 싶거나 마시고 싶거나 필요할 때, 그녀가 말만 하면 아무리 어려운 일이라도 들어주었다.

그런데 이제 가짜 임신이라는 것을 알았으니, 오는 길에 했던 부탁도 모두 거짓이었음을 알아차렸을 것이다.

목령아조차 자신이 한 짓이 사기 아니면 조롱이라고 느낄 정도였다.

금 집사가 몸을 숙이자 짧게 자른 앞머리가 전부 흘러내렸다. 올려다보는 자세가 된 목령아는 마침내 이 남자의 두 눈을 똑똑히 볼 수 있었다. 그녀는 갑자기 깨달았다. 금 집사의 눈동자에 어린 빛은 분노가 아니었다. 이건······.

뭐라고 딱 꼬집어 말할 수는 없지만, 어쨌든 남자가 이런 눈빛으로 그녀를 응시한 적은 한 번도 없었다. 저도 모르게 진지하게 그 눈을 들여다보던 목령아는 점점 이상한 느낌에 사로잡혔다. 마치 자신이 금 집사의 사냥감이 된 것 같았!

그래, 사냥감!

금 집사는 밤의 어둠 속에 몸을 숨긴 맹수처럼 그녀를 단단히 붙잡고 똑바로 주시했다. 당장이라도 입을 벌리고 그녀를 잡아먹을 수 있을 것 같았!

마침내 목령아도 정신이 번쩍 들어 금 집사를 향해 주먹을 휘둘렀다.

"놔! 이 무뢰한!"

그녀의 고운 주먹은 금방 금 집사의 커다란 손에 싸잡혔다. 그녀는 다른 손을 휘둘렀지만 역시 금 집사가 낚아챘다.

목령아의 시선이 금 집사의 얼굴에서부터 서서히 아래로 움직였다. 마침내 그녀는 이 남자가 자신을 완전히 덮쳐누르고 있다는 것을 깨달았다.

"꺄악……!"

목령아는 고래고래 비명을 질렀다.

금 집사는 어쩔 수 없이 그녀의 손을 놓아주고 입을 틀어막았다.

목령아는 있는 힘껏 발버둥치고 걷어차고 할퀴어 댔다. 금 집사는 한 손으로 그녀의 입을 막고 다른 손으로는 어깨를 눌러 일어나려는 그녀를 저지했다.

"얌전히 있어라. 다른 사람까지 불러들이면 나도 도와주지 않을 테니!"

금 집사가 차가운 목소리로 경고했다.

이 말이 무슨 주문이라도 되었던지 목령아는 금세 고분고분해졌다.

하긴!

만에 하나 정 숙부가 나타나거나 원락 바깥을 지키는 수비병들이 들어오면 그녀의 가짜 임신은 완전히 들통나고 말 터였다.

목령아는 더는 발버둥치지 못했다. 금 집사는 그제야 입을 막았던 손을 치웠다. 목령아는 눈을 내리뜨고 찰싹 맞닿은 서로의 몸을 바라보았다. 하지만 차마 소리를 낼 수는 없어 자신의 몸에서 떨어지라는 손짓을 해 보였다.

다행히 금 집사는 곧바로 몸을 일으켰다. 목령아도 겨우 참았던 숨을 내쉬며 일어났다. 그런데 웬걸, 똑바로 서기도 전에 금 집사가 별안간 그녀를 홱 잡아당기면서 다급하게 뒤로 누웠다.

목령아는 완전히 중심을 잃은 채 금 집사가 당기는 대로 하릴없이 그의 몸 위로 쓰러지고 말았다. 두 사람의 코가 맞닿았고 입술과 입술이 닿을락 말락 했다.

목령아는 깜짝 놀랐다.

"당신……."

미처 말을 잇기도 전에 금 집사가 손을 뻗어 그녀의 뒤통수를 눌렀다.

그 순간, 두 입술이 부딪쳤다. 목령아가 하려던 모든 말과 모든 충격은 금 집사의 입술 위에서 그대로 멈춰 버리고 말았다.

목령아의 머릿속이 순식간에 하얗게 비었다. 입술 위로 따스하면서도 보들보들하고 촉촉하게 느낌이 전해졌지만, 무슨 느낌인지 설명할 수가 없었다.

입맞춤하는 기분이란 바로 이런 걸까?

목령아가 이것이 무슨 느낌인지 확실히 알기도 전에 갑자기 금 집사가 고개를 옆으로 돌렸다. 덕분에 그녀는 그의 목덜미에 머리를 묻는 자세가 되었다.

그녀는 바짝 긴장했다. 너무 긴장한 나머지 감히 옴짝달싹할 수도 없어서, 입술마저 아직 살짝 열린 채였다.

"앞에서 누가 오고 있다. 정 숙부인 것 같으니 가만히 있는 게 좋을 것이다."

금 집사가 나지막이 속삭였다.

정 숙부?

혼란하고 간담이 서늘해진 목령아는 반사적으로 허둥거리며 몸을 일으키려 했다. 하지만 금 집사가 그녀의 등을 꽉 누르면서 차갑게 말했다.

"움직이지 마라!"

목령아는 깜짝 놀라 금 집사 위에 엎드린 채 다시는 움직이지 못했다.

두 사람은 그렇게 꽃밭에 조용히 숨어 있었다. 얼마 후 목령아의 귀에도 발소리가 들려왔다. 발소리는 그들 쪽으로 한 걸음 한 걸음 다가오고 있었다.

심장 박동이 빨라지고 몸이 바르르 떨렸다.

금 집사는 눈을 찌푸리고 엄숙한 표정을 지은 채 양팔로 그녀를 꽉 끌어안아 긴장을 풀게 해 주었다.

갑자기 발소리가 뚝 그쳤다. 하지만 이내 오른쪽으로 멀어지더니 몇 걸음 못 가 완전히 사라졌다.

한참을 기다렸지만 발소리는 들리지 않았다. 그래도 목령아는 용기가 나지 않아 함부로 움직이지 못했다.

또다시 한참이 지나도록 발소리가 들리지 않자 그제야 약간 안도한 목령아가 소리를 죽여 금 집사 귀에 속삭였다.

"정 숙부는 갔어?"

향긋한 숨결이 살며시 귓불을 간질이자 내내 침착하던 금 집사도 눈에 띄게 당황했다. 하지만 곧 본래대로 돌아와 소리 죽여 말했다.

"확실하지 않으니 일단 조용히 해라."

목령아는 고분고분하게 계속 금 집사의 목덜미에 머리를 묻고 기다렸다.

시간은 조금씩 천천히 흘러갔다. 그러는 사이 마음이 풀어지고 전처럼 긴장하지 않게 된 목령아는 자신이 남자 위에 엎드린 채 양팔에 꼭 안겨 있다는 사실을 차츰차츰 인식하기 시작했다. 저도 모르게 방금 있었던 '입맞춤'이 떠올랐다. 비록 그걸 입맞춤이라고 부를 수 있을지 확신은 없었지만.

차츰차츰, 그녀도 불안해지고 불편해지고 부자연스러워지기 시작했다. 어려서부터 지금까지 한 번인가 두 번인가 칠 오라버니에게 안긴 것을 빼면, 아버지가 아닌 다른 남자에게 이렇게 안겨 본 적이 없었다.

뭐가 어떻게 다른지 설명할 길은 없지만, 금 집사에게 안긴 기분은 칠 오라버니에게 안긴 기분과는 달랐다.

왜 이런 기분이 든담?

칠 오라버니는 안자마자 놓아주었고, 이렇게 오래, 단단하게 안아 준 적이 없어서일까? 지금 그녀는 금 집사 몸의 단단함과 온도까지 느낄 수 있었다.

생각하면 할수록 옳지 않은 기분이었다. 이러면 안 되는 것 같은데, 그저 너무 방심한 채 밖으로 나온 자신을 탓할 뿐 다른 방도가 없었다. 얌전히 잠이나 잘 것이지 왜 나왔담? 안 나오고 잠을 청했으면 이런 일은 없었잖아?

불안해지기 시작한 목령아와 달리 별이 총총한 하늘을 올려다보는 금 집사는 무슨 생각을 하는지, 차갑고 무정하던 눈동자가 넋이 빠진 듯 다소 흐릿해져 있었다.

그들은 그렇게 기다리고 또 기다렸다……

마침내 참다못한 목령아가 다시 물었다.

"대체 정 숙부는 간 거야, 만 거야?"

사실 정 숙부는 벌써 사라진 지 오래였다.

금 집사는 대답하지 않고 차분하게 물었다.

"목령아, 왜 거짓말을 했지? 왜 네 정절을 걸고 나를 놀렸느냐? 그게 재미있느냐?"

목령아는 말없이 입을 다물었다.

"대답해라."

금 집사의 말투는 여전히 차분했다. 하지만 만약 지금 목령아가 고개를 들어 금 집사를 봤더라면, 분명 그의 눈동자에 담긴 진지함과 강한 집착을 볼 수 있었을 것이다.

정 숙부가 이미 가 버렸다는 것을 깨달은 목령아가 몸을 일으키려 했지만, 금 집사는 그녀의 허리를 감은 두 손에 와락 힘을 주며 움직이지 못하도록 옭아맸다.

"대답해라!"

그가 차갑게 말했다.

"재미있어서 그랬다, 왜! 이유 같은 건 없어! 이거 놔! 남녀

칠세부동석이란 말 몰라? 어디서 여자를 희롱하는 거야!"

목령아가 고개를 들고 금 집사를 노려보았다.

그녀는 어떻게 해서든 영정의 비밀을 지켜 줘야 한다는 생각뿐이었다. 문제는 금 집사의 지능을 너무 과소평가했다는 것이었다.

"임신한 사람은 영정이겠지? 영정이 당리의 아이를 가졌군!"

금 집사가 말했다.

목령아는 깜짝 놀랐다.

"그……, 그러면 어쩔 건데?"

뜻밖에도 금 집사는 버럭 화를 냈다.

"네 정절을 뭐라고 생각하는 거야? 이렇게 함부로 하다니! 부모님이 안 가르치더냐? 그러다가 정말 시집도 못 가게 되면 어쩌려는 거냐? 겁도 없이!"

목령아는 움찔했지만 곧 진지한 목소리로 대답했다.

"어차피 난 칠 오라버니가 아니면 시집 안 갈 테니까 겁 안나!"

"너 정말!"

금 집사는 기가 막혔다.

"이거 놔! 어서!"

목령아도 화를 냈다.

금 집사는 갑자기 입을 다물고 망설임 없이 그녀를 놓아주었다. 하지만 목령아는 도리어 당황한 눈길로 그를 바라보았다.

금 집사는 그런 목령아를 밀어내고 일어나서 돌아섰다. 목령아는 허둥지둥 그의 앞으로 달려가 양팔을 쫙 벌리고 가로막았다.

금 집사가 눈썹을 치키고 바라보자 목령아는 갑자기 어색해졌다. 그녀가 진지한 목소리로 말했다.

"대체 어쩔 생각이야? 시원시원하게 말해 봐!"

이제 금 집사와 담판을 짓는 수밖에 없었다. 안 그러면 금 집사는 이 일을 정 숙부에게 이르거나 바깥을 지키는 수비병에게 알릴 수도 있었다.

누구에게 말하건 간에, 금 집사에게 이 비밀은 절대적으로 어마어마한 판돈이었다. 심지어 그는 이 비밀을 가지고 군역사를 찾아가 협상을 벌일 수도 있었다.

목령아는 생각하면 할수록 당황스럽고 초조해졌다. 이 비밀이 군역사의 귀에 들어가는 순간, 군역사는 영승을 의심할 것이 분명했다! 그렇게 되면 영승이 고심해서 준비한 모든 것이 끝장이었다! 그들 역시 끝장이었다!

금 집사는 그녀를 훑어볼 뿐 말이 없었다.

"다, 당신…… 뭘 원하는지 다……, 다 말해 봐. 내가 할 수 있는 일이라면 뭐든 들어줄게. 이 비밀만 지켜 준다면!"

목령아가 진지하게 말했다.

"뭐든지?"

금 집사는 냉소를 금치 못했다.

"그래, 뭘 원해?"

목령아는 슬며시 불안해졌다.

뜻밖에도 금 집사는 이렇게 말했다.

"그럼 나하고 하룻밤 자자. 어떠냐?"

철썩!

맑디맑은 마찰음이 꽃밭의 고요함을 깨뜨렸다. 목령아의 손이 어찌나 빠른지 금 집사가 막을 겨를도 없었다.

"꿈 깨! 더러운 놈!"

목령아가 욕설을 퍼부었다. 오늘에서야 금 집사가 어떤 사람인지 철저하게 깨달은 기분이었다.

금 집사는 맞은 뺨이 몹시 아팠다. 그는 입가를 실룩였지만 아무 말도 하지 않고 목령아를 지나쳐서 계속 걸어갔다.

한참이 지나도 목령아가 쫓아오지 않자, 놀랍게도 그는 살짝 부어오른 뺨을 어루만지며 소리 없이 웃었다.

그런데 뜻밖에도 목령아가 쪼르르 쫓아오더니 결연하게 말했다.

"그렇게 할게. 그러니까 이 일을 아무에게도 알리지 않겠다고 약속해. 약속을 지키지 않으면……, 그렇지 않으면 영원히 동오국으로 돌아가지 않은 채 평생 노예로 살겠다고 맹세해!"

이 말이 끝나기 무섭게 금 집사의 얼굴이 어둡게 가라앉았다. 그가 몸을 핵 돌리고 한 발 한 발 목령아에게 다가갔다.

그 음험한 표정에 화들짝 놀란 목령아는 주춤주춤 뒷걸음질 쳤지만, 결국 담장에 가로막혀 달아날 수 없게 되었다. 하지만 금 집사는 계속 다가왔다. 그의 사악하고 유혹적인 입술이 그녀의 입술에 거의 붙다시피 다가왔다.

목령아는 마음을 굳게 먹고 고개를 돌리면서 눈을 감았다.

"자려면 당신 방으로 데려가!"

금 집사의 눈빛이 싸늘하게 식었다. 느닷없이 손을 쳐들었지만 결국 내려치지 못하고 애꿎은 허공만 때리고 말았다.

그가 입을 열었다.

달아 두지, 꺼져라

금 집사가 말했다.

"목령아, 그렇게 모욕이 당하고 싶다 이거냐? 좋다, 따라와!"

이렇게 내뱉은 그는 부드러운 기색조차 없이 목령아를 잡아 끌고 방으로 데려갔다.

목령아의 심장은 밖으로 튀어나오기라도 할 것처럼 쿵쿵 뛰었다. 머리가 멍해져서 현실인지 꿈인지 분간이 가지 않았다.

그녀는 금 집사가 방문을 잠그고 난폭한 표정으로 자신에게 다가오는 모습을 멍청하게 바라보았다.

그녀는 뒷걸음질 치기 시작했고, 공포심을 느끼기 시작했고, 금 집사에게 허락한 일의 결과가 얼마나 무시무시한지 실감하기 시작했다. 그리고 후회되기 시작했다.

쏜살같이 다가온 금 집사가 그녀의 손을 잡았다. 그녀는 말을 하려고 입을 열었지만, 금 집사가 인정사정없이 침상으로 쓰러뜨리고 그녀가 일어나기도 전에 위를 덮쳤다.

목령아의 얼굴이 하얗게 질리고 몸은 대책 없이 떨리기 시작했다. 여차하면 비명이 튀어나올 것만 같았다. 그녀는 후회했다.

하지만 금 집사가 영정의 비밀을 밑천 삼아 군역사와 거래하는 순간 모두가 끝장이라는 데 생각이 미쳤다.

사달을 일으킨 것은 그녀 자신인데 다른 사람까지 연루시킬 수는 없었다!

침상에 누운 그녀는 놀라 벌벌 떨면서 금 집사를 쳐다보았다. 갑자기 이 남자가 너무나도 낯설고 무섭게 느껴졌다.

금 집사는 한참 동안 움직이지 않고 그녀를 응시하기만 했다.

그럴수록 더욱 당황스러워진 목령아는 결국 울음을 터트렸다.

"그, 금 집사. 다른 거로 바꾸면 안 돼?"

"약속하지 않았느냐?"

금 집사가 따져 물었다.

"제발……."

목령아의 눈에서 눈물이 흘렀다.

갑자기 금 집사가 주먹으로 목령아의 머리 옆을 내리치며 으르렁거렸다.

"이렇게 무서워하면서 왜 그런 약속을 했지? 왜 하겠다고 했느냐 말이다! 빌어먹을, 대체 왜 이렇게 자신을 아낄 줄 모르는 거냐? 네가 이런 식인데 내가 어떻게 너를 아껴 주겠느냐?!"

이 한마디에 목령아는 그대로 얼어붙었다!

이 사람이 뭐라고 한 거야? 자……, 잘못 들었겠지?

그녀는 아득하면서도 두려움이 담긴 눈으로 금 집사를 바라보았다. 별안간, 자신이 이 남자를 똑똑히 볼 수도 없고 이 남자의 말을 똑똑히 알아들을 수도 없다는 사실을 깨달았다. 그가 대체 뭘 하려는지 알 수가 없었다.

그녀는 침상 안쪽으로 물러나 몸을 잔뜩 웅크리고 경계 어린 눈으로 금 집사를 보았다. 저 남자는 미친 짐승 같았다.

금 집사도 당황했다. 그는 목령아를 바라보았지만 그녀의 눈동자에 담긴 의심을 보자 곧바로 시선을 피했다.

일순, 두 사람 다 조용해졌고 널따란 방 안은 소리가 존재하지 않는 세계처럼 정적에 휩싸였다.

결국, 금 집사가 먼저 입을 열었다. 그의 목소리는 그 어느 때보다 더 낮게 가라앉아 있었다.

"가라."

목령아는 차마 움직이지 못했다. 금 집사가 일어나 한쪽으로 비켜났다.

목령아는 그제야 조심조심 침상에서 내려와 금 집사의 행동 반경에서 멀찌감치 떨어진 다음 부리나케 문으로 달려갔다. 하지만 문가에 도착하자 역시 발이 멈췄다.

"임신 이야기는……."

그녀의 말이 끝나기도 전에 금 집사가 차갑게 내뱉었다.

"달아 두겠다! 꺼져라!"

목령아는 두렵고 당황스러운 얼굴로 그를 바라보며 가만히 있었다.

"안 꺼질 테냐?"

금 집사가 버럭 화를 냈다.

목령아는 그래도 움직이지 않았다. 마침내 금 집사가 그녀를 돌아보며 차갑게 말했다.

"나도 신용이 무엇인지는 안다. 어서 꺼져!"

목령아는 자신이 어떻게 그곳에서 나와 뒤뜰로 돌아왔는지

인식하지도 못했다. 영정을 깨울까 봐, 깨어난 영정이 이상한 것을 눈치챌까 봐, 겁이 나서 차마 방에 들어갈 수도 없었다.

그저 홀로 방 바깥 구석에 앉아 어쩌다 일이 이렇게 되었는 지 곰곰이 돌이켜보았다. 생각하고 또 생각하던 그녀는 결국 참지 못하고 울음을 터뜨렸다. 칠 오라버니가 보고 싶었다. 언 니도 보고 싶었다. 너무너무 보고 싶었다…….

목령아가 떠난 뒤, 금 집사는 넋 나간 얼굴로 침상에 걸터앉 아 날이 새도록 가만히 있었다. 밖에서 호랑이의 울부짖음이 들릴 때쯤에야 그가 정신을 차렸다.

호랑이 감옥에 있는 호랑이는 아침, 점심, 저녁, 하루 세 번 울부짖었다. 마치 빠져나갈 생각은 하지도 말라며 경고하는 것 처럼.

금 집사는 찬물로 세수를 하고 지붕 위로 날아올라가 가만히 호랑이 소리를 들었다. 호랑이가 울부짖을 때마다 그는 꼭 이 렇게 진지하게 귀를 기울였다.

무엇 때문인지는 모르지만, 호랑이의 울부짖음이 어딘지 익 숙했다. 호랑이를 본 기억도 없고, 호랑이 소리를 들은 기억은 더욱더 없었다. 이곳 호랑이 감옥에 와서야 밀림의 왕이라는 호랑이를 처음 보았다.

그는 호랑이의 울부짖는 소리에서 위협을 느끼지 못했다. 오 히려 친근하고 편안한 느낌이었다. 그 소리를 듣고 있노라니 엉망이던 어젯밤의 기분도 점점 사라지는 것 같았다.

그 후로 금 집사는 목령아를 보지 못했고, 목령아도 다시는 한가로이 꽃밭을 거닐지 않았다. 두 사람 다 그날 밤 아무 일도 없었던 것처럼 행동했지만, 그날 했던 약속은 둘 다 마음에 새기고 있었다.

그때 고칠소는 막 약성으로 달려가는 중이었고, 목령아의 일은 까맣게 잊은 지 오래였다. 당리는 정반대였다.

영정의 서신 덕분에 그는 충동을 억누르고 순순히 삼도 암시장에 남아 겨울이 가고 봄이 오기를 기다릴 수 있었다.

동래궁 업무를 처리하고 동진 군대에 제공할 당문 암기를 제작하는 일을 빼면, 그는 거의 모든 시간을 영정과 아이를 맞이하는 일에 할애했다.

나이 지긋한 할멈을 고용해 영정과 아이에게 줄 각종 옷을 짓게 했고, 두툼한 공책 한 권을 마련해 놓고 매일매일 고북월을 찾아가 출산과 산후조리에 관해 물은 다음 고북월이 해 준 대답을 빠짐없이 적어 내려갔다.

게다가 고북월에게 기다란 약재 목록까지 써 달라고 했다. 전부 영정이 산후조리할 때 쓸 약재였다. 그는 약성이나 약귀곡, 혹은 운공대륙 각지에 사람을 보내 그 목록에 있는 약재를 사들이거나 직접 암시장에 가서 현상금을 걸었다.

어느 날 밤, 당리는 온종일 바삐 움직이고도 정원에 앉은 고북월을 발견하자 역시 그에게 달려갔다.

"고 의원, 산파와 의녀를 좀 소개해 줘요. 우선 당문에 보내 놓아야겠어요."

당리가 진지하게 말했다.

고북월은 준비가 너무 이르다고 당리를 비웃은 적도 없고, 너무 귀찮게 한다고 당리를 타박한 적도 없었다. 당리가 이렇게 바쁘지 않았다면, 이런저런 일로 바쁘지 않았다면 진작 북려국으로 달려갔을지도 모른다는 것을, 그는 알고 있었다.

고북월은 병을 치료할 줄 알고 마음을 치료할 줄도 알았다.

하지만 유독 그 자신만은 치료하지 못했다. 용비야는 그에게 회룡단의 비방을 찾아내면 곧바로 조제할 수 있다고만 말해 주었고, 선단 화로 영감이 한운석을 협박한 이야기는 하지 않았다.

영술을 되찾을 희망이 있다는 것을 알았을 때부터, 그는 매일 밤 홀로 앉아 조용히 기다리고 또 조용히 기대했다.

"그러지요. 이따가 심 부원장께 몇 사람 보내 달라 하겠습니다."

고북월은 시원시원하게 대답했다.

당리는 몹시 기뻐했다.

"고마워요, 고마워!"

"별말씀을."

당리는 그의 곁에 앉아 웃으며 말했다.

"고 의원은 아는 게 이렇게 많으니, 나중에 고 의원에게 시집올 사람은 정말 복이 많은가 봐요."

고북월은 움찔 당황했으나 곧 빙그레 웃었다. 그저 웃기만 했을 뿐 말은 없었다.

"고 의원도 이제 나이가 제법 들었는데, 언제쯤 혼인할 생각이에요? 마음에 둔 낭자는 있어요?"

당리가 또 물었다.

고북월은 여전히 웃기만 할 뿐, 말이 없었다.

당리는 진지해졌다.

"고 의원, 영족은 고 의원밖에 남지 않았잖아요. 어서 후손을 퍼트려야죠."

마침내 고북월도 더는 웃지 않게 되었다. 하지만 여전히 아무 말 없이 고개만 끄덕였다.

당리는 이상한 점을 알아차리지 못한 채 다른 일을 떠올리고 급히 물었다.

"고 의원, 영정이 여자아이를 낳으면 당정唐靜이라 부르고 남자아이를 낳으면 당녕唐寧이라 부르려고 해요. 어때요?"

아버지가 되는 것은 이렇게나 흥분되는 일일까? 언제까지나 화제가 끊어지지 않을 만큼?

고북월은 빙그레 웃으며 말했다.

"당녕은 괜찮지만 당정은 어머니 이름과 겹치니 적절하지 않습니다."

당리도 그제야 그 점을 깨닫고 눈을 찡그리며 중얼거렸다.

"그럼 다른 이름을 생각해 봐야겠군요."

"남자아이라면 당녕이라 부르고 여자아이라면 영 부인께 짓게 하시지요."

고북월마저 참지 못하고 한마디 했다.

"영 부인께도 신경 쓸 일을 조금 남겨 주십시오."

당리는 겸연쩍은 듯이 웃으며 코를 만지작거리다가 일어났다.

"고 의원, 시간이 늦었으니 그만 들어가서 쉬세요!"

고북월도 일어나서 눈으로 당리를 배웅한 뒤 다시 앉았다. 하늘에 걸린 외로운 달, 고월孤月을 바라다보는 그의 준수한 미간에는 슬픔이 묻어 있었다. 그가 슬퍼하는 까닭은 방금 당리가 한 말 때문이었다.

영족에는 그 혼자뿐이었다. 영족의 핏줄이 이대로 끊어질 수는 없었다!

이 대륙에는 자손 문제로 고북월보다 더 고민하는 사람이 한 명 있었다. 다름 아닌 천안국 황제 용천묵이었다.

북려국 내전이 일어난 지 얼마 후, 서주국 강성황제가 공주 단목근端木瑾을 천안국에 시집보냈다. 천안국은 본래 황후가 있었고, 더욱이 단목근은 서주국 적출 공주가 아니었다. 정해진 제도에 따르면, 단목근이 귀비에 봉해진 것만 해도 파격적인 일이었다.

하지만 누가 짐작이나 했을까? 용천묵은 그녀를 귀비가 아니라 한 등급 높은 황귀비에 봉했다. 황귀비는 황후 바로 다음 가는 품계이며, 황후를 도와 육궁六宮을 관장하는 자리였다.

물론 예전처럼 천안국 후궁에 황후 목유월과 태후, 태황태후 세 사람밖에 없다면 시끄러울 일도 없었다. 기껏해야 목유월과 단목근 둘이 싸우는 게 고작일 터였다. 어쨌든 태후는 실성해서 방에 틀어박힌 채 전담자의 보살핌을 받는 중이고, 태황태후는 연세가 많아 후궁 일에 별로 간섭하지 않았기 때문이었다.

그런데 용천묵은 후궁 선발을 통해 단번에 후궁 서른 명을 들였다.

귀비 네 명, 비 네 명, 빈 여섯 명, 귀인 여섯 명, 상재 다섯 명, 답응 다섯 명이 천안국 후궁을 거의 채우다시피 했다.

백성들 사이에서는 황제가 또 후궁 선발을 하면 미리 궁전을 증축해야 할 것이라는 우스개가 돌았다.

후궁에 사람이 늘고 북적북적해지자 편을 가르고 무리를 짓는 일도 성행하기 시작했다. 목유월과 단목근의 첫 번째 싸움은 대단했다. 두 사람 다 직접 나서지는 않았으나 후궁을 발칵 뒤집어 난장판을 벌였다.

용천묵은 그 많은 후궁을 들이고도 그 누구의 처소에서든 밤을 보낸 적이 없었고, 후궁을 불러 시침하게 한 적도 없었다.

태후가 보낸 상궁을 피하려고 그가 어서방에서 지낸 지 벌써 열흘이 가까워지고 있었다. 태후는 어서방에 오지 않았지만 목 대장군은 매일같이 찾아왔다.

그날 밤 목 대장군은 용천묵과 함께 북려국 내전 및 동진과 서진의 전투에 관해 토론을 끝내고도 물러갈 기미가 없었다. 그 대신, 절을 올린 뒤 한쪽 무릎을 꿇었다.

그 모습을 보자 용천묵은 머리가 아팠다. 목 대장군은 영리한 사람이라 딸을 위해 하소연하거나 간청한 적이 없었다. 오히려 황족은 자손이 많아야 한다는 이유를 들며, 후궁에 가서 밤을 보내고 후궁들에게 두루두루 은혜를 베풀라고 청했다.

용천묵은 책상 앞에 선 채 목 대장군을 모른 척하면서 한쪽에 서 있는 목청무에게 쌀쌀한 눈길을 던졌다. 목청무는 이내 고개를 숙였다. 그도 곤란했다.

"폐하, 선황께서는 지금 폐하의 보령이실 때 이미……."

목 대장군이 수없이 읊어 댔던 말을 반복하기 전, 갑자기 문 밖에서 태감의 다급한 보고가 들려왔다.

"폐하, 황귀비께서 독사에 물리셨다 하옵니다!"

이렇게 실종

황귀비가 독사에 물려?

황궁에 어찌 독사가 있을 수 있단 말인가? 게다가 이 겨울에 어디서 독사가 나타났지? 용천묵은 이 소식을 듣자마자 바로 목유월 짓이라고 확신했다.

"독을 쓴 범인이 밝혀지면, 그게 누구든 짐이 절대 가만두지 않겠다."

그는 매섭게 이 말을 남기고는 바로 서둘러 단목근의 문란궁으로 향했다.

목 대장군과 목청무는 물론 함부로 후궁에 들어갈 수 없었다. 목 대장군은 아주 침착하게 목청무에게 말했다.

"돌아가자."

목청무는 순순히 그를 따라나섰다. 하지만 어서방에서 나온 지 얼마 되지 않아 결국 참지 못하고 입을 열었다.

"아버지, 유월이의 이번 행동은 옳지 못합니다!"

목 대장군은 아무 말 없이 조용히 앞으로 걸어갔다. 예전이었다면 거친 성격인 척하며 큰 소리로 목청무를 꾸짖었을 것이다. 그러나 이제는 그런 척할 필요가 없었다.

목 대장군의 성품이 차분하고 권모술수에 능했다면 군왕에게 두려움의 대상이 되었을 게 분명했다. 하지만 지금 목 장군부는 이미 용천묵을 손에 틀어쥐었으니, 당연히 오랜 세월 써온 가면을 벗어 던져야 했다.

어쩌면 천녕국에 내란과 분열이 일어나지 않고 운공대륙이 계속 평온했다면, 그는 평생 자기 모습을 숨기고 살았을지도 몰랐다. 하지만 천녕국은 지금 이 지경에 이르렀고, 소중한 딸은 또 용천묵에게 시집가서 억울한 대접을 받으며 살고 있었다. 어찌 되었든 더는 참고 있을 수 없었다.

목청무는 일찌감치 아버지의 변화를 알아챘다. 언제부터인지 아버지의 뒷모습이 낯설게 느껴졌다.

목청무가 쫓아와서 진지하게 말했다.

"아버지, 유월이의 행동은 남은 물론 자신도 해치는 짓입니다. 폐하를 몰아세우면 절대 좋은 결과를 얻을 수 없습니다!"

목 대장군은 갑자기 걸음을 멈추고 목청무를 자세히 바라보았으나, 결국 아무 말도 하지 않고 계속 앞으로 걸어갔다.

목청무는 그 뒤를 따라가며 몇 번이나 망설이다가, 아예 솔직하게 말했다.

"아버지, 이러시면 유월이를 해칠 뿐입니다!"

목 대장군은 갑자기 홱 돌아서더니 노한 목소리로 말했다.

"너는 지금 아비를 의심하는 것이냐, 아니면 질책하는 것이냐?"

목청무는 얼른 고개를 숙였다.

"그럴 리가요! 소자는 다만……, 다만 유월이가 잘못을 반복하지 않길 바랄 뿐입니다!"

"무엇이 옳고 그른지, 네가 아느냐?"

목 대장군은 또 노한 목소리로 질문했다.

목청무는 고개를 숙이고 있었지만, 속으로는 불만이 가득했고 승복할 수 없었다. 그는 철들 무렵부터 아버지를 존경해 왔고, 아버지가 말씀하시면 두말하지 않았다.

하지만 목유월 일에 있어서 그와 아버지의 갈등은 갈수록 심해졌다. 그가 보기에 아버지는 목유월을 위해 폐하의 미움을 살 필요가 없었다. 억지로 밀어붙이는 결과가 좋을 리 없었다. 목유월이 소란만 피우지 않으면, 황후 자리는 영원히 그녀 것이었고 누구도 흔들 수 없었다.

그러나 아버지가 목유월을 위해 거듭 폐하를 노하게 하고 조정 전체를 흔드는 소란을 일으킨다면, 폐하 성격에 계속 참고 있지는 않을 것이었다. 폐하는 단목근을 황귀비로 책봉하여 이미 아버지에게 경고하고 있었다.

"돌아가서 면벽하거라. 내 명령 없이는 집에서 한 발짝도 나와서는 안 된다!"

목 대장군은 노한 목소리로 명령했다.

그런데 늘 순종적이던 목청무가 갑자기 고개를 들고 물었다.

"아버지, 설마 제위 찬탈의 뜻을 품으신 겁니까? 초씨 집안 군대의 그 첩자는 대체 어찌 된 겁니까?"

목 대장군은 황급히 주변을 둘러보았다. 주변에 아무도 없음을 확인한 후에야 마음이 놓인 그는 목청무를 노려보며 말했다.

"오냐, 이제 다 컸다 이거구나! 아비가 앞으로 무슨 일을 하든 모두 네게 보고하면 되겠느냐?"

"아버지, 그런 뜻이 아닙니다! 저는 다만……. 아버지, 저는 목씨 집안 소장군이고 아버지 아들입니다. 모든 것을 알 권리가 있습니다!"

목청무가 진지하게 말했다.

그는 이 일에 대해 이미 오랫동안 참아 왔다. 아버지가 초씨 집안 군대에 첩자를 둘 수 있었다는 것은 결코 사소한 일이 아니었다. 만약 자신의 추측대로라면, 아버지는 그에게 많은 것을 숨기고 있는 게 분명했다.

목 대장군은 순간 복잡한 눈빛이 되었지만, 겉으로 드러내지 않고 여전히 강경한 태도로 차갑게 말했다.

"돌아가서 면벽하든지, 아니면 지금 당장 나가서 다시는 목씨 집안에 들어오지 마라!"

목 대장군은 말을 마치고 소매를 떨치며 가 버렸다. 이렇게 말한 것은 아들이 감히 명령을 거역하지 못할 것을 확신했기 때문이었다. 그런데 목청무는 정말 목 장군부로 돌아가지 않았다.

목 대장군은 밤새 목유월 일로 애를 태웠다. 사실 그는 이미 목유월에게 함부로 단목근에게 손을 대지 말라고 경고했었다. 목씨 집안과 서주국 황족의 관계는 아주 복잡하므로, 지금 손을 대는 것은 시기상조였다.

그러니 단목근이 독사에 물린 사건은 누군가 목유월에게 죄를 뒤집어씌우기 위해 한 짓이거나, 단목근 스스로 고육책을 써서 목유월을 모함하려는 것이었다.

목 대장군은 궁 밖에 있으면서도 가장 빨리 궁중 소식을 듣고 계책을 생각해 내 목유월이 의심받지 않게 도왔다.

사흘째 되는 날 오후, 단목근은 마침내 죽을 고비를 넘겼다. 단목근이 시집올 때 데려온 궁녀인 환아歡兒가 문란궁 후원에서 향주머니 몇 개를 발견했는데, 향주머니 안에는 이름 모를 향료가 들어 있었다. 용천묵이 독의를 불러왔으나 독의도 무슨 향료인지 감별해 내지 못했다. 그저 이 향료가 독사를 끌어들였을지 모른다고 의심할 뿐이었다.

용천묵은 바로 향주머니가 어디서 난 것인지 조사하도록 명했다. 하지만 애석하게도 단서는 하나도 나오지 않았고, 아무리 조사해도 목유월이 얽혀 있다고 밝혀낼 수 없었다.

증거가 없자 목 대장군은 용천묵이 감히 목유월을 어찌할 수 없을 거라는 자신이 생겼다. 이제 마음이 진정된 그는 목청무 상황을 알아보기 시작했는데, 그제야 목청무가 벌써 며칠 동안 돌아오지 않았음을 알게 되었다.

목 대장군은 바로 목청무의 원락으로 달려갔다. 직접 안팎으로 다 찾아본 후에야 아들이 정말 없음을 믿게 되었다.

그는 뭔가 충격을 받은 듯 멍하니 제자리에 서 있었다. 목유월도 그의 사랑하는 딸이지만, 그는 목청무는 더 사랑하고 아꼈다! 많은 일을 이야기하지 않은 것은 아직 때가 이르지 않았기 때문이었다.

목청무는 비밀을 숨길 수 있는 사람이 아니었다. 모든 것이 제대로 준비되지 않은 상황에서는 목씨 집안의 비밀을 말해 줄 수 없었다.

"감히 내 명령을 어기다니, 감히! 감히!"

목 대장군은 흥분하기 시작했고, 숨이 넘어갈 것처럼 화를 냈다.

"나리, 소장군께 무슨 일이 생긴 것은 아니겠지요?"

집사가 다급하게 물었다.

목 대장군은 그제야 그럴 수도 있겠다는 생각이 들었다. 목청무는 어려서부터 지금까지 그의 말을 거스른 적이 없었다. 이번에 그렇게 모진 말을 했는데, 목청무가 절대 따르지 않을 리 없었다.

분명 사고가 난 거다. 틀림없이!

"찾아라! 어서 찾아내!"

다급해진 목 대장군은 사람을 보내 찾으면서, 동시에 궁에도 사람을 보내 용천묵에게 보고했다.

이 소식을 들은 용천묵은 초조한 나머지 단목근의 생사도 상관하지 않고 바로 사람을 보내 수색했다.

하지만 며칠이 지나도록 목청무에 관한 어떤 소식도 들을 수 없었다. 목청무는 아무 이유 없이 실종된 것 같았다.

다급해진 용천묵은 천안국 이름으로 현상금을 걸려고까지 했다. 하지만 목 대장군은 도리어 괜한 경계를 살까 두려워 용천묵을 막고, 그저 사람을 보내 비밀리에 조사했다. 목청무의 실종 때문에 목 대장군은 며칠 만에 몇 살은 늙은 듯했다. 심지어 목유월을 돌볼 틈도 없었다.

이렇게 목청무는 실종되었다. 용천묵과 목 대장군, 그리고 목씨 집안의 하인 몇 명 외에는 이 사실을 아는 자는 없었다. 목유월에게도 사실을 숨겼다.

목청무가 가출한 것인지 아니면 납치된 것인지는 계속 수수께끼였다.

이날 천산 산맥 아래 눈이 내려 산으로 올라가는 길이 모두 막혔다.

천산 산맥 가운데 있는 어느 깊고 험한 절벽에 괴이한 모습의 궁전 하나가 세워져 있었는데, 바로 사검문이 있는 곳이었다.

백언청은 가장 높은 누각 위에 서서 새하얀 눈과 흰 구름으로 뒤덮인 천산정을 바라보았다. 그의 뛰어난 검술은 모두 사검문에서 수련한 것이기에, 사검문에 몸을 숨길 수 있었다.

백독문의 심연에서 나와 용비야와 한운석이 모두의 앞에서 거짓말을 한 사실을 알게 되었을 때, 그는 아주 흥분했다. 당장 그들의 거짓말을 까발려, 두 사람이 양측 진영에 배신당하고 세상 사람의 미움을 받게 하고 싶었다.

그런데 용비야와 한운석이 그보다 한발 앞서 그가 불사의 몸이라는 비밀을 알게 되었을 줄이야! 그는 곰곰이 생각해 본 후, 결국 자신이 꼬맹이를 독 저장 공간에 가두었기 때문에 불사의 비밀이 드러났음을 깨달았다.

그는 잠시 모습을 드러낼 수 없었고, 그저 사검문에 숨어서 상처를 치료할 수밖에 없었다.

그는 상처를 치료하는 내내 운공대륙 모든 세력의 움직임 하나하나를 주시하고 있었다. 동진 군대와 영씨 집안 군대의 전투, 북려국의 내전, 서주국과 천안국의 화친을 모두 지켜보았고, 사람을 보내 사방으로 미접몽의 보조 약재를 찾아다녔다.

그는 예전 모습 그대로, 숨어 지내는 늙은 여우처럼, 아주 침착하게 모든 사람을 지켜보고 있었다.

하늘 가득 날리는 눈을 바라보며 백언청은 무슨 생각을 했는지, 그 입가에 담담한 미소가 번졌다. 아주 기쁜 듯했다.

"천산의 길이 모두 막혔으니, 산에 오르려면 내년 봄까지 기다려야 할 거예요."

갑자기 등 뒤에서 한 여자의 목소리가 들려왔다.

"그래! 내년 봄에는 아주 떠들썩하겠구나."

백언청이 웃으며 말했다.

그는 돌아보지 않았으나, 여자는 한 걸음씩 그의 곁으로 다가왔다. 이 여자는 검은 옷을 입고 검은 복면을 하고 있어, 나이가 많지 않다는 것만 알 수 있을 뿐 생김새는 알아볼 수 없었다.

"천안국에 보낸 독은 잘 처리했느냐?"

백언청이 물었다.

"내 일 처리는 안심해도 좋아요. 독은 이미 복용했고, 독의도 확인했으나 무엇인지 알아내지 못했어요."

흑의 여자가 차갑게 말했다.

백언청은 아주 만족스러워하며 또 물었다.

"용비야와 한운석의 행방은 어찌 되었느냐?"

두 사람 이름이 나오자 흑의 여자의 눈동자에 분노의 빛이
서렸다. 그녀가 대답했다.

"여러 가지 소식이 있지만 진위를 알 수 없어 더 자세히 조사
해야 해요."

백언청도 재촉하지 않고 웃으며 말했다.

"그들의 행방은 이 늙은이보다 네가 더 알고 싶겠지. 허허,
가 보거라."

흑의 여자는 더 말하지 않고 뒤돌아 떠났다.

용비야는 많은 비밀 시위를 자신과 한운석의 모습으로 위장
시켰고, 또 수많은 거짓 정보를 퍼뜨렸기에 지금까지 행방을
숨길 수 있었다.

지금 그와 한운석은 이미 약성에 도착해 있었다. 두 사람은
마을에 오래 머무르거나 약성의 누구에게도 연락하지 않고 바
로 약려로 향했다.

두 사람이 약려에 도착했을 때, 고북월과 당리가 보낸 사람
도 때마침 백 년 묵은 설주를 가져왔다.

약왕 노인은 한운석 일행을 보자마자 뜻밖이면서도 아주 기
뻐했다.

처음 약려의 약 고서를 한운석에게 준 것은 한운석이 돌아와
서 그에게 가르침을 청하게 되기를 날마다 고대했기 때문이었
다. 그런데 한운석은 한번 가서는 다시는 돌아오지 않았다. 게
다가 약 고서를 목령아에게 주어, 그는 매일 목령아의 무차별

서신 폭격에 시달려야 했다.

"너를 보는 일이 참으로 쉽지 않구나!"

약왕 노인이 수염을 어루만지며 탄식했다.

한운석은 그와 인사말도 나눌 겨를이 없어 바로 질문했다.

"구약동의 주인은 밖에 나오지 않았죠?"

약왕 노인은 바로 적의를 느끼고 의심스러워하며 물었다.

"무슨 일이 생긴 것이냐?"

옆에 있는 용비야는 약왕 노인의 대답을 기다릴 만큼 참을성이 없었다. 그가 차갑게 명령했다.

"여봐라, 앞문과 뒷문을 모두 막아라! 장작을 쌓고 불을 질러라!"

어찌 이 몸과 무관할까

불을 지르라는 용비야의 말에 약왕 노인은 한운석 일행이 뭔가 좋지 않은 일로 왔음을 깨달았다!

선단 화로가 약려의 일부분이기는 하나, 약왕 노인과 선단 화로 영감은 지금껏 서로 영역을 침범하거나 왕래하지 않았다. 한운석 일행이 자신을 노리고 온 게 아니라면 약왕 노인은 즐겁게 구경해 줄 수 있었다. 예전에 그 역시 선단 화로에서 손해를 본 적이 있기 때문이었다.

용비야가 명령을 내리자 비밀 시위들은 바로 행동에 나섰다.

이들도 이번에는 준비를 하고 왔다. 구약동에 들어가 선단 화로 영감을 만나기란 그리 쉽지 않았다. 지난번에 이미 구약동의 세 관문을 통과했다고 해도, 이번에 다시 들어가면 또 세 관문을 지나야 할 테고 전과는 다른 장애물이 나타날 게 분명했다.

그러니 선단 화로 영감을 만나는 가장 빠르고 간단한 방법은 두 가지뿐이었다. 신분을 밝혀 선단 화로 영감이 들여보내 주게 하거나, 선단 화로 영감을 억지로 끌어내는 것이었다.

전자는 이들이 들어가 선단 화로 영감을 만나는 것이고, 후자는 선단 화로 영감이 나와서 이들을 만나는 것이었다. 이번에 이들은 약을 구하러 온 게 아니라 빚을 받으러 왔으니, 당연히 이들이 들어갈 게 아니라 선단 화로 영감이 나와야 했다.

구약동에 생사가 달린 관문이 있든 없든, 동굴 입구에 불을 질러 굴 안을 연기로 가득 채우면 안에 있는 사람은 밖으로 탈출하는 것 외에는 살길이 없었다.

비밀 시위들은 금방 구약동 입구에 장작을 가득 쌓았고, 용비야가 직접 불을 붙였다. 곧 불이 타오르기 시작하면서 불길이 하늘로 치솟았고 검은 연기가 뭉게뭉게 피어올랐다.

서동림이 직접 지키고 서서 바람의 세기에 따라 장작을 넣었다. 한바탕 불이 타오르며 피어오른 검은 연기가 모조리 구약동 안으로 들어갔다.

"동굴 뒤쪽에 가서 지켜라."

용비야가 차갑게 명령했다. 서동림이 가자 이쪽은 용비야와 한운석이 직접 지켰다.

옆에서 지켜보는 약왕 노인은 수염을 어루만지며 아주 간사하게 웃었다. 그는 선단 화로 영감이 한운석과 용비야에게 왜 미움을 샀는지 몰랐다. 그저 자신이 처음에 강요하지 않은 것을 다행으로 여겼다. 안 그랬다면 한운석과 용비야의 지금 능력에 그 역시 좋은 결말을 보지 못했을 것이었다. 자신은 한운석에게 이름뿐인 사부지만, 지금 보니 그것도 이득인 듯했다.

한운석과 용비야는 어깨를 나란히 하고 불더미 옆에 서 있었다. 한운석은 앞으로 팔짱을 꼈고, 용비야는 뒷짐을 지고 있었다.

한운석은 키가 크지 않았지만 항상 등을 꼿꼿이 세운 채로 있었고, 강파른 뒷모습에서 뿜어져 나오는 기개는 남자라도 두려움에 떨게 했다.

용비야는 더 말할 것도 없었다. 편하게 서 있어도 온몸에서 흘러나오는 군왕의 패기는 군웅을 업신여기고 천하를 깔보기에 충분했다.

두 사람은 무표정하고 웃음기 하나 없는 얼굴로 피어오르는 짙은 연기를 쳐다봤다.

옆쪽 나무 위에 앉아 있는 고칠소도 뭉게뭉게 올라오는 짙은 연기를 주시하고 있었다. 그러나 그 눈빛은 뭔가 멍하니 정신이 나간 것 같았다.

불길은 갈수록 더 왕성해졌고, 더 빨리 타올랐다. 연기는 끊임없이 동굴 속으로 들어갔고, 비밀 시위들은 멈추지 않고 장작을 집어넣었으며, 시간도 부지불식간에 흘러가고 있었다.

동굴 뒤편에 있는 비밀 시위가 두 번 와서 그쪽 상황은 모두 순조롭다고 보고했다.

구약동을 직접 가 보았던 한운석과 용비야는 구약동이 얼마나 크고 위험한지 알기 때문에 전혀 조급해하지 않았다.

그런데 연기가 들어간 지 한 시진이 지났는데, 구약동에서는 한 사람도 나오지 않았다.

이게…… 어찌 된 일이지?

"동굴 안이 뭔가 수상하죠?"

한운석이 낮게 물었다.

그녀가 말을 마치자마자 이상한 일이 벌어졌다. 천천히 동굴 안으로 들어가고 있던 검은 연기가 갑자기 동굴 안에서 어떤 힘이 빨아들이기라도 하듯 전부 밀려들어 갔다.

"아주 수상하구나."

용비야는 의외였지만 조급해하지 않았다.

고칠소는 안절부절못했다. 여러 차례 자세를 바꿔 앉아 보아도 편하지 않아 아예 뻗어 나온 나무줄기에 쪼그리고 앉았다. 좁고 가는 두 눈동자를 깜빡거리는 것이, 대체 무슨 생각을 하는 것인지 알 수 없었다.

잠시 후 서동림이 직접 와서는, 이쪽 동굴 입구 상황을 살펴보고 바로 보고했다.

"전하, 동굴 뒤쪽도 이쪽과 마찬가지입니다. 어쩌면 좋습니까?"

"알겠다."

용비야는 아주 평온했다.

연기 작전은 본래 시험적으로 해 본 수단일 뿐이었다. 한운석은 독약 한 병을 꺼내 서동림에게 건넸다.

"불 속에 넣어서 다 태워라."

이 독은 연기와 함께 구약동으로 들어가 공기 중에 퍼질 것이었다. 구약동 안에 많은 돌문이 있으나, 연기는 다른 것과 달리 어떤 작은 틈새도 뚫고 들어가 구약동 전체를 채울 수 있었다.

구약동에 독 저장 공간이 있어 공기 중의 독을 모조리 흡수해 버리지 않는 한, 구약동 안에서 어떤 수상한 수작을 벌인다 해도 안에 있는 사람은 다 중독되기 마련이었다.

한운석이 쓴 독이면, 안에 있는 모든 사람이 튀어나와 해약을 요청하게 만들 수 있었다!

서동림이 독약을 가지고 가려는데, 내내 잠자코 있던 고칠소가 갑자기 나무 위에서 뛰어 내려왔다.

"잠깐!"

서동림은 걸음을 멈추었다. 한운석이 용비야와 눈빛을 교환한 후 입을 떼려는데, 용비야가 먼저 나섰다.

"이미 말했지 않느냐. 이 일은 너와 상관없다! 누구든지 신용을 지키지 않는 자는 대가를 치러야 한다!"

고칠소는 굳은 표정으로 한운석을 바라봤다.

한운석의 표정은 그보다 더 엄숙했다.

"이 일이 성공하든 실패하든, 당신과는 아무 상관없어."

한운석은 용비야보다 더 솔직하게 말했다. 이들이 구약동을 무너뜨리는 것은 자신들의 일이었지 고칠소와는 무관했다. 만일 선단 화로 영감을 어찌하지 못한다 해도, 고칠소에게 도와달라고 할 리 없었다.

고칠소는 여전히 굳은 표정으로 아무 말도 하지 않고 있었다. 무슨 생각을 하는지 종잡을 수 없었다. 대체 뭘 하려는 걸까?

"서동림, 가지 않고 뭘 하느냐?"

용비야가 매섭게 말했다.

고칠소는 긴 팔을 뻗어 서동림을 막았다. 그 엄숙하던 표정이 순식간에 찬란한 미소로 바뀌었다.

"이 일이 어떻게 이 몸과 상관이 없겠어?"

이 녀석이…… 끼어들려는 건가? 도우려는 걸까, 아니면 막으려는 걸까?

돕겠다면, 어떻게 도우려고? 선단 화로 영감이 무슨 까닭으로 그의 사정을 봐주겠는가?

막겠다면? 그럼 고북월을 볼 낯이 있는가?

이 일에서 그의 가장 현명한 선택은 바로 한쪽에서 기다리는 것이었다!

용비야와 한운석이 종잡을 수 없어 하는데, 고칠소가 큰 소리로 말했다.

"고북월의 일이 곧 내 일이야! 회룡단은 내가 얻어 내겠어! 독을 써서 선단 화로를 망가뜨리지 마. 가자, 내가 너희를 데리고 들어갈게!"

그러니까, 도와주겠다는 건가?

이 녀석이 정말 선단 화로 영감이 찾는 꼬마 미치광이라면, 오랜 세월 동안 사부를 찾아오지 않고 언급할 때마다 피한 이유가 있을 텐데!

지금 도와준다는 건, 자기 신분을 인정하겠다는 건가?

"우리가 할 수 있어! 회룡단만 내놓으면, 내가 반드시 해독해 줄 거야!"

한운석이 낮게 말했다. 그녀는 고칠소를 강요하고 싶지 않았다.

하지만 고칠소는 더 제멋대로 거침없이 웃으며 말했다.

"독누이, 너희가 속은 건 나 고칠소가 속은 거나 마찬가지야!

어쨌든 이 일은 내가 반드시 해내겠어. 너희가 안 들어가면 나 혼자 들어갈게!"

고칠소는 한운석과 용비야가 반대할 기회도 주지 않은 채, 이 말만 남기고 바로 굴속으로 뛰어 들어갔다. 그의 모습은 곧 어둠 속으로 사라졌다.

"모두 지키고 있어라!"

용비야는 서동림에게 분부한 후, 한운석을 붙잡고 그 뒤를 쫓아 들어갔다.

이들은 곧 고칠소를 따라잡았다. 고칠소는 고개를 돌려 그들을 보고 미소를 지으며 말했다.

"잘 따라와, 길을 잃으면 안 돼."

한운석과 용비야는 구약동 안에 연기가 하나도 없음을 발견했으나, 고칠소에게 묻지 않고 아무 내색도 하지 않은 채 그를 따라갔다.

고칠소가 들어오고 싶다면 이들에게는 막을 권리도, 그럴 필요도 없었다.

처음 이곳에 들어왔을 때, 얼마 가지 않아 약 심부름을 하는 동자가 등장해 그들에게 약을 감별하라고 했고, 약 감별에 성공해야만 보내 준다고 했었다.

과연 얼마 가지 않아 약 심부름하는 동자가 쟁반을 받쳐 들고 앞쪽 어둠 속에서 걸어 나왔다.

불을 붙여 연기를 집어넣은 것은 구약동 누구에게도 영향을 주지 못한 듯했다. 동자는 이들에게 연기에 대한 이야기는 전혀 언급하지 않았다. 무표정한 얼굴에 딱딱한 말투, 말하는 내용까지 모두 지난번과 똑같았다.

"향 하나가 탈 시간 안에 이 안에 있는 약을 감별해 내면 계속 앞으로 나가실 수 있습니다. 그렇지 못하면 평생 약려에 남아야 합니다! 이를 어기는 자는 치료약이 없는 온갖 병을 앓게 되는 저주를 받습니다."

한운석의 해독시스템은 바로 이 약을 감별해 내지 못했다. 이번에 동자가 내온 것은 그냥 약이 아니라 선단이기 때문이었다.

선단 같은 것에 한운석은 정말 익숙하지 않았다!

동자는 그들이 준비가 되었든 아니든 상관치 않고 다섯 걸음 떨어진 곳에 서서 선단 하나를 꺼내 손바닥에 놓은 후 그들에게 보여 주었다.

한운석은 가까스로 선단의 약학 성분은 감별해 낼 수 있었지만, 이름을 알아맞히는 것은 정말 힘들었다. 용비야는 말할 것도 없었다. 그는 이 분야에 전혀 뛰어나지 않았다.

용비야는 팔짱을 낀 채 방관하는 자세로 있었다. 고칠소가 들어온 이상, 이 임무는 자연스레 고칠소의 몫이었다.

한운석은 고칠소를 바라보며 배우려는 태도로 고칠소가 한 수 보여 주기를 기다렸다. 그런데…….

그런데 고칠소가 갑자기 쏜살같이 달려 나가 동자의 선단을 모조리 뺏어서 한운석에게 갖다 주었다.

"독누이, 선물이야!"

선단을 받은 한운석이 정신을 차리기도 전에, 용비야가 선단을 전부 가져가 버렸다.

동자가 깜짝 놀라 고칠소를 가리키며 고함쳤다.

"다, 당……, 당신은 저주를 받을 겁니다! 치료받을 수 없는 온갖 병에 걸리게 될 거예요!"

고칠소는 입가에 업신여기는 듯한 냉소를 짓고는 단숨에 동자를 들어 올렸다. 그리고 아주 오만한 말투로 대답했다.

"저주? 아이고, 무서워라!"

그는 말을 마친 후, 동자를 한쪽에 대충 던져 버리고는 앞에 있는 돌문을 세차게 걷어찼다.

한운석은 처음으로 고칠소에게도 이런 패기 있는 면이 있음을 발견했다!

한운석이 기억하기로 지난번 두 번째 관문에서 모두 병에 걸려 죽을 지경에 이르렀는데, 결국 고북월이 모두의 병을 고쳐 주었다.

이번에 두 번째 관문에서 이들은 또 무엇을 마주치게 될까? 또 병에 걸릴까?

한운석은 걱정이 될 수밖에 없었다. 병을 고치는 것은 고칠소의 전문 분야가 아니었다. 이들은 동굴 안에서 계속 앞으로 나아갔지만, 이상한 점을 발견하지 못했다.

이때, 선단 화로에 앉아 있던 선단 화로 영감은 첫 번째 관문에서 일어난 일을 보고받고 있었다.

"선단을 뺏어 간 녀석의 이름이 뭐라고?"

선단 화로 영감이 물었다.

"고칠소라고 했습니다. 의학원 전 원장인 고운천의 사생아요, 약귀곡의 주인입니다."

하인이 아는 정보는 이 정도뿐이었다.

선단 화로 영감의 안색은 아주 어두웠다.

"그자가 누구든, 감히 이 늙은이의 선단을 뺏어 가는 자는 절대 용서치 않아!"

지난번 한운석 일행은 두 번째 관문을 통과했지만, 이번에는 그리 쉽지 않을 것이었다. 게다가 그 의술 고수인 고북월도 함께 오지 않았으니, 고칠소란 자가 언제까지 방자하게 굴지 두고 볼 생각이었다!

선단 화로 영감은 이렇게 생각하고 있었지만, 고칠소가 두 번째 관문에서 한 행동은 이 영감을 저 높은 선단 화로에서 곤두박질치게 만들었다……

들어올 리 없어

고칠소는 앞에서 걷고, 한운석과 용비야는 그 뒤를 따라갔다. 한운석이 기억하기로, 당시 두 번째 관문에 들어갔을 때도 지금처럼 계속 앞으로 걸어가다가 나중에 갑자기 모두가 병에 걸렸고, 단숨에 심각한 상태에 이르렀다.

이번에는 또 무엇이 그들을 기다리고 있을까?

갑자기 고칠소가 멈췄다. 그는 고개를 돌려 싱긋 웃더니 갑자기 오른쪽 어둠 속으로 나는 듯이 빠르게 들어갔다.

한운석과 용비야가 쫓아가려는데, 고칠소가 어둠 속에서 의녀 한 명을 끌어냈다.

"놔라! 넌 대체 누구냐?"

"……."

"어떻게 날 찾아냈지? 이거 놔! 넌 누구냐? 대체 누구야?"

의녀는 질문을 던지면서 발버둥쳤다. 고칠소는 한 손으로 그녀의 입을 막고, 다른 한 손으로 멱살을 쥐고는 음험하고 흉악한 눈빛을 보이며 말했다.

"약을 내놔라. 그렇지 않으면 지금 네 옷을 다 찢어 버리겠다."

한운석은 뜻밖이라는 표정이었고, 용비야는 이미 고개를 돌려 시선을 피했다. 그가 아는 고칠소는 정말 여자 옷을 찢어 버릴 수 있는 자였다.

의녀는 온 힘을 다해 발버둥쳤고, 과연 고칠소는 여자를 전혀 소중히 대하지 않았다. 그가 커다란 손으로 의녀의 옷 전체를 확 잡아당기자, 의녀 몸에는 두두 하나만 남았다.

순간 너무 놀란 의녀는 함부로 움직이지 못하고 온몸을 바들바들 떨었다.

"약은?"

고칠소는 무섭게 대하지 않았다. 그는 의녀의 입에서 손을 떼고 인내심을 발휘하며 미소를 지은 채 물었다.

"약……, 약은……."

의녀는 입술과 이까지 떨며 말했다.

"미, 밀실의 돌문, 돌문 안쪽 벽에……."

용비야는 바로 오른쪽 그늘로 들어가 벽에 숨겨진 밀실 문을 찾았고, 그 사이에서 약 몇 병을 찾아냈다.

고칠소는 그제야 의녀를 옆으로 내던진 후 웃으며 말했다.

"약을 먹으면 안심하고 갈 수 있어."

어둠 속에 내던져진 의녀가 소리쳤다.

"정말 너무하는군! 너희는 구약동의 규칙을 어겼으니, 약을 구할 수 없을 거다!"

원래부터 약을 구하러 온 게 아니었다! 그러니 당연히 전처럼 규칙을 지킬 필요가 없었다. 용비야가 이 동굴을 잘 모르는 게 아니었다면, 일찌감치 서동림에게 사람들을 끌고 쳐들어가라고 명했을 것이었다. 관문 통과는 무슨?

용비야와 한운석은 약을 먹은 후 고칠소와 함께 계속 앞으로 향했다.

만약 전에는 구 할 정도 자신했다면, 지금 두 사람은 완전히 확신했다. 고칠소는 분명 선단 화로 영감이 찾고 있는 제자, 꼬마 미치광이였다!

그렇지 않다면 고칠소가 어떻게 구약동의 비밀을 이렇게 잘 알까? 고칠소는 당시 의성에서 쫓겨난 후 약성으로 들어왔고, 선단 화로 쪽에 와서 선단 화로 영감을 스승으로 모셨던 것이다.

스승과 제자 두 사람 사이에 대체 무슨 일이 있었기에 고칠소가 인사도 없이 떠났던 걸까? 한운석과 용비야는 무척 궁금했다. 하지만 둘 다 약속이라도 한 듯 더 묻지 않았다.

한운석 일행은 계속 앞으로 걸어갔다. 선단 화로 영감은 고칠소가 돌벽 밀실에서 의녀를 끌어내 약을 뺏어 갔다는 이야기를 듣고 높은 선단 화로에서 그대로 곤두박질쳤다. 다행히 재빨리 공중제비를 돌아 두 발로 착지했기에 망정이지, 아니었으면 늙은 몸을 완전히 못쓰게 될 뻔했다.

"그자가 어떻게? 어떻게 알았지?"

선단 화로 영감은 믿을 수 없다는 듯이 물었다.

하인들도 모두 궁금했다. 고칠소란 자는 선단 화로와 아무 관계가 없는데, 어떻게 두 번째 관문의 비밀을 알았을까?

갑자기 하인 하나가 일어나서 말했다.

"주인님, 혹시……, 혹시 작은 주인께서 돌아오신 걸까요?"

선단 화로 영감은 자식이 없었기에, 그 당시 다들 그 어린 제자를 작은 주인으로 받들었다. 모두 작은 주인이 주인의 의발을 이어받을 거라 여겼지, 갑자기 실종될 줄은 생각도 못 했다. 당시 이 두 사제 간에 무슨 일이 있었는지는 이들 역시 알지 못했다.

선단 화로 영감은 멍해졌다가 곧 고개를 저었다.

"아니, 그 녀석은 이런 것들을 모른다."

10여 년이 넘게 흐르는 동안 선단 화로 영감은 구약동의 세 관문 설정을 무수히 바꾸었다. 오래전에 떠난 꼬마 미치광이가 무슨 수로 세 관문의 비밀을 알 수 있을까?

선단 화로 영감은 미치광이처럼 보였지만, 어떤 일들에 대한 기억은 아주 선명해서 잊을 수도, 틀릴 수도 없었다.

게다가 선단 화로 영감은 자신의 그 제자를 너무 잘 알았다. 무슨 이유에서든 그 꼬마 미치광이는 평생 다시는 구약동에 들어올 리 없었다.

"그 녀석이 아니다……. 그럴 리 없어……."

선단 화로 영감은 혼잣말처럼 중얼거렸다.

"주인님, 그럼 대체 어찌 된 일입니까?"

하인이 이해할 수 없다는 듯 물었다.

"세 번째 관문을 맡은 사람은 잘 숨어 있으라 해라. 또 탄로 났다간, 내가 화로에 넣어 태워 버릴 테니!"

선단 화로 영감이 음험하게 말했다.

그런데 하인이 가서 전달하기도 전에, 갑자기 동굴 입구에서 시종 몇 명이 날아와 선단 화로에 부딪혔고, 피를 토하며 떨어졌다.

한운석과 용비야는 여전히 고칠소의 보호를 받으며 순조롭게 세 번째 관문을 통과하고 그대로 이곳까지 쳐들어왔다.

"주인을 보호해라!"

하인 몇 명이 바로 검을 들고 쫓아왔다. 하지만 선단 화로 영감은 손을 흔들어 모두 물러나게 했다.

"어머, 여기는 오늘 아주 시끌벅적하네요!"

한운석은 악의 없는 웃음을 지으며 말했다. 그녀는 한눈에 저 거대한 선단 화로 안에 불은 없고 연기만 가득한 것을 알아챘다. 이 괴이한 화로가 좀 전에 들어온 연기를 모조리 흡수한 게 분명했다.

선단 화로 영감은 한운석을 한 번 보고는 오만하게 물었다.

"고칠소란 자가 누구냐. 얼굴 좀 보게 어디 나와 봐라!"

고칠소는 그제야 용비야 뒤에서 어슬렁어슬렁 걸어 나왔다. 그는 좁고 기다란 두 눈동자를 가늘게 뜨고 미소를 지었다.

요염한 아름다움과 순진무구한 미소가 그의 얼굴에서 완벽하게 어우러졌다. 그는 온 나라가 홀딱 반할 것 같은 미소로 모든 사람을 매혹했다.

그의 웃음을 보자마자 선단 화로 영감은 멍해졌다.

한참 후에야 그는 중얼거리듯 물었다.

"네……, 네, 네가 바로 고칠소?"

꼬마 미치광이는 아주 어린 나이에 떠났기에, 그는 꼬마 미치광이가 어떤 모습으로 자랐을지 알지 못했다. 하지만 고칠소의 좁고 가늘면서 아름다운 눈동자를 보자, 말로 표현할 수 없는 확신이 들었다. 꼬마 미치광이는 틀림없이 이렇게 생겼을 것이다! 틀림없이!

"그렇다!"

고칠소는 높은 동굴 입구에 서서 선단 화로 아래 아주 작게 보이는 선단 화로 영감을 흘겨보았다. 그는 예전처럼, 한운석보다 더 악의 없는 미소를 지었다.

"영감, 시간 있나? 회룡단을 제련하러 특별히 당신을 찾아왔다. 설주도 가져왔어."

고칠소가 이렇게 말하면서 웃자, 선단 화로 영감은 그제야 정신을 차렸다. 그는 고개를 가로저었다. 저 녀석의 눈동자는 꼬마 미치광이와 아주 닮았지만, 성격은 완전히 달랐다. 꼬마 미치광이의 성격은 이 녀석보다 더 들쭉날쭉했고, 잘 웃지도, 말도 잘 하지 않았다.

선단 화로 영감의 눈동자에 자조적인 눈빛이 스쳤다. 왜 그랬을까? 꼬마 미치광이는 절대 들어올 리 없는데, 왜 자신과 남을 기만했을까?

"네 녀석은 두 번째 관문과 세 번째 관문의 비밀을 어떻게 알았지?"

선단 화로 영감이 물었다.

구약동의 모든 관문에는 수호자가 있었고, 관문을 통과하기 전에 수호자부터 처리해야 관문을 통과할 수 있었다.

고칠소가 빙그레 웃으며 말했다.

"영감, 그 꼼수는 너무 낡아 빠졌어. 이젠 바꿀 때가 됐어!"

선단 화로 영감은 고칠소가 어렸을 때 그의 비급을 몰래 훔쳐본 걸 모르는 게 분명했다. 비급에는 선단 제련 방법뿐 아니라 구약동의 각종 기관 설계에 대해서도 기록되어 있었다. 모든 관문의 장애물은 다 다르지만, 수호자가 숨어 있는 곳은 바뀌지 않았다.

선단 화로 영감은 깊이 따지지 않았다. 어차피 수호자가 숨어 있는 장소는 설계가 별로 완벽하지 않았다. 그는 고칠소를 보고, 다시 한운석을 본 후 냉소를 지으며 말했다.

"약을 구하려면 그에 걸맞게 굴었어야지. 못된 계집, 남을 준비가 다 되었느냐?"

갑자기 한운석이 서신들을 집어 던졌고, 이 상황을 예상치 못했던 선단 화로 영감의 얼굴에 서신이 정확하게 맞았다.

한운석이 노한 목소리로 말했다.

"여기 확실하게 적혀 있어요. 당신은 처음에 회룡단의 모든 치료 효과를 알려 달라고 했고, 또 내 독약 네 개도 가져갔잖아요! 잊어버렸다면 다시 확인할 시간을 주죠!"

한운석과 용비야가 바로 난동을 피우지 않은 것만 해도 이미 많이 봐준 것이었다. 그런데 선단 화로 영감은 서신을 집어 들더니 선단 화로 안으로 던지는 게 아닌가.

크고 높은 선단 화로 안에 불은 없었지만 열기는 끝없이 뿜어져 나오고 있었다. 서신들은 던져지자마자 바로 잿더미로 변해 흔적도 없이 사라졌다!

선단 화로 영감은 이 결과에 아주 만족했다. 그는 수염을 느릿느릿 어루만지면서, 웃으며 말했다.

"말만으로는 증거가 못 되지. 회룡단을 원하면 네가 남아라. 다른 논의 여지는 없다."

선단 화로 영감의 말이 떨어지자마자 용비야는 검을 뽑으려 했다.

이 선단 화로는 보통 화로가 아니었지만, 지금 그가 갖고 있는 서정력이라면 충분히 무너뜨릴 수 있었다!

그런데 한운석이 용비야를 말렸다. 그녀는 용비야보다 더 화가 났지만 그래도 참으며 낮은 목소리로 말했다.

"고칠소도 들어왔으니, 그에게 맡겨요."

고칠소가 들어왔으니, 선단 화로 영감을 구슬릴 방법이 있는 게 분명했다.

과연 고칠소는 허공으로 솟아오르더니 선단 화로 쪽으로 날아갔다. 그 모습을 본 선단 화로 영감은 바로 날아가 고칠소가 선단 화로에 가까이 오지 못하게 했다.

선단 화로는 그의 보물이었다. 누구도 건드리게 허락할 수 없었다!

"마지막으로 묻지. 회룡단을 제련해 줄 거냐?"

고칠소가 웃으며 말했다.

"저 계집이 남으면, 회룡단은 사흘 후 삼도 암시장에 도착할 거다!"

선단 화로 영감은 한 치도 양보하지 않았다.

고칠소는 그에게 화내지 않고 웃으며 물었다.

"영감, 신용을 지키지 않는 게 얼마나 꼴 보기 싫은지 알아?"

선단 화로 영감은 대답하지 않고 고칠소를 걷어차려 했다. 그러나 고칠소는 피하면서 손에 숨기고 있던 돌을 선단 화로 쪽으로 던졌다. 그러자 선단 화로에서 바로 쾅 하는 큰 소리가 났다.

선단 화로 영감은 다급하게 뒤를 돌아봤다. 고칠소는 이 틈을 이용해 선단 화로 영감 곁을 스치듯 날아가 선단 화로 꼭대기에 올라섰다.

선단 화로 영감은 눈을 크게 부릅떴고, 다급한 나머지 수염이 다 곤두섰다.

"네, 네, 네 이놈, 당장 내려와라. 안 그러면 가만두지 않겠다!"

그가 쫓아오는 모습을 본 고칠소는 막야검혼으로 선단 화로를 가볍게 그어 가느다란 검 자국을 남겼다.

선단 화로 영감은 순간 멍해졌다. 금방이라도 다 무너지고 산산조각이 날 것 같은 표정이었다······.

그러나 고칠소는 악의 없는 웃음을 지으며 말했다.

"영감, 한 걸음만 더 와 봐, 내 당신의 보물 화로에 온갖 치장을 해 줄 테니!"

선단 화로 영감은 너무 놀라 다리에 힘이 풀릴 뻔했다. 그는 덜덜 떨면서 물었다.

"너······, 너, 대체 원하는 게 뭐냐?"

"아이고, 영감, 내가 뭘 원하는지 아직도 몰라? 내가 확실하게 표현을 안 했나 보네!"

고칠소는 무고하다는 표정을 짓고 있었지만, 손에 든 검은 가차 없이 화로를 그으며 또 기다란 자국을 남겼다.

"안 돼!"

선단 화로 영감은 미친 사람처럼 소리쳤다.

"제련하마! 당장 회룡단을 제련하겠다! 당장 만들어 주마!"

그러나 안타깝게도, 고칠소는 만족하지 않고 또 이렇게 말했다…….

〈천재소독비〉 21권에서 계속